KB163313

조해일문학전집 11

장편소설

엑스

일러두기

– 《조해일문학전집》은 한국문학사에 커다란 문학적 성취를 남긴 조해일의 작품 세계를 독자들에게 소개함과 동시에 문학적 의의를 정리하는 데 목표를 둔다.

– 《조해일문학전집》은 생전에 발표했던 중·단편과 장편소설, 그리고 웹사이트에 게시된 미발표 소설 등과 기타 작품으로 구성되어 있다.

– 《조해일문학전집》은 출간일(발표일) 기준 가장 최신 작품을 저본으로 정하였다.

– 맞춤법, 띄어쓰기, 외래어 표기는 현행 맞춤법과 표기법을 따랐다.

– 한글 표기를 원칙으로 하였고, 한자로만 된 단어는 '한글(한자)' 형식으로 수정하였다.

– 수정하면 어감이 달라지거나 문학적으로 허용되는 일부 표기(표현)는 원문대로 두었다.

– 간접 인용과 강조는 ' ', 대화와 직접 인용은 " ", 단편소설은 「 」, 장편소설과 잡지는 『 』, 미술 작품과 영화·연극 등은 〈 〉, 시·노래 제목은 ' '로 표기하였다.

엑스

간행사

— 조해일문학전집 발간에 부쳐

2020년 6월 19일 새벽, 조해일 선생이 우리 곁을 떠났다. 코로나19 바이러스의 창궐로 전 세계적으로 자유로운 이동이 멈춰 있는 가운데, 마스크를 쓰고 사회적 거리두기를 유지하던 시기였다. 그로부터 4년이 지났다.

조해일의 소설은 1970년대 한복판을 관통한다. 많은 사람에게 선생은 『겨울여자』(1976)를 쓴 1970년대 베스트셀러 대중 작가로 기억된다. 하지만 선생은 그러한 평가를 넘어, 등단작인 「매일 죽는 사람」과 「맨드롱 따또」, 「뿔」 등의 단편소설, 「무쇠탈」과 「임꺽정」 등의 연작소설, 「아메리카」와 「왕십리」 등의 중편소설, 『갈 수 없는 나라』 등의 장편소설 들을 지속적으로 발표한, 1970년대를 대표하는 작가로 활동하였다. 조해일은 감정을 배제한 객관적인 묘사와 절제된 문체로 산업화 시대를 살아가는 소시민의 일상성을 주목한 작가로 평가받는다. 특히 도시화 · 근대화의 과정에서 야기된 폭력성에 대한 성찰과 함께, 장편소설에서 보여준 우의(寓意)적 연애 담론이 대중적 교감을 형성한다. 선생의 작품은 '삶과 죽음, 도시와 인간, 노동과 소외, 여성과 남성, 폭력과 비폭력, 전쟁과 평화, 이성과 충동, 이상과 현실, 인간과 비인간, 억압과 저항' 등의 대립항을 주목하면서, 인본주의적 상상력으로 산업화 시대 한국 사회의 풍경을 다채롭게 길어 냈다. 1970년대 한국 사회를 조망하고자 할 때 작가 조해일은 황석영, 최인호, 조세희 등과 함께 빼놓을 수 없는 '문학적 자산'이다.

문학사적 차원에서 조해일은 중편 「아메리카」로 미군 기지촌 풍경을 묘사하면서 제3세계적 시각의 획득과 반제국주의적 의식의 형상화를 성취한 작가라는 평가를 받는다. 장편소설 『겨울여자』 등은 대표적인 대중소설로서 상업주의적 코드 속에 파편화된 개인주의와 관능적 분위기 등의 대중적 요소를 함의하고 있다고 평가받는다. 또한 「뿔」의 지게꾼, 「1998년」의 우화적인 미래 공간, 「임꺽정」 연작의 역사 공간, 「통일절 소묘」의 환상적인 꿈 등에서 드러나듯, 새로운 소설적 기법과 비유적 장치, 주제 의식을 통해 함축적이고 다양한 세계를 주조한 것으로 평가받는다.

조해일의 소설에는 '역설(逆說)의 감각'과 '알레고리적 상상력'이 자리한다. '역설'은 세계의 복잡성과 다성성(多聲性)을 입체적으로 착목(着木)하는 방법이고, '알레고리'는 세계의 진실을 우회적으로 드러내기 위해 활용하는 대표적인 메타포다. 현실 세계의 표면적 양상이 감추어 둔 이면적 진실을 꿰뚫어 보기 위한 작가적 선택으로 '역설과 우의'의 방식을 선호한 것이다. 선생은 등단작인 「매일 죽는 사

람」이래로 말년작인 「통일절 소묘2」에 이르기까지, 50년 가까운 세
월 동안 '자유와 민주, 평등과 평화, 인권과 노동'을 소중히 여기며 인
간의 실존적 가치에 대해 탐색했다.

　많은 작가의 말년작들이 자신의 과거와 현재를 조망하고, 무의식
에 자리한 작가적 원형을 재조명하면서 자신의 문학세계를 마무리
하는 방식을 보여준다. 이번 전집에 포함된 미발표 유고작 「1인칭 소
설」 연작은 고백체 형식의 자전소설로 '문인 조해일' 이전에 '개인 조
해룡(본명)'의 실존적 생애를 회고하며 '소설의 진정성'에 대해 회의
(懷疑)함으로써 문학의 가치를 되짚어 보게 하는 작품이다. 만주에서
의 생애 최초의 기억을 떠올리는 것으로 시작하여 해방을 맞아 서울
로 이주해 살다가 6 · 25 전쟁을 맞아 부산까지 피난을 떠났던 이야
기로 마무리되면서, 작가의 구술사적 욕망이 모두 드러나지는 못한
채 미완으로 종결된다. 하지만 1970년대 대표 작가로서 1940년대로
부터 2000년대에 이르기까지, 문단과 강단 안팎에서 전업 작가로서
마주했던 소설가적 진실 추구에 대한 원형적 자의식을 보여준다는
점에서 유의미한 말년작이다.

　선생의 작품은 도시적 일상으로부터 기지촌 여성 문제 고발, 불합

리한 폭력의 양상 폭로, 환상성의 활용, 역사소설의 전용 등을 거치면서 정치적 알레고리를 배면에 깔고, 비인간적 현실에 대한 무기력한 지식인의 대응을 통해 1970~80년대적 체제 저항의 수사를 형상화한다. 탄탄한 서사성을 내장한 조해일의 문학은 1970년대를 넘어 지금에 이르기까지, 현실과 가상의 경계를 넘나들면서 소외된 개인이 일상과 현실을 벗어나 환상과 무의식의 세계로 탐닉해 들어가는 문학 내외적 현실을 성찰하게 한다. 조해일의 문학은 지금 여기에서 여전히 한국문학을 대표하는 현재진행형 유산(遺産)이다.

이제 우리는 아동문학과 수필, 희곡 등 비소설 장르의 작품을 제외한 선생의 모든 소설을 가능한 한 원형 그대로 보존하여 문학전집을 발간한다. 이 전집이 선생과 선생의 작품을 그리워하는 사람들에게 선생의 향기를 추억할 수 있는 매개체가 되기를 바라며, 문학을 공부하는 사람들에게 풍요로운 문학적 영감(靈感)으로 활용되기를 기대한다.

끝으로 선생의 저서를 전집으로 출판하는 데 물심양면으로 도움을 아끼지 않은 모금 참여자들과 전집 발간에 암묵적으로 동의해 준 유족에 감사를 전한다. 특히 간행의 시작과 끝을 책임져 준 죽심(문학의숲)에 진심으로 감사를 드린다.

독자 여러분들의 많은 관심과 성원을 기대한다.

2024년 6월

조해일문학전집 간행위원회

고인환, 고찬규, 김중현, 박균수, 박도준,

박연수, 서하진, 오태호, 주준섭, 한희덕

차례

조해일문학전집 11권

죽은 잎새

잠에서 깬 수옥(壽玉)은 반사적으로 침대 주위를 둘러보았다. 자신도 모르게 거의 반쯤 일어나 앉아 있었다. 뱀은 없었다. 그녀의 몸 근처 어디에도, 그리고 침대의 어느 구석에도.

아름다운 초원이었다. 이름 모를 들꽃들이 그 초원 가득히 피어 있었다. 수옥은 맨발로 그 초원 위를 달리고 있었다. 발가벗고 있었다. 맨발에 밟히는 들꽃들의 감촉이 숨 막히도록 부드럽고 감미로웠다.

초원은 끝없이 펼쳐져 있었다. 햇빛이 눈이 부시게 쏟아지고 있었고 그녀가 달려가는 방향에선 향기로운 바람이 마주 불어오고 있었다. 들꽃의 향기를 간직한 바람이었다. 그녀는 자신이 매우 가볍게 느껴졌다. 달려가고 있었지만 아무런 저항도 느낄 수가 없었다. 맨발에 밟히는 들꽃의 감촉도 이제 부드러움보다 더 가벼운 어떤 것이었다. 그냥 향기 같은 것을 밟는 느낌이었다.

그녀는 완전한 자유를 느꼈다. 꽤 오랜 시간 그러한 상태가 지속된 것 같았다. 그러나 어느 사이엔지 사태가 돌변해 있었다.

그녀가 밟고 있는 것은 들꽃이 아니었다. 부드러운 것이긴 하나 들꽃의 부드러움과는 다른 것이었다. 훨씬 저항이 큰 부드러움, 아, 그것은 식물이 아니었다.

그것이 식물이 아니라는 사실을 깨닫는 순간 그녀는 그것이 뱀임을 알았다. 초원을 뒤덮은 수백 수천 마리의 뱀, 그녀는 어느새 들꽃들 대신 그 뱀들을 밟으며 달리고 있었다.

그녀는 그것을 안 순간, 이제 한 발짝도 더 이상 움직일 수가 없었다. 움직인다는 것은 바로 뱀을 밟아야 한다는 뜻이었다. 뱀들은 뾰족하게 갈라진 혀를 날름거리며 그녀를 에워싸고 있었다. 그녀는 어떻게든 도망쳐 보려고 했다. 도망치는 방법은 그 자리에서 솟구쳐 날아오르는 방법밖에 없었다. 초원 전체가 뱀으로 뒤덮여 있었기 때문이다. 그러나 그녀는 날아오를 수가 없었다. 아까의 가벼운 몸의 느낌은 이제 온데간데없었다.

그녀가 얼어붙어 꼼짝하지 못하자 뱀들은 한두 마리씩 그녀의 몸으로 기어오르기 시작했다. 느리고 서두르지 않는 탐욕스런 동작으로. 발등에서 정강이로, 정강이에서 허벅지로, 허벅지에서 다시 등과 배, 그리고 가슴으로.

그녀는 마침내 절망의 소리를 내지르기 시작했다. 그러나 소리도 억눌려 제대로 되어 나오지 않았다. 뱀들은 이제 수십 마리씩 떼를 지어 그녀의 몸으로 기어오르고 있었다.

그때 문득 한 줄기 마음의 여유가 생기기 시작했다. 이것은 꿈이로구나 하는 어렴풋한 자각이 찾아들었던 것이다. 그때가 아마도 꿈의 경계선 이쪽으로 막 벗어나는 순간이었을 것이다.

어렴풋이 전화벨 소리를 들은 것도 같았다. 그러나 그녀가 꿈에서 완전히 깨었을 때 전화벨은 울리고 있지 않았다. 그리고 막상 완전히 꿈에서 깨어나자 그녀는 오히려 그것이 정말 꿈이었는지 의심스러웠다. 꿈속에서의 느낌이 더 짙게, 더 생생히 되살아나는 것 같았다. 살갗의 구석구석에 아직도 뱀들의 차갑고 탄력 있는 감촉이 남아 있는 것 같았다. 그러나 그녀의 몸 근처 어디에도, 그리고 침대 어느 구석에도 뱀은 보이지 않았다.

그때 거실 쪽에서 전화벨이 울렸다. 수옥은 천천히 침대에서 빠져나와 거실 쪽으로 걸어 나갔다. 발바닥에 닿는 딱딱한 감촉이 어느 정도 그녀를 안심시켜 주었다. 거실의 벽시계를 힐끗 쳐다보니 11시가 지나 있었다.

베란다 쪽의 커튼 사이로 햇빛이 스며들고 있었고 전화벨은 보채듯 계속해서 울려 대고 있었다.

송수화기를 집어 들자 대뜸 힐난에 찬 목소리가 들려왔다.

"애, 무슨 전화를 그렇게 안 받니?"

여의도의 주(朱) 언니였다. 사람들은 그녀를 주 마담이라고 불렀다.

"아까도 안 받고 지금도 막 끊으려니까 받는구나. 자고 있었니?"

목소리가 조금 부드러워져 있었다. 자고 있는 걸 깨웠다면 깨운 쪽이 미안해해야 하는 것이다.

"응, 그런데 깨워 줘서 고마워요, 언니. 너무 끔찍한 꿈을 꾸고 있었
어요."

"꿈? 무슨 꿈이었길래?"

"뱀……."

"뱀 꿈? 그건 좋은 거야. 구렁이든?"

"구렁인지 뭔지 내가 알 게 뭐예요. 아무튼 뱀이에요. 너무너무 많
은 뱀들이……. 생각만 해도 끔찍해요."

"구렁이였을 거야. 구렁이 꿈은 재수 꿈이라구. 좋은 일이 있겠구
먼. 그건 그렇구……." 주 언니의 목소리가 약간 변조를 띠었다. 용건
으로 들어갈 때의 그녀의 버릇이다. "오늘 저녁에 시간 있겠니? 중요
한 파티가 하나 있는데……."

"파티?"

들어 보나 마나 뻔한 일이다. 그러나 한 번쯤 그렇게 퉁겨 둘 필요
는 있다.

"응. 아주 중요한 파티야. 외국 손님도 있고. 네가 꼭 좀 참석해 줘
야겠어. 나올 수 있지?"

"글쎄……. 이따 봐야 알겠어요."

"얘는? 이따 보긴 뭘 본다는 거야. 아무튼 선약은 없지?"

"선약은 없지만……."

"얘 봐? 없지만은 또 뭐가 없지만야, 없으면 된 거지. 너 나한테 설
마 안면 바꾸려는 건 아니겠지?"

"아니, 그냥 몸이 좀 안 좋은 것 같아서 그래요."

"그 꿈 때문에 그러는 모양이구나. 그건 재수 꿈이라니까 그래. 금방 괜찮아질 거야. 너같이 독한 애가 그까짓 꿈 때문에 어쩌고 한다는 거 말도 안 된다, 애. 아무튼 나 기다린다. 늦어도 7시까진 와야해."

"알겠어요, 언니."

"그래, 그럼 이따 봐아."

그녀는 상냥스레 말꼬리를 약간 끌 듯하며 전화를 끊었다. 이 경우의 상냥함은 강한 다짐을 전달하기 위한 그녀 특유의 기술이었다.

수옥은 송수화기를 내려놓고 나서 베란다 쪽으로 다가가 커튼을 열어젖혔다. 가을 오전의 맑은 햇빛이 거실 가득 쏟아져 들어왔다. 그리고 얇은 잠옷의 섬유 사이로 뚫고 들어와 그녀의 살갗을 간지럽혔다. 그녀는 그 햇빛의 손가락이 싫지 않았다. 그것은 따사롭고 섬세했다.

잠시 그렇게 햇빛에 몸을 맡긴 채 그녀는 베란다 건너편으로 보이는 아파트 건물들과 그 사이의 공간들을 바라보았다. 현대식 혈거(穴居)생활, 공간을 이용한 혈거생활의 단조로운 풍경이었다.

수옥은 그 풍경을 외면하고 돌아섰다.

욕실로 가서 간단히 샤워를 마친 다음 그녀는 토스트와 커피로 아침 겸 점심 식사를 때웠다. 그리고 거실 소파에 앉아, 읽다 둔 카프카의 『심판』을 펼쳐 들었다.

3분의 2쯤 읽다가 덮어 둔 것인데 주인공 K가 겪는 악몽의 기록이 읽는 사람을 답답하리만큼 옥죄어 오는 책이었다. 그러나 그 옥죔이 그 책의 힘이었다. K가 겪는 악몽에 비한다면 그녀가 꾼 꿈 따위는 차라리 달콤한 것이라고 할 수 있었다. 아침에 꾼 꿈을 상쇄하는 데도 그 책은 좋은 약이 될 것이었다. 그리고 아침식사 뒤의 한때를 책 읽기로 보내는 것은 그녀의 습관이기도 했다. 책은 그녀가 아직 떼어 버리지 못하는 마지막 남은 저 정상(正常) 세계의 유물이었다.

40평의 아파트 공간 가운데서 이 순간의 이 작은 공간만이 전적으로 그녀 소유의 공간이라고도 할 수 있었다. 그러면 나머지 공간은? 그것은 저 거리의 공간과도 같은 것이었다. 적어도 그것이 순수한 의미로 사적(私的)인 공간이 아니라는 점에서는 그랬다. 등기법상으로는 분명히 그녀 개인의 사적인 공간이었지만.

'K 앞에는 기다란 복도가 뻗어 나갔는데, 거기서부터 바람이 불어왔다. 그것과 비교하면, 아틀리에의 공기 쪽이 그래도 시원한 것처럼 느껴졌다. 벤치가 복도 양쪽에 놓여 있는데, 이것은 K를 직권으로써 맡아 다스리고 있는 사무국의 대합실과 아주 똑같았다. 사무국의 벤치에는 세밀한 규정이 있는 것처럼 느껴졌다. 지금 당장 이곳에서는 소송 당사자들의 출입은 그다지 빈번하지 않았다. 어떤 남자 한 사람이 벤치 위에 절반쯤 드러누워서, 벤치 위에 놓은 두 팔 속에 얼굴을 파묻고, 잠자고 있는 것 같았다. 또 다른 사람 하나가 복도 쪽 깊숙이 어슴푸레한 빛 속에 서 있었다.'

수옥은 책장을 덮었다. 오늘은 왠지 집중이 잘되지 않는다. 집중이 잘 안되니까 번역 문장의 어색함만 자꾸 눈에 걸렸다.

'어떤 남자 한 사람이 벤치 위에 절반쯤 드러누워서, 벤치 위에 놓

은 두 팔 속에 얼굴을 파묻고…….'

드러누워서 어떻게 얼굴을 파묻는단 말인가. 벤치 위에 놓은 두 팔이란 또 뭐란 말인가.

그런 식의 문장은 한두 군데가 아니었지만, 그리고 지금 새삼스럽게 발견한 것도 아니었지만 오늘은 유난히 눈에 거슬린다. 역시 집중이 잘 안되는 탓일 것이다. 책의 내용에 집중할 수만 있다면 그런 지엽적인 것들은 그다지 큰 방해가 되지는 않는 법이니까.

왜 이럴까. 왜 이렇게 마음이 뒤숭숭할까. 역시 꿈 때문일까.

수옥은 소파에서 일어났다. 아무래도 외출이라도 하는 편이 낫겠다는 생각이 들어서였다.

간단한 화장을 하면서 그녀는 독일어나 제대로 한번 배워 볼까 하는 생각을 잠깐 했다. 방금 읽다 만 책의 번역 문장에 짜증이 난 데서 촉발된 생각이었지만 그런 사치스런 생각을 잠깐이라도 해 본 자신이 그녀는 귀여워졌다. 그리고 기분도 한결 좋아졌다.

'정말 한번 해 볼까. 하면 못할 게 뭐야.' 그러나 그녀는 곧 자신을 타일렀다. '수옥이 너 욕심이 점점 많아져?'

그러나 어쨌든 기분이 한결 좋아진 것만은 사실이었다.

수옥은 가벼운 차림으로 아파트를 나섰다. 진 바지 차림에 수영 도구가 든 비치백만 들었다. 오랜만에 수영장에나 한번 가 볼 생각이 들었던 것이다.

수영장엘 가 본다는 생각이 떠올라 준 게 그녀는 즐거웠다. 즐거운 생각은 즐거운 생각을 낳는 모양이었다. 독일어를 한번 배워 볼까 하는 생각이 수영장엘 가 본다는 생각을 낳았다.

지난봄에 강습을 받으러 몇 차례 다녀 본 뒤론 잘 늘지 않는 데 실망을 해서 발걸음을 그만둬 버린 수영장이었다. 코치는 아주 소질이 있다고 칭찬해 주었지만 그것이 빈말이라고 그녀는 생각했었다. 그런데 다시 한번 해 보는 것도 재미있을 것 같다는 생각이 떠올랐던 것이다. 의표를 찌르는 것은 재미있다. 그것이 설사 자기 자신을 향한 것일지라도.

엘리베이터를 타고 내려와서 아파트의 현관을 나선 수옥은, 역시 밖으로 나오길 우선 아주 잘했다고 스스로를 칭찬했다. 점심때가 조금 지난 시각의 가을 햇빛이 너무도 눈부시게 그녀를 맞아 주었기 때문이다. 햇빛은 마치 무게 없고 투명한 망사처럼 눈부시게 그녀를 맞아 주었다. 건조하고 투명한 공기와 함께.

그녀는 깊게 심호흡을 한 번 하고 나서 가볍게 걸음을 옮겨 놓기 시작했다. 마음의 뒤숭숭함은 이제 거의 사라지고 없었다.

그녀가 아파트 구내를 빠져나와 택시를 잡아타고, 그녀가 지난봄에 다니던 실내 수영장에 도착한 것은 그로부터 30분이 채 못 되어서였다. 수영장은 지난봄과 달라진 점이라곤 없었다. 달라진 것은 그녀 자신의 기분이었다. 지난봄에 그녀는 실망해서 돌아섰었으나 지금 그녀는 도전하는 기분이었다.

시간 탓인지 풀에 사람들은 얼마 없었다. 수영복으로 바꿔 입은 그녀가 풀 가까이로 다가서자 풀 특유의 냄새가 났다. 전에는 약간 역겹게 느껴지던 냄새였다. 그러나 오늘은, 약간 과장해서 말한다면 청량하게 느껴지기까지 한다. 어쩌면 사람이 적어서일까, 아니면 그녀의 기분 탓일까.

그녀는 머뭇거리지 않고 풀 속으로 뛰어들었다. 왠지 그래도 될 것 같았다. 전혀 망설여지지가 않았다. 모든 게 잘될 것만 같았다.

수온은 알맞았고, 지난봄에 익혔던 몇 가지 기본적인 동작을 기특하게도 몸 스스로가 기억해 내고 있었다. 처음엔 약간 불안한 기분도 없지 않았지만 그녀는 차차 자신의 몸을 믿기 시작했다. 이렇게 기억력 좋은 몸이라면 믿어도 괜찮지 않은가.

아마 남들이 보기엔 서툴러 보이겠지. 하지만 흉볼 테면 얼마든지 보라지, 뭐. 난 기특해 죽겠는걸. 내 몸이 이렇게 놀라운 기억력을 갖고 있다는 게 신통해 죽겠는걸.

그러나 그녀의 몸이 발휘할 수 있는 기억력은 제가 배운 몇 가지 단순한 기본적인 동작을 기억해 내는 것 이상은 되지 못했다. 게다가 그녀의 부영력(浮泳力)은 짧았다.

그녀는 도리 없이 풀 바닥을 딛고 섰다. 수심은 목 깊이였다.

그때 바로 눈앞의 수면에서 남자의 얼굴 하나가 불쑥 솟아올랐다. 그녀는 엉겁결에 한 발짝 뒤로 물러섰다.

"하하, 놀라지 마십시오, 결코 해치려는 게 아니니까." 남자가 말했다. 그리고 남자는 얼굴의 물방울을 손으로 쓱 훔쳐 내리며 덧붙였다. "실례지만 한 가지 여쭈어보겠습니다. 아가씨께선 혹시……."

"……?"

"물이 딱딱하다고 생각하십니까?"

"네?"

"아, 언짢게 생각하지 마십시오. 헤엄치는 모습이 마치 물을 딱딱하다고 생각하시는 것 같군요. 몹시 부자유하게 보이는데요."

그러며 남자는 부드럽게 웃어 보였다. 말은 분명 빈정거림을 담은 내용이었으나 빈정거린다는 태도는 조금도 내비치지 않고 있었다. 약간 세련된 빈정거림이라고나 할까. 30대 초반의 선이 뚜렷한 얼굴을 가진 남자였다. 미남이라고도 할 수 있는 얼굴이었으나 어딘가 본성의 야비함을 세련된 표정 뒤에 교묘히 감추고 있는 듯한 인상을 수옥은 받았다. 어쩌면 순간적인 불쾌감 때문인지도 몰랐다.

상대가 숨기고 있는 것을 보았다는 느낌은 그녀를 다소 자유롭게 해 주었다. 그녀는 가볍게, 도전적인 억양으로 말했다.

"그런데요? 내가 헤엄치는 모습이 부자유하게 보여서 어쨌단 말이죠?"

그는 다시 부드럽게 웃었다.

"하하, 그래서 충고를 좀 할까 하구요. 물은 부드러운 것입니다."

"야유를 하시려는 거예요?"

"아니죠, 방금 제가 충고라고 하잖았습니까. 다시 말하지만 물은 부드러운 것입니다. 물질은 각기 제 성질을 존중받길 좋아하죠. 부드러운 물질은 자기를 부드럽다고 생각해 주는 걸 좋아하고 딱딱한 물질은 자기를 딱딱하다고 생각해 주는 걸 좋아하죠. 평소처럼 물을 부드럽다고 생각하십시오."

"저, 실례지만 혹시 주제넘다고 생각하지 않으세요?"

"하하, 그렇게 생각했다면 이럴 리가 있겠습니까. 아름다운 몸매를 가지신 분이 아름답게 헤엄치는 모습을 보고 싶다는 충정에서 하는 소리일 뿐입니다."

"알겠어요, 이제 보니 수영장의 치한이시군요. 치한은 삼류 영화관에만 있다고 들었더니."

"하하, 이거 꾸지람이 너무 심하신데요. 난 단지 사물은 각기 그 사물다워야 한다는 말을 한 것뿐인데. 부드러운 것은 부드러운 것답게, 그리고 아름다운 것은 아름다운 것답게. 제 말이 틀렸습니까?"

"글쎄요, 거기다 한 가지 더 첨가하면 맞을지도 모르죠. 치한은 치한답게라는."

"하하, 이거 좋습니다. 그럼 그것을 첨가하기로 하죠. 자, 저하고 같이 수영을 배워 보지 않으시겠습니까?"

"본색을 드러내시는군요."

"아가씨도 본색을 드러내 보십시오."

"뭐라구요?"

"하하, 아름다운 분은 수영장에서도 아름답게 헤엄치는 게 아름다운 분의 본색이죠. 자, 제가 그걸 돕죠."

수옥은 쌀쌀하게 대답했다.

"미안해요, 난 강습료를 내고 배우고 있어요. 무료로 배우고 싶은 생각은 조금도 없어요."

물론 거짓말이었다. 그러나 그는 물러서지 않았다.

"아, 이건 말하자면 과외수업이라고 생각하시면 되잖습니까, 과외수업."

수옥은 작은 위기를 느꼈다. 하마터면 말이 막혀 버릴 뻔했기 때문이다. 그러나 그녀는 무사히 위기를 넘겼다. 그녀는 말했다.

"그것도 사양하겠어요. 과외수업은 대개 더 비싸게 먹힌다는 걸 난 알고 있어요."

그러자 그는 못 당하겠다는 표정을 지으며 말했다.

"경계심이 대단하시군요. 좋습니다, 오늘은 그럼 이만 물러가기로 하죠. 그 대신 이따가 커피나 한잔 사 주십시오. 무료로 배우는 건 싫다고 하셨으니까. 전 벌써 중요한 가르침 하날 베푼 셈이거든요. 수영을 반이나 가르친 것과 다름없으니까요. 자, 그럼 이따 뵙죠."

그리고 그는 돌아서려는 자세를 취했다. 수옥은 기가 막혔다.

"잠깐만요. 이따 나한테 또 말을 붙이심 그땐 따귀를 갈겨 드리겠어요."

"네? 하하, 그럼 기쁘게 맞겠습니다. 전 또 따귓값을 받을 수 있게 될 테니까요. 따귓값은 그럼 맥주로 하실까요?"

"기가 막혀."

"아, 안 되죠. 물속에서 기가 막히면 그걸 의학용어로는 심장마비라고 하니까요. 자, 그럼……."

그리고 그는 건강해 보이는 흰 치열을 드러내 씽긋 웃어 보인 다음 익숙한 동작으로 헤엄쳐 풀 저쪽으로 가 버렸다.

수옥은 속이 상했다. 그의 어딘가에 야비함이 있다고 느끼고, 그렇다면 가볍게 모욕을 주어서 쫓아 버릴 수 있다고 생각했던 것인데 끝내 이쪽만 조롱을 당하고 만 느낌이었던 것이다.

"망할 자식! 쥐나 내려라."

그녀는 속으로 저주를 퍼부었다. 그러나 여전히 속은 후련해지지 않았다.

말할 것도 없이 더 이상 헤엄을 칠 기분도 나지 않았다. 그렇다고 금방 풀에서 나와 버릴 수도 없는 노릇이었다. 그가 어디선가 유쾌한 표정으로 바라보고 있을 것이기 때문이었다.

또 그렇다고 억지로 헤엄을 치기도 속 상하는 일이었다. 그는 이쪽의 속을 빤히 들여다보고, '음, 오기는 있어서'라고 생각할 것이었다. 게다가 그는 말했었다. 물을 딱딱하다고 생각하느냐고. 그것은 이쪽의 서투른 수영 동작을 드러내 놓고 빈정댄 말에 다름 아니다. 아름다운 몸매를 가지신 분이 아름답게 헤엄치는 모습을 보고 싶다는 충정에서…… 어쩌고까지 그는 하지 않았던가. 그것은 뒤집으면 보기 흉한 짓은 제발 좀 그만두라는 뜻이 아닌가.

'거지 같은 자식! 재수가 없으려니까 별 깽깽이 같은 자식이다……'

그녀는 이번에 욕설을 퍼부어 보았다. 그러나 속이 후련해지지 않기는 매일반이었다.

결국 그녀는 풀 밖으로 나오고야 말았다. 속 상하는 일임엔 틀림없었지만 불쾌할 때는 불쾌한 사람답게 행동하는 것이 차라리 속 편할지는 몰랐다. 그러자 엉뚱하게도,

'부드러운 것은 부드러운 것답게, 아름다운 것은 아름다운 것답게'

라고 야기죽거리던 그의 말이 떠올랐다. 피식 웃음이 새어 나왔다. 그리고 저도 모르는 사이에 웃음이 헤프게 새어 나왔다는 사실에 그녀는 다시 속이 상했다.

그가 어디쯤 있는지 보려고 몰래 풀 쪽을 일별했다. 그러나 풀 속에 그의 모습은 보이지 않았다.

그리고 풀 주변 어디에도 그의 모습은 보이지 않았다. 어느새 그는 수영장을 빠져나가 버린 모양이었다.

수옥은 또 한 번 조롱을 당한 듯한 기분을 맛보아야 했다. 공연히 그가 어디선가 보고 있으리란 지레짐작으로 행동에 신경을 곤두세웠던 것이다.

이번엔 그녀는 귀밑이 달아오르는 걸 느꼈다. 수치심 때문에 일순 눈앞의 사물이 제대로 보이지 않는 것 같았다.

'맹추 같은 계집애! 무슨 꼴이람.'

그녀는 자신을 조롱했다. 그러나 언제까지고 그렇게 수치심에 사로잡혀 있을 수만은 없는 노릇이었다.

되도록 그곳을 빨리 빠져나가 버리는 게 상책일 것 같았다. 그는 언제 다시 나타날지 모르며, 또다시 그의 눈에 띄는, 그래서 흥밋거리를 제공하는 수치감을 맛보기보다는 한시바삐 그곳에서 빠져나가 버리는 게 상책일 것이었다. 비록 그것이 속 상하는 일임엔 변함이 없다 하더라도.

그러나 그녀가 대충 샤워를 마치고 옷을 바꿔 입은 다음 수영장을 나섰을 때, 그녀는 물귀신을 만난 듯 그 자리에 서 버리고 말았다. 그가 지루하다는 표정으로 수영장 현관 어귀에 서 있다가 그녀와 눈이 마주치자 반가이 씽긋 웃음을 보내왔던 것이다. 넥타이까지 맨 정장 차림이었으나, 그리고 한 손엔 가방까지 들었으나 틀림없는 풀 속에서의 그 남자였다.

수옥은 순간 싸느랗게 얼굴에 날을 세워 가지고 멈췄던 걸음을 빨리했다. 그가 서둘러 그녀 곁으로 따라서며 말했다.

"자, 커피를 사 주시죠. 혹은 따귀를 때리시거나."

"……."

수옥은 말없이 얼굴에 날을 세운 채 앞만 보고 걸었다.

"오, 이건 약속이 틀린데요. 커피는 약속이 아니라고 하더라도 제가 말을 붙이면 따귀는 꼭 때려 주시기로 약속하셨잖습니까."

"……."

"자, 약속을 지키시죠."

수옥은 걸음을 멈췄다. 그리고 그를 날카롭게 쏘아보며 말했다.

"정말, 따귀가 맞고 싶으세요?"

그는 부드럽게 웃으며 대꾸했다.

"커피를 사 주신다면 그건 제가 양보할 수도 있습니다."

"양보받고 싶지 않다면?"

"양보해 드리고 싶군요. 물론 커피를 사 주신다는 전제에서지만. 커피나 따귀, 그걸 위해서 제가 10분 이상이나 기다렸다는 걸 아셔야 합니다."

"댁은 도대체 누구죠? 수영장에서 여자들을 괴롭히는 상습범인가요?"

"첫 번째 질문부터 대답해 드리죠. 제 이름은 곽동식(郭東植)이라고 합니다. 그리고 두 번째 질문에 대한 대답인데요, 전 태어날 때 어머니를 괴롭혀 드린 이후론 맹세코 어떤 여자도 괴롭혀 본 적이 없는 사람입니다. 다만 전 제 도움이 다소라도 필요하다고 생각되는 여자분들을 보고서 그냥 지나치지 못하는 약간 주제넘은 의협심 같은 건 갖고 있다고 생각합니다."

"흥, 그 주제넘은 의협심인지 뭔지가 여자들을 괴롭히는 장본인인 줄 모르세요?"

"아, 그 점에 대해선 미처 생각해 보지 못했군요. 반성 좀 해 봐야겠는데요. 제 반성을 좀 도와주시겠습니까?"

그리고 그는 재빨리 덧붙였다.

"그 대신 커피는 제가 사 드리기로 하죠."

수옥은 냉랭하게 말했다.

"미안하지만 제겐 그 주제넘은 의협심 같은 게 없군요. 반성은 혼자서 해 보세요."

그리고 그녀는 다시 걸음에 날을 세웠다. 수영장의 주차장을 빠져나가면 바로 차도였다. 그러나 그는 어느새 그녀 곁을 따라 걷고 있었다.

"자존심 없는 남자라고 꾸짖지 마십시오. 남자들이란 흔히 아름다운 여자분 앞에선 자존심을 잃기 마련이니까요. 게다가 저는 지금 가엾은 처지에 놓여 있답니다."

"……."

"여자분들은 가엾은 남자를 보면 모성애를 느낀다고 들었는데요."

"……."

"제가 가엾어 보이지 않습니까?"

"……."

"정말 쌀쌀하시군요."

"……."

"마치 북한의 여성 당원 같으십니다."

수옥은 다시 걸음을 멈추고 경멸의 시선으로 그를 돌아보았다.

"도대체 왜 이러시는 거죠? 뭘 원하세요?"

그는 과장스레 안도의 표정을 지으며 침을 꿀꺽 삼켰다.

"아, 전 또 끝내 저 같은 건 상대도 안 해 주시는 줄 알고 얼마나 간이 콩알만 해졌는지. 네, 제가 원하는 건 제 가엾은 처지에 대해 관심을 좀 가져 주십사 하는 겁니다."

그는 완연히 어릿광대 같은 태도를 취하고 있었다.

"참 여러 가지로 사람을 괴롭히는군요. 그래 가엾은 처지라는 건 또 뭔가요? 댁에 돌아갈 차비라도 떨어졌단 얘긴가요? 그런 사람 더러 있던데."

"그런 사소한 경제적인 문제라면야 오죽이나 좋겠습니까. 경제적인 문제도 물론 경시해선 안 되겠습니다만. 제가 말씀드린 저의 가엾은 처지라는 건 다름 아닌 영혼의 문제랍니다. 제 영혼을 좀 구해 주시겠습니까?"

"정말 웃지 않을 수가 없군요. 금방은 북한의 여성 당원 같다더니, 갑자기 내가 성모 마리아처럼 보이나요?"

"비단 성모 마리아뿐이겠습니까. 관세음보살님도 있고……. 아무튼 제 영혼은 지금 악령에 시달리고 있습니다. 그렇지 않다면, 제 영혼이 온전하다면 제가 지금 이러고 있지도 않을 겁니다."

수옥은 마침내 실소를 금할 수 없었다.

"그러니까 결국 지금 자신의 행동이 잘못이라는 건 알고 계시다는 뜻이군요?"

"아, 저하고 만난 뒤로 최초의 웃음을 보여 주시는군요. 네, 물론 알고 있다마다요. 다만 제 영혼은 지금 악령의 지배를 받고 있어서 저 혼자만의 힘으론 어쩔 못하고 있을 뿐이죠. 그래서 이렇게 도움을 청하고 있지 않습니까."

"정말 도와드리고 싶군요. 그런데 내가 아는 방법은 한 가지밖에 없으니 어떡하죠?"

"그게 뭡니까?"

"이런 노상에선 실시하기가 좀 곤란한 방법인데……."

"글쎄, 뭘까요?"

"따귀, 괜찮겠어요?"

그는 한 손을 머리 뒤로 가져가며 겸연쩍은 표정을 지었다.

"……괜찮긴 하지만 노상에서는 역시 좀……."

"곤란하겠죠?"

"그렇군요, 그 대신 이렇게 하는 게 어떻겠습니까……."

"또 무슨 잔꾀가 남았나요?"

"글쎄요, 잔꾀가 되는지 어떨는진 모르겠습니다만, 노상이라고 하더라도 어두워진 뒤라면 다소 상관이 없지 않을까 해서……."

"그래서요?"

"그래서 제게 은혜를 베푸실 아량만 있으시다면……."

"어두워질 때까지 함께 있어 달라는 얘긴가요?"

"아니죠, 제가 모시고 있어도 좋다는 생각에서 의향을 여쭤보려던 참이죠."

"역시 악령이 단단히 씌었군요, 계속 그런 잔꾀를 부리는 걸 보면."

"그러니 도움을 청할 밖에요."

수옥은 순간 마음을 독하게 먹었다. 그녀는 배시시 웃으며 말했다.

"알겠어요, 도와드리죠."

그와 동시에 그녀는 재빨리 한 발을 들어 그의 발등을 힘껏 밟았다. 그가 아이쿠, 소리를 내며 허리를 앞으로 숙였다. 그녀는 종종걸음으로 차도 쪽을 향해 달음박질쳤다.

때마침 빈 택시 한 대가 저만큼 달려오고 있었다. 그녀는 서둘러 택시를 세웠다. 그리고 재빨리 올라탄 다음 운전사에게 말했다.

"아저씨, 빨리 가 주세요. 저 지금 나쁜 사람들한테 쫓기고 있어요."

택시가 출발한 뒤 뒤창 쪽을 돌아보자, 그가 엉거주춤 일어서서 이쪽을 바라보고 있는 모습이 보였다. 확실치 않았으나 그는 웃고 있는 듯했다.

착각일 것이었다. 웃을 여유가 있을 리 없다. 아마 아파서 찡그린 것일 테지.

그의 발등을 밟던 순간의 상쾌한 탄력이 아직도 신발 바닥에 남아 있는 것 같았다. 그러나 그녀의 기분이 반드시 상쾌한 것만은 아니었다. 폭력은, 당하는 쪽보다 가하는 쪽이 한결 통쾌하긴 하지만, 그것을 가한 쪽의 기분도 반드시 상쾌한 것만은 아니라는 걸 그녀는 알았다. 어딘지 마음 한구석이 꺼림칙한 게 숨길 수 없는 감정이었다.

게다가 그가 택시라도 잡아타고 뒤쫓아 오면 어쩌나 싶은, 약간 켕기는 마음도 생겼다. 그녀는 부지런히 택시의 뒤창 쪽을 돌아보았다. 그러나 그가 뒤쫓아 오는 기색은 없었다.

그러고 보면 그가 그렇게까지 악랄한 남자는 아니었던 것 같은 느낌도 들었다. 좀 추근추근하긴 했지만 그것도 어떻게 보면 악의 있는 행동이라고는 할 수 없는 점들이 있었다. 어쩌면 그는 악의 없는 단순한 장난꾸러기에 지나지 않았는지도 몰랐다.

어쨌든 폭력을 가한 쪽의 다소 꺼림칙한 기분이 그런 생각—다소 양보하는 기분이 섞인 생각을 갖게 했는지도 몰랐다. 그러나 그녀는 자신의 행동을 후회하진 않았다. 꺼림칙한 기분보다는 역시 통쾌한 기분이 우세했던 것이다. 어쨌든 추근추근하게 구는 건장한 남자 하나를 보기 좋게 떼어 버렸으니까. 그것도 어쨌든 폭력으로.

그러나 그녀의 그 통쾌한 기분은 얼마 안 가서 깨어졌다.

택시가 그 수영장으로부터 멀리 벗어나 종로 2가 부근에 이르렀을 때였다. 수옥은 택시를 세워 달라고 부탁했다. 그 근처 책방들에나 좀 들러 보려는 생각에서였다. 시내에 나오면 그 근처 책방들에 한

번씩 들러 보곤 하는 것이 그녀의 버릇이었다. 수영장에서의 일로 약간 어수선해진 기분을 가라앉히는 데도 책방은 안성맞춤의 장소일 터이었다.

택시가 멈췄을 때 그녀는 요금을 지불하기 위해 지갑을 찾았다. 그러나 수영도구와 함께 비치백 속에 들어 있어야 할 지갑이 보이지 않았다. 백 속을 온통 뒤집다시피 했어도 지갑은 나오지 않았다.

그제야 그녀의 머릿속엔 아까 택시의 뒤창 쪽을 돌아보았을 때 그가 엉거주춤 일어서서 짓고 있던 표정이 떠올랐다. 확실친 않았지만 그때 그는 웃고 있는 것 같았다. 그것을 그녀는 웃음일 리 없다고 생각했었지만 이제 보니 그것은 매우 의미심장한 웃음이었음이 명백해졌다. 그것도 아주 음흉하기 짝이 없는.

지독하게 당했다는 생각에 그녀는 어쩔 줄을 몰랐으나 우선 택시 요금을 지불해야 했다. 다행히도 수영장 입장 요금을 치르고 거슬러 받은 천원 권 몇 장을 진 바지 호주머니에 찔러 넣었던 기억이 떠올라 주었다.

요금을 치르고 택시에서 내려선 수옥은 잠시 얼빠진 사람처럼 그 자리에 서 있었다. 잠깐이라도 그에게 양보하는 기분 비슷한 감정을 가졌던 게 참으로 어리석기 짝이 없었다. 소매치기를 두고 악의 없는 단순한 장난꾸러기에 불과할지도 모른다고 생각하다니.

그렇다고 지금 다시 수영장 쪽으로 되돌아가 보았자 그가 거기서 기다리고 있을 리는 만무하였다. 세상에 지갑을 훔친 소매치기가 주인이 찾으러 오길 기다리는 수도 있겠는가. 아마도 벌써 유유히 사라져 버렸을 것이었다.

지갑 속에 많은 돈이 들어 있었던 건 아니었다. 만 원권 서너 장과 5천 원권 두어 장, 그러니까 5만 원을 넘지 않는 액수였다. 그리고 주민등록증과 사람들로부터 받아 넣어 둔 몇 장의 명함이 들어 있었을 뿐이었다. 그러나 소매치기로서는 그 정도면 나쁜 성적은 아니라고 생각할 수도 있을 것이었다. 어쨌든 도로 포기할 만한 정도의 성적은 아닐 것이었다. 수영장 부근에서 꾸물거리고 있을 까닭이 없었다.

수옥은 아침의 꿈을 생각했다. 주 언니는 좋은 일이 있을 거라고 말했지만 역시 좋은 꿈은 아니었던 모양이다. 내용이 흉측한 꿈이 좋은 꿈일 리 없었다.

기가 막히고 어이가 없었으나 수옥은 일단 잃어버린 지갑에 대해서는 더 이상 생각하지 않기로 했다. 꿈땜을 한 것으로 생각해 두는 쪽이 속 편할 것 같았다. 주민등록증마저 잃어버린 것이 다소 마음에 걸렸으나 조금 성가시긴 하더라도 재발급받을 수 있을 터이었다. 그리고 소매치기당한 주민등록증은 대개 돌아온다기도 하니까 어쩌면 그것을 재발급받는 성가심만은 면할 수 있을지도 몰랐다.

그러나 이제 책방에 들르고 싶은 기분은 생기지 않아 그녀는 곧장 주 언니네 집으로 갈까 하다가, 자신의 옷차림에 생각이 미쳐 그녀의 아파트로 돌아왔다. 진 바지 차림으로 파티에 참석할 수는 없는 노릇이었다.

아파트로 돌아온 그녀는 속도 가라앉힐 겸 천천히 시간을 들여 화장을 다시 고쳤다. 그러면서 수영장에서의 일은 되도록 머릿속에서 지워 버리려고 애를 썼다.

그러나 그것은 지워 버리려고 하면 할수록 머릿속에서 뱅뱅 떠나지 않았다. 그리고 생각하면 할수록 속이 상하고 기가 막혔다.

화장을 고치던 손을 멈추고, 전축을 켜서 음악을 틀어 보기도 했다. 모차르트를 얹어 놓아 보기도 하고 비발디를 얹어 놓아 보기도 했다. 양희은을 얹어 놓아 보기도 했다.

그러나 수영장에서의 일이 머릿속에서 지워지지 않기는 마찬가지였다. 화장도 마음먹은 대로 잘 고쳐지지가 않았다.

결국 그녀는 속을 가라앉힌다는 목적에는 실패한 채 대충 화장만을 고치고 옷을 갈아입은 다음 아직 좀 시간이 이른 대로 다시 아파트를 나섰다.

일진으로 보아 주 언니가 말한 파티에 참석해 보았다 별 신통한 일은 없을 것 같았지만 혼자서 우두커니 있는 것보다는 여럿 사이에 섞여 있는 편이 한결 나을 것 같아서였다.

주 언니는 두 가구분의 아파트를 터서 사용하고 있었다. 물론 가족과 함께 살고 있지는 않았다. 가족들은 딴 곳에 살고 있다고 들었다.

두 가구분의 아파트를 그렇게 터서 사용하는 것은 아파트 입주 규정엔가에 위배된다는 것 같았지만 주 언니는 그런 일쯤 문제로 삼지도 않을 만한 수완을 지닌 여자였다. 따라서 주 언니의 아파트는 현관이 양쪽에 각각 하나씩 있는 셈이었는데 용도에 따라 그 두 채의 아파트가 하나로 쓰이기도 하고 독립된 채 따로따로 쓰이기도 했다. 물론 그곳에서 열리는 파티는 대개 조용조용한 파티였으므로 이웃 주민으로부터 항의 따위를 받는 일은 없었다.

주 언니가 주선하는 파티 가운데도 때로는 장소가 딴 곳으로 정해지는 경우도 없지 않았지만 대개는 주 언니의 그 아파트가 사용되는 것이 보통이었다. 오늘도 따로 특별한 말이 없는 것으로 보아 파티는 주 언니의 아파트에서 있을 모양이었다.

수옥이 주 언니의 아파트에 도착한 것은 5시가 조금 지나서였다. 그녀는 반색을 하며 맞아 주었다.

"웬일이니, 이렇게 일찍. 난 또 아까 대답이 시원치 않길래 안 나오면 어쩌나 싶었는데."

"응, 좀 일찍 왔어요."

"그래 그래, 잘했어. 아무튼 어서 들어와."

"딴 애들은 아직 안 왔죠?"

"천천히들 나타나겠지 뭐, 아직 시간이 있잖니. 그런데 정말 웬일이니, 이렇게 일찍? 너같이 지각 잘하는 애가."

"응, 속 상하는 일이 좀 생겼어요, 언니."

그러면서 수옥은 소파가 있는 쪽으로 걸어가 앉았다.

"속 상하는 일이라니?"

주 언니는 걱정스런 표정으로 물으며 맞은편 소파에 앉았다. 마흔이 넘었다곤 하지만 아직 아름다운 얼굴이었다. 비록 그 아름다운 얼굴 뒤엔 누구도 따를 수 없는 교활함과 강인함이 숨 쉬고 있었지만.

"나 오늘 소매치기 당했어요, 언니."

"뭐라구? 소매치기를 당했어? 아니, 도대체 어디서?"

그녀는 호들갑스럽게 놀라는 표정을 지으며 물었다. 수옥은 자초지종을 대충 이야기해 주었다.

이야기를 다 듣고 난 주 언니는 재미나다는 듯 깔깔대고 웃었다.

"애, 그 사람 소매치기하곤 아주 멋쟁이다, 애. 발등을 밟아 주었다는 너도 너지만, 애. 아유, 재미있어라."

"언니는, 재미있긴. 남은 속상해 죽겠는데."

"속상할 일도 많다, 애. 그까짓 돈 5만 원 잃어버린 게 그렇게도 속이 상해? 그건 발등 밟아 준 값만 해도 충분하겠다, 애."

"언니는? 누가 돈 때문에 속이 상한대요? 감쪽같이 당한 게 분해서 그렇지."

"알아, 알아. 결국 이긴 줄 알았다가 나중에 보니까 졌더라, 이거지?"

"아이, 언니는. 이게 어디 이기고 지는 문제예요?"

"그럼 뭘까. 설마 처음 보는 남자한테 배신을 당했다는 얘긴 아닐 테구."

"아이, 언니랑 얘기 안 해요."

"그래, 알았다, 알았어. 물론 속상하겠지. 하지만 그렇게 너무 속상해할 것 없어. 세상엔 별의별 일이 다 많으니까. 그리고 주민등록증은 아마 부쳐 올 거야. 너무 걱정하지 마."

수옥이 그곳에 도착한 뒤로 한참이 더 지나서야 다른 아가씨 네 명이 차례차례 도착했다. 모두 알 만한 얼굴들이었다. 그중에는 이름만 말해도 사람들이 금방 알아들을 수 있는 얼굴도 있었다.

파티는 7시가 훨씬 지나서야 시작되었는데 주 언니가 말한 것처럼 그렇게 대단한 파티는 아니었다. 물론 흔히 있는 일이었지만.

미국인 구매 담당자가 낀, 말하자면 그 미국인 구매 담당자에게 향응을 베풀기 위한 흔히 볼 수 있는 파티였다. 파티의 성격답게 모든 배려가 그 미국인 구매 담당자에게 기울여졌다. 그리고 그 미국인은 이런 일에 매우 익숙한 듯 자기에게 기울여지는 배려를 당연스레, 그리고 아주 자연스레 받아들였다.

그에게 물건을 팔아야 하는 회사의 고위 간부들로 보이는 한국인들은 어떻게 하면 그가 최상의 향응을 받았다고 느끼게 할 수 있는지에 대해서만 주로 마음을 쓰는 것 같았다. 그리고 영어를 사용한 농담을 통해서 슬쩍슬쩍 자신들의 영어 실력을 뽐내는 기회로도 삼았다. 대개 과장된 웃음이 그 경우에 뒤따랐다.

수옥들은 주 언니가 배정해 주는 대로 각기 한 사람씩의 파트너 옆에 앉혀졌는데 주로 술잔 시중드는 일과 안주 집어 주는 게 일이었다. 그리고 때로 그들의 점잔 빼는 손길이 와 닿는 걸 내버려두는 일.

파티는 상투적으로 진행되고 상투적으로 끝났다. 11시가 조금 지나서였다. 그리고 수옥이 그녀의 아파트로 돌아온 것은 11시 반이 넘어서였다. 몇 잔 받아 마신 술 때문에 얼굴이 약간 화끈거렸다.

그러나 그녀는 씻지도 않은 채 거실 소파에 몸을 던져 앉았다. 피곤한 듯도 하고 조금 외로운 듯도 했다. 오늘따라 아파트 공간이 텅 빈 듯 넓게 느껴졌다. 아마도 이제 혼자가 되었다는 실감 때문인지 몰랐다.

그때 전화벨 소리가 요란하게 울렸다.

수옥은 전화기를 끌어당겨 천천히 송수화기를 집어 들었다.

"여보세요?"

"아, 들어오셨군요."

"네?"

"아, 제 목소리 벌써 잊으셨습니까? 곽동식입니다."

"아, 소매치기……."

그였다. 낮에 수영장에서 만났던 남자. 그녀의 지갑을 감쪽같이 소매치기해 간…….

"지금 소매치기라고 하셨습니까?"

"그럼 소매치기를 부르는 다른 이름이라도 있나요? 그런데 내 전화번호는 어떻게 알았죠?"

수옥은 긴장했으나 되도록 태연한 어조를 꾸몄다. 상대방을 즐겁게 해 주지 않기 위해서였다. 그는 유들유들한 목소리로 말하고 있었다.

"아, 한꺼번에 두 가지 질문을 하시는 습관은 여전하시군요. 역시 나누어서 대답해 드리죠. 첫 번째 질문에 대해선 소매치기를 부르는 다른 이름은 없다, 그러나 재산 손실을 끼치는 게 목적이 아닌 소매치기에게는 무언가 다른 적당한 이름이 고려되어야 한다고 말씀드리고 싶고, 따라서 아가씨, 아니 민수옥(閔壽玉) 씨의 재산은 언제든지 되돌려드릴 용의가 있습니다. 그리고 두 번째 질문에 대한 대답인데, 이건 제가 아가씨의 이름을 말하는 순간에 이미 눈치채셨겠지요?"

"전화번호부를 뒤졌단 얘긴가요?"

"역시 빠르시군요, 그렇습니다. 전 아가씨의 주민등록증을 입수한 상태에 있었으니까요. 다행히 같은 이름을 가진 분이 몇 분 안 돼서 일이 쉬웠던 편이죠. 몇 분 안 되는 가운데 주소가 일치하는 분의 전화번호를 찾아내는 일은 지극히 간단했으니까요. 하지만 전화번호부를 실제로 펼쳐 보기 전엔, 전 자신만 가질 수 있었던 건 아니죠. 아가씨에게 전화가 없는 경우도 충분히 생각할 수 있고 더구나 전화가 있다 하더라도 아가씨의 명의로 되어 있을 가능성은 오히려 적다고도 할 수 있었으니까요. 전화번호부에서 아가씨의 이름과 주소, 그리고 전화번호를 발견했을 땐 얼마나 기쁘던지요."

"그렇게 굳이 내 전화번호를 알아낸 이유는 뭐죠?"

"그야 물론 이렇게 전화를 드리고 싶어서죠. 초저녁 때부터 한 시간 간격으로 신호를 보내 봤지만 안 받으시더군요. 본의 아니게 제 손에 들어와 있는 아가씨의 재산도 돌려드려야겠고 또⋯⋯."

"또 뭐죠?"

"또 제 영혼도 마저 구제받아야 하겠어서. 아까 낮에 베풀어 주신 도움만으론 아직 이놈의 악령이 물러갈 생각도 않아서 말입니다."

"도대체 댁은 어떤 사람이죠? 어떤 사람이길래 남의 지갑을 소매치기한 것만으론 부족해서 밤늦게 전화까지 걸고 이러는 거죠? 혹시 정신병자는 아닌가요?"

"이번엔 역순(逆順)으로 대답해 드리죠. 영혼이 병들었다는 점에선 정신병자라고 불러도 괜찮을지 모르죠. 그리고 병든 사람의 구조

요청은 원래 밤낮을 가리지 않는 법 아닙니까. 또 마지막으로 영혼이 병들었다는 사실을 제외하면 전 보통의 대한민국 국적을 가진 서울 시민입니다. 더 자세한 게 알고 싶으시면 구체적으로 질문해 주십시오. 친절히 대답해 드리겠습니다."

"기가 막혀. 그래요, 그럼 직업은?"

"네, 별로 직업이라고 내세울 만한 것은 못됩니다만 어느 작은 사립 대학의 시간강사를 하고 있습니다."

"그래요? 뜻밖이군요. 그럼 가르치는 과목은? 소매치기 강의인가요?"

"관계가 전혀 없다곤 할 수 없겠죠. 제가 맡고 있는 강의는 경제학개론이니까요."

"주로 타인의 재산을 넘보라는 경제학이겠군요."

"하하, 가르칠 때만은 적어도 그렇게 가르치진 않는답니다."

"학생들에게 가르치는 것과 스스로 행동하는 것은 다르다는 뜻이군요. 좋아요, 그럼 수입은? 역시 소매치기에 주로 의존하는 형편인가요?"

"역시 날카로우시군요. 실상 강사료 수입이 그렇게 넉넉하진 못하니까요. 하지만 소매치기에 의존해야 하는 정도는 아니랍니다."

"뜻밖이군요. 그럼 지금 쓰고 있는 전화는? 공중전화는 아닌 모양인데 그렇게 길게 사용해도 괜찮은 전환가요?"

"아, 누구의 눈치를 보아야 하는 전화가 아니냐는 뜻이군요. 다행히도 그렇진 않습니다. 이건 제 소유의 전화니까요. 게다가 방해할 만한 사람도 없구요."

"방해할 만한 사람이 없다는 건 독신자라는 뜻인가요?"

이 질문은 수옥이 후회한 것이었다. 반은 오기로, 그리고 반은 빈정 거려 주기나 하자는 뜻으로 그 통화를 이어 가는 사이에, 자신도 모르게 그녀는 묘한 호기심 같은 것 속으로 점점 이끌려 들어가기 시작했던 것인데 그 질문은 바로 그 호기심을 너무도 숨김없이 드러낸 셈이 되었던 것이다. 그러나 그는 이쪽의 기분엔 아랑곳없다는 듯 천연스레 대답하고 있었다.

"놀랍군요, 역시 민감하십니다. 방해자가 없다는 말에서 대뜸 독신자를 연상해 내는 상상력엔 탄복을 금할 수가 없군요. 그런데 약간 수상하군요. 그런 민감성은 대개 비슷한 경험을 갖고 있는 사람들끼리의 공감 같은 것에서 얻어지는 경우가 많은데 아가씨도 혹시 독신자는 아니신지요?"

그는 분명 능청을 떨고 있음에 틀림없었다. 전화번호를 알아내는 과정에서 그는 필경 이쪽의 형편을 대충 눈치챌 수 있었을 테니까. 게다가 그는 초저녁에서부터 한 시간 간격으로 신호를 보내 봤었다지 않던가. 그러나 그녀는 시치미를 뗐다.

"그렇다고 대답할 수가 없어서 미안하군요. 지레짐작하지 마세요. 물론 지금은 혼자예요. 하지만 오늘뿐예요. 출장 간 남편이 내일 돌아와요."

"예? 그럼 결혼하셨던가요?"

"왜, 곧이들리지 않나요? 전화 명의가 내 이름으로 올라 있다는 사실만 가지고 무슨 엉뚱한 짐작을 하시는 모양이지만 내겐 엄연히 남편이 있어요. 남편이 인쇄물에 이름이 오르는 걸 싫어해서 내 이름으로 했을 뿐이죠."

스스로도 제법 잘 둘러대었다는 생각이 들었다. 그러나 그는 곧이듣는 눈치가 아니었다.

"아, 부군께서 좀 묘한 결벽증을 가지고 계시군요. 인쇄물에 이름이 오르는 걸 싫어하신다……. 아무튼 제 느낌이 그럼 빗나간 모양이군요. 뭐 이건 내일이라도 당장 확인해 볼 수 있는 문제지만. 그건 그렇다 치고 그럼, 오늘에 한해선 통화를 좀 더 길게 연장해도 괜찮겠군요. 어쨌든 지금은 혼자 계시니까."

수옥은 망설였다. 그쯤에서 짜증을 내며 통화를 끊어 버릴 수도 있었다. 그러면 필경 또 걸어올 것이다. 다시 끊어 버릴 수도 있고 송수화기를 아예 내려놓아 버릴 수도 있다. 그러나 전화번호를 알고 있는 이상 언제든 그는 또다시 걸어 올 수 있다. 그렇다면 구태여 지금 통화를 끊어 버리는 것이 반드시 현명하다곤 할 수 없을지 모른다. 그로 하여금 계속 귀찮게 굴지 못하도록 하려면 차라리 지금 통화를 좀 더 연장하더라도 이쪽이 그렇게 만만하거나 호락호락하지 않다는 점을 알려 두는 편이 유익할지도 모른다.

그러나 언제까지고 저쪽에서 전화를 끊지 않고 치근거려 온다면? 그때는 매몰차게 끊어 버리면 된다.

그리고 이것은 사실 좀 묘한 현상으로서, 한편으로 그녀는 이 남자에게 전혀 호기심이 없지도 않았다는 점이다. 뭐라고 할까, 그의 정체에 대한 호기심 같은 것이라고나 할까.

어쨌든 그녀는 통화를 약간 더 연장해도 무방하리라는 쪽으로 기울었다.

"……좋아요. 정 원한다면 그렇게 하세요. 그 대신 이후론 다시 전화하지 않겠다는 약속을 먼저 하세요."

"그건 어렵겠는데요. 전 지킬 자신이 없는 약속은 하지 않는 원칙이니까요."

"그럼 오늘 이후로도 계속 또 전화를 하겠단 뜻인가요?"

"물론이죠. 아가씨께서, 아니 민수옥 씨께서 제 영혼에 붙어 있는 악령을 깨끗이 쫓아내 주실 때까지는요. 그래서 제 영혼이 맑아질 때까지는요."

"그럼 이 전화 끊는 수밖에 없군요."

"아, 잠깐, 타협안이 있을 것도 같습니다. 이렇게 하죠. 제가 일단 약속을 드리기로 하죠. 오늘 이후로는 다시 전화드리지 않겠다고. 단, 꼭 한 가지 경우엔 그 약속을 파기할 수 있는데, 그건 제가 내일이라도 그쪽 동회에 가서 민수옥 씨 주민등록부를 열람해 보고 만에 하나 민수옥 씨에게 부군이 안 계시다는 사실이 밝혀지는 경우라고. 어떻습니까?"

"……."

"좋습니까?"

"동의할 수 없군요. 댁이 무슨 권리로 남의 주민등록부를 열람해 보겠다는 거죠?"

"아, 권리랄 것까진 없지만 제 영혼의 문제가 걸린 중대한 약속을 드리는 마당에 있어서 그 정도의 양보는 받을 수 있다고 생각했습니다. 무리일까요?"

"어쨌든 허락도 없이 남의 주민등록부를 열람해 본다든지 하는 몰염치한 행동은 찬성할 수가 없군요."

"불쾌하셨다면 용서하십시오. 하지만 영혼에 문제가 생기고 보니 나중엔 좀 몰염치한 생각까지 사실 해 보게 되는군요. 이 점 양해해 주십시오. 그리고 워낙 중대한 약속을 드리는 마당이라, 뭔가 지푸라기라도 하나 남겨 두어야겠다는 생각에서……. 이해해 주시겠습니까?"

"뭘 이해해야 할지 모르겠군요. 아무튼 몰염치한 행동은 삼가 주세요."

"알겠습니다. 그 대신 내일 그럼 저를 한번 만나 주시겠습니까? 어차피 제가 가지고 있는 민수옥 씨의 재산 등속도 반환해 드려야 할 테니까요. 부군께선 아무래도 저녁 늦게야 돌아오시겠죠?"

"……좋아요, 낮에라면 잠깐 만나 드리겠어요. 시간과 장소를 정하세요. 그리고 경찰관과 함께 나갈지도 모르니까 그리 아시구요."

그는 커다랗게 웃고 나서 좋다고 대답했다. 그리고 시간과 장소를 말했다.

"내일, 아니 벌써 오늘이군요, 자정이 지났으니까. 이거 이틀에 걸쳐서 통화를 한 셈인데요. 기념할 만한 일이군요. 자, 그러니까 내일이 아니라 오늘 낮 12시에, P호텔 커피숍, 어떻습니까?"

수옥은 좋다고 대답했다. 그리고 단지 지갑을 되돌려받기 위해 나가는 것뿐이니까 만나는 시간은 잠깐에 그쳐야 한다고 덧붙이는 걸 잊지 않았다.

송수화기를 내려놓는 수옥은 마치 긴 터널을 빠져나온 듯한 느낌을 받았다. 그러나 그것은 단순한 해방감 같은 것만은 아니었다. 일종의 새로운 풍경에 대한 내밀한 기대 같은 것도 포함된 감정이었다.

그리고 대충 씻은 다음 잠자리에 든 뒤에도 잠시 동안 그녀는 그 긴 터널을 빠져나온 듯한 느낌에서 멀리 벗어나지 못했다. 하긴 그 하루는 유난히 긴 하루였다고도 할 수 있었으니까.

그녀는 곧 잠들었고 푹 잠들었다. 그리고 꿈 한 점 없이 자고 깬 것은 오전 10시가 가까워서였다. 간밤의 일이 오래전 일인 듯 생소하게, 그러나 또렷이 떠올랐다. 꿈 한 점 없는 잠이란 하룻밤 사이의 일도 아주 낯설게 만드는 힘이 있는 것 같았다. 그러나 낯선 것이 더욱 또렷하기도 하다는 것을 그녀는 처음 알았다.

곽동식이라는 남자와 12시에 P호텔 커피숍에서 만나기로 했었다는 사실도 매우 낯설게, 그러나 또렷이 떠올랐다. 문득 귀찮은 생각이 잠깐 들었으나 지갑을, 무엇보다도 주민등록증을 되돌려받아야 한다는 생각과 약속을 어기면 더욱 귀찮은 일이 있을지도 모른다는 생각이 그녀를 독려했다. 그리고 어쩌면 그는 뜻밖에 괜찮은 남자일는지도 몰랐다. 어쨌든 직업적인 소매치기가 아닌 것만은 분명한 것 같았다.

그녀가 P호텔 커피숍에 도착한 것은 12시 정각이었다. 10분쯤 늦게 나타날까 하는 생각도 없지 않았으나 가능하면 사무적인 만남이라는 사실을 강조하자는 의도에서였다. 택시에서 내리는 순간에 시간을 확인하고, 보속(步速)을 조절함으로써 그녀는 거의 정각에 맞출 수가 있었다.

그는 먼저 나와서 기다리고 있었다. 그리고 그녀를 발견하자 예의바르게 의자에서 일어나 그녀를 맞이하는 자세를 취했다. 어제처럼 정장 차림이었으나 가방은 들고 있지 않았다. 어제에 비해 양복 차림이 한결 말쑥해 보였다. 양복도 다른 것인 듯했다.

그녀가 표정 없이 다가가, 역시 표정 없이 눈인사만 하고 의자에 앉자 그도 뒤따라 앉으며 말했다.

"정각에 와 주셨군요. 전 조금 기다릴 각오를 하고 있었는데. 완전히 의표를 찔린 기분입니다."

"그러세요? 난 약속시간을 지켰을 뿐인데요."

"하하, 네. 그런데 경찰관은 대동하지 않으셨군요. 전 사실 그 점에 대해서도 좀 겁을 집어먹고 있었는데."

"초범인 것 같아서 용서해 드리기로 했어요. 난 지갑만 돌려받으면 되니까요."

"하하, 이거 대단히 고맙습니다. 전과자를 만들고 싶진 않으셨다는 말씀이군요. 한데 제가 초범이라고 어떻게 단정하셨습니까?"

"초범이 아니세요, 그럼?"

"글쎄요, 초범의 솜씨라고 생각하셨습니까? 그렇다면 실망인데요. 전 그만하면 상당한 솜씨를 발휘했다고 자부하고 있었는데. 실습은 처음이지만 연습량은 결코 적다고 할 수가 없으니까요."

"훌륭한 기술을 연마하셨군요. 아무튼 지갑이나 어서 돌려주세요."

"아, 네, 우선 차나 한잔 드시죠."

그리고 그는 차 나르는 청년을 손짓으로 불렀다. 청년이 다가오자 그는 그녀에게 물었다.

"커피 하시겠습니까?"

"네."

"커피 둘." 하고 그는 청년에게 말했다. 그리고 청년이 물러가자 다시 그녀를 향해 물었다. 약간 성실한 표정이 되어 있었다.

"어젠 몹시 화나셨죠?"

그녀는 표정 없이 대답했다.

"네, 약간."

"용서하십시오. 실은 처음부터 그러려던 생각은 아니었는데 장난이 좀 지나쳤던 것 같습니다. 역시 나쁜 장난은 안 배워 두는 게 좋겠더군요."

여전히 성실한 표정임엔 변함이 없었으나 그것이 지어낸 것임을 그녀는 알 수 있었다. 그녀는 대꾸하지 않았다.

"……전 그저 배울 수 있는 기술은 다 배워 두는 게 좋다는 생각을 갖고 있었습니다만 어제의 경험으로 그렇지도 않다는 사실을 깨달았죠. 하긴 제가 그런 나쁜 장난을 하지 않았더라면 오늘 이렇게 다시 만나 뵐 수는 없었겠습니다만, ……그 수영장엔 가끔 들르시나요?"

"네, 가끔."

"전 그 수영장에 직장을 갖고 있는 친구가 하나 있어서 그 친구를 만나러 갔다가 친구는 만나지 못한 대신 수옥 씨를 만나는 행운을 얻었죠. 수영 코치를 하고 있는 친군데 어젠 마침 비번인 모양이더군요."

그때 청년이 커피를 날라 왔다. 청년이 두 사람의 잔에 커피를 가득가득 따르고 돌아가자 그가 말했다.

"자, 드시죠. 어제의 제 희망이 오늘에야 이루어지는군요."

"네?"

"아, 제가 어제 커피에 관한 두 가지 희망을 말씀드렸었죠. 처음엔 사 달라고 청을 드렸었고 나중엔 사 드리겠다고 자청했던 일 기억 안 나십니까. 결국 본의는 커피를 함께 마시고 싶다는 데 있었습니다만. 자, 드시죠. 설탕 치시던가요?"

그러며 그는 설탕 그릇을 밀어 주려고 했다. 그녀는 짤막하게 대답했다.

"아뇨."

그리고 커피잔을 그대로 들어 조금 마시고 내려놓았다. 그러나 그는 기쁜 표정을 지었다.

"아, 블랙으로 드시는군요. 그러실 줄 알았습니다. 사실 커피에 설탕을 넣어서 마신다는 건 어리석은 짓이죠. 그것은 커피를 죽여서 마시는 셈이니까요. 설탕은 말하자면 커피의 천적(天敵)이라고나 해야겠죠. 쓴 것은 쓴 것답게, 역시 사물은 각기 그 고유의 성질을 존중

해 줄 필요가 있는 것이죠. 제가 어제도 비슷한 말을 한 것 같습니다만……."

수옥은 상대방을 어릿광대로 만드는 간단한 방법이 있음을 알았다. 그것은 상대방을 혼자서 지껄이게 하는 방법이었다.

그녀는 속으로 웃으면서, 그러나 표정 없이 말했다.

"자, 제 지갑이나 이제 돌려주세요."

그는 순간 조금 당황한 듯했다. 자기가 본래의 의사와도 약간 거리가 있게 어릿광대가 되고 있다는 자의식이 든 모양이었다.

그러나 그는 곧 여유를 되찾았다.

"아, 물론 돌려드려야죠. 하지만 아직 커피가 많이 남지 않았습니까. 게다가 전 아직 한 모금도 입에 대기 전이고."

"그럼 어서 드세요. 커피 강의 그만하시구요."

"하하, 이거, 부끄럽게 만드시는군요. 그러잖아도 핀잔을 듣지 않을까 막 걱정을 하던 참이긴 합니다만……. 자, 그럼 함께 드시죠."

그리고 그는 커피잔을 들어 음미하듯 조금 마시고 내려놓았다. 그런 다음 한 손을 양복 안주머니에 넣어 낯익은 지갑을 꺼내서 그녀 앞에 밀어 놓았다.

"확인해 보시죠. 혹시 재산에 축이나 나지 않았는지."

수옥은 잠자코 지갑을 집어 일부러 꼼꼼히 확인해 보는 시늉을 했다. 그리고 의자에서 일어나며 말했다.

"축난 물건은 없군요. 그럼 먼저 가 보겠어요."

그러나 그는 앉은 채로 서두르지 않고 말했다.

"커피나 마저 드시고 가시지요. 그렇게 서두르실 필요는 없을 텐데요."

약간 긴장을 감추지 못한 얼굴이긴 했으나 잔뜩 여유를 부린 표정이었다. 수옥은 순간 뭔가 그가 감추고 있는 사실이 있다고 직감했으나 그대로 모른 체하기로 했다.

"천천히 드시고 오세요."

그리고 그녀는 출입구 쪽을 향해 몸을 돌이켰다. 그때 그의 말이 등 뒤에서 들려왔다.

"제가 몰염치한 행동을 했다고 하면 자리에 앉으시겠습니까?"

그녀는 천천히 몸을 돌이켰다. 그리고 조용히 의자에 앉았다. 자신도 모르게 두 뺨이 싸늘하게 식는 것을 느꼈다.

"결국…… 그랬군요."

그녀의 싸늘해진 얼굴을 보자 그는 약간 당황하는 듯했다. 얼굴을 붉히며 그는 말했다.

"물론…… 나쁜 짓인 줄은 알고 있습니다만 저로선 방금 취하신 것 같은 태도에 대비할 방도를 강구하지 않으면 안 되었기 때문에……."

"그래서 결국 내 주민등록부를 열람해 보았단 애긴가요?"

"나쁜 짓인 줄은 알고 있습니다만. 오늘 아침에……."

"부지런도 하시군요. 그래서 알아낸 것이 뭐죠?"

"……부군이 계시다는 것은 거짓말이었다는 사실입니다."

"만족하셨나요?"

"만족했다고…… 말씀드리고 싶습니다."

"그럼 됐군요. 이젠 더 이상 나를 붙들고 있을 이유는 없겠죠?"

"아, 있습니다. 사과를 해야 하니까요. 그리고 몰염치한 행동인 줄 알면서도 감히 그런 짓을 한 것은 제가 수옥 씨를 좀 더 오래 붙들고 있어도 되는지를 확인하기 위해서였으니까요. 우선 그러려면 부군이 안 계셔야 하고……."

"아주 빈틈없이 잘하셨군요. 주제넘지만 한 가지만 충고를 하죠. 나쁜 짓은 가능하면 게으르게, 그리고 허술하게 하는 게 좋을 거예요."

수옥은 찬바람이 나게 몸을 일으켰다. 그리고 곧장 출입구 쪽을 향해 걸어 나갔다.

호텔을 빠져나와 포도 위를 걸으면서도 그녀는 뒤도 돌아보지 않았다. 곧장 앞만 보고 또박또박 걸었다. 방향을 정하지는 않았으나 남대문 쪽을 향하고 있었다.

오가는 행인들의 물결로 그녀의 똑바른 걸음은 방해를 받았으나 별로 개의치 않았다. 우선 걸을 수 있는 공간이 있는 것만으로 그녀는 다행스러웠다. 지금과 같은 걷잡기 힘든 기분일 때 걸을 수 있는 공간마저 없다면 얼마나 참기 힘든 노릇일까.

그가 뒤쫓아 오는 기색은 없는 것 같았다. 아마 그녀의 서슬에 다소 질렸는지도 모를 일이었다.

무슨 큰 비밀이 탄로 난 것은 아니었다. 그러나 왠지 발가벗겨진 듯한 느낌이었다. 그것도 낯선 사람의 손에 의해서. 거칠고 망설임 없는 손길에 의해서.

비열한 짓이었다. 기어이 남의 주민등록부를 열람해 보다니. 그녀의 이름 하나만이 동그마니 기재되어 있는 사실을 확인한 순간 그는 비열하게도 아마 쾌재를 불렀을 것이다. 마치 그녀의 알몸이라도 훔쳐본 순간처럼. 그리고 비열한 미소를 지었을 것이다. 마치 이제 이 여자는 손아귀에 넣은 것이나 다름없다는 듯이.

그는 뻔뻔하게도 말하지 않던가.

'제가 몰염치한 행동을 했다고 하면 자리에 앉으시겠습니까'라고.

몰염치한 행동을 했다고 몰염치하게 말하는 남자라면 몰염치한 생각인들 얼마나 마음대로 했겠는가. 잔뜩 여유를 부리던 그의 표정은 그러니까 그 나름의 비열한 승리의 표정에 다름 아니었으리라.

그녀가 지갑을 받아 챙긴 다음 이제 볼일은 끝났다는 듯 의자에서 일어났을 때 그는 속으로 얼마나 비웃었을 것인가. 그와 더불어 무슨 게임이라도 하는 기분에 가까웠던 스스로가 문득 한심스럽게 여겨졌다.

'바보 같은 계집애! 잘난 체하고.'

그녀는 스스로를 조롱했다. 그러자 뜻밖에도 기분이 약간 풀리는 듯했다. 하긴 조롱이란 분노보다는 이미 한결 풀어진 감정을 나타내는 것이겠지만. 걸음이란 것이 가져오는 효과인지도 몰랐다.

그래서 사람들은 걷는 것일까.

어쨌든 그녀는 이제 팽팽히 긴장된 걸음을 걷고 있지는 않았다. 적어도 호텔을 빠져나올 때의 걸음이 속도보다는 한결 누그러진 속도로 그녀는 걷고 있었다. 어쩌면 걸음이란 또한 생각의 속도에 따르는 것인지도 몰랐다.

어느새 남대문이 가까이 보이는 지점에 이르러 있었다. 오늘따라 유난히 우중충하고 바보스레 바라보였다. 키 크고 염치없게 생긴 빌딩들에 둘러싸여 마치 조롱이라도 받고 있는 듯이 보였다. 덩치 큰 술래처럼.

그런데 그때 그녀는 한순간 자기 눈을 의심했다. 그 우중충한 남대문을 배경으로 이쪽을 향해 서 있는 낯익은 남자 한 사람이 있었다. 분명 호텔 커피숍에 남겨 두고 온 곽동식 그 남자였다. 그는 가로수에 등을 기대듯이 하고 턱을 약간 쳐든 모습이었는데 숨을 몰아쉬고 있는 듯했다. 얼굴은 약간 붉은 편이었고 찡그리고 있었다.

그녀를 발견하자 그는 자세를 바로 했다. 그러나 가슴을 부풀렸다 내려놓는 동작은 멈추지 못하며 천천히 마주 걸어왔다. 험악한 표정이었다.

수옥은 순간 자신이 취해야 할 행동을 미처 정하지 못한 채 그 자리에 걸음만 멈췄다. 그는 험악한 표정으로 다가와서 말했다.

"이봐, 너무 잘난 척하지 말아. 내가 정말 당신 주민등록부 따위를 열람했을 것 같아? 그쯤은 간밤에 당신과의 통화에서 충분히 알 수 있었어. 그리고 방금 당신 입을 통해서 확인을 했을 뿐야. 알겠어? 잘난 척하고 그냥 가게 내버려두려고 했지만 뭘 좀 알고나 잘난 척하라고 한마디 해 줘야겠어서 이렇게 다시 나타난 거야. 어떻게 앞질러 나타났나 싶겠지? 또 꽁무니를 쫓아오긴 치사해서 뒷길로 앞질러 달려왔어. 어느 쪽으로 가고 있는진 봐 뒀거든. 잘난 척하고 일어나서 나갔으니까 중간에 옆으로 샐 리는 없구. 자, 이제 가 봐. 그리고 기억해 둬. 뭘 알지도 못하고 잘난 척하는 걸 그냥 내버려둘 수가 없어서 웬 고마운 남자 하나가 숨이 턱에 차도록 달려왔다는 사실을."

그리고 그는 몸을 돌이키려 했다.

"잠깐만." 하고 수옥은 그를 불렀다. 그냥 보내기에는 무언가 또 한 대 얻어맞기만 하고 마는 셈이 되는 것 같았기 때문이다.

그는 할 말이 있으면 들어 주겠다는 듯 그녀의 얼굴을 쳐다보았다. 수옥은 되도록 침착한 표정을 꾸며 말했다.

"고맙군요. 우선 내 주민등록부를 열람해 보진 않았다니 고맙고 그 사실을 알려 주러 일부러 이렇게 앞질러 달려와 주기까지 해서 더욱 고맙군요. 그리고 잘난 척하지 말라는 충고는 정말 고맙군요. 하지만 그건 지금 곽동식 씨의 태도에도 그대로 되돌려드릴 수 있는 말인 것 같네요."

그러자 그는 빙긋 웃는 듯했다.

"아, 그러니까 잘난 척하기는 너도 지금 마찬가지가 아니냐?"

"그렇다고 생각하지 않으세요?"

"하하, 이거 뻔뻔하군. 전혀 반성하는 눈치라곤 없군그래."

"내가 분명 충고는 정말 고맙다고 했을 텐데요."

"충고를 정말 고맙다고 생각하는 여자들의 태도는 대개 이런 건가?"

"그럼 어때야 하죠? 절이라도 해야 하나요?"

그러자 그는 조금 누그러진 표정을 지었다.

"요컨대 그럼 정말 반성을 했다는 거요?"

"그 말에 대답하기 전에 내 말에 먼저 대답하세요."

"아, 그 잘난 척하기는 너도 지금 마찬가지가 아니냐는 말에 말이오?"

"그래요."

"글쎄, 그건 듣고 보니 나도 좀 우쭐대긴 한 것 같은데. 내 언사가 좀 과했던 것도 같고…… 하지만."

"하지만 뭐죠?"

"이게 어떻게 된 건가. 도대체 야단치는 쪽이 어느 쪽이지?"

"그게 중요한가요?"

"가만, 내가 이거 물러져선 안 되겠군. 이봐요, 이젠 내 말에도 대답할 순서가 됐잖소? 정말 반성을 한 거요, 안 한 거요?"

그러며 그는 다시 험상궂은 표정을 지어 보려는 시늉을 했다. 그러나 그것은 이미 시늉에 지나지 않았다.

"연극 그만하세요."

수옥은 말했다.

"아니, 뭐요? 연극?" 하고 그는 험상궂게 양쪽 눈썹을 치켜올렸다.

"연극이 아니고 그럼 뭐예요. 그렇게 풍부한 표정을 구사할 수 있으면서 왜 배우가 되려는 생각을 안 했죠? 풍부한 대사술(臺辭術)에다가."

"아니, 그럼 처음부터 내가 연극을 한 거란 말요?"

"혐의가 짙어요. 왜, 들킨 것 같아서 켕기나요?"

"아니, 이 아가씨가 점점⋯⋯?"

"우리가 하고 있는 연극을 보느라고 힐끗거리며 지나가는 사람들이 제법 많군요. 물론 주로 곽동식 씨의 연기를 구경하느라고 그러겠지만. 스스로 한 말 생각 안 나세요? 배울 수 있는 기술은 다 배워 두는 게 좋겠다는 생각을 가졌었다는. 연기도 물론 배워 둘 만한 기술이었겠죠, 소매치기처럼."

"야, 이건 환장하겠군."

"아니면 배울 필요도 없이 선천적으로 타고났거나."

"선천적!"

"왜냐하면 사람들은 누구나 조금씩은 연극을 할 수 있는 소질을 선천적으로 타고나는 법이라니까. 그리고 그중엔 뛰어나게 타고나는 사람도 있다니까. 거기다가 배우기까지 했다면 더 말할 나위가 없겠죠."

"이봐요, 아가씨."

"얘기하세요."

"사람, 끝까지 불순하게만 보는 버릇 좀 버릴 순 없겠소?"

"신뢰할 만한 행동만 보여 준 사람한테라면 그럴 리 없겠죠."

"안 되겠군. 아가씨, 우리 어디 들어가서 얘기해 봅시다. 이렇게 거리에 서서 계속 실랑이를 하자니 그렇고 또 이대로 흐지부지해 버릴 수도 없고."

"좋아요, 순서가 그렇게 되는 거겠죠."

"뭐요?"

"안 그래요? 처음부터 순서가 그렇게 돼 있던 거 아녜요? 하지만 나도 겁날 건 없으니까 좋도록 하세요."

"야, 이 아가씨 정말 못쓰겠군. 좋소, 아무튼 어디 들어가서 얘기 좀 해 봅시다."

"그래요, 얼마든지요."

두 사람은 함께 두리번거려 근처의 다방 간판 하나를 찾아냈다. 그리고 나란히 그 다방을 찾아 들어갔다. 빌딩의 지하층에 있는 다방이었다.

비교적 시끄러웠으나 그들에겐 오히려 도움이 된다고도 할 수 있었다. 그들은 언성을 높이게 되는지도 몰랐으므로.

테이블을 사이에 두고 마주 앉자 레지가 다가왔다. 엽차 잔 두 개를 내려놓고 나서 레지는 물었다.

"뭐 드시겠어요?"

"커피."

그가 말했다. 레지는 그녀 쪽을 보았다.

"커피."

그녀도 말했다. 레지가 물러가자 그가 먼저 입을 열었다.

"자, 얘기를 계속해 봅시다. 처음부터 순서가 그렇게 돼 있었던 거라니 내가 그럼 계획적으로 이렇게 되도록 모두 꾸몄단 얘기요?"

"그런 혐의가 짙게 풍기는 걸 어쩌죠?"

"그러니까 내가 결국은 아가씨하고의 인연을 어떻게든 좀 더 연장해 보려고 이러고 있다는 얘기군?"

수옥은 망설였다.

그 대답엔 약간 신중할 필요가 있다고 판단했기 때문이다. 그것은 일종의 덫이라고도 할 수 있었으니까.

잘못하면 걸려들어서 이쪽의 꼴이 우습게 된다. 과대망상증 환자가 될 수도 있다.

그러나 그녀는 오래 망설이고 있진 않았다.

"글쎄요, 설마 그렇기야 하겠어요. 인연을 연장하기 위해서가 아니라 아마 악연을 연장하기 위해서겠죠. 말하자면 좀 더 괴롭혀 주기 위해서. 내가 맞혔나요?"

그는 약간 실망한 눈치였다. 그러나 곧 어이가 없다는 표정을 지어 보이며 말했다.

"악연을 연장하기 위해서라, 그리고 좀 더 괴롭혀 주기 위해서라. 도대체 내가 왜? 뭣 때문에 아가씰 괴롭힌단 말요?"

"글쎄요, 나도 그게 알고 싶군요. 어제부터 내가 줄곧 궁금하게 생각해 온 것도 바로 그 점이에요. 설명 좀 해 주시겠어요?"

그때 레지가 커피를 날라 왔다. 그리고 묻지도 않은 채 두 사람의 잔에 크림을 찔끔찔끔 흘려 넣고 가 버렸다. 그가 레지의 뒷모습을 바라보았다.

"네? 설명 좀 해 주시겠어요?"

그녀는 커피잔을 쳐다보지도 않은 채 재차 물었다. 그는 시선을 옮겨 왔다. 그리고 잠시 물끄러미 그녀를 바라보았다.

"······."

"자, 부탁이에요. 설명 좀 해 주세요."

"그 잘난 체하는 병이 또 도지는 거요?"

"쟁점을 흐리지 마세요."

"좋은 제안이오. 그야말로 쟁점을 흐리지 맙시다. 우리의 쟁점은 지금 내가 처음부터 계획적으로 연극을 꾸며서 결국은 아가씨와 내가 다시 이런 다방 비슷한 곳으로 들어오게 만들었느냐 그렇지 않느냐에 있는 거요. 알겠소?"

"그래요, 하지만 보다 본질적인 쟁점은 곽동식 씨가 어제 오후부터 나를 괴롭혀 온 그 이유에 있어요. 그것이 모든 문제를 파생시켰으니까."

"좋소, 그럼 쟁점이 무엇이냐부터 정합시다. 이거 참 우스운 토론이 돼 가긴 하지만."

"난 우습지 않아요."

"난 우스워요. 젊은 남녀가 다방에서 이따위 토론을 하고 있어야 하다니."

"젊은 남녀도 젊은 남녀 나름이죠."

"우리는 그럼 무슨 특별한 젊은 남녀라는 얘기요?"

"왜 자꾸 또 쟁점을 흐리려고 하죠? 역시 떳떳이 쟁점을 밝히기에는 어딘가 켕기는 구석이 있나 보죠?"

"나 이거야 원. 좋소, 쟁점이 무엇이냐부터 그럼 정합시다. 난 지금의 쟁점은 역시 내가 처음부터 연극을 꾸몄느냐 그렇지 않느냐에 있다, 우리가 이 다방엘 들어온 이유도 그것을 밝혀 보자는 데 있었다고 생각하는데. 그렇지 않소?"

"물론 그래요. 하지만 그걸 얘기하는 도중에 보다 근원적인 쟁점이 나타났으니까 난 그 근원적인 쟁점부터 밝히고 넘어가자는 얘기예요. 그러면 나머진 저절로 해결된다고 생각해요."

"그럽시다, 그럼. 그 근원적인 쟁점인지 뭔지 얘기해 봅시다. 그게 뭐요?"

"한 번 더 얘기해 드리죠. 어제 오후부터 나를 괴롭혀 온 이유를 설명해 주세요."

"정말 집요한 아가씨로군." 하고 그는 혼잣소리하듯 중얼거렸다. 순간 수옥은 "정말 집요한 쪽은 누군데요." 하고 쏘아 주려다가 그만두었다. 그러면 또다시 쟁점이 빗나갈 염려가 있었기 때문이었다.

그는 잠시 수옥을 물끄러미 쳐다보고 나서 말했다.

"좋소, 정 그 대답이 듣고 싶다면 얘기하리라. 그건 아가씨가 제법 예쁘장하게 생겼기 때문이오. 이제 됐소?"

수옥은 하마터면 순간 얼굴을 붉힐 뻔했다. 그건 노골적인 모욕이기도 했거니와 완전히 허를 찔린 기분이었기 때문이다. 그러나 그녀는 냉정을 잃지 않았다.

"칭찬 고맙군요. 하지만 예쁘장하게 생긴 여자만 보면 가학 취미가 발동하신다는 뜻 같은데 그건 좋은 취미라곤 할 수 없군요."

그는 어이가 없다는 표정을 지었다.

"야, 이건 숫제 성도착증 환자 취급이시군. 내가 언제 그런 취미를 가졌다고 했소?"

"나를 괴롭힌 이유가 내가 제법 예쁘장하게 생겼기 때문이라는 건 바로 그런 뜻 아닌가요?"

"비약하지 마시오. 난 아가씨에 한정해서 말했을 뿐이고 또 추호도 아가씨를 괴롭힌다는 생각은 없었소."

"그래요? 믿을 수 없군요. 이쪽은 잔뜩 괴로움을 당했고 지금도 괴로움을 당하고 있는 입장인데 괴롭힌다는 생각은 없었다니 그걸 믿어야 하나요?"

"믿지 않는다면 도리가 없지만 난 정말 괴롭힌다는 생각은 추호도 없었소. 오히려 즐겁게 해 준다는 기분을 가졌다곤 얘기할 수 있겠지만."

"뭐라구요? 날 정말 무슨 괴상한 여자쯤으로 생각한 모양이군요. 괴롭혀 주면 오히려 즐거워하는."

그러나 그는 말문이 막힌다는 표정을 지었다. 그리고 한동안 물끄러미 그녀를 건너다보고 나서 말했다.

"……정말 대단한 아가씨로군. 좋소, 솔직히 얘기합시다. 사실대로 말하면 난 아가씨를 처음 보는 순간 홀딱 반했소. 성깔이 좀 있어 보이긴 했지만 그 점도 내겐 매력으로 느껴졌소. 이렇게 말하면 과장이나 허풍으로 생각할지 모르지만 무언가 운명의 끈 같은 것이 아가씨와 나를 한데 묶고 있다는 느낌마저 들었소. 나로선 처음 느껴 본 신비한 체험인데 어쨌든 그런 느낌이 들었소. 스스로 비웃어 보려고도 했소. 하지만 그게 잘 안됩디다. 분명 비웃음을 살 만한 생각인데 비웃어 보려고 해도 그게 잘 안돼 난들 어떡하겠소. 이렇게 말하면 기분 나쁘게 생각할지 모르지만 아가씨한테선 무언가 독특한 운명의 냄새 같은 것이 느껴졌소. 그리고 그것이 어딘가 낯익은, 이를테면 나와 동질의 인간에게서만 맡을 수 있는 그런 냄새로 느껴졌소. 물론 착각인지도 몰라요. 하지만 내가 지금까지 말한 것은 모두 솔직한 느낌 그대로요. 나로선 항복 선언이나 다름없지만 다 말해 벌고 나니까 오히려 후련한 느낌이오. 자, 이제 나를 꾸짖으려면 얼마든지 꾸짖어도 좋소."

그의 표정은 비교적 담담했으나 가식 없는 진지성이 느껴졌다. 그러나 그것을 백 퍼센트 곧이곧대로 믿을 수는 없는 노릇이었다. 그라면 얼마든지 또 능청스런 연극을 꾸며 댈 수도 있을 테니까. 아까도 그는 거의 완벽한 연기를 보여 주지 않았던가.

수옥은 냉랭한 표정으로 말했다.

"종잡을 수 없는 얘기로군요. 하지만 어쨌든 이제 곽동식 씨의 아까의 태도는 완전히 연극이었다는 사실이 저절로 드러난 셈이군요."

그는 담담하게 말했다.

"뭐라고 해도 좋소. 다만 표면에 나타난 내 행동이 다소 조잡했을진 모르지만 내 속마음만은 전혀 거짓이 없었다는 점을 다시 한번 분명히 얘기해 두고 싶소. 물론 믿지 않는다면 또 할 수 없는 일이지만."

수옥은 그쯤에서 일어서는 게 좋겠다고 판단했다.

"믿기 어렵군요. 하지만 믿도록 노력해 보죠. 더 이상 나를 괴롭히지만 않는다면. 그리고 나 이제 그만 가 봐야겠어요. 원래 이렇게 시간을 많이 소비할 계획이 아니었으니까요."

그리고 그녀는 의자에서 일어났다. 그가 앉은 채로 그녀를 쳐다보았다. 애써 노기를 감추려는 눈길이었다.

"잠깐만 더 앉아 줄 수 없겠소?"

"무슨 얘기가 더 남았나요?"

"글쎄, 잠깐만 더 앉아 줄 수 없겠소?"

"그럼 잠깐만이에요." 하고 그녀는 다시 의자에 앉았다. 그가 물끄러미 그녀를 건너다보았다. 그녀도 피하지 않고 그의 시선을 마주 받았다. 이윽고 그가 천천히 입을 떼었다.

"……수옥 씨 혹시 고아원 출신 아니오?"

엉뚱한 질문이었다. 그러나 농담을 하고 있는 표정은 분명 아니었다.

"무슨 엉뚱한 소리죠?"

"엉뚱한 소릴까. 수옥 씨한테선 분명 고아원 냄새 같은 게 나는데."

수옥은 순간 무엇엔가 찔린 것 같은 느낌을 받았다. 그러나 고아원이라니 그건 얼토당토않은 애기다.

"글쎄, 무슨 소린지 모르겠군요. 고아원 냄새가 어떤 건데 나한테서 난다는 거죠?"

"아무나 못 맡는 냄새지. 하지만 난 맡을 수 있어요."

"도대체 무슨 소린지 모르겠군요."

"뭐라고 할까. 정상적인 가정에서 정상적으로 자라난 사람한테선 맡을 수 없는 독특한 냄새가 있어요. 불행의 냄새라고나 할까. 물론 충분한 표현은 못 되지만."

"알 수 없군요. 왜 그런 냄새가 나한테서 난다는 거죠?"

"내 코는 속이지 못해요. 적어도 수옥 씬 정상적인 가정에서 정상적으로 자라난 아가씨가 아닌 것만은 분명해요. 정확하게 고아원 냄새는 아닐는지 몰라도 고아원 냄새에 아주 가까운 냄새가 수옥 씨한테선 나요."

"……."

"내가 틀렸을까?"

"모르겠군요, 무슨 엉뚱한 소린지."

"잡아뗀다면 할 수 없지만 아마 내가 틀리진 않았을 거요. 사람은 각기 스스로가 자라온 환경의 냄새를 완전히 씻어 버리진 못하는 법이오. 개중엔 상당히 교묘하게 감추고 다니는 사람도 있지만 그건 어디까지나 감춘 데 불과하지 씻어 버린 건 못 돼요. 그리고 감춘 건 드러나기 마련이오. 이건 물론 일반적인 얘기지만."

"어쨌든 나하곤 별로 상관없는 얘기군요. 난 지극히 평범한 가정에서 아주 평범하게 자라난 여자애니까요."

그리고 그녀는 다시 의자에서 일어났다.

"이젠 보내 주시겠죠?"

"가 보시오, 그럼."

그는 이제 더 이상 붙잡으려는 태도는 보이지 않았다. 그러나 무언가 쓸쓸한 미소 같은 것이 그의 입가엔 떠돌고 있었다.

수옥은 그 미소가 마음에 걸렸으나 모른 체하고 돌아서서 곧장 걸어 나왔다. 아까 호텔 커피숍을 혼자서 걸어 나올 때와는 조금 다른 기분이었다. 뭐라고 할까. 아까와는 달리 이쪽이 빚을 진 느낌에 가까웠다고 할까.

엄마의 모습이 잠깐 눈앞에 떠올랐다. 그만한 나이의 다른 엄마들의 모습과는 판이한 얼굴, 화장의 해독에 철저히 망그러진 얼굴, 마치 다른 엄마들과는 인종(人種)이 다른 듯한 얼굴.

그러나 그녀는 곧 눈앞에 떠오른 엄마의 모습을 지워 버렸다. 그리고 다방 문을 나서서 이번에는 아까와는 반대로 소공동 쪽을 향해 걷기 시작했다. 무의식적인 행동이었으나 아까와 똑같은 방향으로 걷고 싶지 않다는 잠재심리가 작용했는지 몰랐다. 그의 태도로 미루어 또다시 뒤쫓아 나올 것 같진 않았으나 어쨌든 같은 방향으로 걷고 싶진 않았던 것 같다.

'난 지극히 평범한 가정에서 아주 평범하게 자라난 여자애니까요'라고 한 자신의 거짓말이 누가 곁에서 들려주기라도 하듯 귓가에서 맴돌았다. 그리고 그가 그녀를 놓아 보내면서 짓던 쓸쓸한 미소도 다시 떠올랐다. 그것은 분명 그녀가 거짓말을 하고 있다는 걸 알고 있다는 그 나름의 억제된 표현이었으리라.

그러나 그녀는 곧 걸음을 빨리해서 그것들을 지워 버렸다. 그리고 저만큼 시청 건물이 바라보이는 지점에 이르렀을 때였다. 무언가 그녀의 어깨 위에 가볍게 떨어지는 것이 있었다.

그것은 스치듯 가볍게 그녀의 어깨 위에 떨어져 잠시 얹혀 있는 듯하다가 곧 그녀의 가슴 앞쪽으로 미끄러져서 발치께로 굴러떨어졌다. 가로수의 낙엽이었다.

그런데 가엾게도 그것은 예사 낙엽의 빛깔이 아니었다. 그녀는 한가한 사람처럼 걸음을 멈추고 허리를 굽혀 그것을 주워 들었다. 그것은 낙엽이 아니라 푸르뎅뎅한 채 죽어 버린 잎사귀였다. 잎사귀의 모양도 괴로운 듯 오그라들어 있었다.

플라타너스의 잎사귀였으나 플라타너스 잎사귀 본래의 너그러운 넓이도 그것은 갖고 있지 못했다. 옹색하고 작은 잎이 그것도 잔뜩 괴로운 모양으로 오그라들어 있었다.

도시에서 본래 모습의 낙엽을 보기가 힘들어진 지 오래라는 신문 기사를 읽은 기억은 있으나 실제로 그렇게 처참한 모양을 한 나무 잎사귀를 보는 것은 처음이었다. 그녀는 왠지 그 가엾게 죽은 나무 잎사귀가 가슴 깊숙이 후비고 들어오는 듯한 느낌을 받았다.

다시 엄마의 화장독 오른 얼굴이 떠올랐다 사라졌다. 그 죽은 잎사귀는 어쩌면 엄마의 얼굴 빛깔과도 닮아 있었다.

수옥은 그 죽은 나무 잎사귀를 손가락 끝에 쥔 채 다시 소공동 쪽을 향해 걸었다. 문득 엄마가 보고 싶어졌다. 엄마는 시외버스로 한 시간 남짓 달려가면 만날 수 있는 곳에 있었다.

그러나 그녀는 곧 도리질 쳤다. 엄마의 우는 모습을 보기는 죽기보다 싫었기 때문이다. 엄마는 필경 울기부터 할 터이었다.

야행성

"이봐, 미스터 곽."

남 여사(南女史)가 불만스런 목소리로 곁에 누운 동식을 불렀다. 동식은 말없이 담배 연기만 천장을 향해 뿜어 올렸다.

"뭘 그렇게 골똘히 생각하지?"

침대의 쿠션이 들썩하며 남 여사가 마침내 이쪽으로 돌아눕는 동작이 느껴졌다. 그리고 곧 그녀의 손가락들이 그의 가슴 위에 가지런히 얹혀졌다.

"응? 뭘 그렇게 골똘히 생각하느냐구?"

마치 노크라도 하듯 그녀의 손가락들이 몇 번 그의 가슴 위를 토닥거렸다. 그제야 동식은 그녀 쪽으로 고개를 움직였다.

"네? 아, 생각은 무슨……."

"시치미 떼지 마. 옆에 누가 있다는 사실은 까맣게 잊은 사람처럼 굴어 놓구서. 기분 나빠 죽겠어."

"글쎄, 내가 생각은 무슨……."

"아냐, 틀림없이 무슨 딴생각에 잔뜩 잠겨 있는 표정이었어. 애인 생겼어?"

"에이, 애인은 무슨."

"생겼어도 할 수 없지. 하지만 금방 잠자리를 같이한 여자 옆에서 딴 여자 생각하는 건 좀 너무해."

"이거 정말 왜 이러십니까, 남 여사답지 않게."

"그럼 아니란 말야? 무슨 생각을 하고 있었지, 그럼?"

"글쎄, 내가 무슨 생각을 하고 있었다고 자꾸 그러시죠?"

"무슨 생각을 하고 있었던 것만은 틀림없어. 내 눈은 못 속인다구. 뭐 갖고 싶은 게 생겼어? 자동차? 자동차는 저번에도 한 대 사 준다고 했더니 싫다고 했잖아, 강사 신분에 안 어울린다구. 생각이 바뀌었어?"

"글쎄, 내가 뭘 어쨌다고 그러세요. 그냥 담배 한 대 피운 것뿐인데."

"아냐, 그냥 담배만 단순히 피운 게 아니라구. 분명 뭔가 골똘히 생각하고 있었어. 걱정거리가 생겼어? 걱정거리가 생겼음 나한테 얘기해 봐. 나한테 얘기 못 할 일이 어디 있어."

"남 여사."

"응? 말해 봐."

"나 정말 아무 생각도 안 했어요. 생각했다면 남 여사 옆에 누워 있는 게 편안하고 아늑하다는 생각 정도였지."

"거짓말."

"정말이에요."

"정말?"

동식은 구역질이 나는 걸 참았다. 그리고 거짓 성실한 미소와 함께 고개를 끄덕여 주었다. 그녀의 표정은 가엾게도 환하게 빛났다.

"그럼 나 좀 다시 안아 줘."

그리고 그녀는 두 팔을 활짝 벌렸다. 동식은 잠자코 다시 그녀를 안았다. 마흔이 지났다곤 하지만 아직 탄력을 잃지 않은 몸이었다. 그리고 어느새 그 몸은 다시 상당히 더워져 있었다. 하긴 아까 그녀는 좀 미진한 듯한 표정이었었다.

동식은 제가 해야 할 일들을 했다. 직업은 어느 것이든 고역으로 느껴질 때가 많겠지만 그것을 견뎌 내는 인내가 필요하다. 그러지 못하면 보수가 따르지 않는다.

그는 손에 익은 그녀의 민감한 부분들을 더듬어 서서히 발화점에 불을 댕기고 자신을 독려하여 스스로도 인화 물질이 되도록 애썼다. 그의 직업은 스스로도 점화되지 않으면 안 되었기 때문이다.

그러나 그는 쉽사리 잘 점화되지 않았다. 아마도 휴식시간이 좀 짧았기 때문인지 몰랐다.

반대로 그녀는 매우 신속히 발화점에 도달하였다. 그리고 맹렬히 타오르기 시작했다. 그녀의 몸속엔 채 꺼지지 않은 불씨가 그냥 남아 있었기 때문인지 몰랐다.

그는 온갖 직업적 노력을 다했다. 그것이 그의 의무였다. 그러나 오늘은 이상하게도 아마추어 같은 자의식이 자꾸 고개를 든다. 그리고 그것이 직업적 수행을 방해한다. 자신이 자꾸 객관화되어 바라보인다. 전에 없던 일이다.

"왜 그래, 미스터 곽? 내가 도와줄까?"

그녀가 열에 뜬 소리로 묻고 있었다. 그리고 대답도 듣기 전에 자세를 바꾼다. 성급한 동작으로 그를 돕기 시작한다. 지극히 물리적인 협력이지만 그것이 효력을 나타내기 시작한다.

이윽고 그도 점화되기 시작하는 자신을 느낀다. 몸의 직업적 긴장이 회복되어 온다.

"고마워요."

"고맙긴."

수작을 주고받은 다음 그는 마침내 본격적 수행으로 들어갔다. 여기에 이르면 그는 실패하는 일은 없다.

그녀는 스스로의 협력으로 얻은 열매라는 기쁨도 더하여 배가된 기쁨으로 그를 맞아들인다. 그리고 곧 자지러지는 기쁨 속으로 녹아든다.

그는 직업적 수완을 골고루 발휘하여 이젠 서두르지 않고 천천히 일한다. 구석구석 그녀의 아직 덜 깬 기쁨의 꽃대궁들을 찾아내어 차례로 깨워 일으킨다. 그리하여 그녀의 몸 전체가 통일된 하나의 커다란 기쁨의 소용돌이가 되게 한다. 그리고 아직 덜 탄 불씨들을 찾아내어 차례로 마저 불사른다. 그리하여 마침내 불꽃이 하나가 되게 한다.

그녀는 마침내 완전히 연소한다. 타고 남는 것은 이제 관능의 재뿐이다.

재를 수습한 뒤 그녀가 말했다.

"이봐, 나 어떡하지?"

"?"

"응? 나 어떡하냐구."

"뭘 말입니까?"

"아이, 알면서 그래. 미스터 곽이 너무 좋아서 나 어떡하냐구."

"별게 다 걱정이십니다."

"미스터 곽 장가들고 나면 난 뭐가 되지?"

"나 장가보내 주시렵니까?"

"가고 싶어?"

"가고 싶다면 보내 주시겠어요?"

"가더라도 조금만 늦게 가. 너무 빨리 가 버리면 난 그대로 미쳐 버릴 거야."

"염려 마세요, 장가 따위 아직 생각 없으니까."

"그래, 그 대신 연애는 좀 해. 연애까지 말리진 않을 테니까. 나하고 같이 있을 때만 애인 생각 안 하면 돼."

"……기분 나쁜데요."

"뭐가?"

"지금 이건 연애가 아니고 그럼 뭐죠?"

"으응, 난 또 무슨 얘기라구. 내 얘긴 젊은 애들하고도 연애를 좀 하란 말이야. 그래야 써. 지금은 내가 충분히 줄 테니까."

"난 젊은 애들 취미 없어요. 뭘 알아야죠."

"그럼 쓰나. 모르면 가르쳐야지."

동식은 웃었다.

"가르쳐 가면서까지 무슨 재미로 연애를 합니까. 그럴 시간이 있으면 낮잠이나 자지."

그러자 그녀는 짐짓 정색을 했다.

"그런 게 아냐. 미스터 곽 같은 젊은 남자가 나처럼 다 늙은 여자만 상대하면 빨리 늙어요. 그럼 못써. 나도 물론 독점욕은 없진 않지. 하지만 미스터 곽을 내 독점욕 때문에 희생시키고 싶진 않아. 젊은 애들하고 연애도 좀 하고 그래. 그게 또 우리 사이를 부드럽게 유지하는 데 약도 된다구."

"잘 모르겠는데요. 하지만 어쨌든 그럼 남 여사께서 젊은 애 하나 소개해 주시겠어요?"

"그야 미스터 곽이 알아서 해야지, 내가 어떻게 소개를 해. 미스터 곽 따르는 애들이 꽤 많을 텐데 그래."

"그런 애들이 없진 않지만 통 재미가 없어서. 어쨌든 그럼 하나 골라 볼 테니까 불평 안 하시겠어요?"

"불평은. 그 대신 너무 빠지면 안 돼."

"그야 장담할 수 있나요. 연애를 하다 보면 빠지는 수도 있고 빠져서 헤어나지 못하는 수도 있죠."

"이런 깍쟁이. 금방 젊은 애들은 재미가 없다더니."

"글쎄, 지금은 그렇지만 연애를 하다 보면 또 어떻게 될는지 누가 아나요. 연애처럼 예측 불가능한 것도 없죠."

"그래, 그럼 빠져도 좋아. 그 대신 나만 잊어 먹지 말구."

"하하, 염려 마세요. 결코 빠지는 일은 없을 테니."

"금방 예측할 수 없다구서?"

"하하, 그냥 해 본 소리죠. 내가 시시하게 젊은 애들하고의 연애 따위에 빠져서 헤어나지 못할 것같이 보입니까."

"누가 아누?"

"어, 정말 못 믿으시겠어요?"

"그래, 알았어, 알았다구. 그 대신 장가는 천천히 가는 거야?"

"네에, 남 여사께서 신붓감 골라 줄 때까지는 안 갈 테니 염려 마세요."

"그럼 평생 못 갈지도 모르는데?"

"하하, 그럼 그만두죠, 뭐."

"이런 순 엉터리. 자, 그럼 그만 나갈까?"

"그럴까요."

"참, 내 정신 좀 봐. 내가 미스터 곽 준다고 선물을 하나 샀는데."

그러며 그녀는 침대에서 내려가더니 탁자 위에 둔 핸드백을 열었다. 그리고 예쁘게 포장한 조그마한 상자 하나를 꺼냈다.

"자, 풀어 봐. 마음에 들는지 몰라."

하고 그녀는 그 상자를 동식에게 건네주었다. 동식은 포장지를 벗기고 상자를 열어 보았다. 첫눈에도 상당한 고급품으로 보이는 은제 라이터가 하나 들어 있었다.

"이거 굉장히 비싼 물건이군요?"

"친구 남편이 불란서에서 700불인가 주고 산 거래. 미스터 곽 생각이 나서 내가 넘겨받았지. 듀퐁이야."

"대단한 물건이군요. 아무튼 감사합니다."

"마음에 들어?"

"네, 멋진데요."

그녀는 다시 핸드백에서 수표 한 장을 꺼냈다.

"자, 이건 용돈."

"네, 감사합니다."

동식은 수표도 건네받았다. 그리고 그들이 호텔을 나선 것은 잠시 후였다.

물론 그들은 약간씩 시차를 두고 호텔을 나섰다. 남 여사가 조금 먼저 나갔고 동식은 조금 뒤에 나섰다. 밀회의 안전을 위해서였다. 시간은 저녁 9시가 조금 지나 있었다. 동식은 택시를 탔다. 그리고 운전사에게 자신의 아파트가 있는 방향을 일러 주었다.

약간의 피로감이 왔다. 역시 좀 격무를 치른 뒤였기 때문인가 보았다. 그는 좌석 등받이에 몸을 기댔다.

남 여사하고는 이것으로 꼭 여덟 번째 데이트였다. 그러나 그녀의 신분이 정확히 무엇인지도 그는 아직 몰랐다. 알려고 하지도 않았거니와 또한 구태여 알려고 하지 않는 것이 직업상 윤리였다. 남 여사라고 부르고 있지만 그녀의 성이 정말 남씨인지도 알 수 없는 일이었고 또한 알 필요도 없는 일이었다.

그에게 여사라고 불리는 여자들을 소개해 주는 최 마담이 시키는 대로 남 여사, 박 여사, 또는 오 여사 따위로 그뿐이었다. 최 마담은 그 밖에 데이트의 시간과 장소 따위를 알려 주는 일도 도맡았다. 그리고는 동식에게서도 일정한 비율의 수수료를 받아 가지만 저쪽의 여사들한테서도 사례를 받고 있을 터이었다. 그녀는 빈틈이 없어서 그의 고객들이 서로 맞부딪치게 하는 일은 결코 없었다.

동식이 최 마담을 알게 된 것은 3년 전이었다. 실내 수영장에서 코치를 하고 있는 영우라는 친구에게 얹혀 지낼 무렵이었다. 그는 혼자서 아파트 한 가구를 전세로 쓰고 있었는데 어느 날 자기가 용돈을 조달하는 방법에 대해서 얘기해 주었다. 그리고 그 방법을 동식에게도 추천하고 싶다면서 의향만 있다면 다리를 놓아 주겠노라고 했다.

최 마담을 만난 것은 이태원에 있는 어느 살롱에서였다. 상당한 고급 살롱이었는데 최 마담은 그 살롱의 경영주라고 했다.

동식을 보자마자 그녀는 대뜸 실눈을 만들면서, "초면에 실례지만 좀 천하게 자랐구먼. 내 눈은 못 속이지. 하지만 그게 되레 좋은 밑천이 될 수도 있어. 괜찮은데." 하고 흔쾌히 그를 도와주겠다고 약속했다. 그리고 몇 가지 당부하는 걸 잊지 않았다. 절대로 상대방의 신분이나 주소, 전화번호 따위를 알려고 하지 말라는 것, 반드시 자기 쪽에서 지정해 주는 시간과 장소에서 만나라는 것, 절대로 데이트 상대가 여러 명이라는 사실을 눈치채게 해선 안 된다는 것, 그리고 용돈을 받으면 반드시 자기에게 일정 비율의 수수료를 지불해야 한다는 것 등등.

그 이후로 동식은 거의 일주일 간격으로 각기 성이 다른 여사 한 명씩과 만났고(그중엔 물론 같은 상대가 몇 차례 겹치는 경우도 있었지만) 1년 남짓 후엔 아파트를 하나 얻어서 자립할 수가 있었다.

남 여사를 처음 만난 것은 지난여름이었는데(물론 최 마담의 소개에 의해서였다) 동식이 매우 마음에 들었는지 계속 인연을 끊지 않고 있다. 그리고 한술 더 떠서 후원자 노릇까지 자처하고 있다. 아직은 최 마담이 사이에 끼어 있지만 언젠가는 그것마저 번거롭다고 할지 모른다. 그렇게 되면 약간 골치 아픈 일이 아닐 수 없다.

동식으로서는 최 마담이 사이에 끼어 있는 편이 한결 마음 가볍다고 할 수 있기 때문이다. 그편이 한결 덜 개인적이니까. 따라서 한계도 분명하니까.

지난번 만났을 때 그는 그 위기를 느꼈었다. 그녀는 느닷없이 승용차 한 대 사 주마고 했었던 것이다. 강사 신분에 어울리지 않는다고 적당히 둘러대어 사양을 했지만 만일 그런 물건을 받아들이는 날에는 일은 영락없이 골치 아프게 꼬여 들어갈 가능성이 많았다.

선물이라고 무턱대고 덥석덥석 받아서는 안 되었다. 어디까지나 한계를 지키는 일이 중요했다. 오늘 받은 라이터도 값으로 보아 조금 무거운 편이었지만 그것은 선물이라는 이름에 알맞게 크기 자체가 작은 물건이었으므로 비교적 자연스럽게 받아들일 수가 있었다.

택시가 어느새 그의 아파트 근처에 이르러 있었다. 동식은 아파트 구내로 들어가는 입구에서 택시를 내렸다. 밤공기를 마시면서 몇 발

짝이라도 걸고 싶었기 때문이다.

그는 천천히 아파트 구내로 걸어 들어갔다. 아직 공기가 그리 차지 않아선지 어두운 시간인데도 자전거를 타는 소년들의 모습이 드문드문 보였다. 더러는 소녀들의 모습도 보였다. 항상 느끼는 것이지만 모두들 발육이 아주 좋아 보였다.

문득 어제 오후에 헤어진 민수옥이라는 아가씨의 모습이 떠올랐다. 그녀도 저런 좋은 시절을 거쳤을까. 그랬을 것 같지 않았다. 적어도 저와 같은 구김 없는 시절은 그녀에겐 없었을 것 같았다. 물론 무슨 뚜렷한 근거가 있는 생각은 아니었다. 그러나 거의 확신 비슷한 느낌을 그는 갖고 있었다.

그것은 그녀를 처음 보는 순간에 막연히 와닿은 느낌이었지만 차차 그녀와 이야기를 주고받는 사이에, 그리고 그녀와 두 번째 만나서 다시 이야기를 주고받는 사이에 거의 확신 비슷한 느낌으로 바뀌었었다. 비록 매우 세련된 표정과 태도, 그리고 맵시 있는 옷차림을 그녀는 하고 있었으나 그 표정과 태도, 그리고 옷차림의 이면 어느 갈피에 그녀의 결코 순탄하지 못했던 성장시절의 어떤 잔재가 남아 있는 것 같았던 것이다. 그것을 그는 그녀에게 '고아원 냄새 같은 것'이라고도 말해 보았고 '정상적인 가정에서 정상적으로 자라난 사람한테선 맡을 수 없는 독특한 냄새'라고도 말해 보았었다.

물론 그녀는 딱 잡아떼었다. 그러나 한순간 그녀가 무엇엔가 찔린 듯한 표정을 숨기지 못하는 걸 그는 놓치지 않고 보았었다.

그녀도 고아원 출신일까. 아니, 그건 아닐는지 몰랐다. 그러면? 계부나 계모 밑에서 학대받으며 자랐을까.

실은 남 여사하고의 오늘 첫 번째 잠자리 뒤에도 막연히 그 비슷한 생각을 더듬고 있었다. 그러다가 그녀에게 추궁을 받았었다. 끝내 시치미를 떼긴 했었지만.

그는 어느새 그의 아파트 현관으로 들어서고 있었다. 다리의 습관이란 매우 정확한 것인 모양이었다. 그는 단추를 눌러서 어느 층엔가 올라가 있는 엘리베이터를 끌어 내렸다. 그리고 빈 엘리베이터를 타고 올라가 9층에서 내렸다. 그의 아파트는 903호였다.

열쇠로 도어를 열고 들어가자 언제부터 울리고 있었는지 어둠 속에서 전화벨이 울려 대고 있었다.

그는 전등 스위치를 올린 다음 천천히 구두를 벗고 거실로 올라가 탁자 위의 전화기에서 송수화기를 집어 들었다.

"아, 여보세요?"

"야, 인마, 뭘 하고 자빠졌길래 전화도 안 받고 그래?"

영우였다.

"자빠져 계셨던 게 아니라 지금 들어오시는 길이다, 인마."

"뭘 하고 싸질러 돌아다니다가 이제야 들어오니? 강사 주제에 공부는 안 하고."

"장사 좀 하고 들어오신다, 왜?"

"장사? 응, 경기 좋구나. 그저껜 우리 수영장엘 다 나타났었다면서?"

"그래, 그런데 이제야 전화질이냐?"

"응, 이 몸도 좀 바쁘셨거든. 그런데 너 우리 수영장에서 어떤 예쁘장한 젊은 애 하나 낚았다면서?"

"낚긴, 인마. 너희 수영장이 양어장이냐?"

"양어장이 아니라서 그럼 사양했단 말이냐?"

"사양을 했으면 좋게. 보기 좋게 밟혔다."

"밟혔어? 누가? 네가?"

"내가 예쁘장한 젊은 애 하날 낚더라고 너한테 보고한 친구가 내가 밟히더란 얘기는 안 해 주던?"

"그런 얘긴 없던데. 그럼 정말 네가 밟혔단 말야?"

"말도 마라, 인마. 밟혀도 아주 직사하게 밟혔다."

"아니, 어떻게?"

"어떻게는 어떻게야. 구둣발로 발등을 인정사정없이 밟혔지."

"뭐야?"

"왜, 곧이 안 들리냐?"

"그럼 진짜 발등을 밟혔단 말야?"

"그렇다니까."

"자알 논다."

"그래. 너 없는 덕분에 아주 잘 놀았다."

"진짜야, 너?"

"글쎄, 진짜라니까."

"도대체 어떻게 생겨 먹은 앤데?"

"너한테 보고한 친구 말대로 예쁘장하게 생겨 먹은 애야. 그런데 맹랑하기 짝이 없는 애였어."

"그래? 거 은근히 호기심 동하는데?"

"까불지 마, 인마. 너 같은 놈 호기심 동하라고 내가 밟혀 준 줄 아니?"

"밟혀 줘?"

"그래, 인마. 밟혀 줘야 밟지."

"알았다, 알았어. 결국 낚싯밥으로 밟혀 줬다, 이거지?"

"말귀는 어둡지 않구나."

"자식, 나 없는 바람에 횡재했구나."

"그건 인마, 봐야 알아. 횡재가 될는지 횡액이 될는지."

"그건 또 무슨 소리냐?"

"사람의 일은 알 수 없단 말이다, 인마. 게다가 애가 하도 맹랑하기 때문에 결과도 전혀 예측불허의 상태고."

"놀고 있네. 네가 언제 인마, 결과 예측해 가면서 여자애들 사귀었니? 내가 없는 바람에 횡재를 했으면 곱게 횡재했다고 하고 술이나 한잔 살 일이지. 안 그래, 인마?"

"너 술 고파서 전화 걸었니?"

"술 고프긴 인마, 술집에 앉아 있는 놈이 술이 왜 고파."

"거기가 술집이냐?"

"술집도 보통 술집인 줄 아니. 아방궁이다, 아방궁, 인마."

"아방궁?"

"그래, 인마. 내가 지금 쓰고 있는 전화기도 이게 순금으로 만든 게 아닌가 의심이 갈 정도야, 인마. 너 같은 놈은 아마 구경도 못 해 본 집일 거다."

"그런데 술집이 왜 그렇게 잡음이 없니?"

"자식이 잡음 나는 술집만 다녀 봐 가지구서. 여긴 인마, 그런 천박한 술집이 아니라구."

"그래, 그런 고상한 술집엘 갔으면 점잖게 술이나 마실 일이지 전화질은 왜 전화질이냐? 나더러 약 올라 달란 말이냐?"

"약이 오르냐?"

"약 안 오른다, 인마. 아파트 구석에 앉아서 전화로나 똥 기분 내고 있는 놈한테 약 오를 놈이 어디 있니."

"아파트 구석에 앉아서 똥 기분 내고 있는 것 좋아하네. 자식이 약은 체는 해 가지고."

"아냐, 그럼, 인마?"

"천만에 말씀이시다. 내 옆엔 지금 두 분 미희가 앉으셔서 네놈하고의 수작 같지도 않은 수작을 듣고 계시다."

"두 분 미희 좋아하네. 왜, 양귀비와 클레오파트라를 좌우에 거느린 건 아니구?"

"자식이 되놈처럼 의심은. 그럼 미희 한 분을 직접 바꿔 드릴 테니 목소리나 들어 봐, 인마."

그러더니 잠시 후 목소리의 임자가 바뀌었다.

"여보세요? 영우 씨 친구분이세요?"

잔뜩 애교가 담긴, 젊은 여자의 목소리였다. 동식은 조금 쑥스러운 어조로 대꾸했다.

"아, 네, 그렇습니다만. 그 친구 얘기가 그럼 전부 사실입니까?"

"정말 의심이 아주 많은 분이시네요. 믿어지지 않으심 직접 한번 와 보세요."

"아, 네, 알겠습니다. 그 친구 좀 다시 바꿔 주십시오."

"네, 잠깐만요."

다시 전화의 목소리가 바뀌었다.

"어떠냐, 인마? 그래도 내가 아파트 구석에 앉아서 똥 기분 내는 거냐?"

"아파트 구석은 아닌 모양이다만 목소리만 듣고 미흰지 추흰지 내가 어떻게 알아, 인마."

"옳지, 슬슬 구미가 동하는 모양이구나. 직접 와 보고 싶다, 이거지?"

"그렇지가 않다. 거기가 어딘지 모르겠다만 난 지금 약간 피곤해. 설사 추희가 아니라 진짜 미희라고 하더라도 별생각이 없어. 너나 양쪽에 거느리고 실컷 재미 봐라. 난 먹다 둔 소주나 있나 찾아봐서 있으면 한잔 걸치고 잠이나 잘란다."

"어? 자식 너 정말 김 뺄래?"

"김을 빼는 게 아니라 모처럼 너 혼자 좀 오붓하게 재미있게 해 주려는 형님의 배려이시다."

"이러지 좀 마라. 네가 그렇게 나오면 난 완전히 짝 잃은 기러기다."

"자식이, 엄살은. 좋지 뭘 그래, 인마. 오붓하고."

"아냐, 그게 아냐, 인마."

"영우야, 그럼 잠자코 내 말 들어. 그리고 대답만 해. 내가 지금 사실 좀 피곤하거든. 딴생각도 별로 없고 말야. 그래도 그리 가리? 정네 입장이 곤란하다면 갈게."

"잔말 말고 와, 인마."

영우는 이쪽보다 그쪽에다 들으라고 말하고 있는 것 같았다.

동식은 알았다고 대답하고 그쪽의 위치를 물었다. 그다지 내키지는 않았으나 영우의 입장을 세워 주기 위해서였다.

영우는 다소 과장스레 거드름 피우는 억양으로 대충 위치를 설명해 주었다. 그다지 먼 곳은 아니었다.

동식은 다시 아파트를 되돌아 나섰다. 그리고 그가 영우가 일러 준 곳을 찾아갔을 때 영우는 다소 겸연쩍은 표정으로 싱글싱글 웃고 있었다. 그곳은 특별히 무슨 아방궁 같은 곳은 아니었던 것이다. 평범한 작은 아파트였고 특별히 술상이랄 것도 없이 조그만 다탁 위에 양주병 하나와 잔 몇 개, 땅콩, 치즈 따위의 가벼운 안주 나부랭이를 놓고 두 명의 젊은 여자와 영우는 앉아 있었던 것이다. 여자들은 첫눈에 술집 아가씨들로 보였다.

동식이 나타나자 그녀들은 호기심 어린 눈빛으로 그를 쳐다보았다. 영우가 과장스런 동작으로 그녀들에게 동식을 소개했다.

"자, 이 쾌남으로 말할 것 같으면 미인이 있는 곳이라면 그곳이 설사 지옥이라도 서슴지 않고 찾아가는 불굴의 의지와 용기를 지닌 한국의 카사노바, 그 이름은 곽동식.”

여자들은 재미나다는 듯 깔깔대고 웃었다.

“그리고 이쪽은 오늘부터 아방궁이라고 부르기로 한 이 비밀 살롱의 여주인이며 나의 둘도 없는 애인이기도 한 미스 김, 그리고 이쪽은 미스 김의 친구이자 이 나라 성 해방 운동의 기수가 되고자 하는 정열의 불꽃 그 자체, 미스 오.”

여자들은 다시 깔깔대며 동식을 향해 각기 눈인사를 보냈다. 동식도 마지못해 미소를 지은 채 그녀들에게 고개를 약간씩 숙여 보였다.

미스 김이라고 소개된 살결이 약간 까무잡잡한 쪽이 말했다.

“와 주셔서 정말 감사해요. 안 와 주셨음 쟨 낙동강 오리알이 되는 건데.”

그러나 미스 오라고 불린 눈화장에 꽤 공을 들인 쪽이 받았다.

“애는, 나 오늘 화투점 쳐서 님 떨어진 거 모르니?”

그리고 그녀들은 다시 깔깔대고 웃었다. 동식은 그녀들의 천박한 농담에 일순 역겨움이 느껴졌으나 그것을 드러낼 계제는 못 되었다. 게다가 그녀들은 어쨌든 그를 환영해 주고 있지 않은가. 해서 동식은 듣기 좋게 말했다.

“아무튼 이렇게 환영해 주니 정말 고맙군요. 갑자기 뭐라도 된 기분인데요.”

영우가 받았다.

“거 봐, 인마. 이만하면 아방궁이지 아방궁이 어디 따로 있니?”

“누가 뭐래?”

여자들이 다시 깔깔대고 웃었고 그들은 곧 자연스레 한 쌍씩이 되어 소파에 앉은 채로 술잔을 들어 마셨다. 그녀들은 술 실력들이 제법이었고 몇 순배 술잔이 돌고 나자 금방 허물없는 사이처럼 되었다.

동식은 그저 적당히 분위기를 맞추는 선에서 행동하고 있었으나 미스 오는 그것이 약간 불만인 모양이었다. 가끔씩 그녀는 도전적인 시선을 동식에게 보내오곤 했다. 그러더니 마침내 그의 귓가에 대고 조그맣게 속삭였다.

"시시하게 점잔 빼지 말아요. 내가 마음에 안 들어서 그래요?"

동식은 뜨끔했다.

그러나 천연스레 꾸며 대서 받았다.

"무슨 소리. 난 지금 황홀해서 제정신이 아닌데. 넋이 빠져서 좀 멍청해 보였는진 몰라도."

"그래요오?"

"진짜라구. 허락만 한다면 당장……."

"당장 뭐예요?"

"깨물고 싶어."

그러자 건너편 소파에서 술잔을 든 채로 미스 김과 서로 팔을 엇갈리게 걸어 술잔을 입으로 가져가는 유치한 시늉을 하고 있던 영우가 말참견을 했다.

"어허, 깨물면 안 되지. 깨물면 상처가 생기잖아."

미스 김도 거들었다.

"깨물긴 왜 깨물어요. 식인종인가."

그리고 제풀에 까르르 웃었다. 자신의 농담이 제법 그럴듯했다고 생각하는 모양이었다. 동식은 건성으로 웃었다.

"하하, 이거 왜들 이렇게 집중 공격이지?"

그러자 미스 오가 짐짓 새침한 표정으로 말했다.

"오죽 거만하게 굴었으면 그럴까."

"하하, 이건 또 무슨 날벼락인가. 내가 거만하게 굴다니."

"맞았어. 미스 오 말이 맞았다구. 자식이 개코도 아닌 게 거만하긴. 야, 인마, 너 미스 오한테 빌지 못해?"

영우가 다시 끼어들어 허풍스레 동식을 꾸짖는 시늉을 했다. 동식은 건성으로 두 손을 비벼 미스 오에게 비는 시늉을 했다.

"자, 이러면 되겠소?"

"안 되겠어요, 그걸론. 무릎 꿇고 빈다면 모를까."

"그러지, 그럼."

동식은 소파에서 바닥으로 내려앉아 무릎을 꿇었다. 그리고 다시 두 손을 비비는 시늉을 했다. 그러자 그녀는 만족한 듯 까르르 웃었다.

"됐어요, 됐어요, 그만. 아유 재밌어."

동식은 무릎을 펴고 일어났다. 그리고 다시 소파로 올라앉아 그녀의 어깨를 감아 안았다.

"이제 됐어?"

그녀는 안긴 채로 고개를 끄덕이며 계속 까르르대고 웃었다. 순간 동식은 욕정을 느꼈다. 그녀를 감아 안은 팔에 더욱 힘을 주며 그는 말했다.

"날 무릎까지 꿇게 했으니 각오는 했겠지?"

"물론이죠. 아, 아."

그녀는 아프다는 듯 나직한 비명을 질러 댔다. 그 입을 동식은 자신의 입술로 막았다. 그녀의 입술은 자연스레 열려 왔다. 술 냄새가 약간 났으나 뜻밖에 부드럽고 따스한 입술이었다. 그리고 혀는 풀 냄새가 약간 나는 듯했다.

"설왕설래(舌往舌來)하고 야단났군. 우리 이럴 게 아니라 뭐나 좀 보지."

영우가 말하고 있었다.

"그럴까."

미스 김이 대꾸하고 일어서는 기척이 전해 왔고 곧 무슨 플라스틱 마찰음 같은 것이 잠깐씩 들려왔다. 이어 텔레비전이 켜진 듯한 잡음. 비디오테이프를 걸려는 수작임이 분명했다.

"자, 대강들 하시고 돌아앉으시지. 명화 감상이나 하자구."

영우가 말했다. 동식은 미스 오의 어깨에 감은 팔을 풀지 않은 채 상반신만 돌이켰다.

잡음이 그치고 텔레비전 화면에 음악과 함께 영상이 나타나기 시작했다.

전에 본 적이 있는 테이프는 아니었으나 전개나 내용은 전에 본 것들과 대동소이한 것이었다. 상투적인 동작들을 보여 주기 위해 상투적인 이야기에 꿰어 맞춘 것이었다.

그러나 그 상투적인 동작들은 매우 즉물적이었으므로 보는 사람들에게 일종의 해방감을 주었다. 뭐라고 할까, 자의식으로부터 상당히 벗어나게 해 준다고 할까.

게다가 그들은 공범 의식 비슷한 것마저 느껴서 상당히 자유로워졌다. 영우는 미스 김과, 그리고 동식은 미스 오와 나란히 한 쌍이 되어 앉아서 거의 서로 아무런 장애 없는 기분으로 텔레비전 화면을 바라보았다.

화면에 대담한 동작들이 비칠 때마다 그녀들은 키득키득 몸을 꼬며 웃었고 그때마다 영우나 동식은 자유롭게 그녀들의 몸을 껴안았다. 그녀들은 스스럼없이 안겼으며 그들은 또한 자의식 없이 그녀들을 애무했다. 이제 그들은 완전히 자유로워졌다고 할 수 있었다.

영우가 화면 속의 진행을 흉내 내기 시작하고 있었다. 미스 김은 서슴없이 그에 따르고 있었다.

동식이 다시 이에 따르려고 하자 미스 오는 나무라듯 가볍게 그의 가슴을 때렸다. 그리고 조그맣게 속삭였다.

"흉내 내길 좋아하나 봐. 우린 조금 더 봐요."

동식은 못 이기는 체 다시 텔레비전 화면 쪽을 쳐다보았다. 그러나 화면 속의 진행은 별 새로운 것이 없었다. 그는 다시 영우의 흉내를 내려고 했다.

그러나 미스 오가 조그맣게 속삭였다.

"급하긴, 우린 그럼 딴 데로 가요."

그리고 가만히 몸을 빼어 일어서더니 그의 손을 이끌었다. 동식은 그녀를 따라 거실 오른편에 있는 짤막한 복도 쪽으로 걸어갔다. 그

복도 안쪽에 도어가 달린 방이 있었다. 그녀는 도어를 열고 들어가서 전등을 켰다.

침대가 있었다. 그들은 곧장 침대로 갔다. 그녀는 스스로 옷을 벗었고 동식이 같은 일을 마치자 망설임 없이 안겨 왔다. 약간 야위었으나 뜨겁고 탄력 있는 몸이었다.

동식은 자신이 매우 건장함을 느꼈다. 그리고 그녀는 이미 준비되어 있었다. 그는 늑장을 부릴 필요가 없었다.

그녀는 놀라운 적극성을 보여 주었다. 조금도 망설임이나 스스럼 따위는 없었고 일종의 자부심마저 느끼고 있는 성싶었다. 그에게 따라온다기보다 오히려 그를 앞질러 가려는 느낌마저 주었다.

동식은 묘한 승부욕을 느꼈다. 물론 단순한 욕망의 게임에 지나지 않았지만 제가 한발 앞서가거나 적어도 대등하다는 듯한 태도에는 슬그머니 오기가 동했던 것이다. 그는 맹렬히, 그리고 다소 거친 리듬으로 그녀를 다루었다. 그것은 또 상대방은 얼마간 사물화(事物化)함으로써 스스로의 전투력을 높이는 효과도 있었다.

그녀는 지지 않고 맞서 왔다. 그리고 간간이 숨 가쁜 소리로 그를 칭찬했다. 그러나 그를 칭찬하기 시작할 즈음에는 그녀는 이미 승부의 고비에 다다르고 있었다.

그는 마지막 화력을 다 퍼부었다. 승부가 눈앞에 이르렀기 때문이다.

마침내 승부는 났다. 뜻밖에도 아주 빨리 났다.

그러나 그 승부에는 걸린(賭) 것이 없었으므로 결국 이긴 자도 진 자도 없었다. 동식은 이긴 듯한 기분을 잠시 맛보았지만 그것은 잠시 뿐이었다.

보상은 공동(空洞)과 같은 허탈감뿐이었으니까. 아니면 자신이 하나의 물질이라는 확인뿐이었다고 할까. 욕망만이 게임의 결말이었다.

그들이 다시 거실로 나갔을 때 영우가 미스 김은 아무 일도 없었다는 듯 다시 술잔을 기울이고 있었다. 텔레비전 화면은 꺼져 있었다.

영우가 미스 오를 향해서 빙글거리며 물었다.

"어때 미스 오, 그 친구 쓸 만하지?"

미스 오는 동식을 곁눈질로 한번 쳐다보고 나서 대답했다.

"제법."

"뭐? 제법? 하하, 이거 죽여 주는구나. 야, 동식아, 너 제법 소리 듣기 위해서 애썼겠다. 이리 와서 술이나 한잔해라."

"그래, 한잔 다오. 영 속이 메슥거리는구나." 하고 동식은 천연스레 영우가 건네주는 술잔을 받았다. 우선 미스 오가, 그리고 미스 김과 영우도 약간 긴장하는 눈치가 느껴졌다. 동식은 재빨리 덧붙였다.

"어떻게나 힘을 뺐던지 말야, 하하."

"자아식, 난 또 무슨 소리라구."

영우가 안심하는 표정으로 술을 따랐고 미스 오와 미스 김도 표정이 풀렸다. 동식은 술잔을 들어 단숨에 들이켜고 나서 미스 오에게 권했다.

"자, 한 잔. 정당한 평가를 해 준 데 대한 감사의 뜻으로."

미스 오는 비웃는 듯한 표정으로 술잔을 받았다. 그리고 동식이 술을 따라 주자 역시 단숨에 들이켜고 나서 말했다.

"사람이 좀 치사하다. 왜 꼬죠?"

"꼬다니?"

"꼬는 게 아니고 그럼 뭐예요?"

"천만에. 난 제법이라고 칭찬을 해 줘서 정말 고맙다는 뜻이었는데."

"제법이란 말이 그렇게 고까워요?"

"무슨 소리. 그 말이 난 마음에 딱 들었는데."

"치사해, 정말. 자기 할 짓은 다 해 놓구서 속이 메스껍다는 둥……."

"……."

동식은 말문이 막혔다. 그녀는 정확하고도 민감하게 그의 거짓 어릿광대 짓을 간파하고 있었던 것이다. 그는 내심 부끄러움을 느끼지 않을 수 없었다.

"어허, 이거 왜들 이래? 벌써 사랑싸움인가? 자, 그만들 두고 술이나 한잔씩 더 하자구."

영우가 너스레를 떨며 분위기를 수습해 보려고 했다.

"그래, 얘. 속이 메스껍다고 한 건 힘을 너무 뺐기 때문이라고 했잖니. 뭘 그걸 갖고 그러니."

미스 김도 영우를 거들어 미스 오를 달래었다. 그러나 미스 오는 새침해진 표정을 풀지 않았다.

"바보, 너 그게 그 뜻인 줄 아니. 나도 처음엔 그냥 넘겼지만 그런 뜻이 아냐. 치사해, 정말……."

동식은 정색을 했다. 그리고 정식으로 미스 오에게 사과했다.

"사실 나는 나 자신이 메스껍기도 했던 건데, 어쨌든 기분을 상하게 해서 정말 미안하게 됐소. 용서해요."

미스 오는 그가 정식으로 그렇게 사과를 하자 더 이상 시비를 따지진 않았으나 분위기는 그럭저럭 깨지고 말았다. 영우도 미스 김도 분위기를 되살려 보려고 제법 노력했으나 별로 도움이 되지 않았다.

서먹해진 분위기 속에서 그들은 겉도는 농담 약간과 술 몇 잔을 더 나눈 뒤 결국 자기로 했다. 시간은 그럭저럭 새로 1시가 지나 있었던 것이다.

잠자리를 정하기가 약간 군색하게 되었지만(분위기만 그렇게 되지 않았더라면 사정은 달랐을 것이다) 결국 그들은 손쉽게 성별(性別)로 나누어 자기로 했다. 미스 김과 미스 오는 방으로 들어가기로 하고 영우와 동식은 그냥 거실에 남아 소파에서 자기로 했다. 영우가 분위기를 돌이키려는 마지막 노력으로 자기는 미스 김과 떨어져선 못 자겠노라고 짐짓 우겨 댔지만 미스 오가 새침한 표정으로 끝내 동의를 않자 결국 물러서고 말았다.

그녀들이 방으로 들어가고 난 뒤 영우는 동식을 향해 쥐어박으려는 주먹 모양을 해 보였다.

"야, 인마, 왜 초를 치고 그래? 쟤들이 그만한 눈치도 없는 줄 아니?"

"미안하게 됐다."

"메슥거리긴 뭐가 메슥거려, 인마. 갑자기 네가 무슨 도덕선생이라도 됐니?"

"걔한테 말한 대로야. 사실은 나 자신이 더 메스꺼워서 그랬어."

"놀고 있네. 오늘따라 유난히 너 자신이 메스껍던?"

"아무튼 기분이 그랬어. 너한텐 미안하게 됐다."

"쟤들은 그래도 순수해, 인마. 돈 몇 푼 던져 주고 데리고 놀려는 여편네들하고는 다르다구."

"그만해 둬라."

"왜, 속이 좀 아프냐? 아니면 내 말도 메스껍냐?"

"그만 좀 후벼라. 미안하다고 했잖니."

"아무튼 너 때문에 초 쳤어, 인마."

"그래, 내가 뭐랬니? 부르지 말라고 했잖아."

"어쭈? 그래서 일부러 초를 쳤단 말야?"

"그런 건 아니지만. 그래, 아무튼 미안하게 됐다. 그건 그렇고, 너 쟤들 어떻게 만난 거니?"

"그건 왜 물어, 인마."

"네 주변에서 못 보던 애들이니까 말야."

"새로 주웠어."

"주워? 어디서?"

"나이트클럽에서."

"언제?"

"사흘 전에."

"술집 나가는 애들이냐?"

"보면 몰라? 하지만 괜찮은 애들이야, 인마. 집이 가난해서 나온 애들도 아니고."

"집이 가난해서 나온 애들이 아니면 괜찮은 애들이냐?"

"순수하잖아, 인마."

그 말엔 토를 달고 싶었으나 그러면 얘기가 길어질 것 같아 동식은 건성으로 고개만 끄덕였다. 그리고 그만 자 보자고 말했다. 영우는 못내 떫은 감을 씹은 표정이었으나 결국 체념할 수밖에 없는 듯 미스 김이 내다 준 담요로 소파 위에 대충 잠자리를 마련하기 시작했다.

그리고 그들은 각기 소파 위에서 새우잠을 잤다.

이튿날 아침 날이 밝자마자 동식은 그곳을 빠져나왔다. 그녀들을 아침에 다시 대하기가 좀 쑥스러운 기분이었기 때문이다. 영우는 쿨쿨 자고 있었기 때문에 아무런 방해도 되지 않았다.

마치 도둑질이라도 하고 빠져나오는 것 같아서 기분이 썩 가볍지는 못했으나 그곳을 나와 이른 아침의 맑은 공기를 마시자 한결 기분이 나아졌다. 그는 택시 한 대를 잡아타고 곧장 아파트로 돌아왔다.

아파트로 돌아오자마자 그는 대충 양치질만 하고 난 뒤 다시 침대로 기어들었다. 몇 시간 눈을 붙였었지만 새우잠을 잔 탓인지 몸이 개운치가 않았기 때문이다.

간밤의 일이 무슨 개꿈이라도 꾼 것 같은 느낌으로 그의 의식 한편에 달라붙어 있었으나 차차 엷어지면서 그는 곧 잠으로 떨어졌다. 무슨 나락으로 떨어지는 듯한 느낌으로 그는 깊이 잠들었다. 어제 하루동안 그는 좀 과로한 편이었던 것이다.

그가 다시 잠에서 깨어난 것은 정오가 지나서였다. 잠결에 간간이 전화벨 소리 따위가 들린 듯했으나 그는 모른 체해 두고 내처 잤었다. 잠결에도 영우의 전화이리라는 생각과 함께 성가시다는 생각이 앞섰던 것이다. 영우는 필경 그가 도망치듯 그곳을 빠져나온 데 대해서 노발대발할 것이기 때문이었다.

침대에서 빠져나온 동식은 커피 한 잔을 끓여 마신 뒤 잠시 거실 소파에 앉아 쉬었다. 몸은 한결 가벼워진 것 같았다. 베란다의 창을 통해 바라보이는 공간이 투명한 햇빛으로 가득 차 있었다. 그 햇빛을 군데군데 차단하는 아파트 건물들이 보였으나 그 아파트 건물들의 그늘진 부분조차도 투명한 햇빛을 느끼게 해 주었다.

그는 약간 시장기를 느꼈다. 소파에서 일어나 그는 주방으로 갔다. 냉장고에서 식빵 두 조각에 햄 한 조각을 꺼내 끼워 들고 그는 다시 소파로 돌아와 앉아 먹었다.

그때 전화벨이 울렸다. 그는 전화기를 끌어당겨 송수화기를 집어 들었다.

"여보세요?"

"아, 미스터 곽. 나야."

영우의 전환가 했으나 최 마담의 목소리였다.

"아, 네."

"어제 남 여사하곤 괜찮았어?"

"네, 뭐 그저……."

"왜 대답이 흐리멍덩하지? 재미없었던 모양 아냐?"

"아닙니다. 뭐 그저 괜찮았어요."

"나한테 뭐 숨기는 게 있는 건 아냐?"

"천만에요, 제가 최 여사한테 숨기는 게 뭐가 있겠습니까?"

"나 속이면 재미없다구. 알고 있지?"

"물론이죠."

"이따 가게로 좀 들러 주겠어?"

"네, 나가죠."

"몇 시쯤 올 수 있어?"

"글쎄요, 전 아무 때나 괜찮지만."

"그럼 3시쯤 나올 테야?"

"그러죠."

"그래, 그럼 기다릴게. 어쩌면 오늘 새 파트너 하나를 소개해 줄지도 몰라. 미스터 곽만 나한테 잘 보이면 말야."

"하하, 네, 아무튼 그럼 3시에 가게로 나가겠습니다."

가게란 최 마담의 살롱을 가리키는 말이었다.

그리고 최 마담이 그를 보자고 하는 것은 수수료를 내라는 뜻이었다. 어제 남 여사를 만났으므로 으레 치러야 하는 절차였다. 새 파트너 어쩌고 하는 것은 최 마담의 상투적인 언사였다. 물론 더러 빈말이 아닌 경우도 있었지만 대개는 말뿐으로 그치는 경우가 많았다. 동식이 아직도 그런 상투적인 언사에 기대를 품을 것으로 그녀는 생각하는 모양이었다.

전화를 끊고 나서 동식은 잠시 쓴웃음을 지었다. 꽤 영리한 여자지만 때로는 아둔한 구석도 있다는 생각이 들어서였다.

동식의 경험에 의하면 상당히 영리해 보이는 여자들도 때때로 아둔한 일면을 드러내 보이곤 했다. 어쩌면 그것은 여자들만이 아니라 사람 모두가 지니는 한계일는지도 몰랐다.

문득 민수옥이라는 아가씨에 대한 생각이 다시 떠올랐다. 그녀도 매우 영리해 보였지만 아둔한 구석이 없는 건 아니었다. 그가 그녀의 주민등록부를 열람해 보았다고 거짓말했을 때, 그리고 남편은 없더라고 했을 때 그녀가 취한 태도는 분명 영리한 것은 못 되었다. 그의 말을 기정사실로 받아들이고 잔뜩 성이 나서 아둔하게도 모두 제입으로 확인시켜 주지 않던가. 하긴 남편이 있다고 한 그녀의 거짓말 자체도 그다지 영리한 짓은 못 되었지만. 왜냐하면 어떻게 봐도 그녀는 남편이 있는 여자로는 보이지 않았으니까.

그녀를 어떻게든 다시 만나기는 해야 할 텐데 당장은 뾰족한 방법이 없다. 자연스럽고 그녀가 피하지 못할 방법을 찾아야 할 터이었다. 그리고 뜸도 약간 들이는 편이 나을지도 몰랐다.

그러나 어쨌든 그녀와 다시 만나는 것은 시간문제일 뿐 거의 운명적이라고 그는 막연히 느끼고 있었다. 불가사의한 느낌이었으나 그녀를 처음 만난 이후로 거의 잠시도 떨쳐 보지 못한 느낌이었다. 그다지 조급한 마음이 생기지 않는 것도 그래서라고 할까. 동식으로서는 어쨌든 처음 경험해 보는 느낌이었다.

영우로부터는 전화가 한 번쯤 걸려 올 법도 했으나 그가 아파트를 나설 때까지 소식이 없었다. 아마도 그가 잠자는 동안 몇 번 걸어 보고 끝내 받지 않으니까 집에 돌아오지 않은 것으로 생각했는지도 몰랐다.

동식이 아파트를 나선 것은 2시 반이 넘어서였다. 그리고 그가 최 마담의 살롱에 도착한 것은 세 시가 조금 지나서였다.

최 마담은 상냥한 태도로 그를 맞이해 주었다. 영업시간에는 손님들을 위해 쓰여지지만 낮에는 비어 있는 한 방으로 들어가서 소파에 마주 앉자 동식은 수수료부터 꺼내 놓았다. 수수료는 30퍼센트로 되어 있었다. 부동산 중개업의 수수료에 비한다면 엄청난 고율이었지만 일의 성질상 양쪽이 다 양해하고 있는 비율이었다.

"미스터 곽은 항상 틀림없더라. 그래서 어떤 땐 깍쟁이라는 생각까지 들지 뭐야."

최 마담은 만족한 표정으로, 그러나 짐짓 나무람이 담긴 시선을 만들어 보이며 말했다. 동식은 웃었다.

"하하, 그럼 다음부턴 좀 떼어먹어도 괜찮을까요?"

"그래서야 쓰나. 하지만 오자마자 돈부터 내미는 건 좀 너무했어. 그건 그렇고, 오늘 저녁 약속 있어?"

"오늘 저녁에요?"

"응, 약속 없으면 저녁때 좀 들러."

"왜요, 무슨 일이 있습니까?"

"응, 그냥 와서 술 한잔하라구. 내가 한턱낼게."

"최 여사가 한턱내시겠다구요?"

"왜, 난 한턱 못 낼 것 같아? 그동안 미스터 곽이 너무 잘해 줘서 언제고 내가 술 한잔 내야지 하고 사실은 별러 왔어."

"아이구, 이거 고맙습니다. 그런데 오늘 저녁엔 제가 술을 마시면 안 될 일이 있는데 어떡하죠?"

"왜, 무슨 일이 있어?"

"실은 오늘 저녁이 저희 아버지 제사거든요. 제대로 격식을 갖춰 지낼 형편은 못 되지만 그냥 넘길 수야 있나요. 하다못해 물이라도 한 그릇 떠 놔야죠. 그러니 차마 술을 마시고야 들어갈 수 있나요."

"그래? 오늘은 그럼 안 되겠군. 다음에 한잔해, 그럼."

"미안합니다."

"미안하긴. 알고 보니 미스터 곽 아주 효자로군."

"효자는요."

아버지의 제사 어쩌고 한 것은 거짓말이었다. 아버지의 제사는커녕 그는 아버지의 이름도 모른다. 아버지만이 아니다. 어머니의 이름도 모른다. 얼굴도 물론 모른다. 아는 것은 그들이 어쨌든 있었으니까 그가 세상에 태어났으리라는 사실뿐이다.

최 마담에게 거짓말을 한 것은 그녀에게 얻어먹는 술이 결코 맛있을 것 같지 않았기 때문이다. 생색내는 술을 얻어먹기보다 더 맛없는 술이 어디 있을까. 최 마담 같은 종류의 여자하고는 어디까지나 거래로써 끝나는 것이 속 편한 일일 터이었다.

그리고 그는 강의 준비도 해야 했다. 내일은 학교에 가서 강의를 해야 하는 날이니까. 아무리 허울 좋은 강사라곤 하더라도 강사 노릇을 하는 이상은 준비 없이 강의를 할 순 없으니까. 아니, 허울 좋은 강사일수록 강의 준비는 더욱 제대로 해야 하는 것인지도 몰랐다.

이 거짓의 삶을 지속하는 한은 어쨌든 거짓에 충실할 수밖엔 없다. 그리고 거짓에 충실하려면 강의 준비 따위에도 충실해야 하는 것이었다.

최 마담의 살롱에서 나온 동식은 곧장 다시 아파트로 돌아왔다. 석간신문이 배달되어 있었다. 그는 신문을 주워 들고 들어와 소파에 앉아서 대충 훑어보았다. 특별한 뉴스는 별로 없었고 한 페이지를 온통 차지한 여성잡지의 전면 광고만이 선정적인 굵은 활자와 잡지 표지의 모델 사진으로 눈길을 끌고 있었다. 사진의 여자 모델은 직업적인 미소를 띠고 있었다.

신문을 덮어 두고 동식은 욕실로 갔다. 대충 씻기를 마치고 나와서 식빵과 햄, 그리고 커피 한 잔으로 간단히 요기를 한 다음 그는 서재로 들어가 강의 준비를 시작했다. 서재라고 해야 책상 하나와 의자 하나, 그리고 그가 공부한 경제학 관계의 책들을 꽂아 둔 빈약한 서가가 하나 있을 뿐인 초라한 방이었으나 그는 그 방에 들어와 있는 동안만은 마음의 평화를 느낄 수가 있었다. 뭐라고 할까, 그 방은 아직 그의 거짓의 삶 속에 편입되지 않은, 그에게 남겨진 유일한 작은 공간이라고나 할까.

이튿날 그는 학교에서 몇 시간을 보냈다.

강의를 모두 마치기 전에 그의 지도교수이기도 했던 박 교수의 연구실에 들르자 박 교수는 그의 진로문제에 대해서 걱정해 주었다.

"다음 학기부터라도 박사과정을 시작하지 그래. 이젠 학교에 남으려면 도리가 없어. 학위 없는 사람은 아예 발도 못 붙일 형편이니까.

자네도 잘 알지?"

"글쎄요, 저 같은 사람이 학교에 남아서 정말 학교에 도움이 될는지가 더 문제죠. 설사 학위를 딴다고 하더라도 말입니다."

"무슨 소리, 자네 같은 우수한 사람이 학교에 안 남으면 누가 남겠나. 잔말 말고 다음 학기부턴 시작하라구."

"글쎄요, 생각해 보겠습니다. 강사 정도면 또 모르지만 교수가 되려면 아무래도 책임 있는 교수가 될 수 있을는지 없을는지부터 스스로 한번 따져 봐야죠. 저한테 학자가 될 자질이 있는지도 좀 따져 봐야겠구요."

"아냐, 자네 정도면 충분해. 충분하고 남아. 학위만 따라구."

박 교수도 동식이 여태까지 속여 온 많은 사람 가운데 한 사람이었다. 고아원의 보모, 원장 같은 사람들과 함께.

그들은 동식의 거짓 성실성에 잘도 속아 넘어간 사람들이었다. 거짓 성실성과 거짓 겸손은 동식이 여태까지 살아온 무기였다. 고아원에서도 그는 그 무기에 힘입어 특별취급을 받았었다. 계속해서 학교를 다닐 수 있었던 것도 그 무기의 힘이었다. 다른 아이들은 그의 거짓을 어느 정도 간파하고 있는 듯했지만 보모나 원장 같은 사람들은 전혀 눈치채지 못했었다. 더러 동식을 비난하는 아이라도 있으면 그들은 그것을 질투심 때문이라고 꾸짖고 동식을 옹호했다.

박 교수 역시 그의 거짓 성실성과 거짓 겸손에 속고 있는 사람이었다. 대학에 입학했을 때 입주 가정교사 자리를 마련해 준 사람도 그였으며, 장학금도 타게 해 준 사람도, 그리고 대학을 졸업하자 대학원에 진학할 것을 권하고, 다시 대학원을 마치자 강좌 하나를 맡겨 준 사람도 박 교수였다. 그리고 지금은 그에게 다시 박사과정을 권하고 있는 것이다.

동식은 그러나 거기까지는 아직 마음을 결정하지 못하고 있었다. 박사 학위를 얻고 교수가 된다면 그로선 더 바랄 데 없는 일이었으나 그것은 어쩐지 자기가 제어할 수 있는 크기를 넘어선 거짓의 영역으로 들어서는 것 같아 다소 주저되는 마음이 앞섰던 것이다.

"아무튼 그 문젠 좀 더 두고 생각을 해 봐야겠습니다. 아무래도 자신이 잘 서지 않아서요."

동식은 어디까지나 겸손한 표정으로 말했다. 박 교수는 웃었다.

"참, 자네 같은 사람도 드물군. 이런 기회는 누구나 먼저 붙잡으려고 들 텐데. 아무튼 그럼 좀 더 생각을 해 보고 나서 결정하지. 잘 생각해 보라구."

"네. 알겠습니다."

박 교수의 연구실을 물러 나온 동식은 그 길로 학교를 나서서 곧장 영우가 나가는 수영장으로 향했다. 어제 아침의 일을 사과하기 위해서였다.

영우는 수영장의 코치실에 있었다.

"오, 배신자가 나타나는구나." 하고 그는 짐짓 벌레라도 쳐다보는 듯한 시선을 만들었다.

"미안하게 됐다."

"미안해? 미안하면 인마, 이리 전화를 걸어."

"미스 오가 있는 데? 거기다 내가 왜 전화를 거니?"

"어, 이 자식 봐. 너 나한테 금방 미안하다고 했잖아."

"너한텐 물론 미안하다고 했다. 하지만 미스 오가 있는 데다 전화는 왜 거니?"

"나한텐 미안하게 됐지만 미스 오한텐 미안할 게 없다, 이거냐?"

"걔한테 내가 미안할 게 뭐가 있니?"

"너 인마, 새벽에 도둑놈처럼 빠져나간 게 그래 미안하지도 않단 말야?"

"그래, 그게 미안해서 이렇게 찾아왔다. 하지만 그건 너한테 미안해서지 걔한테 미안해서가 아냐, 인마."

"야, 이런 날도둑놈 보게."

"날도둑놈은 인마, 내가 걔하고 무슨 약혼이라도 했니?"

"그래도 그렇지, 사람이 그럴 수가 있냐, 인마."

"뭐가 그럴 수가 없어, 인마."

"걘 그래도 너한테 감정이 그렇게 나쁘진 않은 모양이더라, 인마. 사과하고 싶으면 전화하라고 이렇게 쪽지까지 써 주는 걸 보면."

"난 그런 종류의 애들 밥맛 없어, 인마."

"어쭈?"

"무슨 큰 잘난 짓이나 하는 것처럼 구는 그런 종류의 애들 난 메스꺼워, 인마. 게다가 집이 가난해서 나온 애들도 아니라면서? 아직까지 속이 메슥거린다."

"놀고 있네. 너 언제부터 그렇게 도덕선생이 됐니?"

"도덕선생이 돼서가 아냐, 인마. 난 그런 애들은 생리적으로 메스꺼워."

"알았다, 알았어. 그쯤 해 둬라, 인마. 이건 사과를 하러 온 자식이 아니라 따지러 온 자식 같구나, 꼭."

"너한텐 사과하러 왔어, 인마."

"왜, 난 메스껍지 않니?"

"너야 불쌍하지."

"뭐라구?"

"너나 나나 불쌍하게 사는 놈 아니냐."

"자식, 너?"

"그래, 그래, 미안하다."

영우는 물론 고아원 출신은 아니었다. 동식이 고등학교 시절부터 사귀어 온 친구였다. 그러나 고등학교 시절부터 홀어머니 밑에서 배고픈 수영 선수 노릇을 거쳐 지금에 이르기까지의 과정을 너무나도 잘 아는 동식으로서는 그의 처지가 자신보다 조금도 더 낫다고는 생각해 오지 않았다. 물론 그에겐 어머니가 있었으나 그 어머니마저 그가 대학 3학년 때 돌아가시고 말았다. 그리고 지금의 처지란 서로 마찬가지였다. 다르다면 그가 동식보다 좀 더 낙천적인 점이라고나 할까.

영우는 잠시 험상궂은 표정을 만들었으나 곧 누그러지면서 말했다.

"그건 그렇고, 너 인마, 이 수영장에서 낚싯밥을 던져 뒀다는 애는 어떻게 됐니? 잘 진행 중이냐?"

"아직 잘 모르겠다. 그러잖아도 오늘 밤쯤 전화나 한 통 걸어 볼까 하는 중이다."

그러자 영우는 비웃었다.

"자아식, 그래 놓으니까 딴 애 전화번호가 눈에 들어올 리가 없지. 메스꺼우니 어쩌니 해 가면서. 그래 그 앤 어떻게 생겨 먹은 앤지 모르지만 메스껍지 않던?"

"그 앤 좀 달라, 인마."

"두고 보자, 어떻게 생겨 먹은 애길래 다르다고 하는지. 내 눈에 메스껍게만 생겨 먹었어 봐라."

"그럼 네가 어쩔래?"

"어쩌긴 뭘 어째, 인마. 침을 뱉어 주지."

"누구한테? 걔한테?"

"어째서 걔한테냐, 인마. 너한테지."

"야, 인마. 일이 잘돼서 너한테 보여 주고 싶어도 침 뱉을까 무서워서 못 보여 주겠다."

"자식이, 켕기긴 좀 하는 모양이구나. 아무튼 잘해 봐, 인마."

"그래, 고맙다."

"그건 그렇고, 어디 나가서 저녁이나 먹자."

"그럴까."

어느새 저녁 무렵이 다 되어 있었다. 그들은 함께 수영장을 나서서 근처의 중국음식점 한 군데를 찾아 들어갔다. 중국요리 두어 접시와 고량주 한 병을 시켜서 저녁식사를 대신한 뒤 그들은 7시쯤 헤어졌다.

헤어지면서 영우는 웬만하면 전화나 한번 걸어 주라고 미스 오의 전화번호가 적힌 종이쪽지를 다시 내밀었으나 동식은 딱 잘라 거절했다. 단지 전화 한 번뿐이라면 어려울 것도 없겠으나 그로 해서 다소나마 그녀와 새삼 무슨 관계 같은 것이 맺어지는 게 탐탁지 않았기 때문이다. 어쩌면 영우의 말 비슷하게 그의 마음속엔 이미 민수옥이라는 아가씨의 존재가 상당한 비중으로 자리 잡고 있었기 때문인지도 몰랐다.

영우와 헤어져 아파트로 돌아오면서 어쨌든 오늘 밤에는 전화나 한번 걸어 볼 일이라고 동식은 생각했다. 그가 그녀에게서 '고아원 냄새 같은 게' 난다고 했을 때 그녀가 순간적으로 감추지 못했던 무엇엔가 찔린 듯하던 표정이 다시 떠올랐다. 분명 그녀는 정상적인 가정에서 정상적으로 자라난 그만한 또래의 젊은 여자에게서는 맡을 수 없는 어떤 냄새 같은 것을 지니고 있었다. 물론 교묘히 감추어진 것이지만 성장시절에 지독한 고독을 경험해 본 사람만이 지니는 어떤 냄새 같은 것이라고나 할까. 어린 시절에 아무에게도 말할 수 없는 마음의 싸움을 경험해 본 사람은 그때의 고독이 얼마나 지독한 것인지 안다. 동식도 무수히 그런 경험들을 했었다. 그의 성장시절은 그런 경험들로 온통 점철되어 있었다고 해도 틀린 말이 아니다. 거짓 성실성과 거짓 겸손의 배후에서는 얼마나 지독한 고독이 어린 마음을 짓누르고 있었던가.

그녀의 성장시절을 지배한 마음의 싸움이 구체적으로 어떤 내용을 가진 것이었는진 동식은 물론 알 수 없었다. 그러나 분명하게 느낄 수 있었던 것은 그녀도 십중팔구 감당하기 힘든 마음의 싸움을 겪으면서 성장시절을 보냈으리라는 점이었다. 그리고 그것은 주로 그녀의 성장환경이 원인이 된 싸움이었으리라는 점이었다.

어쩌면 그녀는 아직도 그 싸움에서 채 벗어나지 못하고 있는지도 모른다. 그녀가 아파트에서 혼자 살고 있는 이유는 무엇일까.

필경 그녀가 겪은 싸움의 원인이었던 것 중의 일부가 아직도 작용하고 있기 때문인지 모른다. 사람은 성장시절의 환경이나 경험으로부터 완전히 자유로울 수는 없는 법이니까. 그렇다면 현재의 그녀는 어떤 사정에 놓여 있는 것일까. 어렴풋이 와닿는 예감 비슷한 것이 있었지만 동식은 어쩐지 그것을 구체화해서 생각하긴 저어되는 기분이었다. 말하자면 예감이 빗나가기를 바라는 잠재 심리 비슷한 것이라고 할까. 또는 예감 자체가 구체화되기 전에 헝클어 버리고 싶은 심리에 가까운 것이라고 할까.

동식은 스스로 무언가 얼버무리고 있는 듯한 느낌에 약간 놀랐다. 그러나 곧 그런 문제보다도 우선 그녀와의 생생한 접촉, 이를테면 하다못해 전화 통화라도 시도해 보는 편이 한결 뜻있는 일이라고 자신을 구슬렸다.

아파트로 돌아온 그는 그녀에게 전화를 걸기에 앞서 잠시 뜸을 들였다. 필경 달갑지 않은 태도로 전화를 받을 그녀와 통화를 하려면 약간의 준비가 필요했기 때문이다. 우선 전화 거는 구실을 마련하는 일과 그녀로 하여금 통화를 도중에 중단하지 못하도록 예비해 두는 일 등이 그것이었다.

그러나 대충 작정을 하고 그가 막상 다이얼을 돌렸을 때 수화기 속에서는 신호 가는 소리만 들릴 뿐 상대방은 나오지 않았다. 그는 신호 가는 소리가 열 번쯤 들릴 때까지 송수화기를 들고 있다가 내려놓았다. 그녀는 외출 중인 모양이었다.

그녀에게 처음 통화를 시도했을 때도 사정은 비슷했었다. 그날도 초저녁부터 다이얼을 돌리기 시작해서 거의 자정이 가까웠을 무렵에야 겨우 통화가 이루어졌었다. 그렇다면 그녀는 밤에 외출하는 버릇이 있단 말인가. 아니, 그보다도 혹시? 아까 스스로 얼버무렸던 예감이 문득 구체화되려는 느낌에 그는 다시 머릿속의 생각을 헝클어 버렸다. 어쩐지 그것은 구체화시켜선 안 될 어떤 금기의 대상처럼 여겨졌기 때문이다. 일종의 미신적(迷信的) 두려움에 유사한 감정이었다고 할까.

그는 한 시간쯤 기다렸다가 다시 다이얼을 돌려 보았다. 여전히 신호만 갈 뿐 상대방은 나오지 않았다. 그는 다시 송수화기를 내려놓았다.

그때 송수화기를 막 내려놓자마자 기다렸다는 듯 전화벨이 울렸다. 그는 다시 송수화기를 집어 들었다.

"여보세요?"

"아. 마침 집에 있었군. 나야, 미스터 곽."

최 마담이었다.

"아, 네, 웬일이세요?"

"웬일은, 좋은 파트너 한 사람 새로 소개하려고 그러지. 그건 그렇고, 어젯밤엔 제사 잘 지냈어?"

"아, 네, 염려해 주시는 덕분으로……."

"미스터 곽은 정말 효자야. 요즘 젊은이들 중에 미스터 곽 같은 사람도 정말 찾아보기 힘들걸."

"괜한 말씀이시죠."

"아냐, 정말이라구. 요즘 세상에 미스터 곽 같은 사람이 어딨어. 그건 그렇고, 내일 낮에 시간 있지?"

"네, 약속한 덴 없습니다만."

"그럼 됐어. 오후 2시에 S호텔 708호실로 가 보라구. 멋진 파트너 한 분이 기다리고 있을 테니까. 안 여사라고 아주 좋은 분이야."

그리고 최 마담은 생색내는 걸 잊지 않았다.

"이번엔 순전히 내 호의인 줄 알라구. 딴 사람을 불러도 되겠지만 내가 특별히 미스터 곽을 부르는 거니까. 어제 술을 한잔 내려고 했는데 그것도 미스터 곽이 아버님 제사 때문에 곤란하다고 하고 해서 말야. 그리고 시간 꼭 지켜야 해."

"네, 알겠습니다."

송수화기를 내려놓고 나서 동식은 잠시 전화통을 물끄러미 내려다보았다. 옛날 같으면 마술통이라고나 불릴 만한 신통력을 가진 기계지만 [거리(距離)를 정복한 기계가 아닌가] 이제는 일상생활의 필수품처럼 되어 누구나 의심 없이 쓰는 기계, 게다가 나중엔 별난 용도로도 다 쓰이게 된 그 기계가 갑자기 좀 천덕꾸러기처럼 바라보였기 때문이다. 그 기계를 발명한 사람은 설마 자기의 발명품이 그렇게 별난 용도로도 쓰이게 되리라곤 상상도 못 했을 것이다. 하기야 통신수

단이 무슨 통신인들 전하지 못할까마는.

동식은 잠깐 쓴웃음을 짓고 나서 주방으로 갔다. 마시다 둔 소주병이라도 있으면 한잔 더 마시고 싶은 기분이 들었기 때문이다. 영우와 저녁식사를 겸해서 고량주 몇 잔을 나누긴 했지만 어쩐지 씁쓸한 기분이 들어 소주라도 한잔 더 마셔야 속이 좀 편해질 것 같았던 것이다.

반쯤 마시다 둔 소주병 하나가 주방 벽 찬장 속에 얌전히 들어 있었다. 그는 그것을 꺼내 유리컵 한 개와 함께 거실로 가지고 나왔다. 그리고 소주를 유리컵에 따라 조금씩 마시기 시작했다.

최 마담이 내일 만나라고 한 안 여사란 여자는 또 어떻게 생겨 먹은 여편네일까 하는 생각이 잠깐 들었다. 낮에 만나자고 하는 여자들은 대개 얼굴이 좀 두꺼운 편이고 따라서 요구도 많은 편이었다. 그리고 대개 용돈도 정해진 액수 이상은 내려고 하지 않았다. 그 대신 또 전혀 사사로운 감정 따위는 내비치지 않았다. 그 점은 편하다고도 할 수 있었다. 말하자면 이쪽은 영업이고 그쪽은 고객이라는 관계를 지극히 당연스레 받아들이고, 고객으로서의 권리를 십분 누리는 것으로 만족하는 여자들이라고 할까. 마치 여자들이 미장원에서 그러는 것처럼. 아마 안 여사라는 여자도 돈푼깨나 있는 그런 부류 중의 하나일 것이었다.

하긴 그런 여자들을 비난할 일은 못 될는지 모른다. 남자들은 어떤가. 더욱이 동식으로서는 비난해선 안 될 입장이다. 어쨌든 그녀들은 그의 고객이 아닌가.

동식은 유리컵 속의 소주를 기울여 마시면서 다시 쓴웃음을 지었다. 누군가가 그를 바라보며 조롱하고 있는 것 같았다.

'비열한 자식. 저 자신을 일부러 거짓말 속으로 떼밀어 넣으려는 자식.'

그는 남은 소주를 모두 유리컵에 따라 단숨에 마셔 버림으로써 그 생각을 떨쳐 버렸다. 그리고 다시 전화기를 끌어당겨 민수옥이라는 아가씨의 전화번호를 돌리기 시작했다. 이번에는 신호가 가자마자 상대방이 나왔으나 처음 듣는 남자의 음성이었다. 전화번호를 확인하자 잘못 걸렸다는 대답이었다. 그가 잘못 돌렸거나 오접인 모양이었다.

그는 재차 이번에는 좀 천천히 다이얼을 돌리기 시작했다.

신호 가는 소리가 여러 번 되풀이되었으나 다시 상대방은 나오지 않았다. 그는 끈질기게 기다렸다. 그러나 계속 신호 가는 소리만 들릴 뿐 여전히 상대방은 나오지 않았다.

송수화기를 내려놓고 시계를 보니 그럭저럭 10시가 지나 있었다. 오늘 밤에도 기어이 자정이 다 되어서야 통화가 가능할 모양이라고 그는 생각했다.

그러나 그가 자정 10분 전에 다시 전화를 걸었을 때도 그녀는 여전히 수화기 저쪽에 나타나 주지 않았다. 그리고 자정이 10분쯤 지나서 다시 걸었을 때도 마찬가지였다. 계속 신호 가는 소리만 공허하게 들려올 뿐이었다. 그녀는 돌아오지 않은 것이 분명했다. 그녀가 집에 있으면서 그렇게 끈질기게 전화를 받지 않는다고는 상상할 수가 없었다.

마침내 자신의 예감이 확실한 모습으로 구체화되어 오는 느낌을 그는 뿌리칠 수가 없었다. 혼자 사는 젊은 여자가 자정을 넘기도록 집에 돌아오지 않는다면 그것은 무엇을 뜻하는 것일까.

그는 전율과 같은 두려움에 몸을 떨었다. 실제로 육체적인 반응이 왔다. 온몸이 전기에라도 닿은 듯 순간적으로 떨렸다.

그녀를 처음 본 순간에 받은 느낌, 무언가 운명의 끈 같은 것이 그들 둘 사이를 묶고 있다는 느낌이 비극적인 울림으로 재생되어 왔다. 그래선 안 돼, 그래선 안 돼, 그건 너무 비참해. 그는 자신의 예감을 강하게 부정했다.

그러나 부정하면 할수록 예감은 더욱 뚜렷한 모습으로 구체화되어 왔다. 마치 그를 조롱이라도 하려는 듯이. 그러나 그는 그 비참한 내용의 예감을 그대로 승인할 수는 없었다.

일순 자기가 지금 터무니없는 일방적 감정에 사로잡혀 있는 게 아닌가 하는 생각도 들었다. 그것도 아주 과장된 감정에. 그녀 쪽에서는 전혀 아무런 감정도 느끼고 있지 않을는지도 모르니까.

그러나 그는 그녀 쪽에서 느끼고 있는 감정에 상관없이 둘 사이의 관계는 이미 운명적인 것이라고 믿어 버리고 있었다. 그로서는 터무니없는 믿음이라고 할 수 없었다. 그는 평소에 미신 따위는 비웃어 온 사람이니까. 뚜렷한 근거 없는 믿음이야말로 미신이 아니고 무엇인가. 그러나 그는 그녀에 관해서만은 그런 터무니없는 믿음에 사로잡혀 있었다. 둘 사이는 이미 운명적인 것이라고.

그리고 그 운명이 비참한 내용으로 채워질 것 같은 예감에 그는 지금 몸을 떨고 있었다. 그것은 너무나 비참한 내용이었다. 그는 다시금 자신의 예감을 부정했다.

'아냐. 그럴 순 없어. 그래선 안 돼. 너무 비참해.'

그녀는 어쩌면 친구 집에서 자고 있을는지도 모른다. 또는 여행 중일 수도 있다. 또 다른 무슨 피치 못할 사정이 생겼는지도 알 수 없다. 단순히 자정이 넘도록 집에 돌아오지 않았다는 사실만을 가지고 쓸데없는 억측을 하는 것은 이쪽이 잘못일 가능성이 많다. 성급한 억측은 어떤 경우에도 찬성할 일이 못 된다.

그러나 그는 끝내 자신의 예감을 완전히 떨쳐 버릴 수가 없었다. 처음보다 다소 엷어지긴 했으나 예감은 좀처럼 완전히 사라져 주려고는 하지 않았던 것이다.

그가 그녀와의 통화에 겨우 성공한 것은 이튿날 오전이었다.

그가 그럭저럭 잠자리에 든 뒤 쉽게 잠을 이루지 못하다가 깜박 잠이 든 것은 새벽녘이 다 되어서였고 늦게 든 잠이 다시 깬 것은 10시가 가까워서였다. 그는 침대에서 일어나는 길로 서두르는 마음을 달래기 위해 커피 한 잔만 끓여 마신 뒤 곧 그녀에게 전화를 걸었다. 수화기를 통해 신호가 가는 소리를 듣는 동안 그는 되도록 마음을 가볍게 가지려고 노력했다.

이윽고 신호 가는 소리가 끊기며 수화기 저쪽에 그녀의 목소리가 나왔다.

"여보세요?"

조금 성가신 듯한 목소리였다. 그는 우선 반가운 마음이 앞섰다.

"아, 들어오셨군요. 나 곽동식입니다."

"……."

그녀는 잠시 대꾸가 없었다. 그는 성급하게 상대방을 불렀다.

"아, 여보세요?"

"……얘기하세요. 듣고 있어요."

그녀의 목소리는 싸늘하게 날이 서 있었다. 그는 우선 사과부터 했다.

"아, 이거 미안합니다. 아침부터 성가시게 전화를 해서……."

"……아침부턴가요?"

"네?"

"아침부터가 아니라 어젯밤부터가 아닌가요?"

"아, 그건……."

그는 자신이 경솔했음을 깨달았다. 그녀가 수화기 저쪽에 나타나 주었다는 사실만 우선 반가워서 자신도 모르게 '아, 들어오셨군요'라고 무심결에 건넨 말을 그녀는 흘려듣지 않았음에 틀림없었다. 구태여 간밤에 그녀가 부재중이었다는 사실을 이쪽이 알고 있다는 내색은 할 필요가 없었잖은가. 그러나 이제 와서 달리 둘러댈 말도 없다.

"……용서하세요, 실은 지난밤에 전활 했더니 안 받으시더군요."

"나한테 아직 무슨 용건이 남았었던가요?"

"네, 지난번엔 너무 실례를 한 것 같아서 사과도 좀 할 겸……."

"그런 구실도 있을 수가 있군요. 아무튼 그래서 내가 어젯밤에 집에 안 들어왔다는 사실을 알게 됐고, 그 알고 있다는 사실을 나한테 알려 주기 위해서 또 전화를 한 건가요?"

"······."

"별의별 억측을 다 했겠군요. 그렇죠?"

"수옥 씨, 말 그렇게 막 하지 말아요. 나 그렇게 야비한 사람이 아니에요."

"그래요? 그럼 뭐 때문에 또 전화를 걸었죠?"

"지난밤에 통화를 못 했기 때문에 다시 한 것뿐이에요. 걱정은 좀 했지만 억측 따윈 하지 않았어요."

"걱정을 했다구요? 모를 소리군요. 곽동식 씨가 왜 나에 대해서 걱정을 하죠?"

"아는 사람의 안위에 대해서 걱정하는 것은 사람의 탓할 수 없는 상정이에요. 더구나 수옥 씬 나한테 중요한 사람입니다."

"또 시작이군요. 그런 얘긴 저번에 다 끝나지 않았나요?"

"그렇게 쉽게 끝낼 수 있는 얘기가 아닙니다. 농담도 아니구요."

"뭘 단단히 잘못 생각하고 있는 모양이군요. 어쨌든 나하곤 상관없는 일이니까 참견은 않겠어요. 하지만 나한테 개입해 오는 건 용서 않겠어요."

그녀는 신경이 몹시 날카로워져 있는 것 같았다. 간밤에 자기가 집을 비웠다는 사실을 동식이 알고 있다는 것에 대해 매우 고까운 감정을 느끼고 있음에 틀림없는 것 같았다. 동식은 되도록 그녀의 고까운 감정을 건드리지 않으려고 애쓰면서 말했다.

"글쎄, 개입한다고 생각하지 마세요. 이건 누가 누구한테 개입하고 안 하고의 그런 문제가 아닙니다."

"모를 소리군요. 나한텐 우선 지금 이런 전화도 개입으로밖엔 여겨지지 않으니 어떡하죠?"

"성가시리라는 점은 이해합니다. 그래서 양해를 구했죠."

"내가 양해했던가요?"

"양해를 하셔야죠. 한 인간이 성실성을 가지고 자신의 내장도 다 꺼내 보일 각오를 하면서 한 사람의 마음을 얻으려고 하는데 그쯤의 양보도 못 하시겠어요? 적어도 전화 한 통화 받는 정도의 양보도?"

"별 놀라운 소리를 다 듣겠군요. 내장까지 꺼내 보일 각오를 하셨어요? 무척 감동적이군요."

"농담을 하고 있는 게 아닙니다. 저번에는 실례가 많았지만 내가 하고 싶었던 얘기를 한 부분도 있어요. 조금도 거짓 없이. 그중 무언가 운명의 끈 같은 것이 수옥 씨와 나를 한데 묶고 있는 것 같은 느낌에 대해서 말한 대목 기억하실 거예요. 그리고 수옥 씨한테선 어딘가 내겐 낯익은, 이를테면 나와 동질의 인간한테서 맡을 수 있는 어떤 냄새 같은 것이 느껴진다고 말한 대목도 기억하실 거예요. 모두 거짓 없는 느낌 그대로 말한 겁니다. 그리고 그 느낌은 갈수록 강해지고 있어요. 수옥 씬 물론 모욕이라고 생각할지도 모릅니다. 나같이 불성실해 보이는 인간하고 비슷한 냄새가 느껴진다느니 운명의 끈에 묶여 있는 것 같다느니 하는 말들이 말입니다. 내가 불성실해 보였으리라는 건 인정합니다. 하지만 아무리 불성실해 보이는 사람도 자기 스스로가 제어하지 못하는 성실한 부분이 있게 마련입니다. 말하자면 나의 그 부분이 수옥 씨를 그렇게 느끼고 있는 겁니다. 그리고 그 부분이 부끄러운 내장까지 꺼내 보일 각오를 하게 만든 거구요."

그녀는 잠시 대꾸가 없더니 약간 조롱기가 섞인 어조로 말했다.

"……얘기 다 하셨나요? 난 더 들어 드리려고 했는데. 아주 감동적인 장광설이군요. 꺼내 보일 각오가 돼 있다는 그 내장을 한번 보고 싶다는 느낌이 다 생길 정도로."

동식은 노여움을 억누른 목소리로 말했다.

"이봐요, 수옥 씨. 사람의 성실을 그런 식으로 욕하는 게 아닙니다. 난 지금 무슨 연극을 하고 있는 게 아니에요."

"연극을 하고 있다고는 말하지 않았어요. 하지만 난 그런 감동적인 말은 믿지 않는 버릇이 있으니 어떡하죠?"

"남의 성실을 믿지 않는 버릇은 좋다고 할 수 없어요. 그건 수옥 씨가 타인에 대한 불신이나 적대감에 길들어 왔다는 뜻이기도 하지만 수옥 씨 스스로가 타인에 대해서 성실하지 않다는 뜻도 됩니다."

"모처럼 귀담아들을 만한 말을 하는군요. 하지만 난 아직 내가 성실성을 가지고 대할 만한 타인을 본 적이 없으니 어떡하죠?"

동식은 그녀에 대한 자신의 느낌이 그다지 빗나가지 않았음을 재차 확인하는 기분이었다. 그는 다소 자신을 가지고 말했다.

"네, 그러리라고 생각했습니다. 왜냐하면 나도 비슷한 생각으로 살아왔으니까. 수옥 씨한테서 어딘가 내게 낯익은 냄새 같은 게 느껴진다고 한 것은 그런 뜻도 있었어요. 하지만 난 최근에 내 내장을 꺼내 보여도 좋다고 생각되는 사람을 발견했어요. 그 사람이 바로 수옥 씹니다."

그러자 그녀는 갑자기 무슨 생각을 하는지 깔깔대고 웃었다. 동식은 노여움을 누르고 물었다.

"왜 웃는 겁니까?"

그녀는 계속해서 깔깔대고 웃으며 대꾸했다.

"재밌잖아요. 가짜가 가짜를 알아본다, 그리고 가짜끼리는 서로 가짜 노릇을 할 수 없으니까 내장을 꺼내 보이겠다, 얼마나 재밌어요. 그런 뜻 아녜요?"

동식은 정곡을 찔린 기분이 들었다. 낭패감 비슷한 것이었다.

"아, 꼭 그런 뜻이라곤 할 수 없지만 비슷한 얘기라고 해석할 수도 있겠죠. 성실성을 가지고 대할 만한 타인을 보지 못했다는 건 뒤집어 말하면 여태까지 어느 누구에게도 성실해 보지 않았다는 뜻이 되고 따라서……."

"가짜로 살아왔다는 얘기가 되지 뭐예요. 안 그래요?"

그녀는 다시 깔깔대고 웃었다.

"아, 뭐, 아무튼 웃음소리를 들으니까 기분이 나쁘진 않습니다. 하지만 난 지금 수옥 씰 웃기려고 하고 있는 얘긴 아닙니다."

"그 이상 웃기는 얘기가 어딨어요? 아무튼 나도 내 내장을 꺼내 보일 준비나 해야겠군요. 네? 안 그래요?"

그녀는 계속해서 깔깔대고 웃었다. 일순 동식은 그 웃음에서 무언가 섬뜩한 느낌을 받았다. 그것은 조금 뒤늦은 느낌이었으나 그녀의 웃음이 단순히 순간적인 충동에서 촉발된 웃음이 아니라 어딘가 그녀의 전 생애가 배경이 된 어떤 절망의 웃음일는지도 모른다는 느낌이 순간적으로 스쳐 갔던 것이다. 그는 얼마간 그녀의 웃음이 멈추기를 기다려서 말했다.

"글쎄, 이거 함께 웃어야 좋을지 어떨지 잘 모르겠군요. 어쨌든 그럼 내 얘기는 이제 납득을 하신 걸로 생각해도 괜찮을까요?"

"납득뿐이겠어요? 나도 내 내장을 꺼내 보일 준비나 해 두겠다니까요. 가짜가 가짜한테 내장을 꺼내 보이겠다는데 이쪽 가짠들 가만있을 수 있나요? 호흡을 맞춰야죠. 안 그래요?"

"글쎄, 그 말을 어떻게 받아들여야 할지 잘 모르겠구요. 진담이 아닌 것도 같고……."

"진담이 아니라니, 무슨 소리예요? 가짜가 가짜한테 어떻게 거짓말을 하죠? 네? 안 그래요?"

그녀의 목소리에는 아직 웃음기가 가시지 않고 있었다. 조롱을 받는 느낌이었으나 동식은 계속 고지식한 어조를 버리지 않았다.

"아무튼 그럼 내 얘기는 납득하신 걸로 생각하겠습니다. 언제쯤 한번 만날 수 있을까요?"

그러자 그녀는 참았던 웃음을 터뜨린다는 듯 다시 깔깔대고 웃기 시작했다. 이번에는 쉽사리 멈출 것 같지도 않았다.

동식은 참을성 있게 기다렸다. 한참 만에야 그녀는 웃음을 겨우 멈추며 마치 간지럼에서 벗어나기라도 한 것처럼 한숨을 내쉬면서 말했다.

"결국 얘기는 그렇게 귀착되는군요. 말하자면 가짜끼리의 내장 꺼내 보이기 의식을 언제쯤 갖는 게 좋겠느냐는 뜻이죠?"

"뭐, 그렇다고 해도 좋습니다."

"어마, 화나셨나 봐? 내가 너무 웃어서 기분 나쁘세요?"

"아니, 괜찮습니다."

"괜찮은 것 같지 않은데요? 말대꾸가 아주 딱딱해지신 걸 보니까."

"천만에. 수옥 씨답지 않게 별 신경을 다 쓰십니다."

"그래요? 그럼 좋아요. 난 언제든지 좋아요."

"정말입니까? 왠지 잘 믿어지지가 않는군요."

"믿으세요. 난 벌써부터 재미있어 죽겠는걸요. 곽동식 씨의 내장이 얼마나 재미나게 생겼는지 보고 싶어 죽겠어요. 내 내장만큼 재미나게 생겼는지 어떤진 모르지만."

동식은 순간 그녀가 자신을 방기(放棄)하고 있다는 느낌을 받았다. 뭐라고 할까, 스스로를 야유의 대상으로 던져 버리고 있는 것 같다고 할까. 아니면 자신을 전혀 방어하고 싶지 않은 어떤 자기 모멸 비슷한 상태에 빠진 것 같다고 할까.

약간 불안했으나 어쨌든 그녀가 모처럼 선선한 태도를 보일 때 약속을 해 두어야 한다고 동식은 생각했다. 그 뒤의 문제는 나중에 생각하면 될 터이었다. 그는 약간 웃음기를 담아서 말했다.

"좋습니다. 그럼 누구 내장이 더 재미나게 생겼는지 만나서 비교해 보기로 하죠, 좋습니까?"

"네, 좋아요."

"그럼 언제쯤이 좋을까요?"

"난 빠를수록 좋아요. 이런 재미나는 행사는 빠를수록 좋은 거 아녜요?"

"그럼 내일쯤 어떻겠습니까?"

"어마, 왜 내일이죠? 이왕이면 오늘로 하는 게 어때요? 쇠뿔도 단
김에 빼랬다고 가능하면 난 이 재미나는 기분이 식어 버리기 전이었
으면 더 좋겠어요."

"아, 네, 그럼……."

"왜, 오늘은 무슨 약속이 있나 보죠?"

"아, 아닙니다. 오늘로 하죠, 그럼."

동식은 최 마담과의 약속을 생각하고 있었다. 최 마담이 지정한 오
후 2시의 S호텔 약속은 파기해 버리는 수밖에 없다고 생각했다. 안
여사라는 여자는 혼자서 빈 호텔 방을 지키다 돌아갈 것이었다. 물론
최 마담은 나중에 펄펄 뛰겠지만 그것은 나중의 일이고 또 어째도 좋
다고 생각했다.

"지금이 10시 반쯤 됐으니까 그럼 12시쯤 어떻습니까? 점심이나
함께하시죠."

"네, 좋아요. 장소는?"

"저번에 거기로 하죠. P호텔 커피숍."

"좋아요, 그럼 12시에 그리 나갈게요."

그리고 그녀는 가볍게 전화를 끊었다. 동식은 알 수 없는 흥분으로
가슴이 설레기 시작했다. 무언가 예감대로 일이 풀려 나가는 것도 같
았고 무엇에 홀린 것 같기도 했다. 그리고 만일 예감대로라면 그것은
반드시 기뻐하고 있을 일만은 아닐는지 모른다는 생각도 들었다.

어둠의 딸

송수화기를 내려놓고 전화기 앞에서 일어서는 순간 수옥은 잠시 현기증을 느꼈다. 눈앞의 공간에서 밀알만 한 작고 투명한 빛의 알맹이들이 몇 갠가 흘러갔다. 머릿속이 좀 빈 것 같기도 하고 반대로 무거운 것 같기도 했다.

밤새 잠을 못 잔 탓인 것 같았다. 어제저녁에 마신 술 탓이기도 할 것이었다. 그리고 아침에 돌아와서도 채 잠들 겨를 없이 또 전화가 그녀를 불러내었다. 잠이 든 뒤였다면 그녀는 아마 전화를 받으러 나오지는 않았을 것이다.

그 아라비아의 무슨 왕족인가 하는 사람은 아침식사까지 함께 마친 뒤에야 그녀를 보내 주었고 돌아와서 대충 샤워를 마친 다음 눈을 좀 붙여 보려고 막 침대에 눕자 곽동식으로부터 전화가 왔던 것이다. 그러니까 어제 아침에 침대에서 일어난 이후 잠이라곤 아직 한숨도 붙여 보지 못한 셈이다.

그 아라비아의 무슨 왕족인가 하는 사람은 밤새도록 한잠도 자지 않았다. 그리고 그녀도 잠들지 못하게 했다. 밤새껏 그녀의 몸을 애무하고 그녀가 자신 때문에 행복해하는지를 확인하려고 했다. 그녀는 집요한 그의 애무로부터 벗어나기 위해 적당히 거짓 행복한 체도 해 주었지만 그는 좀처럼 만족해하지 않았다. 그리고 결국 아침까지 그녀를 한잠도 못 자게 했던 것이다.

어제저녁 파티의 주최자였던 한 토건회사 측이 마련한 일종의 향응의 연장으로서, 말하자면 그녀는 하룻밤의 선물로 제공된 셈이었다. 향응의 마지막을 여자를 제공함으로써 마무리하려는 것은 대개의 파티 주최자들이 갖는 공통된 습성이었다.

현기증이 나는 것은 그러니까 밤새껏 시달리며 잠을 못 잔 탓이겠지만 몸이 꽤 약해진 증거인지도 모른다고 수옥은 생각했다. 전에도 더러 그런 식으로 밤을 꼬박 새우고 돌아온 적이 없지 않았지만 현기증까지 나는 일은 극히 드물었던 것이다.

그녀는 잠시 현기증을 가라앉히기 위해 제자리에 서 있었다. 현기증은 곧 가라앉았으나 머릿속은 여전히 빈 것 같기도 하고 또 무거운 것 같기도 했다. 상태로 보아서는 그는 내일쯤 만나자고 했을 때 그대로 받아들이는 것이 옳았다. 그러나 오기가 작용했다.

스스로도 믿어지지 않는 오기였다. 아마도 신경이 몹시 날카로워져 있었기 때문인지 몰랐다. 그가 간밤에 전화를 했었다는 사실이 왜 그렇게 신경에 거슬리는지 알 수 없었다. 자존심이 상할 일도 아무것도 아니었다. 누구에게 알려져서 자존심이 상할 일을 하고 있다고는 생각해 본 적이 없으니까.

그러나 간밤에 그가 전화를 했었다는 사실을 안 순간 그녀는 알 수 없게도 몹시 자존심 상해 하는 스스로를 발견하고 놀랐다. 그리고 그 감정이 오기를 만들어 냈는지도 몰랐다.

뭐라고 할까. 오히려 이쪽에서 앞질러 나감으로써 수세에 몰린 듯한 감정을 만회해 보려는 심리 같은 것이었다고 할까. 게다가 그가 자신도 매우 엉터리로 살아왔음을 비치고 그녀에겐 내장을 꺼내 보일 각오까지 돼 있다고 했을 땐 그녀는 갑자기 자신을 둘러싼 모든 일이 커다란 웃음거리로만 여겨졌었다. 그리고는 스스로도 걷잡지 못하고 웃어 댔었다.

특히 가짜와 가짜의 만남이라는 생각은 그녀를 참을 수 없는 웃음 속으로 몰아넣었다.

가짜가 가짜를 만나서 내장을 꺼내 보인다. 그것은 되씹어 생각해 볼수록 웃음을 참을 수 없는 일이었다. 아마도 그 이상 재미난 희극은 세상에 다시 없을 것 같았다.

말하자면 그런 희극적인 감정과 오기가 합쳐져서 그녀로 하여금 굳이 오늘 만나자고 나서게 한 것이라고 할 수 있었다. 물론 그 희극적인 감정도 오기에서 비롯한 것이라고 할 수 있을는지 모르지만. 왜냐하면 사태를 희극화함으로써 그녀의 오기는 더욱 충족된다고도 할 수 있었으니까.

수옥은 쓴웃음을 지었다. 하긴 그 오기라는 것조차도 어쩌면 웃음거리에 불과한지 모른다는 생각이 들었기 때문이다. 이상한 일이다. 오늘은 왜 자꾸 스스로를 조롱하는 마음만 드는 것일까. 역시 신경이 좀 날카로워진 탓일까.

그러나 어쨌든 약속을 한 이상 그를 만나러 나가야 할 것이었다. 더욱이 그녀 쪽에서 반자청하다시피 한 약속 아닌가.

그녀는 천천히 화장대가 있는 방으로 가서 거울 앞에 앉았다. 거울 속에 비친 자신의 모습이 몹시 창백하게 느껴졌다. 살갗도 윤택이 없어 보였다.

잠시 엄마의 얼굴이 그 위에 겹쳐 떠올랐다. 그러나 그녀는 곧 엄마의 얼굴을 지워 버리고 화장을 시작했다. 화장이 잘 먹지 않았다. 그러나 그녀는 되도록 짙게 화장했다. 입술연지도 일부러 진홍색을 발랐다. 눈화장도 평소보다 짙게 했다.

스스로가 보기에도 꽤 요염한 얼굴이 되어 갔다. 그리고 한편으론 꼭두각시 비슷하게도 되어 갔다. 나중의 느낌이 마음에 들었다.

그녀는 될수록 그 나중의 느낌에 더 가까워지도록 주의를 기울여 화장했다. 그리고 마침내 화장을 끝낸 그녀는 거울 앞에 서서 자신의 모습을 다시 살펴보았다. 누가 보아도 이젠 여염집 젊은 여자로는 절대로 볼 수 없을 모습이 되어 있었다. 그녀는 만족했다.

그리고 옷을 갈아입기 시작했다. 몸에 꼭 끼는 청바지 차림을 택했다. 기분이 한결 가벼워지는 것 같았다.

시계를 보니 그럭저럭 11시 반이 다 되어 있었다. 그녀는 어깨에 메는 조그만 손가방 하나를 가볍게 메고 아파트를 나섰다.

그리고 그녀가 곽동식과 약속한 P호텔 커피숍에 도착했을 때 그는 먼저 와서 기다리고 있었다. 오늘은 정장 대신 터틀 차림이었다. 그는 의자에서 일어나 그녀를 맞이하고 나서 다시 앉았다. 그녀의 짙은 화장을 보고 약간 놀라는 눈치였다.

그녀가 먼저 말했다.

"여자하고 약속을 하면 항상 이렇게 먼저 와서 기다리시나 보죠?"

그는 웃었다.

"왜, 그러면 나쁜가요?"

"나쁘긴요, 칭찬이죠. 시간에 그렇게 늦진 않았지만 어쨌든 내가 늦게 도착한 데 대한 변명도 되구요."

"하하, 어쨌든 칭찬이시라니 얼떨떨하군요."

"얼떨떨하다뇨?"

"늘 구박만 받다가 갑자기 칭찬을 받은 어린아이처럼 말입니다."

"어마, 내가 곽동식 씰 구박했던가요?"

그러자 그는 빙그레 웃으며 담배 한 대를 꺼내 물었다. 그리고 라이터를 켜서 담배에 불을 붙였다. 값비싼 라이터로 보였다.

담배를 한 모금 맛있게 빨고 나서 그는 말했다.

"구박받을 짓을 했으니까 구박을 받았다고 할 수도 있겠죠. 그건 그렇고, 이름 앞에 그렇게 꼭 성을 붙여서 부르니까 왠지 욕 같군요. 그렇게 꼭 풀네임을 부르지 않아도 될 텐데."

"그래요? 그럼 뭐라고 하죠? 그냥 동식 씨라고 할까요? 그러죠, 뭐 그럼. 그건 그렇고, 나도 담배 한 대 피우겠어요."

그리고 그녀는 탁자 위에 놓인 담뱃갑으로 손을 뻗었다. 그러자 그는 다소 황급히 담뱃갑을 집어 두어 개비가 위를 올라오게 해서 그녀에게 권했다.

"아, 난 피우시는지 모르고……."

그녀는 잠자코 한 개비를 꺼내 입에 물었다. 그가 라이터를 켜서 불을 붙여 주었다. 그녀는 익숙한 태도로 담배 연기를 빨아들였다. 그리고 코와 입으로 내뱉으며 말했다.

"커피 안 시키세요?"

"아, 그러죠." 하고 그는 깜빡 잊었다는 듯 차 나르는 청년을 손짓해 불렀다. 그리고 청년이 다가오자 커피 두 잔을 주문했다. 청년이 주문을 받아 가지고 물러가자 그는 웃음기 띤 얼굴로 말했다.

"지난번 이 자리에선 사실 난 전전긍긍하고 앉아 있었는데 오늘은 수옥 씨의 우호적인 태도를 대하니까 마음이 좀 놓이는군요. 물론 아직 완전히 마음을 놓을 순 없지만."

그녀는 미소를 띤 얼굴로 대꾸했다.

"그래요? 여기가 지난번 바로 그 자리던가요?"

"네, 마침 운 좋게 비어 있더군요. 아무튼 같은 자리에서 다른 기분을 맛보게 되니까 이거 기분이 과히 나쁘지 않군요. 하느님이 갑자기 내 편이 된 것도 같고."

"하느님을 믿으세요?"

수옥은 일부러 맹꽁이 같은 질문을 했다.

"네? 아, 뭐 꼭 하느님을 믿어서라기보다 그런 기분이라는 얘기죠.

하느님을 믿긴 나 같은 가짜가……."

그러다가 그는 피식 웃음을 터뜨렸다. 그녀도 따라 웃으며 말했다.

"그러게 말예요. 난 깜짝 놀랐지 뭐예요, 정말 하느님을 믿는 분인가 하고. 그렇다면 난 번지수를 잘못 찾아 나온 셈이거든요."

"하하, 얘기가 그렇게 되죠. 염려 마세요, 결코 번지수를 잘못 찾아 나오신 건 아니니까."

그때 청년이 커피를 날라 왔다. 그는 그녀에게 커피를 권했다.

"자, 드시죠, 안심하시고."

"네, 안심하고 들겠어요. 함께 드세요."

"아, 네."

그들은 커피잔을 들어 각기 한 모금씩 마시고 내려놓았다. 그녀가 말했다.

"지난번에 커피 강의하시던 일 생각나는군요. 뭐라고 하셨더라? 설탕은 커피의 천적(天敵)이라고 하셨던가……."

"아, 그 부끄러운 얘긴 왜 꺼내세요. 그땐 내가 어릿광대 노릇을 좀 했죠. 어떻게든 수옥 씨의 환심을 좀 사 보려는 짓이었지만."

"그러셨어요? 난 말솜씨 자랑하느라고 그러시는 줄만 알았는데. 그건 그렇고, 우리 내장은 언제 비교해 보는 거죠?"

그러자 그는 빙그레 웃었다.

"아, 그렇게 급하세요? 천천히 커피 다 마시고 나서도 늦지 않을 텐데."

그녀는 좀 과장해서 조급한 표정을 지어 보였다.

"난 지금 무엇보다 동식 씨 내장이 어떻게 생겼는지가 제일 궁금해 죽겠는걸요."

"하하, 물론 보여 드리죠. 하지만 커피나 다 드시고 장소를 어디로 옮겨야죠. 여기서야 어디……."

그리고 그는 옆좌석 쪽을 힐끗 바라보았다. 옆좌석에 앉아 있던 잘 차려입은 중년부인들이 그들의 수작을 엿들은 듯 이해할 수 없다는 표정들을 짓고 있었다. 그들은 마주 보고 웃었다. 그리고 다시 커피 잔을 집어 각기 한 모금씩 마시고 내려놓았다.

수옥이 말했다.

"그렇군요. 여긴 서로 내장을 꺼내서 비교해 보기엔 적당한 장소가 못 되는군요. 딴 사람들한테까지 보여 줄 필요는 없으니까."

일부러 옆좌석에까지 들릴 만한 목소리를 냈다. 그도 맞장구를 쳤다.

"물론이죠. 왜 우리 귀중한 내장을 딴 사람들한테까지 보여 줍니까. 자, 어서 커피나 마저 들고 일어서죠."

"네, 그래요."

그들은 다시 커피잔을 집어 들면서 마주 보고 웃었다. 그리고 곧 커피잔을 비운 뒤 의자에서 일어났다. 옆좌석의 중년부인들이 그들을 눈여겨보는 것 같았다. 필경 별 해괴한 일 다 본다는 시선들일 것이었다.

그들은 그 중년부인들의 시선을 모른 체하고 곧장 커피숍을 빠져나왔다. 그리고 호텔 밖으로 완전히 나섰을 때 수옥은 마음 놓고 웃으면서 말했다.

"그 아줌마들 무슨 소린가 했을 거예요. 재밌어. 서로 내장을 꺼내서 비교해 본다는 걸 무슨 뜻으로 알아들었을까요?"

그도 유쾌한 듯 웃었다.

"하하, 글쎄, 무슨 외설스런 암호쯤으로 알아들었을지도 모르죠."

"외설스런 암호요?"

"하하, 그 나이쯤 되는 부인네들은 젊은 남녀에 관해선 항상 그런 식으로 보려는 경향이 있죠."

"부인네들에 관해선 잘 아시나 보죠?"

"특별히 잘 안다기보다 약간의 통찰력이 있다고 해 두죠. 그건 그렇고, 어디 가서 우선 점심이나 하죠."

"맛있는 거 사 주실래요?"

"뭐든지. 뭘 좋아하세요?"

"달팽이요리."

"오, 정말이세요?"

"농담이구요, 나 아무거나 잘 먹어요. 비빔밥도 좋구요."

"모처럼 점심을 사겠다고 하고서 그렇다고 비빔밥이야 살 수 있나요. 아무튼 그럼 나한테 일임하시겠어요?"

"네, 좋아요."

"음식 위주가 아니라 서로 내장을 꺼내서 비교해 보기 좋은 장소로 갈 테니까 음식에 대해선 실망하셔도 할 수 없습니다."

"좋아요. 하지만 설마 내장탕은 아니겠죠?"

"하하, 왜, 내장탕은 싫어하세요? 염려 마세요, 내장탕집은 아니니까."

그리고 그는 차도 쪽으로 나서서 택시를 잡기 시작했다. 빈 택시가 별로 눈에 띄지 않았으나 마침 콜택시 한 대가 굴러왔다.

그는 그 콜택시를 세웠다. 그리고 택시의 뒷문을 열어 수옥을 먼저 오르게 한 다음 자신도 뒤따라 올라탔다.

"정릉 쪽으로 가 주세요." 하고 그는 운전사에게 말했다.

그리고 그가 지시하는 방향에 따라 택시가 그들을 데려다준 곳은 정릉 스카이웨이 부근에 있는, 얼핏 보아서 무슨 별장처럼 지어진 한 레스토랑 앞이었다. 레스토랑으로 들어가는 진입로가 따로 있었고 잘 다듬어진 정원수들도 보였다.

미리 예약을 해 두었던 듯 웨이터가 나와서 그들을 한 방으로 안내했다. 그다지 넓지 않은 방이었으나 꽤 공들여 꾸민 방이었다. 테이블이나 의자 등속도 고전풍으로 특별히 맞춘 것인 듯했다.

웨이터가 두 손으로 의자 등받이를 잡고 그들이 앉는 것을 거들어 주었다. 그리고 그들 앞에 각기 금박이 든 메뉴판 하나씩을 놓아 주었다.

그가 메뉴판은 거들떠보지도 않고 수옥을 건너다보며 말했다.

"이 집은 전복스테이크가 그런대로 먹을 만합니다. 전복 싫어하지 않으세요?"

"네, 괜찮아요."

"됐군요, 그럼."

그는 웨이터를 향해 고개를 끄덕여 보였다. 웨이터가 물었다.

"음료는 그럼 뭘로 하실까요?"

그가 다시 수옥을 건너다보았다.

"포도주 한 잔씩 하실까요?"

"네, 흰 걸로."

그는 다시 웨이터를 향해 고개를 끄덕이며 손가락 두 개를 펴 보였다. 웨이터가 공손히 절하고 물러가자 그가 다시 수옥을 건너다보며 말했다.

"좀 으스대는 집이죠. 때론 저 친구들이 더 신사같이 군다는 느낌이 들어서 고약하기도 하지만 무시해 버리면 그만입니다. 얘기를 하기엔 그럭저럭 괜찮은 장소구요."

"자주 오시는 덴가 보죠?"

"자주는요, 몇 번 와 봤을 뿐이죠. 그것도 늘 얻어먹는 입장으로. 음식값이 제법 호된 편이어서 나 같은 가난뱅이가 자주 올 곳이 못 됩니다."

"가난뱅이세요?"

그녀는 짐짓 얕잡아 보는 시선을 만들어 보이며 물었다. 그는 웃었다.

"물론이죠. 가난뱅이 중에서도 최하라고 해야겠죠. 고아니까요."

"어마, 고아세요?"

그는 미소를 띤 채 고개를 끄덕였다. 어딘가 농담만은 아닌 듯한 태도가 엿보였다. 그러고 보면 그는 '고아원 냄새'에 대해서 말한 적이 있었던 것 같다. 수옥은 부러 생글거리며 물었다.

"어마, 그럼 벌써 내장의 일부를 보여 주시기 시작한 셈인가요?"

"하하, 그렇다고 할까요. 그건 그렇고, 나보고 가난뱅이냐고 물은 수옥 씬 부잡니까?"

"네, 난 부자예요."

수옥은 뽐내는 표정으로 대답했다.

"생각해 보면 모르세요? 젊은 여자가 아파트 한 채를 혼자 쓰면서 전화까지 놓고 산다는 사실을. 내가 아파트에 산다는 건 주민등록증 보고 아셨죠?"

"아, 네, 그렇군요. 부자시군요."

그때 노크소리에 뒤이어 웨이터가 얼음통에 담긴 포도주병을 날라 왔다. 그리고 두 사람 앞에 각기 잔 하나씩을 바로 세운 다음 포도주 병을 헝겊에 싸서 조심스레 따랐다.

병의 모양으로 보아 외국산 포도주인 것 같았다. 병을 다루는 웨이터의 손놀림에는 은근한 자랑이 내비쳐 있었다.

포도주 따르는 일을 마치고 웨이터가 다시 공손히 절하고 물러가자 그가 수옥을 향해 말했다.

"자, 드시죠."

"네, 건배해요."

수옥은 포도주잔을 들어 올려 다소 과장스런 동작으로 그에게 내밀었다. 그도 잔을 마주 가져왔다.

"수옥 씨의 건강을 위해서."

그가 미소를 지으며 말했다.

"동식 씨의 재미난 내장을 위해서."

그녀도 웃음을 깨문 표정으로 마주 대꾸했다. 그리고 가볍게 제 잔을 그의 잔에 맞부딪쳤다. 그가 웃었다.

"하하, 그러다 내 내장이 재미없으면 어떡하죠?"

"그럼 내 내장은 안 보여 주면 되죠, 뭐."

"하하, 그럼 나만 손해게요."

"원래 손해 볼 각오는 하신 거 아녜요?"

"아, 참 그렇던가요."

그들은 함께 웃고 포도주잔을 각기 입으로 가져갔다. 그리고 조금씩 마시고 내려놓았다.

수옥이 물었다.

"조금 아까 가난뱅이라고 하셨는데 이런 비싼 집에서 정말 점심을 사셔도 되는 거예요?"

"하하, 왜, 걱정되십니까? 혹시 수옥 씨더러 지불하랄까 봐?"

"그보다 혹시 한 달 생활비 다 쓰시는 거 아녜요? 나 점심 한 끼 사주고 한 달 내내 굶으시는 거 아니냐구요."

"하하, 그럴는지도 모르죠. 굶게 되면 수옥 씨한테 원조를 청하겠습니다. 부자시라니까."

"어마, 나 그럼 이 점심 사양하겠어요. 누가 점심 한 끼 얻어먹고 한 달 생활비를 책임진대요."

"사양하기엔 이미 늦었습니다. 포도주를 한 방울도 입에 안 댔으면 몰라도."

"어마, 억울해."

"하하, 염려 마세요. 그렇게 억울하시다면 굶는 한이 있어도 수옥 씨한테 손을 내밀진 않을 테니까."

"정말이죠?"

"물론."

"하지만 고아를 어떻게 믿죠? 고아들은 거짓말을 아주 잘한다는데."

"그건 순전한 모략입니다. 부자들이 모두 인색하다는 말처럼."

"어마, 그건 내가 인색하지 않을 거란 얘긴가요? 다시 말해서 동식 씨가 굶게 되면 모른 척하지 않을 거라는."

"하하, 그런 얘기도 되겠죠."

"어마, 나 그럼 괜히 따라왔나 보다."

"하하, 염려 마세요. 하지만 자존심이 강한 가난뱅이도 있으니까."

"그렇다면 안심이지만요."

그들은 다시 함께 웃고 포도주잔을 입으로 가져갔다. 그때 노크소리와 함께 웨이터가 다시 음식 접시들을 날라 오기 시작했다. 음식 접시들은 정갈하고 격식 있어 보였다. 그리고 그것들을 나르고 테이블 위에 차려 놓는 웨이터의 동작에는 여전히 그 은근한 자랑이 내비쳐 있었다.

웨이터가 다시 물러가고 식사를 시작했을 때 그가 물었다.

"수옥 씬 혹시 굶어 본 적 있으십니까?"

수옥은 짐짓 아둔한 표정을 지어 보였다.

"굶어 본 적이라뇨? 단식해 본 경험이 있냐는 뜻인가요?"

그는 웃었다.

"아니, 그런 사치스런 경험을 말하는 게 아니고 먹을 음식이 없어서 굶어 본 경험이 있느냐는 뜻입니다."

"고등학교 다닐 때 누가 도시락을 훔쳐 먹어 버려서 굶어 본 적은 있어요. 왜요?"

"하하, 그런 낭만적인 추억을 말하는 것도 아니고 말하자면 식량이 없어서 진짜로 굶어 본 경험이 있느냐는 뜻이죠."

"그런 경험은 없어요. 왜요?"

"아, 참 부자라고 하셨지. 그럼 배고픈 사람의 심정은 이해 못 하시겠군."

수옥은 순간 엄마의 얼굴을 머릿속에 잠깐 떠올려 보았다. 그러나 곧 지워 버리고 천연스레 대꾸했다.

"글쎄요, 도시락 그릇이 싹 비워진 걸 보고 나니까 어쩌나 약이 오르던지 나도 누구 도시락을 대신 훔쳐 먹고 싶은 생각이 들던데, 그런 심정일까요?"

"하하, 그런 일시적인 배반감이나 보복심리하곤 다르죠. 물론 훔쳐 먹고 싶은 생각이 들더라는 점엔 일맥상통하는 면이 없지도 않지만."

"그래요? 동식 씬 그럼 진짜로 굶어 본 경험이 있나 보죠?"

"하하, 약간. 그래서 난 어떤 음식이건 존경하는 버릇이 있죠."

"음식을 존경하세요?"

"이런 비싼 음식점에서 얘기하기엔 좀 쑥스러운 화제가 되겠지만 정말 배고파 본 경험이 있는 사람들끼린 충분히 통할 수 있는 감정이죠. 뭐라고 할까, 음식에 대한 경외감이라고 할까요."

"언제 그런 경험을 하셨어요? 혹시 고아원 시절에?"

"내가 고아원 시절에 관한 얘기를 했던가요?"

"아뇨, 하지만 조금 아까 고아란 얘기를 하셨고 저번에도 나한테서 무슨 고아원 냄새가 난다느니 하는 얼토당토않은 얘기를 하셨잖아요. 고아원 시절을 경험 못 했으면 어떻게 그런 얘기를 할 수 있겠어요."

"아, 그러니까 결국 내 입으로 다 말해 버린 셈이군요. 하긴 어차피 다 털어놓을 얘기지만. 맞습니다, 고아원 시절이었어요. 아주 어렸을 땐데—여섯 살인가 일곱 살 때였어요—그 무렵 고아원 운영이 지독히 어려웠던 모양인지 하루 이틀 죽 한 그릇 못 먹고 굶는 일이 아주 흔했어요. 지금 생각해 보면 그게 50년대 중반, 그러니까 휴전된 지 몇 년 안 돼서의 일이니까 충분히 상상할 수 있는 일이죠. 사회의 원조기관 같은 것도 이렇다 하게 채 마련되기 전이니까요. 그 이전에도 사정은 비슷했겠지만 내가 더 어려서 느끼지 못했거나 또는 아주 어린 아이들에게만은 어떻게든 먹을 걸 주었는지 모르죠. 혹은 그해가 유독히 힘들었는지도 모르구요. 어쨌든 그해엔—아마 일곱 살 때였던 것 같아요—하루 이틀 굶은 건 보통이었는데 그땐 정말 어린 마음에도 별의별 생각이 다 들더군요. 심지어 자살까지 생각해 봤으니까요."

"어마, 자살까지요?"

"보모나 원장에 대한 원망이랄까 증오심 같은 게 그런 식으로 발전하더군요. 아무튼 그때 큰 애들을 따라서 별의별 동식물을 다 주워 먹어 보았는데 그중에 달팽이도 있었죠."

수옥은 부러 재미나다는 표정을 지어 보였다.

"어마, 아주 고급 요리를 일찍부터 먹어 보셨군요?"

그는 빙그레 웃었다.

"그런 셈이라고나 할까요. 그래서 실은 수옥 씨가 아까 달팽이요리를 좋아하신다고 했을 땐 속으로 약간 놀랐죠. 혹시 내 과거를 알고 계신 거 아닌가 해서."

"어마, 그런 줄 알았으면 꼭 그걸 먹으러 가자고 우길 걸 그랬군요. 그건 그렇고, 달팽이 외엔 또 어떤 동식물을 먹어 보셨어요?"

"이름도 모르는 풀의 잎사귀, 뿌리, 열매, 이름이 기억나는 것으론 명아주 열매, 씀바귀 뿌리 따위, 방아깨비라는 아주 잘생긴 메뚜기, 잠자리, 또 개구리 같은 양서류, 뱀이나 도마뱀 같은 파충류, 나중엔 동식물에 국한한 것이 아니라 광물까지 먹었죠. 흙까지 집어 먹었으니까요."

"어마, 흙까지요?"

"흙이 제법 맛있다는 걸 수옥 씬 아마 잘 모르실 겁니다."

그리고 그는 수옥을 건너다보며 다시 빙그레 웃었다. 수옥은 일부러 서양 사람처럼 어깨를 으쓱해 보였다.

"글쎄요, 난 잘 모르겠네요. 흙이 맛있다는 얘긴 처음이니까."

"하하, 물론 지금 우리가 먹고 있는 음식에 비교할 순 없겠죠. 하지만 특수한 사정에선 흙도 제법 맛있는 음식이 될 수 있다는 얘기죠. 어쨌든 이제 내가 음식을 존경한단 얘긴 대강 이해하실 수 있겠죠?"

"이해할 것 같군요. 하지만 그런 분이 어떻게 대학 강사까지 되셨죠? 어쨌든 이런 비싼 점심까지 사실 수 있게 되고."

"하하, 그게 바로 지금부터 내가 꺼내서 보여 드려야 할 내장에 해당되는 얘기라고 해야겠죠. 하지만 그 전에 수옥 씨한테 꼭 한 가지 물어볼 말이 있습니다."

"그게 뭔데요?"

"대답해 주시겠어요?"

"글쎄, 질문부터 들어 보구요."

"대답해 주신다는 약속을 하셔야 물어볼 수가 있습니다."

"무슨 그런 질문이 다 있죠? 좋아요, 물어보세요."

그는 잠시 수옥의 두 눈을 똑바로 바라본 다음 물었다.

"수옥 씬 양친 부모님이 모두 살아 계십니까?"

수옥은 잠시 멈칫했으나 곧 가볍게 대답했다.

"엄마는 분명 살아 계셔요."

"아버님은 그럼 돌아가셨나요?"

"어마, 그건 약속 위반이에요. 꼭 한 가지만 물어보겠다고 하구서 질문을 두 개씩이나 하는 법이 어딨어요."

"아니죠, 난 분명 양친 부모님을 함께 물었죠. 그런데 한 분에 대해서만 대답하셨으니까 그건 온전한 대답이라고 할 수가 없죠."

"좋아요, 아버진 잘 모르겠어요. 본 적도 없으니까. 하지만 그게 뭐가 그렇게 중요하죠?"

"중요하죠. 수옥 씨에 대한 기본 지식은 나도 갖고 있어야 하니까.

역시 그랬군요⋯⋯."

"역시라뇨? 예상이 빗나가지 않았다는 뜻인가요?"

그는 선량하게 웃어 보였다.

"기억하실 텐데요. 저번에 내가 수옥 씨에 대해서 정상적인 가정에서 정상적으로 자라난 아가씨가 아닐 거라고 얘기한 일. 수옥 씬 그때 물론 딱 잡아떼셨지만."

"그랬던가요, 내가?"

수옥은 대수롭지 않다는 듯 대꾸했다.

"네, 그땐 분명 딱 잡아떼셨죠. 그런데 아버님은 본 적도 없다니 내 얘기가 그렇게 빗나간 건 아닌 셈이었죠."

"하지만 아버지를 본 적도 없다는 것하고 정상적인 가정이라는 것하고가 반드시 그렇게 무슨 직접적인 관계가 있는 건가요?"

"하하, 억지를 쓰실 셈이군요. 우린 지금 서로 억지를 쓰자고 만난 게 아니잖습니까."

"그건 그래요."

"그렇다면 인정을 하셔야죠. 양친 중 한 분을 본 적도 없다면서 어떻게 정상적인 가정에서 자라셨다고 할 수 있겠습니까."

"좋아요, 양친 부모가 다 있는 가정이라야 정상적인 가정이라는 뜻이라면 받아들이겠어요."

"하하, 아직도 유보를 하시는군요. 그럼 대화의 분위기가 아직 성숙했다고 할 수 없겠는데요. 더욱이 내장을 꺼내 보이기에는."

"짓궂으시군요. 좋아요, 그럼 동식 씨의 말을 전부 인정하겠어요.

아무런 유보 없이."

"그러셔야죠. 자, 그럼 안심하고 내장을 꺼내 놔 볼까요?"

"네, 마음 놓고 꺼내 보세요. 얼마나 재미나게 생겼는지는 모르지만."

"글쎄요, 꼭 재미있을지 어떨진 모르겠습니다만……."

그리고 그는 잠시 음식 접시 쪽으로 고개를 숙여 포크로 음식을 몇 점 집는 시늉을 하더니 고개를 쳐들었다.

"……수옥 씬 혹시 진짜 고독을 체험해 본 적 있으세요?"

그의 눈빛은 흔들림 없이 조용하게 가라앉아 있었다. 수옥은 부러 가벼운 표정을 지었다.

"어마, 고독에도 진짜 고독이 있고 가짜 고독이 있나요?"

그러나 그는 표정의 변화가 없었다.

"세상에 자기를 보호할 사람은 자기밖에 없다는 생각을, 그것도 어린 시절에 해 본 적 있으세요? 그것도 공포에 가까운 감정으로."

"……."

수옥은 순간 마음속에서 무엇이 부딪치는 소리를 들었다. 엄마의 얼굴도 잠깐 떠올랐다 사라졌다. 그는 같은 표정으로 계속했다.

"말하자면 어린아이 혼자서 캄캄한 밤중에 허허벌판 한가운데 버려진 느낌에나 비유할 수 있을까요. 그것도 일시적인 것이 아니라 영구히 그렇다는 느낌……. 아무도 와서 도와줄 사람이 없다는 느낌, 사방엔 불빛이 하나도 보이지 않는 칠흑뿐이라는 느낌, 그런 느낌 가져 본 적 있으세요?"

수옥은 대꾸하지 않았다. 그는 계속했다.

"어쩌면 수옥 씨도 아마 성질은 좀 다를는지 몰라도 비슷한 체험을 했을는지 모릅니다. 그렇다면 그때의 고독이 얼마나 지독한 것인지 이해하실 수 있을 거예요. 하지만 그때 어린아이의 마음속에 무슨 생각이 떠올랐는지 헤아리시겠어요?"

수옥은 잠자코 고개만 흔들었다. 그는 잠시 사팔뜨기처럼 초점이 맞지 않는 시선을 하고 있다가 천천히 말했다.

"……지극히 교활한 생각이었습니다. 이 아이는 특별히 보호할 만한 가치가 있는 아이라고 어른들로 하여금 믿게 하자는 생각이었죠. 그 대상은 물론 고아원의 보모와 원장이었습니다. 그들은 내겐 캄캄한 벽이나 마찬가지였지만 다행히 마음을 가진 벽이라는 걸 알 수 있었죠. 마음을 가진 것은 움직일 수 있다고 어린 소견에도 생각했습니다. 그리고 난 그들의 마음을 움직일 만한 행동들을 알고 있었어요. 그게 대체로 어떤 행동들이었는지는 수옥 씨도 짐작하시겠죠?"

수옥은 약간 웃어 보이며 대꾸했다.

"착한 행동들이었겠군요. 그것도 어른들의 의표를 찌르는."

그는 쓸쓸히 웃었다.

"그렇죠, 어른들이 어린아이들에게서 보통 기대하지 않는 수준의 선행들을 해 보이는 것이었죠. 철저한 거짓 겸손과 거짓 근면, 그리고 거짓 우애…… 어린아이가 말입니다."

수옥은 그의 말을 막았다.

"그만해 두세요. 그만하면 얼마나 나쁜 아이였는진 충분히 알겠어요."

어린 소년의 고독이 무서운 속도로 감염되어 오는 느낌이었다. 그것은 잔혹한 일이었다. 그는 잠시 입을 다물고 있다가 천천히 말했다.

"……기분이 언짢아지신 모양이군요. 내가 공연한 얘기를 꺼냈나 보죠."

그녀는 억지로 웃어 보였다.

"아뇨, 괜찮아요. 너무 지독한 아이라는 느낌이 들어서 잠깐 소름이 끼쳤을 뿐이에요."

"하하, 소름이 다 끼치셨어요?"

"미안해요, 표현을 잘못했는지 모르겠어요."

"아니, 괜찮습니다. 워낙 나쁜 아이였으니까요. 지금도 물론 나쁜 성인이지만."

"꼭 그런 뜻은 아녜요. 나쁘다는 뜻보다…… 뭔가 잔인하다는 느낌이 들었어요."

"하하, 그건 더 가혹한 말이군요."

"아뇨, 뭐라고 해야 좋을까, 이야기 그 자체가…… 아니, 어린아이의 마음이……. 아녜요, 잘 모르겠어요. 아무튼 너무 잔인하군요."

"역시 내가 공연한 얘길 꺼낸 모양이군요. 화제를 바꿀까요?"

"아녜요, 괜찮아요. 내가 신경이 잠깐 좀 날카로워졌던 모양이에요. 이젠 괜찮아졌어요."

그녀는 애써 평온한 표정을 지어 보였다. 그는 잠시 마음이 쓰이는 시선으로 그녀의 얼굴을 바라보더니 결심한 듯 다시 입을 열었다.

"그럼 시작한 김에 얘기를 아주 마쳐 버리죠. 어차피 한 번은 털어놔야 할 얘기니까." 그리고 그는 기분을 가볍게 하려는 듯 조금 웃어 보였다.

"내장을 꺼내기 시작했다가 도로 집어넣기도 좀 멋쩍은 일이구요. 안 그렇습니까?"

"네, 그래요."

그녀도 애써 가벼운 표정을 지어 보였다. 그는 다시 생각을 모으는 눈빛이 되더니 말했다.

"……그런데 자기를 보호하기 위한 어린이의 그 교활한 거짓 선행이 언제까지 계속되었느냐 하면……."

그는 잠깐 시선을 떨구었다 처들었다. 그리고 수옥의 표정을 잠시 살피듯 하더니 마치 수수께끼라도 낸다는 표정으로 물었다.

"……언제까지 계속되었을 것 같습니까?"

이야기를 되도록 가볍게 가져가 보려는 태도인 것 같았다. 수옥은 고개를 갸우뚱해 보였다.

"글쎄요……."

"짐작 못 하시겠습니까?"

"못하겠어요, 전혀."

"대충 짐작하실 줄 알았는데. 도리 없죠, 그럼. 내 입으로 말하는 수밖에. 놀라지 마십시오. 다 자라서 자립할 수 있게 된 뒤 고아원을 떠날 때까지 계속됐습니다. 아니, 고아원을 떠나는 것으로 끝난 것도 아닙니다. 어떤 의미론 지금까지 계속되고 있다고 해야 옳겠죠. 내가 대학에서 강사 노릇을 하고 있는 건 바로 그 어린아이의 거짓 선행이 별 교정도 거치지 않고 그대로 자란 결과라고 해야 하니까요. 차례를 따라서 얘기하면 이렇습니다. 어린아이의 거짓 선행이 중학생의 거짓 선행이 되고, 중학생의 거짓 선행이 고등학생의 거짓 선행이 되고—그 과정이 모두 또 거짓 선행의 결과이기도 합니다만— 그리고 고등학생의 거짓 선행이 다시 대학생의 거짓 선행이 되고, 대학생의 거짓 선행이 대학원생의 거짓 선행이 되고, 다시 대학원생의 거짓 선행이 대학 강사를 만든 거죠. 물론 각 단계마다 그 거짓 선행의 방법이나 기술은 약간씩 달랐습니다만, 어떻습니까? 이쯤 되면 그 어린아이에 대한 동정심은 상당히 상쇄되셨겠죠?"

수옥은 잠시 머릿속이 복잡했으나 곧 가만히 웃으며 말했다.

"좋게 말하면 어린아이의 그 거짓 선행의 배경이 되었던 고독도 함께 자랐다고 할 수 있겠군요. 어린아이의 고독이 중학생의 고독이 되고, 중학생의 고독이 다시 고등학생의 고독이 되고 하는 식으로……."

"하하, 그건 좀 후하게 봐 주시는 건데요."

"혹은 이렇게도 말할 수 있겠죠. 그 어린아이는 자라면서도 그 거짓 선행의 동기가 되는 외부적 조건이 별로 달라지지 않고 여전히 존재한다는 사실을 알게 되었다……, 따라서 자신의 행동을 수정할 이유를 발견하지 못했다……, 맞나요?"

"하하, 날카로우시군요. 하지만 그보다 더 중요한 이유는 그 방법이 매우 편리하다는 걸 알게 된 데 있다고 하겠죠. 어른들은 아주 잘 속아 주었으니까요. 그리고 그 보상은 기대 이상이었으니까요. 물론 그 거짓 선행의 기술도 점점 발전했습니다만. 나중엔 완전히 체질화되었다고 할 수 있을 정도로."

"하지만 그렇게 체질화되는 정도가 되면 마침내는 정말 착한 사람이 되는 거 아닐까요?"

"그 반대죠. 속으로는 제가 얼마나 나쁜 놈인지를 잘 알고 있으니까. 다시 말해서 선행이 체질화된 것이 아니라 거짓이 체질화된 것이라고 해야 하니까요. 그리고 이건 나중에 스스로도 놀란 일이지만 그걸 한편으론 즐기고 있었어요. 말하자면 제삼의 내가 또 하나 있었다고 할까요."

"정말 대단한 분이군요."

"그 말을 칭찬으로 들어도 될까요? 그만하면 제법 쓸 만한 내장을 가졌다는."

그리고 그는 그녀를 마주 보며 짐짓 어릿광대 같은 미소를 지어 보였다.

그러나 수옥은 순간 그의 어릿광대 같은 미소에서 일그러진 고통의 그림자 같은 것을 보았다. 그녀는 조금 마주 웃어 보이며 대꾸했다.

"그만하면 재미없는 내장이라곤 못하겠군요. 하지만 동식 씨의 내장이 재미있다고만 할 수 없는 부분도 있네요. 모든 원인이 동식 씨의 내부에 있었던 것만은 아니니까. 그리고 나중에 동식 씨 스스로도 제어할 수 없는 상태로 빠져들어 가 버린 거라고 할 수 있겠죠."

"하하, 왜 또 점수를 깎으려고 그러십니까?"

"깎으려는 게 아니라 공정하게 매기려는 거예요. 하지만 아무리 공정하게 매겨도 역시 대단한 점수가 나오는군요."

"그럼 일단 합격입니까?"

"우선은요. 하지만 그게 전부는 설마 아니겠죠?"

"아, 최근의 내장이 어떻게 생겼는지는 아직 못 보셨단 뜻이군요."

"네, 그게 더 중요해요."

"하하, 그건 좀 유예를 했으면 좋겠는데. 아니면 적당히 미루어 짐작해 주시거나."

"그럴 순 없어요. 미루어 짐작하는 건 내가 제일 싫어하는 사고방식이에요. 판단을 그르치는 첫걸음이죠. 그리고 난 동식 씨의 내장을 전부 보고 나서 거취를 결정해야 하니까요."

"네? 거취를 결정하시다뇨?"

"다른 뜻이 아니라 내 내장도 보여 드릴 건지 말 건지를 결정한다는 뜻예요."

"그건 경우에 따라선 안 보여 주실 수도 있다는 뜻 아닙니까. 그렇다면 약속이 틀린데요."

"이익이 없다고 판단되면 약속 따위 쉽게 어길 수도 있는 게 가짜들의 속성 아니겠어요?"

"하지만 이건 수옥 씨 표현대로라면 가짜들끼리의 신사협정인 셈 아닙니까."

"가짜들끼리의 신사협정을 어떻게 곧이곧대로 믿을 수가 있겠어요. 더구나 그 협정이라는 게 처음부터 성립된 것도 아니잖아요. 동식 씬 처음에 일방적으로 동식 씨 내장만 보여 주시겠다고 했었잖아요."

"하지만 그 뒤에 수옥 씨도……."

"물론 내 내장도 보여 드리겠다고 했어요. 하지만 그건 동식 씨한텐 일종의 보너스나 다름없는 것 아니었나요?"

"보너스도 요즘은 정규의 소득으로 간주한다는 걸 모르십니까."

"알았어요. 가능한 대로 그 보너스 지급 약속을 지키도록 할 테니까 성실하게 나머지 부분도 오늘 모두 보여 주세요."

"하하, 이거 참 도리 없군요. 하긴 처음부터 감히 수옥 씨 내장까지 보려는 생각은 없었으니까. 말 타면 경마 잡히고 싶다더니……."

"잘 아시네요. 경마 잡혀 드리도록 할 테니까 염려 말고 나머지 부분도 모두 꺼내 놓으세요. 그 대신 아주 성실하게."

"하하, 이건 참 난처한데. 고약한 가운데서도 아주 고약한 부분만 남아 있어서……. 말하자면 내 내장 가운데서도 맹장 같은 부분인데……."

"어마, 아직 맹장이 남아 있었어요? 그럼 그 맹장을 보여 주셔야죠."

"보시면 틀림없이 달아나실 겁니다. 하도 썩어 있어서. 역시 이건 좀 보류하는 게 낫겠는데요."

그는 멋쩍은 표정을 짓고 있었다.

수옥은 짐짓 새침한 표정을 지어 보였다.

"마음대로 하세요, 그럼. 나도 약속을 안 지키면 그만이니까."

그러나 그는 좀처럼 말할 용기가 나지 않는다는 표정이었다.

"그래도 할 수 없는데요. 이것만은 도저히 말할 배짱이 아직 생기지 않습니다. 당분간만 좀 유예를 시켜 주십시오. 듣고 나시면 틀림없이 나한테 침을 뱉고 달아나실 겁니다."

수옥은 기가 막힌다는 표정을 지었다.

"어마, 뜻밖이군요, 아직 감추고 싶은 게 있다는 건. 뜻밖에 순진한 면이 아직 남아 있나 보죠?"

그는 계속 멋쩍은 표정을 짓고 있었다.

"하하, 감추고 싶다기보다 뭐라고 할까요, 차마 용기가 안 나서죠."

"그게 그 소리지 뭐예요."

"아니죠, 굳이 감출 건 못 되지만 내 입으론 차마 말할 용기가 안 난다는 얘기죠. 너무 흉악한 얘기라서요."

"그러세요? 그럼 내가 한번 맞혀 볼까요?"

"글쎄요."

"혹시 본업은 정말 소매치기 아니세요?"

"아뇨, 같은 고아원 출신 중에 소매치기로 잘못 풀린 친구가 하나 있어서 재미 삼아 기초적인 기술을 배워 둔 적은 있지만 소매치긴 아닙니다. 수옥 씨한테 그때 써먹은 게 처음이에요."

"그럼 혹시 강도? 갖고 계신 라이터를 보니까 가난뱅이 신분에는 안 어울리는 비싼 물건이던데."

"아, 이거요?" 그는 라이터를 꺼내서 들어 보였다. "이건 선물로 받은 겁니다. 강도질한 게 아니에요."

"누가 꽤 비싼 선물을 했군요. 대단한 부자 친구가 있나 보죠?"

순간 그는 약간 망설이는 표정이 되었다. 그러나 곧 망설이는 표정을 지우며 대답했다.

"글쎄 뭐, 그런 정도로 해 두죠."

"그런 정도로 해 두다뇨? 뭔가 좀 수상한 사연이 있나 보죠?"

"하하, 수상한 사연은요. 지금 우리 얘기하고 별 상관이 없는 물건이니까 그렇죠."

"그런 것만 같진 않은데요? 그거 혹시 여자한테 받은 선물 아녜요?"

"여자한테 받은 선물이면 상관이 있는 건가요?"

"상관이 있을 수도 있죠. 가만, 뭔가 잡히는 것 같아요."

"네? 뭐가 잡히다뇨?"

그는 약간 당황하는 눈치였다. 수옥은 그 근처에 뭔가가 있다고 생각했다.

"혹시 여자들 등쳐 먹는 직업 아니세요? 예를 들면 나이트클럽의 못된 영업부장이나 포주 같은.

"하하, 천만에요. 나이트클럽의 영업부장들이 들었다간 화낼 소리군요."

"누가 다 그렇댔나요. 못된 사람 얘기죠. 가만, 그럼 설마?"

"네?"

"아녜요, 설마 그건 아닐 거예요."

"얘기해 보시죠."

그는 긴장한 표정이었다. 그리고 묘한 체념의 표정 같은 것이 뒤따르고 있었다. 수옥은 순간 알 수 없게도 가슴속이 섬뜩한 느낌을 받았다. 일종의 전율과도 같은 느낌이었다.

그가 재촉하고 있었다.

"얘기해 보세요, 지금 마음속에 떠오른 생각을."

그녀는 대답했다.

"아녜요, 얘기 못 하겠어요. 설마 그럴 린 없어요."

그는 조용히 말했다.

"어쩌면 수옥 씨가 지금 마음속에 떠오른 생각을 얘기 못 하겠다는 느낌과 내가 내 입으론 차마 얘기할 용기가 나지 않는다는 느낌이 서로 닮은 건지도 모릅니다. 얘기해 보세요. 어떤 얘기든지 상관 않겠습니다."

"아녜요, 그럴 린 정말 없어요."

"글쎄, 뭐가 그럴 리 없다는 건지 얘기해 보세요. 나 같은 인간이 못할 짓이 어디 있겠습니까."

그는 이제 한결 가벼운 표정이 되어 있었다. 뭐라고 할까. 오히려 짐을 던 듯한 표정이라고 할까.

수옥은 생각했다. 내가 왜 이러지. 뭣 때문에 잔뜩 굳어 빠져 가지고 이러지. 갑자기 무슨 멜로드라마의 주인공이나 된 것처럼. 우스워, 우스운 일이야.

그녀는 기분을 가볍게 가져 보려고 했다. 그래, 이건 희극이야. 희극에서는 희극답게 굴어야 해. 희극에서 갑자기 중뿔나게 무슨 멜로 드라마처럼 구는 건 우스꽝스런 짓이야. 이건 희극도 아니고 죽도 밥도 아냐. 그래, 잘해 봐 수옥아. 넌 제법 세련된 애 아니니.

그녀는 스스로에 대한 격려의 미소를 그를 향해 지어 보였다. 그리고 가능한 한 목소리를 가볍게 해서 말했다.

"그럼…… 농담으로 들어 주실래요?"

"하하, 아무려나요."

그는 관대하게 웃었다. 그녀는 잠시 입술을 깨물고 있다가 도전하듯 생글거리며 말했다.

"화내지 마세요. 혹시…… 남창 아니세요?"

그는 순간 얼굴이 약간 굳어지는 듯하더니 곧 커다랗게 웃으며 대꾸했다.

"하하, 그 말이 그렇게 하기 힘드세요? 거 보세요, 그런 걸 난들 내 입으로 말하기가 어디 쉬웠겠습니까."

"어마, 그게 그럼 사실이에요?"

"하하, 사실이 아니었으면 좋겠습니까?"

그는 다시 커다랗게 웃고 있었지만 어딘지 공허해 보이는 웃음이었다. 수옥은 애써 생글거리는 표정을 잃지 않았다.

"어마, 그러니까 그런 직업이 실제로 존재하는 거군요. 난 소문뿐인 줄만 알았더니. 그리고 난 지금 바로 그 소문의 실제 주인공을 만나 보고 있는 거군요."

"하하, 꽤 반가우십니까?"

"네, 반가워요. 그런 의미에서 우리 악수나 한번 해요."

그러며 그녀는 부러 경박해 보일 동작으로 오른손을 내밀었다. 그가 빙그레 웃으며 그녀의 손을 잡았다. 약간 축축한 손이었다. 얼굴은 웃고 있었지만 그는 긴장하고 있었음에 틀림없었다.

수옥은 재미나다는 듯 말했다.

"정말 반가워요. 그런 줄도 모르고 난 망설였지 뭐예요, 틀리면 어쩌나 하고. 설마 소문대로 그런 직업이 정말 있을 줄이야 어떻게 믿었겠어요. 더구나 동식 씨가 바로 그런 분일 줄이야."

그는 그녀의 손을 놓으며 말했다.

"하하, 어쨌든 그럼 난 맹장까지 이제 다 보여 드린 셈이 됐군요. 이젠 수옥 씨 차례인가요?"

수옥은 가볍게 고개를 끄덕였다.

"네, 이젠 내 차례예요. 동식 씨 내장이 너무 재미있었으니까 약속을 지켜야죠. 하지만 조금 궁금한 점이 있어요."

"네? 아직 뭐가 남았습니까?"

그는 뜻밖이라는 표정을 지었다.

"네, 한 가지만 더 대답해 주세요. 착한 사람 노릇이 체질화되다시피 하셨다면서 어떻게 그런 재미난 직업을 다 택하실 수가 있었어요?"

"아, 그건 대답해 드릴 수 있죠. 착한 사람 노릇이 체질화되다시피 했다는 건 착한 행동이 필요한 장소, 다시 말해서 착한 행동을 함으로써 이익을 얻을 만한 장소에서의 얘기고 그 밖에 장소에서야 난 얼마든지 자유롭죠. 그 착한 행동이라는 것 자체가 거짓에 바탕을 둔 거니까 그 밖의 무슨 짓인들 못 하겠어요. 오히려 이쪽이 한결 정직한 편이라고 할 수도 있겠죠. 적어도 거짓 착한 체할 필요는 없으니까.

수옥은 미소를 지으며 고개를 끄덕였다.

"네, 그렇군요, 됐어요. 그러면서 한편으론 은근히 쾌감도 느끼시는 거겠군요?"

"쾌감이라뇨?"

"한쪽에선 착한 사람 노릇을 하고 또 다른 쪽에선 나쁜 사람 노릇을 하는 쾌감 말예요."

"하하, 글쎄요……."

"아무튼 됐어요. 이젠 내 차례예요, 약속을 지켜야 하니까. 하지만 약속을 지키기에 앞서서 동식 씨한테 한 가지 제안하고 싶은 게 있는데 들어주시겠어요?"

"글쎄요, 무슨 제안인가요?"

"동식 씨한테 우선 내가 한턱내고 싶어요. 재미난 내장을 구경시켜주신 답례로요. 춤 잘 추세요?"

"춤추는 델 가시게요?"

"남의 재미난 내장을 구경하고 그냥 있을 순 없잖아요. 무슨 축하 행사 같은 게 있어야죠."

"축하 행사라기보단 위로 행사라는 말로 들리는군요. 어쨌든 좋습니다. 하지만 그건 수옥 씨도 약속을 지킨 뒤에 해도 늦지 않잖을까요?"

"오늘은 우선 동식 씨 내장을 구경한 축하 행사만 했으면 좋겠어요. 내 내장은 사실 별로 보잘 게 없거든요."

"아하, 그러니까 그 축하 행사라는 것에 뜻이 있는 게 아니라 수옥 씨의 약속은 어물어물 적당히 넘겨 버리자는 데 뜻이 있는 거군요."

"어마, 결코 그런 뜻은 아녜요. 동식 씨 내장에 비해서 내건 너무 구경할 게 없으니까 미안해서 그러죠."

"그건 수옥 씨가 아니라 내가 판단할 일이죠."

"그래요? 그럼 보여 드리죠, 뭐. 하지만 내건 너무 평범해서 특별히 보여 드릴 만한 것도 없는데……."

"글쎄, 그건 내가 판단할 일이라니까요."

"좋아요, 그럼 보여 드리겠어요. 실망하진 마세요. 우선 제일 궁금해하시는 가정 사정부터 얘기하면 아버진 본 적도 없지만 엄마한테선 누구 못잖게 많은 사랑을 받으면서 자랐어요. 교육도 남들 못잖게 다 받았구요. 아니, 아직 받고 있는 중예요. 대학원에 다니고 있으니까요. 어젯밤엔 실은 논문 자료 때문에 지방엘 좀 갔다가 늦어져서 못 돌아왔던 거예요."

특별히 궁리해 두지도 않았는데 거짓말이 술술 흘러나오는 데는 그녀 스스로도 놀랐다. 그리고 그 거짓말이 그녀는 마음에 들었다.

애당초 그를 만나러 나설 때에는 구태여 현재의 자기 정체를 숨기겠다거나 하는 생각 따위는 조금도 없었으나 지금 와서는 또 사실대로 털어놓는다는 것도 궁상맞다는 느낌이 들었기 때문이다. 마치 서로 흉터 자랑하기 같은 꼴이 될 테니까. 나도 사실은 이러이러한 흉터가 있어요 하고 내보인다는 건 얼마나 궁상맞은 짓인가.

"그러니까 좀 얌전하지 못하다는 점만 제외하면 난 지극히 평범한 여자애예요. 동식 씨 기대엔 어긋날지 모르지만요."

그녀는 가볍게 얘기를 끝맺었다. 그리고 이제 더 이상 할 얘기는 없다는 표정으로 그를 쳐다보았다.

그는 어이가 없다는 표정이었다. 그러나 그녀의 얘기를 의심한다 거나 반박하려는 태도는 내비치지 않았다. 물론 곧이곧대로 모두 믿는 눈치도 아니었지만.

잠시 그녀를 물끄러미 마주 쳐다보고 나서 그는 고개를 끄덕이며 말했다.

"……그러셨군요. 대학원에 다니고 계셨군요. 그런데 어떤 논문을 준비하시길래 자료 때문에 지방엘 다 다녀오셨나요?"

"방언 수집 때문에요. 방언과 우리 민속사를 결부시켜서 연구해 보고 싶었거든요. 물론 엉터리로 꿰맞춰 보려는 거지만요."

"그럴 리가 있겠습니까. 아, 그러면 국어학 전공이신가 보죠?"

"아녜요, 사회학 전공이에요. 전공하곤 좀 빗나간 연구가 될지도 모르지만 재미있을 것 같아서 한번 해 보는 거예요. 보나 마나 엉터리 논문이 되겠죠, 뭐. 그건 그렇고, 미안해서 어떡하죠? 잔뜩 뭐나 있을 것같이 굴어 놓구서 실망을 시켜 드려서."

"아, 천만에요."

"혹시 배신감이라도 느끼시면 난 어떡하죠?"

"배신감은요, 별말씀을 다 하십니다."

"그 대신 내가 한턱낼게요. 우리 어디로 춤이나 추러 가요. 가서 멋지게 놀아요."

"지금이요?"

"물론 이따가요. 참, 당구 좋아하세요?"

"네, 조금 치죠."

"그럼 됐어요. 어디 가서 우리 당구나 좀 치면서 시간 보내요. 나도 조금 치거든요."

"아, 몇 점이나?"

"200점 쳐요. 대학 다닐 때 남학생들 따라다니면서 배웠어요. 동식 씬 몇 점 치세요?"

"나도 200점밖에 못 칩니다. 실력이 대단하시군요, 여성으로선."

"계속 쳤으면 더 늘었을 텐데 대학 졸업하곤 기회가 없어서 못 쳤어요. 아무튼 잘됐군요, 점수가 같으니까. 자, 그럼 우리 그만 일어나요. 어디 가서 당구나 좀 치면서 시간 보내다가 그래도 시간이 남으면 영화 구경이나 하나 하고 저녁땐 춤추러 가요. 근사한 나이트클럽으로. 내가 한턱낼게요."

"글쎄요. 내기야 누가 내든 간에 그럼 일어나죠."

"어마, 내가 꼭 낼 거예요."

"하하, 그럼 좋으시도록."

그들은 곧 의자에서 일어나 그 레스토랑을 나왔다.

그리고 그들은 시내로 나와서 수옥이 말한 순서대로 우선 당구장 한 군데를 찾아 들어갔다. 그러나 빈 대(臺)가 없어서 기다려야 했다.

30분쯤 나무의자에 앉아서 기다린 후에야 그들은 겨우 당구대 하나를 차지할 수 있었다. 그들이 게임을 시작하자 다른 대의 손님들이 신기하다는 시선으로 그녀를 힐끔힐끔 바라보았다. 전에도 경험한 일이었다.

그의 당구 솜씨는 그녀와 어슷비슷했다. 끌기 같은 것은 그녀보다 다소 능숙한 듯했으나 정확성은 그녀보다 약간 뒤지는 듯했다. 전에도 그녀는 그 정확성 때문에 칭찬을 듣곤 했었다. 지금은 기억하기 싫은 자식이지만 덕기(德基)는 말하곤 했었다.

"야, 그 정확성 하난 정말 일품이구나. 완전히 고점자 수준인데. 조금만 더 치면 나 같은 건 문제없겠다."

덕기는 그때 300점을 치고 있었다. 덕기를 따라다니면서 배운 당구였다.

'거지 같은 자식!'

그녀는 대각선으로 흩어진 공을 두껍게 원 쿠션으로 쳐서 한군데로 모으며 속으로 욕설을 퍼부었다. 그가 옆에서 감탄하고 있었다.

"대단한 솜씨군요. 그런 솜씨로 200점은 너무 짠데요."

"원 쿠션은 내 전공이기 때문에 그래요. 그 대신 끌기 같은 건 아주 서툴잖아요."

"아뇨, 끌기도 그렇게 서툰 편은 아니던데요. 비틀기 같은 것도 아주 섬세하고."

"어마, 나 지금 방해하시는 거예요?"

"아, 아닙니다. 어서 치세요."

그녀는 다시 신중히 공을 겨냥하기 시작했다. 덕기 자식 생각이 나서 불쾌했지만 오랜만에 큐를 잡고 공을 겨냥해 보는 건 즐거운 일이라고 할 수 있었다.

첫 번째 게임에선 수옥이 이겼다. 두 번째 게임에선 그가, 그리고 세 번째 게임에선 다시 수옥이 이겼다. 그가 혀를 내둘렀다.

"도저히 못 당하겠는데요. 어쩐지 자신 있게 나오시더라니."

"아녜요, 오늘은 동식 씨가 잘 안 맞는 날인가 보죠, 뭐. 언제 다시 한번 치기로 해요."

"아닙니다. 특별히 내가 잘 안 맞는 것도 아닌데 도저히 못 당하겠어요. 두 손 완전히 들었습니다. 따로 연습을 좀 하든지 해야지 안 되겠습니다."

"그럼 아직 시간이 좀 이르니까 동식 씨 자신 있는 무슨 게임을 하러 가요. 볼링이나 바둑 같은 것도 좋아요."

"아, 바둑도 두실 줄 아세요?"

"네, 조금. 학교 때 공부는 안 하고 그런 잡기만 배웠어요."

볼링도 바둑도 덕기를 따라다니면서 배운 것이었다. 둘이서 얼마나 싸질러 다녔던가. 그리고 지기 싫어서 그녀는 얼마나 바둥댔던가.

"바둑은 그럼 몇 급쯤 두세요?"

그가 묻고 있었다.

"네, 한 5급. 동식 씨는요?"

"어이구, 바둑도 상당히 두시는군요. 하지만 그건 내가 약간 위군요. 자칭 3급이니까."

"어마, 그럼 됐네요. 우리 바둑 두러 가요."

"하하, 그럴까요."

그들은 당구장에서 나와 다시 기원(棋院) 한 군데를 찾아 들어갔다.

기원은 당구장에서 그다지 멀지 않은 곳에 있었는데 다행히 손님이 그다지 많지 않았다. 수옥이 두 점을 접히고 두어서 두 판을 내리지고 한 판을 겨우 이겼다. 그것도 그가 양보해 준 눈치였다.

분명 대마가 잡히기 직전이었는데 그가 실수해 주는 덕분에 겨우 살아서 몇 집을 이겼던 것이다. 그는 스스로의 실수를 자책하는 과장된 시늉을 했지만 수옥에게는 고의에 가까운 실수로밖에 여겨지지 않았다. 너무도 빤한 수순은 그는 그르쳤던 것이다. 궁도만 좁혔으면 그만인 것을 그는 어설프게 치중부터 해 와서 오히려 삶의 모양을 만들어 주었으니까.

그 세 번째 판이 끝났을 때 수옥은 약간 투정 부리듯 말했다.

"그런 식으로 사람 야코죽이는 법이 어디 있어요. 잡을 수 있는 말을 일부러 살려 주고."

그는 억울하다는 표정을 지었다.

"그게 무슨 소립니까. 그러잖아도 난 다 잡았던 말을 놓쳐서 억울해 죽겠는데."

"누가 모를 줄 아세요, 일부러 실수해 주신 거. 약 올라서 안 되겠어요. 한 판만 더 둬요."

"좋습니다. 그런 터무니없는 누명을 벗기 위해서라도 한 판 더 둡시다."

네 번째 판은 치열한 난타전이 되었다. 수옥이 곳곳에서 싸움을 걸었기 때문이다. 결과는 수옥의 대패였다. 몇 군데 부분적인 싸움에서는 승리를 거두기도 했지만 바로 그 부분적인 싸움에서의 승리가 전체적인 패배로 직결된 바둑이었다. 그는 몇 차례의 승리의 기쁨을 수옥에게 양보한 대신 최종적인 승리의 기쁨은 자기가 가져가 버렸던 것이다. 판이 끝났을 때 그는 통쾌하게 웃으며 말했다.

"하하, 공격력이 대단하시군요. 이번 판엔 정말 혼났습니다. 그렇게 혼나서도 지지 않은 건 순전히 운이구요."

"어마, 또 약 올리실 거예요?"

"아, 아닙니다. 이번 판에서 보여 주신 투지는 정말 본받을 만했습니다. 내 잔꾀가 약간 통하긴 했지만."

"좋아요, 언제 다시 한번 둬요. 그 잔꾀를 꼼짝 못 하게 할 테니까."

"하하, 각오하죠."

그럭저럭 시간이 꽤 많이 지나가 있었다. 밖은 벌써 어두워진 것 같았다.

그들은 기원을 나와 어두워진 거리를 조금 걸어서 부근에 있는 한 설렁탕집으로 들어갔다. 당구와 바둑으로 시간을 보내는 동안 그들은 어느새 다시 시장기를 느끼는 상태가 되었고 수옥이 마침 설렁탕집 간판을 발견하고 그곳을 지목했던 것이다.

그 설렁탕집에서 설렁탕 한 그릇씩을 달게 먹고 나온 그들은 역시 부근에 있는 다방 한 군데에 들러 커피 한 잔씩을 마신 다음 다시 거리로 나와서 콜택시 한 대를 잡았다. 그는 꼭 위로받아야 하는 건 아니라고 사양하는 눈치를 보였으나 수옥은 위로도 축하도 아니고 정확하게 말하면 사실은 구경값이라고 우긴 다음 앞장서서 마침 지나가는 콜택시 한 대를 세웠던 것이다. 그리고 택시에 오른 뒤 그녀는 운전사에게 말했다.

"남산에 있는 H호텔로 가 주세요."

택시가 출발하고 난 뒤 수옥은 속으로 웃었다.

'콜걸과 콜보이가―이런 말도 있는지 몰라―콜택시를 타고 가는구나.'

그 생각이 재미나서 하마터면 그녀는 사실대로 그에게 털어놓을 뻔했다. 그러나 꾹 참느라고 그녀는 어금니를 깨물어야 했다.

혹시 눈치라도 챘을까 봐 조심스레 그의 표정을 살피니 그는 다소 시무룩한 표정으로 앞만 보고 있었다. 무언가 그 나름대로 오늘 일을 정리하고 있는 것인지도 몰랐다.

사실 그녀는 그에게 빚을 진 듯한 느낌을 떨쳐 버릴 수가 없었다. 남의 흉터만 잔뜩 구경한 셈이었기 때문이다. 그것도 아무에게나 내보일 수 없는 흉터만을.

그렇다고 이쪽에서도 금방 사실은 나도 이러이러한 흉터가 있어요 하고 꺼내 놓기도 궁상맞은 일이 아닐 수 없었다. 그런 궁상맞은 것은 그녀의 결벽증이 허락하지 않았다. 더욱이 그의 흉터는 너무나도 그녀의 흉터와 많이 닮아 있었다. 특히 그가 '맹장'이라고 표현한 부분은 어쩌면 그렇게도 그녀의 그것과 정확하게 대응을 이룬단 말인가.

처음에 혹시 그것이 아닌가 하는 느낌이 스쳤을 때 마음속에 번지던 전율 비슷한 섬뜩함이 잊혀지지 않는다. 그러나 잘 생각해 보면 그것은 또 얼마나 배꼽 빠질 희극인가. 그야말로 희극 중의 희극 또는 아주 고전적인 희극이라고도 할 수 있을 것이다. 그러나 그것을 말해 버리면 저열한 희극이 되고 만다.

그에겐 미안한 건 사실이지만 어쨌든 그것을 말해 버릴 순 없다. 아마 그도 서운한 느낌을 갖고 있을진 모르지만 듣지 않는 편이 유익할 것이다. 나이트클럽에 가서 술이나 몇 잔 마시고 춤이나 추면서 그의 서운한 기분은 달래 줄밖에 없다. 그것이 또한 이야기를 희극으로 받아들이고 말려는 그녀의 기분에도 어울리는 일이라고 할 수 있다. 술이나 실컷 마시고, 그리고 춤이나 미친 듯 추어 볼 일이다…….

택시가 남산 중턱을 오르고 있을 때 그가 문득 생각났다는 듯 수옥을 돌아보며 물었다.

"아, 그런데 내 맹장을 보고 나신 소감을 아직 못 들었군요. 난 침을 뱉고 달아나실 줄 알았는데 그러지도 않으셨고……. 오히려 환대를 해 주시는 것 같으니 이건 얘기가 어떻게 좀 잘못된 거 아닌가요?"

수옥은 천연스러운 표정으로 대꾸했다.

"여태까지 그 생각을 하고 계셨어요? 무슨 심각한 수수께끼라도 푸는 표정이시더니."

"네, 뭐 꼭 그 생각만 하고 있은 건 아니지만 어쨌든 생각해 보니 조금 의아하군요. 내 상식적인 머리로는."

"특별한 내장을 구경시켜 주셨으니까 그 구경값을 내는 거라고 생각하심 되잖아요. 이쪽으로 또 그에 걸맞은 걸 보여 드리지도 못했으니까."

"아니, 그보다도 내 맹장을 보고 나신 소감이 불쾌하지 않으셨는지 그걸 묻고 있는 겁니다."

"불쾌하긴요, 재미있었죠. 그러지 않았음 내가 이러고 있겠어요?"

"정말이세요?"

"어마, 내가 무슨 연극배운 줄 아시나 보죠, 마음에도 없는 짓을 하게. 난 지금 얼마나 즐거운지 몰라요, 특별한 분과 사귀게 돼서."

"하하, 그럼 그렇게 알고 다행으로 여기고 있어야겠군요."

그는 더 이상 토를 달지 않았다. 그리고 그들이 H호텔 나이트클럽에 도착한 것은 9시가 조금 지나서였다.

나이트클럽으로서는 아직 좀 이른 시간이기 때문인지 손님들이 그다지 많지 않았다. 무대 위에서는 밴드의 연주가 진행되고 있었지만 플로어에는 아직 한 쌍도 춤추러 나와 있는 사람은 보이지 않았다.

그들은 플로어에서 조금 떨어진 위치에 테이블 하나를 차지하고 앉아서 양주 한 병과 마른안주 한 접시를 시켰다. 그리고 시킨 것들이 도착해서 서로의 잔에 술 한 잔씩을 따르고 났을 때 수옥이 말했다.

"자, 건배해요. 동식 씨의 재미난 맹장을 위해서."

"하하, 그러죠. 수옥 씨의 논문을 위해서."

그도 잔을 쳐들어 그녀가 내민 잔에 가볍게 부딪치며 말했다.

"어마, 거기 수식어가 하나 빠졌어요, 엉터리라는. 정정하세요, 엉터리 논문을 위해서라고."

수옥이 짐짓 불만스럽다는 표정을 지었다. 그러자 그는 짐짓 고집센 표정을 지었다.

"그렇겐 못 하겠는데요. 난 수옥 씨의 논문이 엉터리가 될 거라곤 믿지 않으니까."

"어마, 날 그렇게 대담하게 평가하세요?"

"물론이죠. 그러지 않았으면 내가 맹장까지 보여 드릴 리가 있습니까."

"어마, 어떡하나. 틀림없이 실망하실 텐데."

"하하, 결코 그런 일은 없을 겁니다. 자, 드시죠."

"네, 어서 드세요."

그들은 각기 잔을 입으로 가져가 조금씩 마시고 내려놓았다. 수옥이 물었다.

"술 많이 하세요?"

"네, 좀 합니다."

"어느 정도, 혼자서 이거 한 병 정도 하세요?"

그러며 수옥은 테이블에 놓인 양주병을 집어 보였다. 그가 대답했다.

"마음 내키면 그 정돈 하죠."

"어마, 대단하시네요. 오늘 그럼 이거 두 병은 있어야겠네요."

"아니, 그럼 수옥 씨도?"

"아뇨, 난 한 병까지 다 마실 순 없지만 그래도 동식 씨하고 보조를 맞추려면 어차피 두 병은 있어야 하지 않겠어요. 어쨌든 오늘 우리 실컷 마셔요. 그리고 마음껏 춤춰요. 참, 지금 한번 나갈까요?"

"벌써요? 아직 플로어엔 아무도 없는데."

"어때요. 북적댈 때보다 오히려 좋죠, 뭐. 자, 우리 나가요."

그는 얼른 내키지는 않는 표정이었으나 그녀의 서두르는 기세에 마지못한 듯 따라 일어섰다. 그리고 플로어로 나서자 어설픈 동작으로 그녀를 따라 춤추기 시작했다. 음악은 디스코 리듬이었다.

그는 춤 솜씨도 그다지 능숙한 편이 못되었으나 아직 마음이 자유롭지 못한 듯했다. 자기의 동작에 쑥스러움을 느끼고 있음이 역력했다. 아니면 마음속에 아직 무언가 덜 풀린 것이 남아 있는 것 같았다고 할까.

수옥은 일부러 커다란 동작으로 천연스레 춤추면서 그에게 가까이 다가와 귓가에 대고 커다랗게 속삭였다.

"잊으셨어요? 사물은 각기 그 사물답게. 부드러운 것은 부드러운 것답게. 그리고 춤추는 사람은 춤추는 사람답게."

그는 빙그레 웃어 보이고 나서 춤추는 동작이 약간 자연스러워졌다. 수옥은 격려의 미소를 보낸 다음 보다 활발히 춤추기 시작했다.

두어 쌍의 남녀가 플로어로 걸어 나와서 그들의 춤에 합세했다. 아마 누군가가 먼저 나와서 춤추기를 기다리고 있었던 모양이었다.

밴드의 연주는 괜찮은 편이었고 그도 차차 몸이 음악에 적응해 가는 것 같았다. 몸놀림이 한결 춤다워졌다. 수옥은 그를 격려하듯 한층 더 활발히 춤추기 시작했다. 그도 그녀에게 지지 않으려는 듯 동작이 한결 활발해졌다. 그러나 아직 마음까지 춤추고 있지 않음은 쉽게 알아볼 수 있었다.

음악이 바뀌어서 테이블로 돌아왔을 때 수옥은 전에 남아 있는 술을 단숨에 비운 다음 그에게 잔을 권하며 말했다.

"자, 받으세요. 그리고 섭섭한 마음 좀 그만 푸세요."

그는 잔을 받으며 어리둥절한 표정을 지었다.

"섭섭한 마음을 풀다뇨? 무슨 얘깁니까?"

그녀는 술병을 집어 그에게 따라 주며 말했다.

"나한테 섭섭한 마음 품고 계시는 거 아녜요? 내가 보여 드릴 게 있는데도 감추고 있는 줄 아시고."

"천만에요. 그러실 리가 있겠습니까."

"그럼 왜 그렇게 계속 마음 한구석에 뭔가 석연찮은 걸 갖고 계신 태도시죠?"

"내가 그렇게 보이던가요? 그렇다면 그건 뜻밖인데요. 난 지금 아주 복에 겨운 기분인데."

"정말이세요? 그럼 그 잔 비우고 나 한 잔 주세요. 그리고 우리 오늘 밤은 마음 풀어놓고 신나게 놀아요. 나 오늘 실컷 취하고 싶어요."

"하하, 그럼 취하시는 모습 좀 볼까요."

그는 단숨에 잔을 비웠다. 그리고 그녀에게 잔을 건넨 뒤 술병을 집어 따라 주었다.

"자, 그렇다고 무리하진 마시고 천천히 드십시오."

"염려 마세요. 취해서 동식 씨한테 업혀 가진 않을 테니까. 이래 봬도 그거 한 병쯤 난 못 마실 것 같아요?"

꼭 한 번 양주 한 병을 혼자서 다 마셔 버린 적이 있었다. 덕기 자식을 차 버리고 나서였다.

"하하, 그러셨다간 정말 나한테 업혀 가시게 되죠. 무리하지 마시고 천천히 드세요."

그가 너그러운 표정으로 말하고 있었다.

"염려 마세요. 동식 씰 난처한 지경에 빠뜨리진 않을 테니까."

그리고 그녀는 잔을 입으로 가져가 이번엔 조금만 마시고 내려놓았다. 음악이 블루스로 바뀌어 있었다. 그녀가 말했다.

"자, 우리 나가요."

"그럴까요."

그도 이번엔 비교적 활발한 태도로 그녀를 따라 일어섰다. 플로어엔 이미 몇 쌍의 남녀가 블루스를 추고 있는 모습이 보였다.

플로어로 나서자 그는 약간 어색한 동작으로 그녀의 몸을 안았다. 그러나 음악이 곧 그들을 자유롭게 해 주었다.

그는 제법 능숙하게 그녀를 이끌기 시작했다. 춤 솜씨 자체는 그다지 능숙한 편이 못되었으나 음악에 몸을 맡기자 그는 차차 마음이 대범해지기 시작한 것 같았다. 그의 동작에서 그것을 느낄 수가 있었다.

수옥은 부러 몸 사이의 거리를 좁혀 그의 가슴에 가까이 밀착했다. 그리고 그의 귓가에 대고 속삭였다.

"나 숙녀처럼 안 대해 주셔도 돼요. 적어도 춤출 때는요."

그는 잠시 멈칫했으나 곧 대담하게 그녀를 당겨 안았다. 팔의 떨림과 힘이 그녀의 몸에 전해졌다. 그녀는 저항 없이 그의 가슴에 밀착해 안겼다. 안기고 보니 뜻밖에도 넓고 편안한 가슴이었다. 그녀는 속으로 웃으며 생각했다. 이 정도 가슴이라면 당분간 안겨 있어도 불편할 건 없겠다고.

밴드의 연주는 우울한 듯 달콤한 선율로 계속 이어지고 있었고 그의 두 팔은 이제 완전히 그녀를 제 속에 가두고 있었다. 팔의 떨림은 이제 멎었고 강한 힘만이 느껴졌다. 그가 그녀의 귓가에 대고 말했다.

"수옥 씨 몸이 뜻밖에 작군요."

그녀는 대꾸했다.

"동식 씨 가슴은 뜻밖에 넓어요."

그는 다시 그녀를 가둔 팔에 힘을 주었다. 그녀는 납작하게 안겨 들었다. 그의 팔에 다시 떨림이 되살아났다.

"이 요령부득의 여자."

그가 꾸짖는 어조로 속삭였다. 그녀는 몸으로 조금 웃었다. 그리고 대꾸했다.

"요령부득의 말씀."

그는 힘자랑하듯 더욱 그녀를 죄어 안았다.

"이 맹랑한 아가씨."

그녀도 지지 않고 속삭였다.

"맹랑한 말씀."

순간 그가 다시 힘자랑을 하려는 바람에 스텝이 엉키었다. 그들은 몸이 한쪽으로 기울어 쓰러질 뻔한 위기를 간신히 모면했다.

"아, 미안."

그가 사과했다.

"춤은 힘으로 추는 게 아녜요."

그녀는 점잖게 나무랐다. 그는 약간 멋쩍은 표정을 지었으나 곧 다시 그녀를 가둔 팔에 힘을 주었다. 그리고 그녀의 귓가에 대고 속삭였다.

"하지만 춤이란 어쨌든 좋은 거로군요. 위기를 당하니까 마치 한 몸처럼 대처하는 것만 봐도."

그녀도 그의 귓가에 대고 속삭였다.

"하지만 나쁜 점도 있어요. 망하면 같이 망하니까."

그들은 함께 웃었다. 그러나 수옥의 마음속에는 한순간 섬뜩한 느낌이 스쳐 지나갔다. 알 수 없게도 스스로의 말이 무슨 저주처럼 마음속을 되울리며 지나가는 느낌이었다.

그녀는 속으로 웃었다. 별 거지 같은 생각을 다 하는구나, 하고. 그리고 그녀는 스스로의 그 느낌을 비웃기 위해 더욱 바싹 그의 가슴에 밀착했다. 그는 이제 조금도 스스럼없이 그녀를 안고 있었다.

밴드의 연주 곡목이 바뀌어 테이블로 돌아왔을 때 그녀는 불쑥 말했다.

"우리, 연애할래요?"

"!"

그는 순간 얼굴이 딱딱하게 굳어졌다. 그녀는 계속 생글거리며 말했다.

"어마, 왜 그렇게 엄숙한 표정을 짓죠? 우리 연애해요, 네?"

"……."

그는 말없이 잠시 그녀의 얼굴을 바라보기만 했다. 그녀는 짐짓 실망한 표정으로 테이블에 놓인 술잔을 집었다.

"어마, 내가 싫으신가 보죠. 그럼 할 수 없죠, 뭐."

그리고 그녀는 술잔을 들어 단숨에 마시고 내려놓았다. 그가 빙그레 웃었다.

"정말 요령부득의 아가씨군요. 사람을 그렇게 장난감 취급하는 법도 있습니까."

"어마, 내가 언제 동식 씰 장난감 취급했어요? 장난감 보고 연애하자는 여자 보셨나요?"

"지금 마치 장난감한테 말하듯 하셨잖습니까."

"그럼 교장 선생님한테 말하듯 해야 하나요?"

"하하, 못 당하겠군요. 하지만 분명 날 놀려 주려는 의도였음은 부인 안 하시겠죠?"

"천만에요, 난 동식 씨가 멋지게 느껴져서 진심으로 한 말예요. 하지만 동식 씬 내가 매력 없다면 하는 수 없죠 뭐."

"하하, 끝까지 놀리려 드시는군요. 수옥 씨 의도 빤히 압니다. 오늘 우리의 이 어설픈 만남을 가능하면 농담으로 돌려 버리시려는 거죠?"

"싫으면 그냥 곱게 싫다고나 하세요. 괜히 엉뚱한 소리 마시구요."

"하하, 정말 끈질기시군요. 좋습니다, 그럼 연애합시다. 미상불 나도 바라던 바이니까."

"어마, 정말이세요?"

"물론. 그 대신 이건 농담이 아닙니다."

"물론이죠. ……그런데 나 매력 있어요?"

"대단히."

"예뻐요?"

"무척."

"아이, 좋아라. 자, 그럼 한 잔 받으세요."

수옥은 호들갑스럽게 활짝 웃으며 방금 마시고 내려놓은 잔을 집어 그에게 권했다. 그는 미소를 띤 채 잔을 넘겨받아 그녀가 따라 주는 술을 기다려서 단숨에 비웠다. 그리고 다시 그녀에게 넘겼다.

"자, 이번엔 내가 한 잔 따르죠. 수옥 씨의 애인 자격으로. 그 대신 이건 애인 자격으로 말하는 건데 단숨에 마시면 안 돼요."

"네, 알았습니다."

그녀는 짐짓 공손히 대답하고 그가 따라 주는 술을 받았다. 그리고 역시 공손한 태도로 조금 마시고 내려놓은 다음 배시시 웃으며 물었다.

"나 정말 사랑해 주실 거예요?"

"물론."

그는 엄숙하게 고개를 끄덕였다.

"언제부터? 지금부터?"

"물론 지금부터."

"정말?"

"정말."

"나 오늘 그럼 집에 안 들어가도 돼요?"

"뭐라구요?"

그는 어이가 없다는 듯 웃었다.

"안 돼요?"

그녀는 응석 부리듯 한 손으로 턱을 받치며 그의 얼굴에서 시선을 떼지 않았다. 그는 잠시 그녀의 얼굴을 마주 바라보고 나서 빙그레 웃으며 고개를 저었다.

"안 돼요, 그건 반드시 사랑하곤 반드시 상관없는 일이니까."

"어마, 재미없어."

수옥은 실망한 표정으로 말했다.

"난 좀 멋지게 트인 분인 줄 알았더니 그렇지도 못하군요." 그리고 그녀는 투정 부리듯 술잔을 집었다. "할 수 없죠, 뭐. 그럼 술이나 실 컷 마시는 수밖에."

그녀가 술잔을 막 입으로 가져가려는 순간 그가 손을 뻗어 그녀의 손을 잡았다.

"하하, 이거 왜 이러세요. 금방 말 안 듣깁니까."

"동식 씨가 그렇게 멋대가리 없이 나오는데 내가 뭐 하러 말을 들어요? 꼭 일제시대 남자같이."

"하하, 뭐라구요? 내가 일제시대 남자 같다구요?"

"꼭 일제시대 소설에 나오는 남자 같지 뭐예요. 사랑을 반드시 무슨 격식을 갖춰야 하는 것처럼 생각하는. 그리고 마치 무슨 보물단지 위하듯 해야 하는 것처럼 생각하는."

"하하, 그런 뜻이라면 난 그 일제시대 남자 같다는 말이 마음에 썩

드는데요."

"거 보세요. 아이, 고리타분해. 이 손 놓으세요."

"손은 놓을 테니까 그 대신 단숨에 마시는 건 안 됩니다."

그는 그녀의 손을 놓았다.

"그건 내 자유죠, 뭐."

그리고 그녀는 재빨리 술잔을 입으로 가져가 단숨에 마셔 버렸다. 그는 어이가 없어 하는 표정으로 그녀를 쳐다보았다.

그녀는 부러 소리가 나게 탁 하고 술잔을 내려놓았다.

"왜, 못마땅하세요?"

"하하, 아뇨, 예뻐서요."

"피이, 순전히 거짓말."

그러며 그녀는 술병을 집어 이번에는 자작으로 방금 내려놓은 잔에 술을 따랐다. 그것도 거친 손길로.

"하하, 이거 정말 왜 이러시죠? 내가 뭘 잘못했다고……."

"아까도 지금도 순전히 다 거짓말이지 뭐예요. 예쁘다면서 왜 날 피하려고 하죠? 거절당한 여자가 술밖에 더 마시겠어요?"

그리고 그녀는 재빨리 다시 술잔을 집어 단숨에 마셔 버렸다. 그러며 그녀는 속으로 생각했다. 이러다 내가 정말 취하면 어쩌지?

그가 웃으며 말하고 있었다.

"하하, 수옥 씨가 전에 날더러 연극을 아주 잘한다고 하더니 수옥 씨야말로 연극 솜씨가 보통을 넘는군요. 하지만 연기를 너무 완벽하게 하려다가 나한테 정말 업혀 가는 사태가 벌어지면 어떡하죠?"

그녀는 짐짓 술 취한 시선으로 그를 노려보며 말했다.

"흥, 내가 연극을 한다구요? 그리고 뭐, 업혀 가요? 이러지 말아요. 사람 우습게 보지 말아요. 시시하게 술 몇 잔 마셨다고 내가 동식 씨한테 업혀 갈 것 같아요?"

"오, 정말 화나신 겁니까?"

"이러지 말아요. 동식 씨가 날 어떻게 보고 있는지 모르는 줄 알아요? 길바닥에 떨어진 담배꽁초만큼도 안 여기면서……."

그는 어이가 없다는 듯 웃고 있었다. 수옥은 계산했다. 이쯤에서 그만둬야지? 더 나가다간 자칫 웃음거리가 되기 쉽겠지? 하지만 어떻게, 어떻게 그만두지?

그녀는 자신의 장난이 좀 지나쳐 버린 걸 깨달았다. 이미 매끄럽게 도로 빠져나갈 길은 보이지가 않았던 것이다.

몰라. 그럼 그냥 밀고 가 보는 거지 뭐. 웃음거리가 되면 얼마나 되겠다구.

그녀는 턱을 쳐들어 도전적인 자세를 만들며 계속했다.

"네? 안 그래요? 날 길바닥에 떨어진 담배꽁초 이상으로 여겼으면 여겼다고 해 보세요."

그는 여전히 웃고 있었다.

"하하, 통 종잡을 수가 없군요. 조금 전엔 보물단지처럼 취급한다고 흥을 잡으시더니 지금은 또 담배꽁초만큼도 안 여긴다고 야단을 치시니……."

"흥, 그게 결국은 같은 태도지 뭐예요. 생생하게 살아 있는 사람을 놓고 마치 이쪽을 위하는 것처럼 슬슬 뒷걸음치는 거나 담배꽁초만큼도 안 여기는 거나. 여자의 자존심을 짓밟는 점에서는 마찬가지가 아니고 뭐예요."

"하하, 정말 왜 이러세요. 그쯤 해 두실 만도 한데."

"뭐라구요? 내가 지금 무슨 장난으로 이러고 있는 줄 알아요?"

"진담입니까, 그럼?"

그는 눈에 웃음을 담아서 그녀를 바라보며 물었다. 그녀는 눈을 가늘게 떴다.

"어마? 비겁해. 이제 와서 농담인 줄 알았다, 이건가요?"

"하하, 수옥 씨, 그쯤 하고 우리 나가서 춤이나 추죠."

"혼자 나가서 실컷 추세요. 난 술이나 마시고 있을 테니까."

그리고 그녀는 다시 술병을 집어 들었다. 그러자 그는 재빨리 자기 앞의 잔을 들어 비우고 그녀 앞으로 내밀었다.

"자, 그럼 나부터 한 잔 주세요."

"싫어요."

그녀는 그가 내민 잔을 무시한 채 테이블 위의 자기 잔에 술을 따랐다. 그리고 술잔을 막 집으려는 순간 어느새 그의 다른 한 손이 뻗어 와서 재빨리 술잔을 채어 갔다. 그는 그것을 단숨에 비운 다음 그녀에게 내밀며 말했다.

"자, 받으세요. 내가 한 잔 따르죠."

그러나 그녀는 그 술잔을 받지 않았다.

"싫어요. 난 강도 같은 사람이 따라 주는 술 받기 싫어요."

"하하, 이거. 그럼 술잔 가로챈 건 내가 사과를 하죠."

"그래요? 어떻게 사과하실래요? 나 집에 안 가도 되는 걸로 해 주실래요?"

그는 약간 망설이는 눈치더니 곧 너그럽게 웃었다.

"하하, 그렇게 하시죠, 그럼."

"무슨 잔꾀 부리시는 거 아니죠?"

"잔꾀는요, 잔꾀 부리고 말고 할 여지가 없는 일 아닙니까."

"좋아요, 그럼 받을게요."

그녀는 그가 내미는 술잔을 받았다. 그가 술병을 집어 그녀에게 술을 따라 주면서 말했다.

"그런데 제발 좀 단숨에 들이켜진 마세요. 그건 술과 자신에 대한 폭력입니다. 술도 좋아하지 않을 겁니다."

"누가 술 비위 맞추려고 술 마시나요, 뭐." 그리고 그녀는 술잔을 들어 다시 단숨에 비우고 그에게 건넸다. "자, 한 잔 받으세요."

순간 그녀는 심한 현기증을 느꼈다.

눈앞의 사물이 갑자기 커다란 각도를 그리며 한쪽으로 기우는 느낌이었다. 맞은편에 앉은 그의 모습도 비스듬히 한쪽으로 누운 것처럼 보였다. 그리고 앉아 있는 의자가 갑자기 한쪽으로 기울면서 그녀를 굴려 떨어뜨리려는 것 같았다.

그녀는 의자에서 굴러떨어지지 않으려고 테이블의 가장자리를 붙잡았다. 그러자 테이블도 아무런 저항 없이 아래로 쑥 가라앉는 느낌이었다.

"어, 왜 그러세요?" 하고 그가 아주 먼 곳에서 말하며 먼 곳으로부터 손을 뻗어와 그녀의 손을 잡았다. 그러나 그의 손도 그녀와 함께 커다란 각도로 회전하는 느낌이었다.

그 뒤의 일을 수옥은 확실히 기억하지 못한다. 어디론가 아득한 곳으로 굴러떨어진 듯한 느낌과 모든 것이 한순간 뒤죽박죽이 된 느낌, 그리고 그가 아주 먼 곳에서 자신을 굽어보고 있었던 듯한 기억만이 희미하게 남아 있을 뿐이다. 그는 그녀를 향해 원근법이 과장된 그림처럼 커다란 두 개의 손을 내리뻗고 있었는데 그 손들이 어찌나 커 보이던지 마치 거인의 손처럼 느껴지던 기억도 어렴풋이 남아 있다. 그리고는 더 이상 아무런 기억도 없다.

그녀가 그러한 기억들이나마 다시 떠올릴 수 있은 것은 여러 시간 뒤의 일로서 자신이 매우 낯익은 침대 위에 뉘 있다는 사실을 발견하고 난 뒤였다. 심한 갈증 때문에 그녀는 깨어났는데 깨어 보니 너무 낯익어서 오히려 낯설게 느껴지는 자신의 침대 위였다. 자기가 어떻게 해서 자신의 침대에까지 돌아와 누워 있게 된 것인지 도무지 이해할 수가 없었다.

옷은 그대로 모두 입은 채였고 신발만 벗겨져 있었다. 손목에 시계도 그대로 차고 있었는데 시간을 보니 4시가 조금 지나 있었다. 방 안에 전등이 켜져 있는 것으로 보아 새벽임을 알 수 있었다. 옷은 그대로 입은 채였으나 이불이 덮여 있었고 침대 머리맡의 전기스탠드를 얹어 두는 탁자 위에는 물이 가득 담긴 유리컵 하나가 놓여 있었다.

그제야 그녀는 자기가 혼자 힘으로 그곳에 돌아온 것이 아님을 알아차릴 수 있었다. 그녀는 물컵 따위를 침대 머리맡에 갖다 두는 습관은 없었던 것이다.

그렇다면 그가 그녀를 데려다주었거나 혹은 운반해 놓았음에 틀림없었다. 동행한 기억이 전혀 없는 걸 보면 거의 운반해 놓다시피 했다고 보아야 옳을 것이었다. 그리고 깨어나면 갈증을 느낄 것으로 예상해서 물까지 가까운 곳에 떠다 놓아 준 것이라고 볼 수 있었다. 전등을 켠 채로 둔 것은 그녀가 깨어났을 때 놀라지 않게 하려는 배려에서였으리라.

그녀는 우선 손을 뻗어 물컵을 끌어다 단숨에 벌컥벌컥 들이켰다. 그리고 침대에서 일어났다. 옆구리께가 좀 결리는 듯했고 머릿속엔 커다란 납덩이라도 하나 들어앉아 있는 것 같았다. 그 납덩이는 그녀의 움직임에 따라 느릿느릿 함께 움직이고 있는 느낌이었다.

그녀는 천천히 거실 쪽으로 나가 보았다. 그가 혹시 거실 소파 위에서라도 자고 있을는지 모른다는 생각에서였다. 그러나 거실은 캄캄했고 전등 스위치를 켜 보았지만 아무도 보이지 않았다.

그녀는 주방으로 가서 다시 물 한 컵을 받아 단숨에 들이켰다. 그리고 다시 거실 쪽으로 나섰을 때 저만큼 탁자 위에 무언가 흰 종이쪽지 같은 것이 눈에 띄었다. 다가가 집어 보니 양쪽으로 서로 엇갈리게 접은 종이쪽지였다.

접힌 부분을 펴자 수첩 같은 것에서 떼어 낸 듯한 종이 위에 볼펜으로 쓴 글씨 몇 줄이 나타났다.

'수옥 씨에게.

　본의 아니게 가택침입을 한 결과가 되었습니다. 깨어나신 뒤 잘 생각해 보시면 그렇게 할 수밖에 없었던 사정을 이해해 주시리라 믿습니다. 아파트의 호수는 택시 안에서 수옥 씨가 말해 주셨는데 기억하실는지요. 또 한 가지 이것도 역시 본의는 아니었는데 수옥 씨의 핸드백을 허락 없이 뒤질 수밖에 없었던 점 용서해 주셔야겠습니다. 열쇠를 찾기 위해서였으니까요. 술이 대단히 세신 줄 알았더니 그렇지도 못하시더군요. 하루 종일 나 때문에 피곤하셨기 때문인지도 모르겠습니다만. 그 점에서는 깊이 자책하고 있습니다. 깨어나시면 속이 쓰리실 텐데 콩나물국이라도 끓여서 드시도록 하십시오. 나중에 전화드리겠습니다. 밤 11시 40분. 동식'

　수옥은 쪽지를 다 읽고 나서 잠시 소파에 앉았다. 머릿속엔 여전히 납덩이가 들어앉아 있는 느낌이었으나 의식만은 맑았다. 그가 자신을 운반해 온 과정이 고스란히 눈앞에 떠오르는 듯했다. 그런데 알 수 없는 일은 무슨 망신을 했다거나 하는 느낌은 전혀 들지 않는 점이었다. 평소의 그녀라면 틀림없이 수치감을 이기지 못해 어쩔 줄 몰라 했을 일임에도 불구하고.

　양주 몇 잔에 그렇게 맥없이 나가떨어진 일도 얼른 이해가 가지 않았다. 역시 몇 잔을 단숨에 들이켠 것이 화근이었을까. 그랬는지도 몰랐다. 혹은 역시 전날 밤에 한숨도 자지 못한 것이 원인이었는지도 몰랐다. 아니면 몸이 몹시 쇠약해진 탓인지도.

그녀는 소파에 앉은 채로 등받이에 몸을 기댔다. 그리고 눈을 감았다. 문득 엄마의 얼굴이 떠올랐다. 화장의 해독에 철저히 망그러진 얼굴 그래서 그만한 나이의 다른 엄마들과는 인종(人種)이 다른 듯한 얼굴 거기에 겹쳐 자신의 어린 모습도 떠올랐다. 잔뜩 토라진 표정의 계집아이였다. 그녀의 기억 속에 남아 있는 그녀 자신의 어린 시절의 표정은 판에 박힌 듯이 항상 그렇게 잔뜩 토라진 표정이었다.

엄마를 찾아오던 미국 병사들의 모습도 떠올랐다. 백인 병사도 흑인 병사도 있었다. 엄마를 찾아올 때면 그들은 한결같이 피엑스 봉지를 한 아름씩 안고 있었다. 어린 그녀를 보면 그들은 귀엽다는 듯이 그 피엑스 봉지에서 초콜릿이나 껌 따위를 꺼내 주곤 했었다. 그때마다 그녀는 적대감을 드러내며 그것들을 내팽개치곤 했었지만.

고등학교 때부터 엄마는 그녀를 서울로 보내 하숙을 시켜 주었었다. 그리고 자주 만나러 오지도 못하게 했었다. 이따금 등록금이나 하숙비 따위를 인편에 보내 주곤 할 뿐이었다. 대학 때까지 그랬다.

덕기 자식을 기습적으로 엄마한테 데려갔을 때 엄마가 짓던 절망적인 표정을 잊을 수가 없다. 그리고 덕기 자식이 짓던 무슨 더러운 물건이라도 대하듯 하던 표정을 잊을 수가 없다. 덕기 자식을 차 버린 것은 그 직후의 일이었다.

위험한 포옹

동식은 전화벨 소리에 잠을 깨었다. 침대 머리맡에 풀어 둔 시계를 집어 보니 9시가 조금 지났을 뿐이었다. 필경 최 마담으로부터의 전화일 것이었다.

그는 천천히 침대에서 빠져나와 거실로 나갔다. 전화벨 소리는 좀더 요란하게 울려 대고 있었다. 그는 전화기 앞으로 다가가 송수화기를 집어 들었다.

"여보세요?"

"미스터 곽? 나야."

예상대로 최 마담이었다. 잔뜩 노여움을 담은 음성이었다.

"아, 최 여사. 어젠 정말 죄송하게 됐습니다."

"죄송하면 다야? 사람 망신을 시켜도 이만저만이지."

"정말 죄송하게 됐습니다. 갑자기 피치 못할 사정이 생겨서……."

"그럼 나한테 미리 전화라도 해 줘야 할 거 아냐? 그래야 나도 딴 사람을 보내든지 무슨 대책을 세울 거 아냐? 안 여사가 기다리다 못해 나한테 전화까지 걸게 만들어야만 되겠어?"

"정말 변명의 여지가 없습니다."

"내가 미스터 곽을 특별히 생각해서 부른 거 알지? 나한테 그럴 수가 있어?"

"죄송하게 됐습니다."

"혹시, 미스터 곽 그동안 배가 부른 거 아냐? 그래서 이제 그만둘 생각 아냐?"

"아직 그런 생각은 해 보지 않았습니다만……."

"그럼 왜 그러지? 날 우습게 아는 거 아냐?"

"천만에요, 그럴 리가 있겠습니까."

"미스터 곽이 그만두고 싶다고 마음대로 그만둘 수 있는 줄 알면 오산이라구. 그렇게 쉽게 빠져나갈 수 있을 것 같아?"

"글쎄요, 무슨 말씀이신지……."

"내가 미스터 곽 나가는 대학에 가서 입 한번 벙긋하면 어떻게 되는지 알지?"

"하하, 그야 파면이겠죠."

"아니, 지금 누굴 약 올리는 거야?"

"아, 아닙니다. 죄송하게 됐습니다."

"나 우습게 알면 큰코다쳐. 그리고 이번 한 번뿐야. 다음에 또 한 번 이런 일이 있었다간 정말 용서 안 해."

"네, 알겠습니다."

"사람이 왜 그래? 여태까지 나하고 잘해 왔잖아. 무슨 일이 생겼으면 나한테 미리 전화 한 통 못 해 줘."

그녀의 목소리는 다소 달래려는 듯한 억양으로 바뀌어 있었다.

"네, 실은 전화 걸 틈도 없이 급한 일이 좀 생겨서. 죄송하게 됐습니다."

"그럼 나중에라도 전활 해 줘야지. 어제저녁 내내 전활 걸어도 받지도 않고……. 내가 화 안 나게 됐어?"

"정말 죄송하게 됐습니다. 갑자기 급한 일이 생겨 가지고 지방엘 좀 다녀오느라고 밤늦게야 돌아왔거든요."

"알았어, 이번엔 내가 믿지. 하지만 다음에 또 이런 일이 있어선 그땐 정말 곤란해. 이 일은 신의가 생명인 줄 미스터 곽도 잘 알잖아."

"네, 알고 있습니다."

"그래, 알았어. 화내서 미안해. 또 연락할게."

그리고 그녀는 전화를 끊었다. 그런데 송수화기를 내려놓자마자 기다렸다는 듯 다시 전화벨이 울렸다.

동식은 다시 송수화기를 집어 들었다.

"아, 여보세요?"

"바쁘구나, 바빠. 아침부터 웬 전화통에 그렇게 불이 붙었니?"

영우였다. 동식은 웃었다.

"말도 마라. 지금 최 마담한테 단단히 닦달을 당하고 난 참이야."

"최 마담한테? 왜?"

"어제 내가 펑크를 냈거든."

"옳아, 이제 보니 범인은 바로 너였구나."

"범인이라니? 무슨 소리야?"

"안 여사라는 여자하고 어제 오후에 만나기로 돼 있었던 게 원래 너였지? 그렇지?"

"네가 그럼 나 대신 갔었니?"

"말도 마라, 인마. 어제 오후 3시가 다 돼 가지고 최 마담한테서 전화가 왔는데 이건 숫제 난리굿이야. 10분 내로 당장 S호텔까지 가 줘야겠다는 거야. 난 그때 아이들 강습 중이었는데 말야, 환장하겠더군."

"그래서 어떻게 했니?"

"어떻게 하긴 어떻게 해, 인마. 아이들 강습 부랴부랴 마치고 달려갔지. 도리 있어?"

"미안하게 됐다."

"어떤 자식이 펑크를 낸 모양이구나 했더니 그게 바로 너였구나. 그러잖아도 자식 너 아닌가 싶더니."

"그래, 그 안 여산가 하는 여자는 괜찮던?"

"괜찮아? 말도 마, 인마. 몸무게가 80킬로는 넘는 여편네야. 게다가 보채긴 또 어찌나 보채는지."

"그래? 내가 그럼 펑크를 잘 알아서 낸 셈이로구나."

"뭐야, 인마? 너 지금 누구 약 올리는 거야?"

"그래, 수고했다, 수고했어."

"나중에 너 나한테 술 한잔 사야 해, 인마."

"알았다, 알았어."

"그건 그렇고, 너 어떻게 된 거냐? 무슨 일이 있었어? 어젯밤엔 전화도 안 받고."

"응, 그럴 일이 좀 있었어."

"무슨 일인데? 너 인마, 혹시 우리 수영장에서 낚싯밥 던졌다는 그 여자애 만난 거 아냐?"

"자식이, 눈치는."

"맞지? 네가 인마, 뛰어야 벼룩이지 별수 있어. 그런데 자식이 빠지긴 단단히 빠진 모양이구나. 펑크까지 내 가면서 만나러 다니는 걸 보면."

"좀 그렇게 됐다."

"좀 그렇게 됐다? 어쭈, 고분고분 시인까지 하네. 너 인마, 어떻게 된 거 아니니?"

"어떻게 됐다."

"어, 이 자식 좀 봐? 이 자식 이거 보통 일이 아닌데."

"그래, 보통 일이 아니다."

"점점? 야, 인마. 도대체 어떻게 생겨 먹은 애길래 그래? 나한테 한번 보여 줄 수 없니?"

"당분간은 보여 줄 수 없다."

"어째서?"

"너한테까지 보여 줄 시간이 어디 있어, 인마. 나 혼자 보기에도 시간이 모자란데.”

“어, 이 자식 봐? 애녀석 하나 완전히 버리겠네.”

“그럴지도 모르지.”

막연한 느낌이었지만 그는 정말 그럴지도 모른다고 생각하고 있었다.

물론 아직 무슨 뚜렷한 근거를 댈 수 있는 느낌도 생각도 아니었다. 그러나 적어도 그녀로 인해서 자기에게 중대한 어떤 변화가 일어날 듯한 예감만은 뚜렷이 느낄 수가 있었다. 그리고 그 변화는 어쩌면 지극히 파괴적인 방향으로 발전하게 되는지도 알 수 없는 일이라고 그는 막연히 느끼고 있었다. 뭐라고 할까. 지극히 막연한 느낌이지만 그녀와 자기 사이엔 그들 스스로도 모르는 어떤 파멸의 방정식 같은 게 은밀히 성립되어 가고 있는지도 모른다는 다소 경망스런 느낌 비슷한 것이라고 할까.

어젯밤 그녀를 거의 운반하다시피 그녀의 아파트까지 데려다주고 돌아오면서 그런 느낌이 문득 스쳤었다. 뭐라고 정확히 짚을 수는 없었지만 그녀의 몸속에는 위태위태한 어떤 파멸의 인자 같은 것이 숨쉬며 잠복해 있는지도 모른다는 막연한 느낌이 스쳤었던 것이다. 그러나 그것은 물론 한낱 경망스런 느낌에 지나지 않을 수도 있었다.

“야, 이 자식 이거 안 되겠는데. 어떤 여우 같은 계집애한테 홀려서 이 지경까지 됐지? 야, 인마. 너 설마 제정신까지 잃은 건 아니겠지?”

영우는 농담이려니 하면서도 다소 미심쩍은 기분인 모양이었다. 동식은 웃으며 대꾸했다.

“그래, 인마. 정신은 아직 말짱하다. 그 점에 대해선 염려 마.”

"제 입으로 제 정신 말짱하다는 놈 믿지 못하겠더라. 아무튼 알았어, 인마, 그럼 잘해 봐. 그건 그렇고, 너 태호 소식 들었니?"

"태호?"

"고등학교 때 왜 매일 지각하던 애 있잖아. 그리고 노상 개똥철학 풀던 애. 실존주의가 어떠니 허무주의가 어떠니 하던 애 말야."

"응, 알아. 나하고도 친한 편이었으니까. 그런데 걔가 어떻게 됐니?"

"자식이 자살했다는 거야."

"뭐야?"

"내일이 장례식이래. 너 한번 안 가 볼래? 동창 애들이 더러 가서 밤샘도 하고 그러는 모양이던데."

"글쎄, 가 보는 건 가 보는 거고 도대체 왜 자살했다는 거야?"

"응, 나도 처음엔 그 개똥철학 때문이 아닌가 했더니 그게 아닌 모양이야. 자식이 뭐 저희 외사촌 누이를 사랑했대나? 말하자면 사랑해선 안 될 사랑 때문에 자살했다는 얘기지."

"그럼 그 외사촌 누이하고 같이?"

"그랬으면 덜 불쌍하게? 그것도 짝사랑이었다는 거야."

"……"

"왜 말이 없니? 안됐니?"

"글쎄, 모르겠다. 거 자식 참……."

"애가 왜 좀 엉뚱한 구석이 있었잖니? 아무튼 우리 동창 중에선 장례식 제1호가 되는 셈이기도 하고 한번 가 봐 줄 만한 것 같은데 너 어떡할래?"

"글쎄, 이따 저녁때 한번 가 볼까?"

"갈 생각 있으면 나랑 같이 가자. 자식이 안됐어."

"그래, 그럼 이따 저녁때 만나서 같이 가자. 내가 너 있는 데로 갈게."

"그래, 그럼 이따 보자."

그리고 영우는 전화를 끊었다. 송수화기를 내려놓고 나서 동식은 잠시 멍한 기분을 느꼈다. 아는 친구에 대한 뜻밖의 소식이 가져다준 충격도 충격이었지만 그 내용이 너무도 순진해서 연민의 감정을 불러일으키는 것이었기 때문이다.

외사촌 누이를 사랑했다는 사실 자체도 무슨 패륜이라는 느낌보다는 오히려 순진성의 발로라는 느낌이 앞섰지만 그 때문에 자살까지 했다는 것은 일반적인 기준에 비추어 볼 때 거의 백치에 가까운 순진성의 표현이라고 할 수밖에 없었다.

태호라는 친구의 다소 얼뜬 듯하던 모습이 눈앞에 떠오르는 듯했다. 고등학교를 졸업한 이후론 두어 번밖에 만난 기억이 없지만 고등학교 시절엔 서로 비교적 호감을 가지고 지내던 사이였다. 지각 대장인 그는 항상 좀 얼떠 보이는 표정을 하고 있었는데 그 얼떠 보이는 표정의 뒤엔 일종의 여유 같은 것이 느껴져서 그 점이 동식에겐 매력으로 비쳤었다. 왜냐하면 동식은 그런 여유 같은 것은 지녀 본 적이 없었으니까. 항상 긴장하고 있어야만 했으니까. 거짓말쟁이란 잠시도 긴장을 풀고 있어서는 안 되는 것이었으니까.

사람들끼리의 감정이란 상대적인 것이어서 한쪽의 호감은 다른 한쪽의 호감을 부르는 모양으로 태호 쪽에서도 동식에게 호감을 가지고 대해 왔었다. 말수가 그렇게 많은 편은 아니었으나 한번 말문이 열리면 열띤 표정으로 당시 동식의 또래에서는 별로 가까이해 보지 못한 책들에 관해서 이야기하곤 했었다. 영우가 말한 개똥철학 이야기는 그것을 두고 말함이었다. '니체'나 '키에르케고르', '사르트르' 같은 사람들의 이름을 그를 통해 처음 들은 것은 아니었지만 그들이 쓴 책의 내용을 그 대강의 윤곽이나마 귀동냥할 수 있었던 것은 순전히 그를 통해서였다.

그러나 그는 지식을 뽐내는 듯한 태도는 보이지 않았고 여타의 학교생활에서는 어리숙하기 짝이 없었다. 학과 성적도 그다지 좋은 편은 못 되었다. 어쩌면 그 무렵부터 외사촌 누이를 사랑하고 있었는지도 모를 일이었다. 일찍이 중대한 인생의 문제에 직면한 아이라면 학과 공부보다는 그 인생의 문제를 처리하는 데 도움이 될 만한 책들에 더 관심을 가질 법도 할 일이니까. 그리고 여타의 학교생활 따위에도 그다지 마음이 쓰이지 않았을 터이었다.

그러고 보면 심증이 감 직한 기억이 없는 것도 아니었다. 영우의 표현 방식에 따르면 한참 개똥철학을 풀고 나서 그는 대개 시무룩한 표정으로 말을 맺곤 했었다.

"하지만 이런 얘기 사실 다 쓸모없는 얘기야. 사람마다 문제가 다 다르거든. 이건 어쩔 수 없는 일이지만 말야. 물론 그렇다고 아주 쓸모없다는 얘긴 아니지만……."

동식에게는 대단하게만 여겨지던 책들에 대해 그렇게 대수롭지 않은 듯이 말해 버린 점에서 기억에 남아 있지만 지금 생각해 보면 사람마다 문제가 다 다르다고 한 것은 어쩌면 자신이 직면한 문제를 염두에 두고 한 말이었는지도 알 수 없었다. 그즈음에 이미 외사촌 누이를 사랑하고 있었다면 그러한 심경을 가지고도 남음이 있었을 터이었다.

　만일 그때부터라면 그는 10여 년 이상이나 외로운 마음의 싸움을 지탱해 온 것이 된다. 그리고 결국은 죽음으로써 그 외롭고 오랜 싸움에 종지부를 찍은 것이 된다.

　동식은 다소 숙연한 기분이 되었다. 그러다가 문득 자기가 해야 할 일이 있음을 깨달았다.

　어젯밤 그녀를 아파트까지 데려다주고 온 뒤 아직 안부를 모르고 있다는 생각이 떠올랐던 것이다. 게다가 그는 나중에 전화하겠다는 쪽지까지 남겨 두었었다.

　그가 송수화기를 집어 들고 다이얼을 돌리기 시작했다. 곧 신호가 가는 소리가 들려왔다. 그리고 얼마 안 있어 그녀의 목소리가 수화기 저쪽에 나타났다.

　"여보세요?"

　"아, 일어나셨군요. 괜찮으세요?"

　"아, 동식 씨군요. 괜찮으니까 이렇게 전화를 받죠."

　그녀의 목소리는 명랑하게 느껴졌다. 동식 역시 쾌활한 목소리로 말했다.

"하하, 딴은 그렇군요. 그런데 어디 불편하신 덴 없구요?"

"옆구리가 조금 결리는 것 같더니 괜찮아졌어요."

"다행이군요."

"내가 추태나 몹시 부리지 않았나요?"

"아뇨, 아주 얌전하셨습니다."

"하지만 좀 너무하셨어요."

"네?"

"인사불성이 된 사람을 그렇게 혼자 내버려두고 가 버리는 법이 어디 있어요?"

"하하, 그럼 내가 어떻게 했어야 한다고 생각하십니까? 무단히 가택침입을 한 것만도 마음이 켕겨서 혼났는데."

"이왕 가택침입을 한 김에 간호라도 좀 해 주고 가면 못 쓰나요. 그러다가 내가 영영 깨어나지 못하고 그대로 죽기라도 하면 어쩌려고 그러셨죠?"

"하하, 술 몇 잔에 사람이 죽기야 하나요. 한데 술엔 어지간히 자신이 있는 눈치시더니 뜻밖에 그렇지도 못하시더군요."

"글쎄, 어젯밤엔 왜 그렇게 맥을 못 썼는지 모르겠어요. 역시 동식 씨 충고를 따를 걸 그랬나 보죠? 단숨에 들이켜지 말라는."

"그렇죠. 가끔은 남의 말에 귀를 기울일 줄도 아셔야죠. 참, 콩나물 국이라도 좀 끓여서 드셨나요?"

"동식 씨의 자상한 마음씨가 배어 있는 쪽지는 잘 읽어 보았지만 콩나물국은 아직 못 끓여 먹었어요. 커피로 우선 때웠죠, 뭐."

"커피만 가지곤 안 될 텐데……."

"그러시는 동식 씬 그럼 콩나물국이라도 끓여서 드셨나요?"

"아, 나야 그다지 취한 편도 아니었으니까……."

"어쨌든 아직 아침식사 안 하셨죠?"

"조금 뒤에 천천히 할 생각입니다."

"그럼 이렇게 해요. 어젯밤엔 무단 가택침입이셨지만 오늘은 내가 정식으로 초대를 하죠. 빚을 갚아야 하니까요. 아침식사 여기 와서 나하고 함께하세요. 싫으세요?"

"아, 그건 너무 과분해서……."

"그 대신 콩나물국만 끓여 놓을 테니까 실망하심 안 되구요."

"천만에요, 좋습니다. 그럼 30분 내로 달려가겠습니다."

"30분은 너무 일러요. 한 시간쯤 후에 오세요."

"네, 그러죠, 그럼."

"기다릴게요, 그럼."

그리고 그녀는 전화를 끊었다. 동식으로서는 뜻밖의 일이었다. 그러나 미상불 즐거운 일이 아닐 수 없었다.

태호의 소식을 들은 뒤만 아니라면 한결 더 즐거웠으리라.

동식이 그녀의 아파트에 도착한 것은 한 시간쯤 후였다. 근처의 꽃가게에서 장미 몇 송이를 살 수 있었던 것은 행운이었다.

그녀는 장미를 보자 놀라는 표정을 지었다.

"어마, 꽃을 다 사 오셨어요? 어쩌나, 난 콩나물국밖에 끓여 놓은 게 없는데……."

"하하, 그걸로 난 만족 이상입니다."

"하지만 난 꽃까지 사 들고 오실 줄은 몰랐지 뭐예요."

"하하, 꽃을 사 들고 올 줄 아셨으면 뭘 더 차리셨을 건데요?"

"그래도 별수는 없었지만요."

"어쨌든 나로선 처음 정식 방문인 셈이니까요. 예의를 갖춰야죠."

"그런데 난 아무런 준비도 없이 초대를 했으니 어떡하죠. 아무튼 고마워요."

"그녀는 연신 받아 든 장미 송이에 코를 가까이 가져가며 동식을 식탁으로 안내했다. 그리고 곧 장미를 꽃병에 담아서 식탁 위에 가져다 놓았다.

그녀가 준비한 아침식사는 그녀의 겸손에 비해서는 풍성한 편이었다. 콩나물국 외에도 참기름을 바르고 소금을 뿌려 구운 김과 김치가 더 있었으니까. 그리고 양념을 얹어 찐 깻잎도 있었으니까.

콩나물국은 간과 숙도(熟度)가 알맞았고 갓 지은 밥은 뜸이 알맞게 들어 있었다. 동식으로서는 실로 오랜만에 맛보는 가정적인 아침식사가 아닐 수 없었다. 그는 우선 그녀의 음식 솜씨를 칭찬했다.

"솜씨가 대단하시군요. 특히 콩나물국은 특허를 내 두실 만한데요."

그녀는 웃었다.

"그 칭찬하는 말솜씨도 특허를 내 두실 만하네요. 보통 흔해 빠진 콩나물국을 가지고 뭘 그러세요."

"아뇨, 이건 보통 콩나물국이 아닙니다. 특별한 비결이 없고서는 이런 개운한 맛을 낼 수가 없을 거예요."

"어서 드시기나 하세요. 소금밖에 넣은 게 없는 엉터리 콩나물국이에요."

"소금만으로만 이런 맛을 냈다면 그건 더욱 보통이라고 할 수가 없죠. 언제 이런 비결을 다 갖추고 계셨습니까?"

"어지간히 시장하셨던 모양이네요. 아무튼 괜찮으시다니 다행이에요. 어서 드시기나 하세요."

"네, 수옥 씨도 어서 드시죠."

문득 태호라는 친구의 죽음이 머리에 떠올랐다. 가엾다는 느낌이 더욱 강하게 솟아올랐다. 죽음이란 이런 모든 것과의 관계 단절을 뜻하는 것이다…….

"무슨 생각을 하고 계세요?"

그녀가 김 한 장을 집으려다 말고 물었다. 동식은 조금 웃어 보이며 대꾸했다.

"아, 네, 죽음이란 콩나물국을 먹을 수 없다는 뜻이다…… 그런 생각을 잠깐 했죠."

"갑자기 죽음은요……?"

"네, 실은 오늘 아침에 고등학교 동창생 하나가 자살했다는 소식을 들었거든요."

"동창생이 자살을요?"

"네, 외사촌 누이를 사랑하다가 결국 자살로 막을 내렸다는 거예요."

그녀는 약간 흥미로워하는 표정을 지었다.

"외사촌 누이를요?"

"네, 서양에서나 일본에서만 해도 별 상관없는 것으로 돼 있는 모양이지만 우리나라에선 큰일 날 일로 돼 있잖습니까. 동성동본끼리만 해도 법적으로 금지가 돼 있으니까."

"그러니까 외사촌 누이를 사랑하다가 도저히 이루어질 수 없다는 사실 때문에 자살을 했단 말이죠?"

"글쎄요, 자세한 내용은 알 수가 없지만 대체로 그런 얘기가 되겠죠."

"그 외사촌 누이 쪽에서도 그 사람을 사랑했구요?"

"아니, 그건 그렇지가 않은 모양이에요. 그 친구 쪽의 짝사랑이었던 모양입니다."

"어마, 가엾어라."

"내가 궁금한 건 그 외사촌 누이 쪽에서 그 친구가 자기를 사랑하고 있다는 사실을 알고는 있었는지 하는 건데 이따 그 친구 집에 가보면 알 수 있겠죠."

"그야 모르고 있기야 했겠어요. 여자들이 그런 문제엔 얼마나 민감한데."

"그런가요?"

"그럼요, 모르고 있진 않았을 거예요."

"수옥 씨도 그럼 알고 계세요?"

"뭘요?"

"내가 수옥 씰 사랑하고 있다는 거."

"어머? 어머?"

"하하, 수옥 씬 별로 민감하지 못하신 모양이군요."

"네, 난 민감하지 못해요."

"유감이군요. 난 자살을 하고 싶어도 그게 억울해서 못 하겠는데요."

"어마, 남의 불행을 그렇게 농담 재료로 삼는 법이 어디 있어요."

"하하, 이거 단단히 꾸중을 듣는데요. 그렇군요, 농담 재료로 삼을 일은 못 되는군요."

"그렇지 뭐예요."

그녀의 두 뺨은 뜻밖에도 빨갛게 물들어 있었다. 그녀의 얼굴에서는 처음 보는 변화가 아닐 수 없었다. 동식은 순간 마음속이 뜨거워지는 듯한 느낌을 받았다. 그녀가 부끄러움을 드러냈다는 건 자신에 대한 신뢰의 표시라고 할 수 있었기 때문이다.

그는 자신의 얼굴도 순간 붉어졌는지 모르겠다고 생각하면서 말했다.

"아무튼 가엾은 일이긴 하지만 요즈음의 형편에선 무슨 미담을 들은 듯한 기분도 한편으로 들더군요. 나 같은 가짜에 비하면 그야말로 성자(聖者)나 다름없겠구요."

그녀는 어느새 표정을 수습하고 있었다. 그리고 배시시 웃으며 대꾸했다.

"동식 씨한텐 아무튼 좀 충격이었던 모양이죠? 이런저런 의미에서."

"하하, 그렇다고 할 수 있죠. 나 같은 인간에 대한 일종의 준엄한 꾸지람이라고도 할 수 있으니까요."

"가까웠던 동창생인가요?"

"네, 비교적 서로 호감을 가졌던 사인데 졸업 후엔 자주 만나진 못했죠. 학교도 달라지고 그 친구가 워낙 또 사교성도 없는 편이어서……."

"자살하기 전까진 무슨 일을 하고 있었는데요?"

"글쎄, 무슨 외국어 번역 사무실엔가 나갔었다죠, 아마."

"……아무튼 가엾은 일이네요."

동식은 말없이 고개만 끄덕였다.

아침식사를 마치고 거실로 나와 그녀가 끓여 내온 커피를 함께 마시고 있을 즈음이었다. 그녀가 문득 재미난 생각이라도 떠올랐다는 듯 물었다.

"참, 동식 씨, 내 어렸을 때 사진 한 장 보실래요?"

"어렸을 때 사진이오?"

"네, 아주 재미난 사진이에요."

"흥미가 없진 않은데요, 그럼."

"잠깐만 기다리세요."

그리고 그녀는 가벼운 동작으로 소파에서 일어나 안쪽으로 들어갔다. 방문 여닫히는 소리가 들리고 이삼 분쯤 뒤였을까 그녀는 엽서 크기의 절반쯤 되는 사진 한 장을 한들한들 손에 들고 다시 나타났다. 얼핏 보기에도 꽤 오래된 사진 같았다. 그녀는 그것을 동식에게 건네주기 전에 말했다.

"보여 드리기 전에 약속을 한 가지 받아 둬야겠어요. 보시고 나서 일체 감상을 말하지 말 것. 질문도 하지 말 것. 아시겠어요?"

"하하, 조건이 좀 까다롭군요. 알겠습니다."

사진은 카메라로 찍은 것인 듯했고 약간 누르스름하게 변색되어 있었다. 그 사진이 찍힌 때로부터의 시간의 경과를 말해 주는 것 같았다.

땟국이 꾀죄죄 흘러 보이는 스웨터 차림의 대여섯 살 먹은 꼬마 여자아이 하나가 키가 껑충 큰 미군 병사 한 사람의 가슴에 안겨 있는 사진이었는데 그 두 사람의 자세가 각기 흥미로웠다. 여자아이는 마치 물에 빠진 아이처럼 두 팔을 허공으로 내밀어 살려 달라는 듯 호소하는 자세였고 얼굴에는 눈물 자국까지 얼룩져 있었으며 미군 병사 쪽은 마치 여자아이를 떨어뜨릴까 봐 당황하고 있는 듯한 자세였다. 그러나 얼굴은 재미있다는 듯 웃고 있었다. 배경은 서툰 솜씨의 로마자 간판들이 눈에 띄는 것으로 보아 기지촌의 거리인 듯했다. 여자아이의 모습에서 현재의 그녀의 모습을 찾아내기는 쉽지 않았으나 자세히 보니 눈매와 콧마루 등이 닮아 있음을 발견할 수 있었다.

'그랬었구나. 기지촌에 살았었구나.'

동식은 마음속에 어떤 파문이 지나가는 것을 느끼며 사진에서 시선을 쳐들었다. 그리고 그녀를 향해 조금 웃어 보이며 말했다.

"아주 재미있는 사진이군요. 이 사진 속 꼬마가 바로 수옥 씨란 말이죠?"

"어마, 금방 약속을 잊으셨나 봐. 감상이나 질문은 일절 않기로 했잖아요."

그녀는 짐짓 나무라는 표정을 지어 보였다. 동식은 웃었다,

"하하, 그 정도야 어디 감상이나 질문이라고 할 수 있나요. 재미있는 사진이라는 건 수옥 씨가 먼저 밝혔고 사진 속의 꼬마가 수옥 씨냐는 건 확인에 지나지 않죠."

"네, 더 이상 감상을 말하거나 질문만 하지 않으면 됐어요. 자, 이리 주세요."

동식은 사진을 다시 그녀에게 건네면서 말했다.

"하하, 이건 좀 너무하신데요. 언론 제약을 미리 받아들인 내가 잘못이긴 하지만."

"그래도 약속은 지키셔야죠. 그 대신 내가 사진 설명은 약간 해 드릴 순 있어요, 원하신다면."

그리고 그녀는 조금 웃는 얼굴로 동식을 쳐다보았다.

동식은 그녀를 바라보며 마주 웃었다.

"하하, 좋습니다. 지극히 제한된 설명이 될 게 예상되지만 부탁드리는 도리밖에요."

"그 대신 설명 도중에 질문 같은 건 없기예요."

"네, 알았습니다."

그녀는 잠시 사진을 내려다보고 나더니 고개를 쳐들며 말했다.

"고등학교 다닐 때 엄마의 옛날 사진들을 넣어 두는 상자에서 우

연히 발견한 거예요. 처음엔 찢어 버리려고 했었죠. 그런데 다시 생각해 보니 제법 재미난 사진이라는 생각이 들었어요. 어렸을 때의 내 성격 같은 것도 나타나 있는 것 같구요. 또 그 밖의 이런저런 의미도 들어 있는 것 같았죠. 나중에 엄마한테 물어보니까 내가 여섯 살 먹었을 때 사진이라는 거예요. 동네 앞을 지나가던 미군 두 사람 중 하나가 나를 보더니 갑자기 예쁘게 생겼다면서 껌 한 통을 주더래요. 그리고는 사진 한 장 찍자면서 나를 번쩍 들어 안더래요. 동행하던 다른 미군 한 사람은 카메라를 들이대구요. 그러자 내가 껌을 내동댕이친 건 말할 것도 없고 마구 울어 대면서 발버둥을 치더라는 거예요. 미군은 그래도 나를 놓치지 않으려고 계속 안고 있구요. 엄마가 달려가려고 했지만 그땐 이미 사진을 다 찍었는지 나를 안고 있던 미군이 엄마 쪽으로 나를 내려놓으면서 대단한 꼬마라고 하더래요. 내 기억에도 그 무렵에 딴 아이들은 미군들에게 껌이나 초콜릿 따위를 얻어먹으려고 졸졸 잘 따랐거든요. 며칠 뒤에 그 미군이 어떻게 우리 집을 찾아냈는지 사진을 갖다주더라는 거예요. 엄마도 처음엔 찢어 버릴까 했지만 나중에 제가 커서 보면 재미있게 생각할는지도 모른다 싶어서 놔두었었다는 거예요. 사진 설명은 이상이에요. 설명 중에는 편의상 내가 약간 꾸며 댄 부분도 있고 또 궁금하신 점들도 있겠지만 약속대로 질문은 없기예요."

그리고 그녀는 사진을 도로 가져다 두기 위해서인 듯 소파에서 일어났다. 동식은 약간 불평을 말했다.

"하지만 꾸며 댄 부분이 있다는 건 좀 곤란한데요. 불충분한 설명은 참는다고 하더라도 사실을 왜곡한대서야……."

"염려 마세요. 사실을 크게 왜곡할 정도로 꾸며 댄 부분은 없으니까. 그럴 생각이었으면 처음부터 숫제 사진을 보여 드리지도 않았게요."

그리고 그녀는 사진을 든 채 안쪽으로 사라졌다가 잠시 후에 다시 거실로 나왔다. 소파에 다시 앉으면서 그녀는 말했다.

"어젠 정말 미안했어요. 난 아무것도 보여 드리지도 못했고 게다가 폐까지 잔뜩 끼쳐서요. 그래서 뭘 좀 보여 드릴 게 없을까 궁리하다가 겨우 생각난 게 저 사진이에요. 하지만 아직 아무한테도 보여 준 적이 없는 사진이니까 점수를 후하게 주셔야 해요."

"네, 어쨌든 귀중한 사진을 봤다는 느낌은 드는군요. 하지만 나한테 폐를 끼쳤다는 얘긴 안 하셔도 되는 얘기였습니다."

"폐는 폐지 뭐예요. 게다가 내가 내기로 했던 술값까지 결국 동식 씨가 다 내셨을 거 아녜요."

"하하, 그야 사소한 일이죠. 그건 그렇고, 나 그만 일어서 봐야겠죠? 아침 얻어먹으러 와서 너무 오래 앉아 있는 셈이니까요."

그때 전화벨이 울렸다.

"잠깐만요." 하고 그녀는 전화기 앞으로 다가가 송수화기를 집어 들었다. 동식은 엉거주춤 일어서려다 말고 다시 앉았다.

그녀는 동식이 신경 쓰이는 듯 가능한 말수를 줄여서 통화하고 있는 것 같았다. 이따금 '언니'라고 상대방을 호칭하는 소리가 들렸고 어디를 좀 다녀왔다는 얘기, 미안하다는 사과의 말, 그리고 알았다는 소리 등이 들렸다.

송수화기를 내려놓고 나서 그녀는 약간 당황한 듯한 표정을 감추며 동식을 향해 물었다.

"가시겠어요, 그럼?"

동식은 소파에서 일어나며 대답했다.

"네, 너무 오래 앉아 있었죠. 아침 정말 맛있게 먹고 갑니다. 그런데 중요한 전화를 혹시 나 때문에 소홀히 받은 거 아니세요?"

"아녜요, 대학 선배 언닌데 어저께 무슨 모임이 있었거든요. 왜 빠졌었냐는 전화예요."

"어이구, 그럼 나 때문에 못 참석하신 거 아닙니까."

"별로 대단치도 않은 모임이에요. 그런데 아침식사라고 정말 우습게 드시고 가셔서 어떡하죠."

"원, 천만에요. 난 그야말로 오랜만에 음식다운 음식을 먹고 가는 기분인걸요. 종종 좀 불러 주셨으면 합니다. 욕심 같지만."

"정말이세요? 그러시담 자주는 몰라도 가끔은 불러 드릴게요. 참, 전화번호 좀 적어 주고 가세요. 그래야 오시라고 하고 싶을 땐 전화를 걸죠. 또 그냥 전화가 걸고 싶을 때가 있을지도 모르구요."

"아, 그럴까요."

동식은 양복저고리 안주머니에서 볼펜과 수첩을 꺼내 들었다. 그러자 그녀가 얼른 신문 사이에 끼어서 들어오는 광고지 같은 것을 한 장 탁자 위에 올려놓으며 말했다.

"그냥 여기다 쓰세요, 수첩 또 찢지 마시구요."

"하하, 네."

동식은 그 광고지의 뒷면에 자신의 전화번호를 적었다. 그리고 현관 쪽으로 나서며 말했다.

"그럼 나한테 전화 주시는 즐거운 일도 기대해 보겠습니다. 오늘은 정말 즐거웠구요. 자, 그럼 안녕히……."

"네, 안녕히 가세요."

그녀는 현관에서 그를 배웅해 주었다. 동식은 그녀의 아파트를 나와 일부러 층계를 택해 걸어 내려오면서 설레는 마음을 누르지 못했다. 그녀가 오늘 아침에 그에게 보여 준 호의는 전혀 기대하지 못했던 것이었기 때문이다. 그것은 의심할 바 없이 그에 대한 그녀의 신뢰의 표현이라고 할 수 있었다. 층계를 내려딛는 한 걸음 한 걸음이 경쾌하게만 느껴졌다.

그러나 잠시 후 그는 마음 한구석에 다시 어두운 그림자가 되살아나는 것을 느꼈다. 그녀가 보여 준 사진에 생각이 미쳤기 때문이다. 그것은 분명 단순히 재미난 한 장의 사진에 그치는 것은 아니었다. 많은 것을 암시해 주는 사진이라고 할 수 있었다. 특히 그녀의 어린 시절에 관한 뚜렷한 영상을 제공해 주는 사진이었다. 적어도 그녀가 어린 시절을 기지촌에서 보냈음은 틀림없었다. 그녀가 그 사진을 그에게 보여 준 속셈은 무엇일까. 그리고 사진 설명 중에 꾸며 댄 부분이 있다고 한 건 무엇 때문일까.

자청해서 사진을 보여 준 행위 속에서는 그가 여러 차례 관심을 표명한 바 있는 그녀 자신의 과거의 일부를 넌지시 암시해 주려는 의도가 분명 들어 있었다고 할 수 있다. 그러나 그 사진을 보고 난 감상이나 그 사진과 관련된 궁금증 따위는 일절 말하지 말라거나 또 자신의 사진 설명 중엔 꾸며 댄 부분도 있다고 한 것이 그녀가 그 사진과 관련해서 무언가 아직 감춰두고 싶어 하는 사실이 있다는 것을 말해 준다고 할 수 있다. 말하자면 보여 주는 행위와 보여 준 것을 다시 불투명하게 만드는 행위를 그녀는 거의 동시에 했다고 할 수 있다. 암시 이상의 어떤 분명한 드러남은 그녀가 아직 꺼리고 있다는 얘기가 된다.

무엇 때문일까. 동식 자신에 대한 전폭적인 신뢰의 보류일까. 아니면 그 사진과 관련해서 차마 말하고 싶지 않은 어떤 사실이 따로 존재하기 때문일까. 그렇다면 그것은 무엇일까.

아마도 그녀가 기지촌에서 어린 시절을 보내지 않으면 안 되었던 어떤 사정과 관련이 있을는지 모른다. 사진에서 볼 수 있었던 그녀의 옷차림은 결코 형편이 좋은 집 아이의 옷차림이라곤 할 수 없었다. 기지촌과 가난, 그것은 자연스럽게 서로 어울리는 한 쌍의 말이라고 할 수도 있었다.

어쩌면 그 언저리에 무엇인가가 있을지도 모른다. 그러나 지금으로선 물론 당장 풀 수 있는 수수께끼는 아니다. 다만 그 사진에 나타나 있는 어린 그녀의 곤혹(困惑)과 같은 어떤 곤비함이 그녀의 어린 시절을 지배했으리라는 점만 어렵잖게 추측할 수 있을 뿐이다. 그 점에서 그 사진은 매우 상징적인 것이라고 할 수도 있다. 그리고 그것은 그의 예감이 어느 정도 적중했음을 말해 주기도 한다.

아마도 자청해서 그 사진을 보여 준 그녀의 속셈에는 그의 짐작이 그다지 빗나가지 않았음을 넌지시 추인해 주려는 의도가 포함되어 있었을는지도 모른다. 그동안 그녀는 자신의 성장환경에 관한 그의 추측에 대해서는 완강히 부인만 해 왔으니까.

사진 속의 어린 그녀가 취하고 있던 곤혹과 절망의 몸짓이 그대로 또렷이 다시 눈앞에 되살아나는 듯했다. 땟국이 꾀죄죄 흐르는 스웨터를 입고 물에 빠진 아이처럼 두 팔을 허공에 내젓고 있던 모습이…….

무거운 동통 비슷한 느낌이 가슴 한구석에 느껴졌다. 그리고 그 동통 비슷한 느낌은 동식이 그 아파트를 다 빠져나온 이후까지 쉽사리 가시지 않고 그의 가슴 한구석에 남아 있었다.

그러나 그는 한편으론 여전히 설레는 기분을 누르지 못했다. 어쨌든 그녀가 오늘 그에게 보여 준 태도는 그에겐 매우 고무적인 것이었으니까. 종전과는 많이 다른, 어느 편이냐 하면 거의 우호적인 태도라고 할 수 있었으니까. 그것도 거의 장난기라곤 찾아볼 수 없는 태도였으니까.

아침식사에 초대해 준 것은 말할 나위도 없거니와 사진을 그에게 보여 준 행위 자체도 다른 의도는 차치하고 우선 매우 우호적인 태도의 표현이라고 할 수밖에 없었다. 어쨌든 자신의 일부를 내보인 셈이니까. 더욱이 그녀는 그 사진을 아직 아무에게도 보여 준 적이 없다고 하지 않던가.

그의 그러한 기분은 저녁에 영우와 함께 태호네 집을 찾을 때까지

지속되었다.

기분이 밖으로도 내비쳤던지 영우는 다소 못마땅한 표정을 지었다.

"자식이 상갓집에 문상하러 가는 태도가 아니라 꼭 무슨 잔칫집에라도 가는 자식 같구나. 왜 그러니?"

"내가 어떻길래? 상갓집에 문상하러 가는 태도는 특별해야 하니?"

동식은 마음이 다소 찔렸지만 천연스레 대꾸했다. 영우는 관찰하는 시선으로 그를 물끄러미 쳐다보았다.

"네 표정이 어딘가 좀 뻔뻔해, 인마. 무슨 기분 좋은 일이라도 있는 거냐?"

"기분 좋은 일은, 인마. 그냥 평상대로지."

"상갓집에 가는 자식이 그냥 평상대로면 그게 뻔뻔한 거지 뭐야, 인마."

"자식, 별걸 가지고 다 시비네. 그럼 지금부터 울상이라도 지으란 말이냐?"

"어쨌든 너 지금 좀 뻔뻔해, 인마. 아침에 나하고 통화할 때하곤 확실히 달라."

"별 개수작 다 듣겠네."

"아냐, 너 좀 확실히 이상해, 인마."

영우는 그 이상 추궁하진 않았으나 못내 미심쩍어하는 표정은 버리지 않았다. 동식도 마음이 뜨끔했던 터였으므로 더 이상 토를 달진 않았다. 눈만 한번 흘겨 주었을 뿐이었다. 그리고 내심 기분을 좀 단속해야겠다고 생각했다.

태호네 집은 돈암동의 오래된 주택가에 있었는데 대문에 조등(弔燈) 하나 없이 조용했고 열린 대문을 통해 안으로 들어서자 마루에 앉은 몇몇 동창생들의 낯익은 얼굴이 눈에 띌 뿐이었다. 그들과 대충 수인 사를 나누는 도중에 태호의 형인 듯한 남자가 안방에서 나왔다. 태호 와 닮은 얼굴이었다. 그는 동식과 영우를 안방으로 안내했다.

그곳에 태호의 영구가 안치되어 있었고 태호의 어머니인 듯한 안 노인 한 분이 흰 그림자처럼 앉아 있었다. 동식들이 인사를 했을 때 에도 그 안노인은 여전히 그림자처럼 조용히 앉아 있을 뿐이었다.

"어머니, 태호 친구들이에요." 하고 태호의 형이 말했으나 태호 어 머니는 여전히 미동도 하지 않았다. 그렇다고 거부하는 태도도 아니 었고 다만 자신의 바깥에서 일어나는 모든 일에 대해 관심을 잃은 듯 한 태도였다. 감정의 소진(燒盡)이 극에 이르면 저렇게 되는 것인지 도 모르겠다고 동식은 생각했다.

"충격이 좀 심하셔서 그렇습니다. 이해하세요." 하고 태호의 형이 미안한 표정을 지으며 말했다.

동식들은 사양하는 표정을 짓고 곧 차례로 향을 피운 뒤 영궤(靈几) 를 향해 절을 했다.

절을 마치고 나자 태호의 형이 말했다.

"이렇게 찾아와 주셔서 고맙습니다. 사실은 병원 영안실에 뒀다가 바로 화장을 시키려고 했는데 어머니가 집으로 데려와야 한다고 하 도 고집을 부리시는 바람에 할 수 없이 이러고 있습니다. 뭐라고 부 끄러운 말씀을 드려야 할는지……."

동식이 말했다.

"형님께서도. 별말씀을 다 하십니다. 그런데 태호가 혹시 무슨 유서 같은 거라도 남겼나요?"

그러자 태호의 형은 잠시 망설이는 표정을 짓고 나서 대답했다.

"……네, 유서를 남겼지요. 부끄러운 일이어서 없애 버릴까 했지만 막상 그럴 수도 없고 해서 그냥 가지고 있습니다. 보시겠습니까?"

그리고 그는 덧붙였다.

"하긴 친구분들 가운덴 내용을 이미 알고 있는 분도 있으니까 보여 드려도 상관없겠죠. 우린 감쪽같이 모르고 있었는데 친구한텐 속을 털어놓은 적이 있었는지 내용을 다 알고 있는 친구분이 있더군요."

말을 마치고 그는 천천히 일어서서 아랫목 쪽의 다락으로 향하더니 그곳에서 흰 편지봉투 하나를 꺼내 가지고 돌아왔다. 그리고 그 봉투에서 내용물을 꺼내어 동식에게 건네주었다. 동식은 공손한 태도로 그것을 넘겨받았다. 흰 타자지 두어 장이 세로로 접혀 있었다.

접힌 부분을 펴자 또박또박 정성 들여 쓴 만년필 글씨가 나타났다.

어머니 보세요.

놀라지 마시고 천천히 읽으세요, 어머니. 제가 지금 제일 걱정하는 것은 어머니가 놀라실 일입니다. 그리고 제일 가슴 아픈 것도 어머니한테 나쁜 짓을 하고 있다는 생각 때문입니다. 자식이 해서는 안 될 제일 나쁜 짓은 부모보다 앞서 죽는 일이라고들 합니다. 그걸 잘 알고 있으면서도 전 지금 그 나쁜 짓을 하려고 합니다. 용서해 주세요, 어머니. 저로서는 다른 방법을 찾을 수가 없었습니다. 놀라지 마시고 잘 들으세요, 어머니. 전 윤희를 사랑했어요. 외삼촌네 윤희 말입니다. 10년도 더 됐어요, 어머니. 어리석은 자식을 두었다고 스스로를 나무라지 마세요. 어머니 잘못이 아니니까요. 잘못은 아무에게도 없습니다. 전 외사촌 누이를 사랑하는 게 잘못은 아니라고 생각합니다. 하지만 윤희는 잘못이라고 생각할 게 틀림없습니다. 그리고 두려워할 게 틀림없습니다. 윤희는 아주 예쁘고 착하지만 세상 사람들과 조금이라도 다른 생각을 가지려는 여자애는 아니니까요. 세상 사람들이 잘못이라고 생각할 일은 똑같이 잘못이라고 생각할 여자애니까요. 전 윤희의 그런 점을 조금도 경멸하지 않습니다. 경멸하기는커녕 바로 그대로의 윤희를 사랑했습니다. 하지만 제가 사랑한다는 사실을 알면 윤희는 두려워할 게 틀림없기 때문에 저는 말을 할 수가 없었습니다. 말은커녕 눈치도 보여서는 안 되었습니다. 10년도 더 그랬습니다. 윤희가 두려움에 떠는 걸 전 볼 수가 없었습니다. 여태까지 용케 견디어 왔다고 스스로도 대견한 생각이 듭니다. 하지만 이제 더 이상 이 고통을 견디어 낼 수가 없습니다. 전 아주 약해 빠진 자식인가 봅니다. 어머니, 그렇다고 이제 와서 윤희를 두려움에 떨게 만들 수도 없습니다. 전 그 애가 두려움에 떠는 모습은 볼 수가 없으니까요. 그 착하고 예쁜 애가 두려움에 떠는 모습을 제가 어떻게 보겠어요. 어머니. 이 고통을 조금만 더 견디어 낼 힘이 제게 있어도 지금 이런 편지를 어머니한테 쓰고 있진 않았을 겁니다. 하지만 이제 제게는 더 이상 견디어 낼 힘이 없습니다. 어머니한테는 이 이상 나쁜 짓이 없는 줄 너무나 잘 알지만 제가 이 고통을 벗어나는 길은 이제 죽음밖에 없습니다. 조금이라도 더 견디어 보려고 애를 썼지만 이제는 정말 더 견디어 낼 힘이 없습니다. 용서해 주세요, 어머니. 그리고 형한테도 미안하다는 말 좀 전해 주세요. 윤희한테는 제 얘기 비밀로 해 주시구요.

못난 아들 올림

동식이 읽기를 마치고 영우 쪽을 힐끗 돌아보니 그도 옆에서 함께 읽고 있었던 듯 시무룩한 표정으로 말이 없었다. 태호의 형이 부끄럽다는 표정을 지으며 말했다.

"이거 정말 남부끄러운 일입니다만 아무튼 이렇게 찾아 주셔서 고맙습니다. 건넌방에도 친구 몇 분이 와 계신데 그리 건너가시죠."

태호의 어머니는 여전히 그림자처럼 조용히 앉은 자세 그대로였다. 동식과 영우는 태호 형의 말을 좇아 건넌방으로 건너갔다. 그곳에서 몇몇 낯익은 동창생들의 모습이 보였다. 노름판을 벌이고 있던 그들은 동식들이 들어서자 반색을 하며 맞아 주었다.

"야, 너 영우, 오랜만이다." "동식이 너 오랜만이구나."라는 따위의 말들과 함께.

영우가 볼멘소리를 냈다.

"야, 자식들아. 상갓집이면 다 똑같은 상갓집인 줄 아니. 노름판을 벌이고 앉아 있을 데가 따로 있지. 염치들 한번 좋구나."

그러자 노름판에 끼어 있던 한 친구가 받았다.

"야, 인마, 그럼 뭘 하면서 시간을 보내니. 그냥 우두커니 앉아 있을 수도 없고. 어차피 밤을 새워야 할 텐데."

"핑계는 좋다. 인마, 얘기하면 될 거 아냐, 얘기."

"궁금한 게 있으면 물어봐. 아는 대로 대답해 줄 테니까."

"……자식들 눈들이 벌게 가지고 꼭."

영우는 그렇게 투덜거리고 말았다. 더 이상 제 기분을 강요할 수는 없다고 생각한 모양이었다.

그리고 그날 밤 영우와 동식은 그곳에서 밤을 새웠다. 태호의 형수가 술과 음식 따위를 이따금 날라다 주었고 태호의 형도 이따금 들어와서 필요한 게 있으면 얘기를 해 달라고 말하곤 했다.

먼저 와 있던 동창생들로부터 몇 가지 새로운 사실도 들어서 알게 되었다. 우선 태호가 택한 자살의 방법이었는데 그것이 좀 특이했다. 스스로 뇌를 파손했다는 것이었다. 집에서 쓰는 망치를 사용했다는 것인데 급히 병원으로 옮겼을 때는 이미 숨져 있었고 의사의 얘기로는 스스로 그렇듯 결정적으로 뇌를 파손할 수 있었다는 것은 놀라운 일이라고 하더라는 것이었다.

그리고 최근까지 태호를 만났던 한 친구의 말에 의하면 태호는 최근에 와서 부쩍 초조한 태도를 보일 때가 많았을 뿐만 아니라 제 외사촌 누이와의 관계를 넌지시 비치기도 했었다는 것이었다. 태호의 외사촌 누이를 직접 보았다는 친구도 있었다. 특별한 미인도 아니고 그저 평범한 여자애라는 것이었다. 시중 어느 은행의 은행원이라고 했다.

낮에 그녀가 잠깐 다녀가는 걸 보았다는 친구도 있었다. 그 친구는 앞의 친구 말이 끝나자, 아 낮에 왔던 그 은행원 차림의 아가씨가 바로 태호 외사촌이었구나 하고 뒤늦게 깨달은 표정을 지으면서 자기가 보기에도 그저 평범한 여자애로밖엔 보이지 않더라고 했다. 그리고 태호가 왜 자살했는지는 전연 모르고 있는 눈치더라고 했다.

이튿날 아침에 태호의 장례식은 간단히 치러졌다. 그리고 태호의 영구는 화장터로 옮겨져 불태워졌다. 친구들이 재를 나누어 강에 뿌렸다.

영우도 동식도 한 줌씩 재를 쥐어 강에 뿌렸는데 재를 쥐던 순간의 감촉을 동식은 잊을 수가 없다. 그것은 차라리 한 줌의 재라기보다 한 줌의 온기로 느껴졌었던 것이다. 가엾은 한 줌의 온기…… 태호는 그 한 줌의 온기를 이 가짜들투성이의 세상에 남겨 놓고 가 버린 것이다.

친구들과 헤어져 시내로 돌아오는 차 안에서 영우가 물었다.

"기분이 어떠냐?"

"글쎄……."

동식은 애매한 표정을 지어 보였다.

"약간 가책받는 기분 들지 않던?"

"글쎄……."

"자식이, 그러면 그렇고 아니면 아니지 무턱대고 글쎄는……."

"잘 모르겠어서 그런다."

"잘 모르겠다는 건 뭘 모르겠다는 거냐?"

"지금 내 기분이 어떤 건지 잘 모르겠다는 소리야."

"알겠다. 착잡하다, 이거지?"

"글쎄……."

"자식이, 또 글쎄야?"

"미안하다."

"그래, 네 기분 알 것 같다. 어디 가서 낮술이나 좀 할래?"

"너 수영장에 안 가 봐도 되겠니?"

"하루쯤 빠져도 괜찮아."

"그래, 그럼 그게 좋겠다. 어디 가서 정말 한잔했으면 좋겠다."

"그렇지? 어디로 갈까?"

"아무 데나 번거롭지만 않은 데면 괜찮겠지.

"그래, 그럼 중국집이 무난하겠다. 중국집에 가서 고량주나 좀 하자."

동식은 찬성했고 시내로 나온 그들은 중국음식점 한 군데를 찾아들어갔다. 그리고 둘이서 그럭저럭 고량주 네 병을 비웠다. 그러나둘 다 별로 취하지 않았다. 고량주 네 병으로도 그들이 기대한 마취효과는 별로 나타나 주지 않았던 것이다.

영우가 말했다.

"야, 이거 영 맨숭맨숭한데. 어디로 좀 옮겨 볼까?"

"그래, 어디 가서 한 잔 더 하자."

그들이 그 중국음식점을 나섰을 때는 이미 어둑어둑해지고 있었다.

그들은 다시 소주 파는 집 한 군데와 위스키 시음장 한 군데를 더 들렀다. 그러는 동안 그들은 소주 두 병과 위스키 몇 잔을 더 마셨고 그제야 그들은 도리 없이 알코올의 지배를 받기 시작했다. 시간도 이제 꽤 늦어 있었다.

위스키 시음장을 나섰을 때 영우가 다소 혀 꼬부라진 소리로 말했다.

"야 동식아, 이제 그만 들어갈래, 한잔 더 할래?"

"한잔 더 해, 인마."

동식도 발음이 다소 자유롭지 못하다고 느끼면서 대꾸했다.

"좋아, 그럼 딱 한 잔만 더 하자. 그 대신 너 인마, 나 가는 대로 잔말 말고 따라와야 해."

"알았어, 인마."

영우가 동식을 이끌고 간 곳은 무교동의 어느 뒷골목에 있는 한 살롱이었다. 나비넥타이를 맨 청년 하나가 그들을 도어로 여닫게 되어 있는 한 방으로 안내했다. 영우가 청년의 귓가에 대고 뭐라고 속삭였다. 그러자 청년은 공손히 알았다고 대답한 뒤 물러갔다.

그들이 소파에 앉아 담배를 한 대씩 피워 물고 조금 지났을 때 도어 노크소리가 들렸다.

그리고 곧 도어가 열리면서 두 명의 아가씨가 들어왔다. 꽤 낯이 익은 얼굴들이다 싶은 순간 그녀들이 미스 김과 미스 오라는 사실을 깨달았다.

"야, 인마, 어디로 온 거야?" 하고 동식은 취중에도 영우를 힐책했다.

"어디는 어디야, 인마, 술집이지." 하고 영우는 가볍게 일축하듯 대꾸하고 그녀들을 향해 말했다.

"어서들 와. 자, 이리들 와서 앉지. 오늘 우릴 좀 위로해 줘야겠어. 우리가 오늘 술 취할 사정이 좀 생겼거든."

그러자 미스 김이 호들갑스런 표정으로 그의 옆에 다가와 앉으며 말했다.

"어마, 어디서들 이렇게 잔뜩 취해서 오셨지? 실연들이라도 하셨나?"

"야, 이거 왜 이래. 너희들이 이렇게 있는데 우리가 어디서 실연을 해. 그런데 미스 오, 왜 그리고 서 있지? 너무 감격해서 그래?"

미스 오는 입구께에 선 채 비웃는 표정으로 대꾸했다.

"감격이요? 누가요, 내가요?"

"미스 오지 그럼 누구야. 꿈에도 그리던 낭군을 모셔 왔는데."

"어마? 말도 안 돼."

"잔말 말고 이리 와서 앉아. 이 친구 좀 오늘 맡아 줘야겠어. 이 친구가 사실은 그동안 미스 오를 얼마나 보고 싶어 했는지 알아?"

"고맙다, 영우야."

동식은 취중에도 웃음이 나왔다. 영우는 재빨리 그 말을 받았다.

"보라구, 고맙다잖아. 자, 이리 와 앉아."

그러자 미스 오는 못 이기는 체 동식의 옆자리로 와서 앉았다. 그리고 동식에게 물었다.

"정말이에요? 나 보고 싶었다는 거? 거짓말이죠?"

동식은 웃었다.

"그건 저 친구한테 물어봐야지. 내가 한 말이 아니잖아."

"어마?"

"저 친구 말이 아마 맞을 거야. 저 친군 거짓말하는 친구가 아니니까."

동식은 하는 수 없다고 생각하고 마음을 다소 너그럽게 가지기로 작정했다. 될 대로 되라는 기분도 작용했다.

곧 양주 한 병과 마른안주, 잔들과 얼음통 따위가 날라져 왔다. 그녀들은 익숙한 동작으로 유리컵에 얼음덩이들을 옮겨 넣고 병마개를 따서 술잔에 술을 따랐다. 그리고 그들에게 권했다.

그들은 한 잔씩 비운 다음 그녀들에게 권했다. 그리고 두어 순배 그렇게 술잔이 오고 갔을 때 영우가 미스 김의 뺨에 입을 맞추며 말했다.

"이봐, 나 오늘 사랑 좀 해 줄 테야? 왜냐하면 말야, 내가 오늘 좀 야코가 죽었거든."

"어마, 왜 야코가 죽었는데?"

"내 친구 중에 나쁜 자식이 하나 있어. 그 자식이 날 야코죽였어."

"어마, 정말 나쁜 사람인가 보다."

"정말 나쁜 자식이야. 어떡할래? 나 오늘 사랑 좀 해 줄래?"

"불쌍해라. 염려 마요, 내가 사랑해 줄게."

그러며 미스 김은 영우의 얼굴을 두 손으로 감싸 쥐고 입을 맞추어 주었다. 동식은 미스 오에게 나직이 말했다.

"전번 날은 정말 미안했어. 그리고 오늘도 사실은 미안해. 나 좀 먼저 가 봐야겠는데 용서해 주겠어?"

그리고 그는 괴로운 표정으로 덧붙였다.

"실은 나 지금 속이 좀 안 좋아서 그래."

웬만하면 너그럽게 눌러앉아 있으려고 했으나, 그리고 영우의 의도를 모르는 것도 아니었으나 왠지 더 이상 기분을 눅치고 앉아 있을 수가 없었기 때문이다. 미스 오는 잠시 새침한 표정을 지었으나 뜻밖에도 곧 관대한 표정이 되며 말했다.

"화장실 가시려구요? 그럼 이리 오세요."

그리고 그녀는 소파에서 먼저 몸을 일으켰다. 동식은 그녀를 뒤따라 일어섰다.

"야, 인마, 어디 가?" 하고 영우가 험상궂은 표정으로 물었다.

"화장실 가신대요." 하고 미스 오가 대신 대답했다. 그리고 그녀는 동식을 향해 말했다.

"자, 이리 오세요."

동식은 그녀를 뒤따라 도어 밖으로 나왔다.

"고마워, 미스 오."

"천만에요, 어서 가 보세요."

"내 나중에 한번 들를게."

"그런 소린 안 해도 되구요."

"아냐, 정말야."

"알았어요, 어서 가 보세요."

"잘 있어, 그럼."

"네, 안녕히 가세요."

동식은 다시 한번 고맙다는 뜻의 눈인사를 그녀에게 보낸 뒤 그 술집을 나섰다. 그리고 큰길로 나와 택시를 탔다.

그가 아파트로 돌아온 것은 11시 반이 넘어서였다. 스스로도 몹시 취해 있음을 알 수 있었다. 주방으로 가서 냉수 한 컵을 받아 마신 다음 그는 거실 소파 위에 잠시 기대앉았다.

그대로 눕고 싶었으나 뭔가 해야 할 일이 있는 것 같았다. 그런데 그 일이 얼른 생각나지 않았다.

몸은 자꾸 눕고만 싶어 하고 있었다. 그러다가 그는 전화기에 시선이 미쳤다.

그것이었다. 그는 전화기 앞으로 다가갔다. 그리고 송수화기를 집어 든 뒤 천천히 다이얼을 돌리기 시작했다. 신호가 가는 소리에 이어 잠시 후 귓속이 열리며 상대방의 목소리가 들렸다.

"여보세요?"

"아, 수옥 씨. 납니다."

"어마, 동식 씨군요. 그런데 목소리가 좀 이상한 것 같네요."

"네, 오늘 좀 취했습니다. 그래서 술주정을 좀 하려고 전화 걸었습니다."

"어마, 그러세요? 잘됐네요. 나도 마침 술주정이 하고 싶었는데."

"오, 수옥 씨도 취했습니까?"

"네, 나도 오늘 좀 취했어요."

"하아, 그럼 이거 얘기가 틀리는데."

"뭐가 틀리죠?"

"술주정 받아 줄 사람은 취하지 않아야 하는 건데."

"그건 너무 이기적이네요. 술 취한 사람끼리 술주정을 주고받는 게 오히려 흥이 없죠."

"하하, 그런가요. 수옥 씬 그럼 어디서 취했습니까?"

"술집에서 취했죠. 동식 씨는요?"

"하하, 나도 술집에서 취했죠. 누구랑 취했습니까?"

"응…… 그건 비밀이에요."

그녀는 말꼬리에 웃음을 달았다.

동식은 웃지 않았다. 그리고 짐짓 엄숙한 목소리를 꾸미면서 말했다.

"이봐요, 수옥 씨. 난 지금 수옥 씨 애인 자격으로 엄숙하게 묻고 있는 겁니다. 그런데 비밀이라뇨?"

"그러니까 비밀이죠. 누구랑 취했는지 알면 화내시게요."

"그러니까 남자랑 함께 마셨단 말입니까?"

"어마? 그건 비밀이랬잖아요."

"내가 화낼 상대라면 남자라는 얘기 아닙니까?"

"그건 비밀이라는 걸 강조하기 위해서 그런 거죠, 뭐."

"아니, 분명 남자예요. 누구죠?"

"어머? 어머?"

"말해 봐요, 솔직히. 나 아닌 어떤 남자하고 같이 술을 마셨는지."

"말 못 하겠어요."

"왜요? 왜 말 못 해요?"

"비밀이니까요."

"끝내 그러깁니까?"

"그러는 동식 씬 누구랑 마셨죠?"

"나요? 가만있자, 내가 누구랑 마셨더라. 옳지, 나 예쁜 아가씨랑 마셨어요. 쌍꺼풀이 아주 예쁜 아가씨랑."

"어마, 그래서 그걸 자랑하려고 전화 거신 거군요?"

"하하, 왜, 자랑 좀 하면 안 됩니까?"

"좋아요, 난 아주 멋진 남자랑 함께 마셨어요. 영국에서 박사 학위 받아 온 아주 멋진 신사랑요."

"옳지, 이제야 실토를 하시는군. 영국 박사라……. 무슨 박사죠?"

"정치학 박사요."

"아이쿠, 야코죽는구나. 그것도 정치학 박사라……."

"왜, 정치학 박사한테 특별히 무슨 열등감이라도 느끼시나 보죠?"

"느끼다마다요. 정치란 현대사회의 모든 부분을 구석구석 주름잡는 제왕과도 같은 건데 바로 그 정치를 연구해서 손바닥 보듯 환하게 아는 사람이 정치학 박사 아닙니까. 골백번 열등감을 느끼고도 남죠."

"어머? 유난히 엄살이시네."

"하하, 엄살이 아닙니다. 사실이에요. 그런데 그 영국 정치학 박사가 수옥 씨한테 술을 사더라, 이거죠?"

"아뇨, 함께 마셨다고 했지 그 사람이 술을 샀다곤 하지 않았어요."

"그건 무슨 얘깁니까? 그럼 수옥 씨가 술을 샀단 말입니까?"

"아뇨."

"아니라니, 그럼 술은 공중에서 떨어졌단 말인가요?"

"술이 뭐 안데스산맥에서 떨어진 미국 비행긴가요, 공중에서 떨어지게."

"하하, 그럼 도대체 무슨 얘깁니까? 술을 분명 함께 마셨다곤 하면서 술을 산 사람은 없다는 얘기니."

"산 사람이 왜 없겠어요. 제3의 인물이 있을 수도 있죠. 왜 사고 범위가 그렇게 좁으세요?"

"하하, 이거야. 그럼 제3의 인물이 또 있었단 말이죠?"

"제3, 제4, 제5의 인물도 있었어요."

"뭐라구요? 그럼 숫제 무슨 파티 같은 거였군요?"

동식은 어이가 없다는 목소리를 냈다.

그녀는 천연스레 대꾸했다.

"파티 같은 게 아니라 바로 파티였어요. 그 영국 정치학 박사는 내 파트너였구요."

"오, 이거 갑자기 현기증이 나는데요."

"어마, 질투심이 아니라 현기증인가요?"

"뭐가 뭔지 모르게 됐습니다. 질투심에서 출발한 건 분명한데 뭔지 수옥 씨가 내 손이 미치지 않는 아득한 곳으로 떨어져 가는 듯한 현기증에다가 의심암귀(疑心暗鬼)까지 겹쳐 가지고……."

"네? 의심암귀라뇨?"

"수옥 씨는 한 사람의 여왕이고 뭇 기사들이 다투어 사랑을 차지하려고 수옥 씨한테 몰려드는 듯한 어지러운 환상이……."

"상상력이 지극히 동화적인 수준이군요. 미안하지만 난 여왕이 아니었어요. 시녀라고 하면 맞겠죠. 그리고 시녀는 나 하나만이 아니었어요. 기산지 신산지 하는 사람들에게 시녀 한 명씩이 배당되었다고 하는 편이 정확할 거예요. 내가 받들어 모셔야 하는 기사가 바로 그 영국 정치학 박사였구요. 이제 현기증이 조금 가라앉았나요?"

동식은 술이 번쩍 깨는 듯한 느낌을 받았다.

"아, 수옥 씨……."

"왜 그러세요? 여왕인 줄 알았다가 급전직하 일개 시녀라는 사실을 알고 실망하셨나요?"

"……."

"정말 실망하셨나 봐, 대답이 없으신 걸 보니."

동식은 억지로 웃음을 지어내었다.

"하하, 실망이 역시 큰데요."

"어머? 왜 억지웃음을 웃죠? 그건 실망의 크기를 말해 주는 건가요?"

"매정하시군요. 그렇게 여지없이 무안을 주시다니."

"무안하세요? 그렇다면 역시 실망의 크기가 어느 정돈지 짐작할 만하군요."

"잠깐, 수옥 씨. 우리 얘기를 좀 정리해 봅시다. 나 지금 뭐가 뭔지, 얘기가 어떻게 돌아가는 건지 잘 모르겠군요."

"이거 왜 이러세요. 그만하면 충분히 알아들으셨을 텐데. 갑자기 안 들은 걸로 해 두고 싶으세요? 아니면 더 구체적인 얘기가 듣고 싶은 건가요?"

"……."

"설마 내가 정말 대학원생이라곤 믿지 않으셨겠죠?"

"……."

"이것 보세요. 술주정을 하다가 갑자기 그렇게 엄숙한 침묵을 지키는 건 또 뭐죠? 침묵의 술주정인가요?"

"……."

"어머? 정말 우습다. 이제 보니 아주 시시한 사람인가 봐."

"수옥 씨, 우리 나중에 얘기하죠."

"드디어 침묵을 깨뜨리셨나. 나중에 언제요? 술주정 두었다 하는 사람도 있나요?"

"……."

"어머? 또 침묵."

"편히 주무세요, 수옥 씨."

동식은 전화를 끊었다. 왠지 숨이 막혀 오는 것 같았기 때문이다. 두렵던 예감이 그렇게 빠른 속도로 현실화하리라곤 그는 미처 상상하지 못하고 있었던 것이다. 그것은 너무도 가볍게, 그리고 예기치 못한 방향에서 일직선으로 그에게 날아들었다. 그는 거의 육체적 고통마저 느꼈다.

그녀로부터 다시 전화가 걸려 온 것은 불과 1분도 채 못 돼서였다.

처음엔 그는 전화벨 소리를 무시하려고 했다. 그러나 전화벨은 집요하게 계속 울려 댔다. 그는 마지못해 다시 송수화기를 집어 들었다.

"어마, 그렇게 혼자만 인사 차리는 법이 어디 있죠. 나한텐 인사할 기회도 안 주고."

그녀는 뜻밖에도 가볍게 나무라는 말투였다. 동식은 사과했다.

"……미안합니다."

"어마, 그렇다고 그렇게 풀 죽으실 필욘 없어요. 전화라는 건 끊어지면 금방 다시 연결할 수 있는 거니까요. 물론 한쪽이 받아 주지 않으면 그만이지만 동식 씬 받아 주셨구요."

"……."

"어마, 또 침묵이세요? 도대체 뭣 때문에 그러시죠? 내가 여왕이 못 되고 시녀라는 사실이 그렇게도 속상하세요? 동화 같은 환상이 깨져서요?

"……."

"말을 바꿀까요? 내가 대학원생이 아니라 사실은……."

"수옥 씨, 우리 다음에 얘기하죠."

"어머? 이상하시다. 내 내장을 그렇게 보고 싶어 하실 땐 또 언제고. 설마 무슨 희극 같은 생각을 하고 계신 건 아니겠죠?"

"희극 같은 생각이라는 건……?"

"동식 씨의 직업과 내 직업을 연결해서 마치 무슨 운명의 장난 아니면 장난의 운명이라는 식의 멜로드라마 같은 생각 말예요. 희극을 멜로드라마로 착각하는 그런 분은 설마 아니겠죠?"

"희극이라고 생각하십니까?"

"어머? 이게 그럼 희극이 아니고 뭐예요. 난 우리가 노력만 하면 아주 멋진 희극을 완성할 수 있다고 잔뜩 꿈에 부풀어 있는데. 동식 씬 그럼 이걸 희극이라고 생각하지 않으세요?"

"난 희극이라곤 생각되지 않는군요."

"어마, 설마 싶었더니 역시 그랬군요. 희극을 멜로드라마처럼 생각하는 정말 희극 같은 생각을 하고 계셨군요. 그래서 그렇게 엄숙한 침묵을 지키곤 하셨군요."

"희극이란 말을 두 가지 뜻으로 쓰고 계신 것 같은데 그중 한 가지 뜻은 명칭이야 어쨌건 내가 두려워하는 것과 결국 같은 뜻을 갖는 거겠죠."

"어머? 희극을 누가 두려워해요? 즐거워하죠. 두려워한다면 그건 비극일 텐데 비극의 조건은 우리한테 없잖아요. 희극을 가지고 비극인 것처럼 엄살을 부리면 멜로드라마가 되는 거구요. 아니, 그건 차라리 난센스 코미디라고나 해야겠죠."

"글쎄요, 하지만 이건 어쨌든 누구에게 구경시킬 연극 얘기가 아니라 우리가 직접 당면한 일이죠."

"자기가 하는 일은 자기가 구경하지 않나요. 자기가 하는 일을 즐겁게 구경할 수 있으면 희극이죠. 난 우리가 우리 스스로를 즐겁게 구경할 수 있다고 생각하는데요. 자기한테 엄살을 부리는 것처럼 우스꽝스런 짓은 없고, 그렇다고 우리가 정말 두려워해야 할 일도 없잖아요. 자, 우리 재미나게 됐다고 생각하기로 해요. 네?"

"글쎄요…… 그렇게만 생각할 수 있다면 좋겠지만……."

"그렇지만 그렇게 생각할 순 없다는 뜻인가요?"

"글쎄, 쉽지 않군요."

"용기를 내세요. 자, 내가 키스해 드릴게요."

그리고 수화기 속에서 그녀의 입술 접착음이 들렸다.

동식은 순간 까닭 모를 슬픔 비슷한 감정을 느꼈다.

"……."

"어머? 왜 답례가 없죠? 내가 키스해 드렸으니까 동식 씨도 답례가 있어야 할 거 아녜요."

"수옥 씨……."

"가만, 우리 이렇게 해요. 아주 재미있는 생각이 떠올랐어요. 방금은 내가 너무 일방적이었으니까 우리 시간을 맞춰서 동시에 하기로 해요. 가능하면 동식 씬 날 안고 있는 걸로 생각하세요. 난 동식 씨한테 안겨 있는 걸로 생각할 테니까요. 자, 하나아, 두울, 셋……."

수화기 속에서 다시 그녀의 입술 접착음이 들렸다. 그러나 동식은 그녀의 지시대로 할 수는 없었다.

"어머? 또 나만 허탕 치게 하기예요? 정말 너무하시다. 희극적 감각이라곤 조금도 없으신가 봐."

"수옥 씨……."

"자, 우리 다시 한번 해 봐요. 이번엔 호흡 좀 맞춰 보세요. 어색해하지 마시구요. 자, 하나아, 두울, 셋……."

다시 그녀의 입술 소리가 들렸다. 동식은 가슴에 동통을 느꼈다.

"어머? 정말 너무하시다. 너무하시고 무정하시다. 여자의 자존심 같은 건 조금도 생각해 주지 않으신다."

"수옥 씨, 제발……."

"아녜요. 다시 한번 해 봐요. 이대로 물러설 순 없어요. 가다가 중지 곧 하면 아니 감만 못하니라……. 자, 동식 씬 날 안으셨어요. 난 동식 씨한테 안겼구요. 자아, 하나, 두울, 셋……."

그러나 이번엔 그녀의 입술 소리는 들리지 않았다. 지극히 짧은 순간이지만 그녀는 호흡을 멈추고 기다리는 듯했다. 그리고 그 짧은 순간이 지나자 그녀는 말했다.

"……정말 고집이 대단하시군요. 이번엔 내가 기다렸기에 망정이지 또 먼저 했더라면 입술만 부끄러울 뻔했지 뭐예요. 하지만 고집은 나도 있어요. 이대로는 절대로 물러서지 않을 거예요. 평소의 유머 감각은 다 어디다 두셨죠? 난 동식 씬 아주 탁월한 희극적 감각을 가진 분인 줄 알았는데. 자, 가벼운 기분으로 다시 한번 해 봐요. 동식 씬 날 안으셨다, 난 안겼다, 서로 입술을 가까이 가져간다, 하나, 두울……."

"수옥 씨!"

"어마, 연출가 속깨나 썩이는 배우다, 정말. 가까이 있다면 꿀밤이라도 한 방 먹이고 싶네."

"꿀밤은 내가 나중에 맞죠. 하지만 오늘은 제발 그만하시죠."

"안 되겠어요, 그렇겐. 나도 고집이 있어요. 자존심도 있구요. 왜 그러시죠? 가벼운 기분으로 할 수 있었던 유희를 왜 이렇게 무겁게 만들죠? 술주정이라고 생각하면 되잖아요. 우린 지금 서로 술주정을 하고 있던 참 아니었나요? 자, 하지만 기분은 바꿀 수 있다는 데 좋은 점이 있죠. 자, 다시 한번요. 우리의 기분은 지금 가볍다, 날아갈 듯 가볍다, 가볍고 즐겁다, 동식 씬 내가 사랑스럽다, 난 안기고 싶어 한다, 동식 씨가 마침내 날 안는다, 난 조용히 안긴다, 사랑스러워하는 눈과 사랑받는 눈이 서로 마주 본다, 마침내 서로 입술을 가까이 가져간다, 서로 술 냄새는 약간씩 나지만 상관 않는다, 하나아, 두울, 셋……."

동식은 도리가 없다고 생각했다. 끝내 응하지 않으면 그녀는 밤새도록이라도 같은 짓을 되풀이할 태세였기 때문이다. 그는 마지못해 송화기에 입술을 대 어설픈 소리를 냈다. 거의 동시에 그녀의 입술 소리도 들려왔다. 그리고 곧 그녀의 명랑한 목소리가 뒤따랐다.

"어머, 그렇게 잘하면서 왜 그러셨어요. 막상 해 보니까 재미있죠? 그렇죠?"

"글쎄요……."

"어머? 그럼 재미없었단 말예요? 다시 한번 해요, 그럼."

"아, 아니, 재미있었습니다."

"정말이요?"

"아, 네, 정말이죠, 그럼."

그러자 그녀는 잠시 사이를 두었다가 말했다.

"……미안해요. 괜히 쓸데없는 고집을 부려서."

"쓸데없는 고집을 부린 건 나죠."

"아녜요, 내가 쓸데없이 고집을 부렸어요, 주책맞죠, 나?"

"아니죠, 내가 우둔했죠."

"어머, 착해라. 상 주고 싶네."

"무슨 상을 주시겠어요?"

"글쎄, 무슨 상이 좋을까. 응…… 그래요, 지금부터 나한테 반말하세요."

"네? 수옥 씨한테 반말을 하라구요?"

"그래요. 왜, 싫으세요?"

"그야 갑자기 어떻게……."

"어때요, 애인한텐데. 동식 씨 참 몇 년생이죠?"

"51년생입니다. 육이오 다음 해에 난 모양이에요."

"난 57년생이니까 그럼 나이로도 충분히 반말할 수 있는 사이지 뭐예요. 안 그래요?"

"그렇다고 갑자기 어떻게……."

"어머? 날 그럼 언제까지고 처음 만난 숙녀 대하듯 할 거예요?"

"그야 차차……."

"아녜요, 지금부터 당장 해야 돼요. 상이니까. 자, 나 한번 불러 봐요."

"수옥 씨……."

"다시."

"수옥 씨……."

"어머? 다시."

"수옥 씨……."

"그러기예요, 정말?"

"하하, 어떻게 부르죠, 그럼?"

"어떻게 부르죠가 뭐예요, 부르죠가. 부르지지. 딱 부러지게 수옥아 하고 못 불러요?"

"하하, 그야 어떻게……."

"동식아……."

"뭐요?"

"……라고 하기 전에 어서 해 봐요."

"수옥이……."

"어머, 징그러."

"하하, 그 이상은 역시 잘 안되겠는데요."

"그만둬요, 그만둬. 주는 상도 못 받아먹는 사람 처음 보겠네."

"차차 받아먹기로 하죠."

"몰라요. 아이, 재미없어. 그 대신 작별 키스나 해 줘요. 잠이나 자게."

"아, 그러죠."

동식은 조금 전에 했던 대로 다시 송화기에 대고 입술 소리를 냈다. 그녀도 역시 마주 입술 소리를 보내왔다. 그리고 서로 잘 자는 인사를 주고받은 다음 동식은 전화를 끊었다.

그날 밤 동식은 쉽사리 잠들지 못했다. 태호의 죽음과 그녀에 관한 온갖 생각들이 뒤엉켜 그를 쉽사리 잠들지 못하게 했던 것이다.

그로부터 며칠이 지난 뒤 동식은 그녀에게서 뜻밖의 제안을 받았다. 함께 여행을 가자는 제안이었다.

토요일 아침이었는데 그녀로부터 전화가 걸려 왔다. 그리고 다짜

고짜 고속버스 터미널로 나오라는 것이었다. 그는 물었다.

"갑자기 거기는요? 무슨 일이 있나요?"

"바다가 보고 싶어서요."

"바다요?"

"네, 동행 안 해 주실래요?"

"아, 좋죠."

"그럼 지체 말고 나오세요. 사실은 나 혼자 가려고 했었는데 막상 터미널에 나와서 생각해 보니까 심심할 것 같아서 전화한 거예요."

"아, 이거 아무튼 고마운데요."

"그 대신 1박 2일은 잡으셔야 해요. 괜찮으세요?"

"아, 당일로 다녀오는 게 아니구요?"

"그러니까 보호자가 필요하죠. 보호해 주기 싫으심 그만두시구요."

"하하, 알았어요. 나가죠."

"표 사 놓고 기다릴 테니까 빨리 나오셔야 해요."

"아, 그러죠."

동식이 부랴부랴 간단한 여행 차림으로 터미널에 도착했을 때 그녀는 강릉행 고속버스표 두 장을 사 놓고 기다리고 있었다. 그녀 역시 간편한 여행 차림이었다. 얼굴은 생기있고 아름다워 보였다.

그들이 탈 차례의 버스를 기다리는 동안 동식은 물었다.

"그런데 갑자기 바다는 왜 보고 싶어졌죠?"

"그냥이요, 바닷가에 가서 심호흡을 좀 하고 싶다는 생각도 들었구요."

"아, 그건 상당히 호연한 생각이군요. 게다가 좋은 산소로 폐를 한 번 씻어 낸다는 실용적인 뜻도 있고."

"네, 그래요. 기분도 좀 씻구요."

"하하, 그렇다면 혼자서 가려고 했다는 건 좀 심했는데요."

"그래서 전화했잖아요."

"그건 얘기가 다르죠. 처음엔 내 생각 같은 건 하지도 않았다가 보호자가 필요하다는 생각이 나서 부른 거니까."

"하지만 결국은 보호자도 좋은 산소는 마시게 되겠죠, 뭐."

"하하, 그런가요."

"억울하심 지금이라도 돌아가시면 돼요."

"아, 아녜요, 아녜요, 천만에.

잠시 후 그들은 강릉행 고속버스에 몸을 실었고 동식은 실로 오랜만에 여행자의 기분을 맛보기 시작했다. 게다가 그녀가 동행이었다. 창가에 앉은 그녀의 모습은 오늘따라 유난히 생기있고 아름다워 보였다.

서울을 벗어나서 고속버스가 영동 고속도로로 접어들자 차창에 전개되는 풍경은 완연히 달라졌다. 적어도 그것은 도시의 저 균열된 모습은 아니었다. 변화가 있었지만 그것은 하나로 이어진 부드러운 호흡과 같았다. 거기엔 갈라짐이나 단절은 없었다. 그 대신 너그러운 호흡이 있었다.

"참 관대한 풍경이군요." 하고 동식이 말하자,

"그렇죠? 숨이 좀 트이는 것 같죠?" 하고 그녀는 웃으며 대꾸했다.

그들이 강릉에 도착한 것은 해가 오후로 약간 기울어서였다.

대관령 휴게소에서 국수 한 그릇씩과 감자전 한 조각씩을 달게 먹은 터였으므로 따로 점심을 할 필요도 없이 그들은 곧장 경포대로 향했다. 해수욕철이 아니었으므로 사람들이 그다지 붐비지는 않았으나 관광객 차림의 사람들이 드물지 않게 눈에 띄었다. 신혼여행 차림의 젊은 남녀의 모습도 보였고 더러는 덞은 아가씨를 동반한 군인의 모습도 보였다.

동식과 그녀는 모래밭을 걸어 곧장 바닷가로 갔다. 바다의 양감(量感)이 시야 전체를 압도해 왔다. 파도가 약간 있었고 그 파도의 머리에는 흰 벼슬이 햇빛에 빛나고 있었다. 눈부신 풍경이었다.

그녀는 눈부신 듯 바다를 향해 서서 마치 바다 전체를 한꺼번에 들이마시기라도 하려는 듯 높다랗게 가슴을 부풀려 심호흡을 하고 있었다. 동식도 가슴을 펴서 심호흡을 했다. 비릿하고 싱그러운 바다 냄새가 폐부 가득히 스며들었다.

누가 그들을 눈여겨보았다면 그들이 단지 숨만을 쉬기 위해 그곳에 온 사람들이 아닌가 의심했을 터임에 틀림없었다. 그들은 한동안을 그렇게 바다를 향해 서서 심호흡만 하고 있었으니까.

마침내 동식이 먼저 입을 열었다.

"아, 이제 폐 속이 좀 깨끗해진 것 같군요. 역시 뒤늦게나마 동행시켜 준 걸 감사할 수밖에 없는데요."

그녀는 웃었다.

"역시 뒤늦게나마 그런 생각이 드나요?"

"하하, 이거. 아무튼 바다에 와서 심호흡을 한다는 생각을 해낸 수옥 씰 칭찬할 수밖에 없군요."

"나도 지금 나 자신을 칭찬하고 있는 중예요. 생각과 실제가 이렇게 딱 들어맞아 보긴 처음인 것 같아요."

"아무튼 바다란 역시 대단한 거로군요."

"바다에 처음 와 보세요?"

"아뇨, 처음은 아니지만."

"난 고등학교 시절에 수학여행 가서 바다를 처음 보고 자살을 한다면 바다에서 하고 싶다고 생각한 적이 있었어요. 바다는 참 너그러울 거라고 생각했죠. 참, 그 외사촌 누이를 사랑하다가 자살했다는 친구 분은 어떤 방법으로 자살했나요?"

"망치로 제 뇌를 파손했다더군요."

"어마, 끔찍해라."

"그 친구답다고 할 수도 있죠. 무모한 방법이지만. 그건 그렇고, 수옥 씨가 고등학교 시절에 자살을 다 생각해 봤나요?"

"그 무렵에 한 번쯤 자살에 대해서 생각해 보지 않는 사람이 있나요."

"하하, 그래도 수옥 씨 성격엔 어쩐지 그랬을 것 같지 않군요. 뜻밖인걸요."

그녀는 약간 웃었다.

"날 상당히 튼튼한 성격으로 보셨나 보죠?"

"그렇지 않던가요? 낙천적이고⋯⋯."

"고맙군요, 튼튼하게 봐 주셔서. 그럴려고 애는 쓰고 있죠."

"……."

"자, 우리 저기 횟집에 가서 생선회나 좀 먹어요.

"그럴까요."

그들은 바닷가 생선횟집들 중 한 군데로 가서 모래밭에 설치된 긴 통나무 의자에 앉았다. 그리고 생선회에 곁들여 소주를 조금씩 마셨다.

생선회는 싱싱했고 소주는 달았다. 바다는 그들로부터 불과 10여 미터 떨어진 곳에서 계속 관대하게 숨 쉬고 있었다. 모래밭에 와 닿는 바다의 숨소리는 매우 한가롭게 들렸다.

동식이 물었다.

"혹시 무슨 언짢은 일이라도 있었어요? 별안간 혼자서 바다에 와볼 생각을 일으킬 만한."

그녀는 고개를 저었다.

"아뇨, 아까 말한 그대로예요. 그냥 바다에 와서 심호흡을 좀 하고 싶다는 생각을 했을 뿐예요."

"단순히 그런 것만 같진 않은데……. 심호흡을 하고 싶다는 생각만 하더라도 뭔가 숨이 답답한 상태를 전제로 하는 거라고 할 수 있고."

"그야 서울 사는 사람이면 누구나 가끔 가져 볼 수 있는 생각 아녜요?"

"하지만 그렇다고 해서 이렇게 실천에 옮길 정도면 아무래도 보통이라곤 할 수가 없는데……."

"난 이따금 좀 중뿔난 짓도 하고 그래요."

"하하, 그래서 조금 아깐 평소와 다르게 약간 저조한 태도도 보이고 그랬군요?"

"내가 저조한 태도를 보였나요?"

"자신이 그다지 튼튼한 성격도 못 된다고 비친 건 수옥 씨로선 저조한 태도라고 할 수 있죠. 평소 같았으면 수옥 씨 스스로가 펄쩍 뛸 일인데."

"글쎄요, 보호자한테는 내가 좀 약해 보여도 상관없다고 생각한 모양이죠?"

"하하, 그렇다면 환영이지만. 정말 무슨 일이 있었던 건 아니죠?"

"아무 일도 없었어요. 그냥 중뿔난 생각이 나서 즉흥적으로 나선 거죠."

"하하. 그야 나무랄 일이 못 되죠. 이런 훌륭한 결과를 낳았으니까. 자, 그럼 안심하고 한잔 들어야겠군요."

동식은 제 앞에 놓인 소주잔을 집어 단숨에 비웠다. 그리고 그녀에게 권했다.

"자, 수옥 씨도 한 잔만 더 하시죠. 소주 맛이 숫제 달군요."

"네, 한 잔만 더 할게요."

그녀는 동식이 따라 주는 소주를 받아서 조금 마시고 내려놓았다. 바다는 여전히 관대하게 숨 쉬고 있었고 그녀는 거의 탐욕스럽게 보이는 눈길을 다시 바다 쪽으로 돌리고 있었다. 옆모습이 몹시 아름다워 보였다.

그날 저녁 그들은 바다가 내려다보이는 호텔에 투숙했다. 바다 쪽으로 커다란 창이 있는 방을 차지할 수 있었다. 그녀는 커튼을 열어

젖혀 바다가 하나 가득 내려다보인다는 사실을 확인하고는 기쁨에
넘쳐서 소리쳤다.

"어마, 너무너무 멋진 방이에요."

동식은 말없이 다가가 그녀를 안았다. 망설임 끝이었으나 그는 결
단성 있게 행동했다. 그녀는 안긴 채로 기습을 당했다는 표정을 지으
며 말했다.

"어머? 이건 반칙이잖아요. 보호자가 이러는 법이 어디 있죠?"

동식은 말하지 않았다. 그리고 그녀의 입술을 자신의 입술로 막았
다. 그녀는 잠시 동안 얼어붙은 듯 꼼짝하지 않았다. 마치 숨조차 쉬
지 않는 듯했다.

동식은 자기가 지금 하나의 운명을 안고 있다고 생각했다. 지금 그
것을 안음으로써 돌이킬 수 없는 운명을……. 그러나 그는 결코 후회
하진 않겠다고 생각했다.

그녀가 마침내 얼어붙었던 몸을 풀어 가만히 그를 마주 안아 왔다.

그녀 나름의 어떤 결단을 내렸다는 듯한 태도였다. 동식은 그녀를
안은 팔에 더욱 힘을 주었다. 그녀도 곧 힘껏 그를 마주 안았다. 그리
고 그들은 오래오래 입 맞추었다.

바다의 규칙적인 숨소리가 그다지 멀지 않은 곳에서 들려오고 있
었다. 그것은 때로 약간씩 거칠어지기도 하고 또 다소 부드러워지기
도 하면서 일정한 간격을 두고 규칙적으로 들려오고 있었다. 이 세상
에서 숨 쉬고 있는 것은 바다와 그들 두 사람뿐인 것 같았다.

한순간 그녀가 조용히 동식을 떠밀었다. 그리고 나직이 말했다.

"······자신 있어요?"

"무슨······?"

"이 희극을 감당해 낼······."

그녀는 웃고 있지 않았다. 동식은 순간 스스로의 표정이 험악해졌음을 느낄 수 있었다. 그는 이를 악물고 그녀를 노려보았다. 그리고 거칠게 다시 그녀를 두 팔 속에 가두었다. 그녀의 몸이 약간 떨고 있는 듯했다.

그는 저항할 수 없는 격정을 느꼈다. 그것은 노여움 비슷하기도 하고 설움 같기도 했다. 또는 어떤 파괴적 정열 같기도 했다.

그는 거칠게 그녀를 두 팔로 안아 들었다. 그리고 침대로 걸어가 그녀를 뉘었다. 그의 손이 그의 감정의 명령을 따르고 있었다.

그녀는 눈을 감고 있었다. 그리고 자신의 옷이 벗겨져 나가는 것을 잠자코 내버려두었다. 옷이 한 가지씩 벗겨질 때마다 그녀는 알릴 듯 말 듯 조금씩 떨고 있는 것 같았다.

마침내 그녀의 맨몸이 드러났다. 눈부시도록 아름다운 몸이었다. 그러나 뽐내는 기색도, 그렇다고 구태여 감추려는 기색도 없는 자세였다. 다만 알릴 듯 말 듯 조금씩만 떨고 있음을 느낄 수 있었다. 그녀의 살갗은 긴장하고 있었고 잔잔한 전율을 전해 오고 있었다. 그는 힘껏 그녀의 몸을 안았다. 마치 그 잔잔한 전율을 멈추게라도 하려는 듯······.

그녀가 팔을 뻗어 그를 마주 안았다. 그리고 힘껏 그에게 매달렸다. 그는 그녀의 입술을 열었다. 그녀의 입술은 억센 빗줄기에 난타당해 떨고 있는 꽃 이파리 같았다. 그는 그 입술을 통과했다. 그리고 그녀의 내부 깊숙이 생명의 뿌리에 닿았다.

그는 쾌락을 원치 않았다. 그녀의 존재의 심처(深處)에 닿으려는 일념뿐이었다. 그녀도 그의 욕망을 이해하고 있는 듯했다. 그가 쉽게 닿도록 자신을 열고 있었다.

그는 마침내 자신을 모두 투입하기 시작했다. 그녀의 여린 문들이 저항 없이 열려 갔다. 이윽고 존재의 화원(花園) 깊숙한 곳에 그는 닿았다. 꽃잎들이 잔잔히 떨리고 있었다. 그는 그 꽃잎들 사이를 헤쳐 갔다. 더 깊이, 더 깊숙한 곳에 닿으려는 일념이었다. 꽃잎들은 이제 격렬하게 떨리고 있었다.

그는 나아가고 또 나아갔다. 때로는 더 멀리 나아가기 위하여 물러섰다가 나아갔다. 마침내 전율의 순간이 다가오고 있었다. 그들 두 사람이 벼랑 끝에서 만나 함께 떨어져 내리는 순간이…….

마침내 그들은 벼랑 끝 아득한 곳에서 만났다. 그리고 함께 전율했다. 떨어져 내렸으나 다친 데는 없었다. 천천히, 아주 천천히 떨어졌으니까.

바다의 규칙적인 숨소리가 다시 들려오고 있었다. 때로는 약간씩 거칠어지기도 하고 또 다소 부드러워지기도 하면서…….

그들은 한동안 말없이 누워 그 바다의 숨소리를 듣고 있었다. 그들이 누워 있는 방 안엔 이제 그 바다의 숨소리 이외에 다른 아무런 소리도 들려오지 않았다.

얼마 후 그녀가 입을 열었다.

"······동식 씬 내가 누군지 잘 모르죠?"

동식은 의아한 표정을 지었다.

"그게 무슨 소리지?"

그녀는 잠시 입을 다문 채 천장을 쳐다보고 있다가 말했다.

"······전번에 내가 사진 한 장 보여 준 적 있죠? 그때 내가 사진을 설명하면서 꾸며 댄 부분도 있다고 한 거 기억날 거예요. 기억나요?"

그리고 그녀는 반듯이 누운 채로 힐끗 그를 돌아보았다. 그는 말없이 고개만 끄덕였다. 그녀는 다시 천장을 바라보며 말했다.

"그때 동네 앞을 지나가던 미군이 어쩌고 한 건 전부 거짓말이었어요. 그 미군은 우리 엄마한테 찾아오던 사람이었어요."

"!"

"난 사람들이 부르는 식으로 하면 양공주의 딸이에요."

동식은 순간 커다란 몽둥이로 몸 어디를 얻어맞은 듯한 충격을 받았다. 그리고 곧 가슴이 베어져 나가는 듯한 아픔을 느꼈다.

"······아이들은 나하고 싸울 때면 양갈보의 딸이라고 불렀죠. 내가 할퀴어 놓은 아이를 역성들러 나온 아이의 부모도 마찬가지로 불렀구요. 그러면 난 어른한테도 대들곤 했어요. 그리곤 엄마한테 붙들려 들어가서 매를 맞곤 했죠. 학교에 들어가서도 마찬가지였어요. 평소엔 별 내색이 없다가도 싸움만 나면 아이들은 날 반드시 양갈보의 딸이라고 불렀어요. 내가 성질이 좀 못됐었던가 봐요. 싸움을 아주 자주 했던 기억이니까요. 어쨌든 선생님까지 날 그렇게 불렀던 적이 있었어요. 선생님한테 대들진 못했지만 일주일이나 결석을 했었죠. 그것도 엄마가 날 결국 질질 끌다시피 데려가지 않았으면 끝내 안 가고 말았을 거예요. 어때요, 내 얘기. 재미있어요?"

그녀는 다시 누운 채로 그를 힐끗 돌아보며 물었다. 동식은 대답하지 못했다. 그는 마음속 깊이 오열(嗚咽)하고 있었다. 그녀는 시선을 다시 천장으로 향하려다가 무슨 낌새를 느꼈는지 순간적으로 다시 고개를 이쪽으로 돌이켰다. 그리고 나직이 부르짖었다.

"어마, 동식 씨 지금 울고 있는 거예요?"

그가 가만히 웃으며 고개를 가로저었다. 그러나 그녀는 보았을 것이었다. 그의 눈언저리가 말라 있지 않음을.

"어마, 가엾어라. 내가 안아 줘야지."

그녀는 몸을 돌이켜 두 팔로 그의 머리를 감싸 안았다. 그리고 가슴 쪽으로 끌어당겼다.

"자, 내 젖 먹어요. 어린애 같으니라구."

그녀의 목소리도 분명 마른 것은 아니었다. 그리고 떨고 있었다. 그녀의 가슴에서는 심장 뛰는 소리가 높다랗게 들려왔다.

다음 날 아침 잠에서 깬 동식은 그녀가 곁에 없음을 발견했다. 방 안 어디에도 그녀의 모습은 보이지 않았다. 경망스런 생각이 머릿속을 스쳤다.

그는 부랴부랴 옷을 꿰어 입고 방을 뛰쳐나갔다. 그리고 층계를 달려 내려가 호텔을 뛰쳐나오면서 스스로를 책망했다. 우둔하게도 잘도 자고 있었구나. 그렇게도 잠이 달더란 말이냐. 곁의 사람이 없어진 줄도 모르고 쿨쿨 자고 있었다니. 하긴 간밤에 그녀는 놀라운 너

그리움을 보여 주었었다. 결국 그를 어린아이 달래듯 편안히 잠들게 해 주었으니까. 마치 울던 아이가 제 엄마 품에 안겨서 잠들 듯 편히 잠들게 해 주었으니까.

그렇더라도 심했다. 곁의 사람이 없어진 줄도 모를 정도로 깊이 잠들다니. 바보같이, 바보같이. 그는 스스로를 계속 꾸짖으면서 바닷가로 달려갔다.

그리고 바닷가에 거의 이르러서야 그는 마음을 놓았다. 그녀의 모습이 보였기 때문이다. 그녀는 바닷가 모래 기슭에 서서 조용히 바다를 바라보고 있었다. 바다는 막 떠올라 비치기 시작한 햇살에 은빛으로 고요히 빛나고 있었다. 물결도 없이 잔잔한 바다였다.

그는 천천히 걸음의 속도를 늦춰 그녀 곁으로 다가가 섰다. 그녀가 그를 돌아보았다. 맑은 얼굴이었다. 간밤의 일 따위는 말끔히 잊은 듯한 얼굴이었다.

"어마, 언제 일어났죠?"

"방금."

"쿨쿨 맛있게 자길래 혼자 나왔어요. 아침 바다를 좀 보려구요."

"그런 법이 어디 있어, 그럼 날 깨워야지."

"너무 달게 잠든 것 같아서 그랬어요."

"그래도 깨워야지, 이런 좋은 풍경을 혼자서 보는 법이 어디 있어."

"미안해요."

"미안한 건 나지, 곁의 사람이 없어진 것도 모르고 쿨쿨 잤으니까."

"어머? 금방 야단친 건 누군데."

"그야 미안하니까 그랬지."

"아녜요, 잠든 모습이 보기 좋았어요."

"흉하지 않았구?"

"아뇨, 아주 평화스러워 보였어요. 깨우기 아까울 만큼."

"사실은 밉살스러웠지?"

"아뇨, 그랬으면 깨웠게요."

"……무슨 생각을 하고 있었어?"

"아무 생각도 안 했어요, 그냥 아침 바다를 구경하고 있었어요."

"정말?"

"네, 내가 그럼 무슨 딴생각이라도 했을 것 같아요?"

동식은 조금 웃으며 말했다.

"난 또 맑은 아침 바다에 풍덩 하고 싶은 유혹이라도 받지 않았나 했지."

그녀는 웃었다.

"사실은 그런 생각도 조금 했어요. 고등학교 때 그런 생각을 했었거든요. 자살의 장소로 바다를 택한다면 아침 바다를 택하겠다구요."

동식은 눈을 부릅떠 보였다.

"못써요, 그런 생각하면."

"어마, 무서워."

그녀는 몸을 움츠려 보였다. 그리고 곧 맑게 웃었다.

"염려 마세요. 지금은 우선 추울 것 같아서도 풍덩은 안 할 거니까."

그들은 나란히 서서 아침 바다를 바라보았다. 잔잔한 바다의 표면 위로 부지런한 갈매기 몇 마리가 고기잡이하러 내려꽂히는 모습이 보였다.

반역

　　강릉에서 돌아온 다음 날 아침 수옥은 일찌감치 아파트를 나섰다. 꿈에 엄마를 보았는데 엄마의 모습이 좀 예사롭지 않았기 때문이다.

　　엄마는 소복 차림을 한 채 어느 산기슭 같은 곳을 부지런히 걸어가고 있었는데 그녀가 아무리 불러도 뒤 한번 돌아보지 않았다. 그리고 아무리 뒤쫓아가 보려고 해도 엄마의 걸음은 너무나 빨랐다. 그녀는 뒤쫓아 가면서 부르고 또 무르면서 뒤쫓아 갔지만 엄마는 끝내 뒤 한번 돌아보지 않았을 뿐만 아니라 걸음 한번 멈추지도 않았다. 그녀는 허둥지둥 뒤쫓아 가면서 안타까이 엄마를 부르다가 끝내 잠에서 깨고 말았다.

　　엄마에게 무슨 일이 생겼을는지도 모른다는 생각이 들었다. 어쩌면 어디가 몹시 아픈지도 모른다. 어쨌든 꿈에 엄마가 소복을 입고 나타났다는 건 예사롭다고 할 수가 없다.

그동안 엄마한테 너무 오래 안 갔었다는 생각도 뒤미처 들었다. 그러자 불현듯 엄마가 몹시 보고 싶기도 했다. 어쨌든 한번 다녀와야겠다는 생각이 들었다.

아파트를 나선 수옥은 곧장 종로 5가로 향했다. 그곳에는 의정부까지 가는 택시 합승이 있다. 그리고 의정부에서 다시 동두천까지 가는 택시 합승이 있다. 청량리에 가면 직행버스가 있지만 조급한 마음이 그녀로 하여금 버스보다는 택시 쪽을 택하게 하고 있었다.

종로 5가에서 수옥은 의정부행 택시에 합승했다. 그리고 의정부에 도착해서 그녀는 다시 동두천행 합승 택시로 바꿔 탔다. 마침 승객 세 사람이 이미 타고 있던 택시에서 그녀가 타자 택시는 기다렸다는 듯 곧 출발했다.

택시가 출발하고 나서 얼마 되지 않았을 때 느닷없이 덕기 자식 생각이 떠올랐다. 덕기 자식을 데리고 갈 때는 직행버스를 탔었다. 덕기가 물었었다.

"야, 이거 갑자기 어딜 가는 거야? 예고도 없이."

"가 보면 알아."

"가 보면 알다니, 도대체 어딜 가는 건데?"

"동두천."

"행선지는 나도 봤으니까 알아."

"그럼 됐어."

"거기 뭐가 있다는 거야?"

"사람들이 살아."

"나 이거야. 그야 사람들은 살겠지. 그런데 우리가 거길 가는 목적이 뭐냐구?"

"사람들 사는 모습 보는 거."

"뭐라구?"

"글쎄, 가 보면 알아."

"거기 무슨 특별한 사람들이라도 산다는 거야? 눈이 세 개씩 달린 사람들만 산다든지."

"아니, 보통 사람들이 살아. 그리고 그중엔 우리 엄마도 있어."

"뭐라구? 야, 그럼 진작 말했어야지 옷이라도 좀 점잖게 입고 나올 거 아냐. 청바지 차림으로 이게 뭐니."

"괜찮아. 엄마한테도 미리 말 안 했으니까."

"야, 그래도 이건 너무했다. 어른 만나러 가는 차림이 이게 뭐니, 점수 깎이게."

엄마는 그러나 덕기의 점수를 깎지 않았다. 덕기 자식이 엄마의 점수를 깎았다. 아니, 엄마를 모욕했다.

엄마를 만나자 덕기 자식은 노골적으로 불쾌감을 표시했다. 마치 불결한 물건이라도 눈앞에 있다는 듯한 표정을 아예 감추려 들지도 않았다.

그리고 엄마가 차를 끓이러 나갔을 때 덕기 자식은 말했다.

"야, 이건 내가 한 방 먹었는데. 너희 엄마, 가정부인이 아니구나."

수옥은 그때 독이 올라서 그를 노려보기만 했었다.

"그렇게 노려볼 거 없잖아. 내가 놀라지 않아야 하니?"

"……나쁜 자식."

"무슨 소리야. 너 언제 나한테 귀띔이라도 해 준 적 있어? 너희 엄마가 이상한 직업을 가진 여자라구. 아무튼 오늘이라도 알게 해 줘서 고맙긴 고맙다."

"그래, 알았으면 가, 자식아."

"염려 마, 갈게. 너 알고 보니 아주 웃기는 애구나. 이런 식으로 너희 엄말 만나게 해 주면 내가 무슨 동정이라도 할 줄 알았니?"

"뭐라구! 동정!"

"아니면 뭐야? 내가 어떻게 해 주길 바라니? 너희 엄말 존경하길 바라니?"

"나쁜 자식! 가! 빨리 가 버려, 자식아! 우리 엄마 들어오기 전에 빨리, 자식아!"

대학 졸업반 때 일이었다. 좀 놀라리라곤 예상했었지만 덕기 자식이 그런 식으로 나오리라곤 미처 생각도 못 했었다. 다른 남자애들과는 다르다고 생각해 온 것이 잘못이었다. 달라 보인 것은 그럴듯한 태도 때문이었을 뿐이라는 걸 알았다. 환멸과 노여움 때문에 수옥은 견딜 수가 없었다. 마치 세상 전체가 자신을 배신하고 있는 듯한 느낌이었다.

다른 사람들한테는 기대하지 않았었다. 그러나 덕기 자식만은 다를 거라고 생각했었다. 그런데 그 마지막 믿은 덕기 자식마저 다른 사람들과 똑같다는 사실을 안 순간 그녀는 이제 세상 전체가 자신을 배반하고 있다는 생각에서 벗어날 수가 없었다.

그 뒤부터 덕기 자식을 만나지 않은 것은 물론 졸업을 얼마 앞둔 학교에도 그녀는 나가지 않았다. 세상 전체를 적(敵)으로 생각하기로 했다. 덕기 자식한테 느낀 배반감은 그만큼 컸다. 왜냐하면 그즈음 그녀에게는 어리석게도 덕기 자식이 세상의 전부라고 할 수 있었으니까.

그녀가 만만히 지고만 있진 않겠다고 찾아간 곳이 인사동에 있는 어느 고급 요정이었다. 제 발로 나타난 그녀를 보고 그 요정의 주인 마담은 놀라움과 찬탄의 표정을 감추지 못했다. 그리고 두말없이 그녀의 청을 들어주었다.

그 이후로 그녀의 비꼬인 삶은 시작된 셈이었다. 말하자면 그녀 나름의 세상에 대한 반역(反逆)이라고 할 수 있었다. 자기네들의 삶만이 정상적인 삶이라고 믿고 있는 세상의 모든 속물들에 대한 반역……

차차 알게 된 일이지만 이른바 정상적인 세계에 산다고 믿는 사람들의 삶이란 얼마나 허구적이며 또 위선적이던가. 그들은 다만 우둔하지 않으면 스스로를 속일 뿐이 아니던가. 이른바 저 정상 세계의 몇몇 점잖게 내로라 뽐내는 자들까지도……

"아가씨, 무슨 재미나는 일이라도 있습니까? 혼자서 웃으시게."

잠바 차림의 옆의 승객이 묻고 있었다. 수옥은 그제야 자기가 택시에 타고 있다는 사실을 깨닫고 그를 향해 조금 웃어 보이고 말았다.

그녀가 동두천에 도착한 것은 오전 10시쯤이었다. 미군부대로 향하는 큰길을 건너서 그녀는 보산리 골목으로 넘어가는 철도 건널목을 건넜다. 어린 시절 그녀가 자주 건너다니던 철도 건널목이었다. 전에는 차단기 따위는 없었으나 지금은 기다란 차단기가 설치되어 있었다.

철도 건널목을 지나면 바로 보산리 골목이었다. 저녁때만 되면 미군들로 골목이 꽉 메워지다시피 하던⋯⋯. 그러나 지금은 오전이기도 해서겠지만 골목은 한산해 보였다. 골목 좌우의 가게들이나 클럽들에 내걸린 영문 간판들도 유난히 초라해 보였다. 그녀의 눈이 성숙한 탓이기도 하겠지만 그곳이 이미 호경기를 누리던 시절과는 달라졌음을 말해 주는 것이기도 할 터이었다. 레코드 가게에서 흘러나오는 음악소리도 어쩐지 활기가 없는 것 같았다.

그녀는 되도록 걸음을 빨리했다. 아는 사람이라도 만나면 이것저것 물어 올 것이 성가셨기 때문이다. 서울에서 뭘 하느냐, 어떻게 지내느냐, 시집을 언제 갈 거냐 등등. 동네 어른들의 그 소박한 호기심은 그녀를 항상 난처하게 만들곤 했었다.

그리고 엄마 집이 가까워졌다고 생각하자 그녀는 간밤의 꿈이 생각나면서 마음이 조급해졌다. 한시바삐 엄마의 얼굴을 보아야 안심이 될 것 같았다.

엄마는 수돗가에서 머리를 감고 있었다. 우선 마음이 놓이면서 그녀는 그리운 감정이 북받쳤다. 그녀는 살그머니 엄마 뒤로 다가가서 조그맣게 불렀다.

"엄마."

엄마는 머리를 감다 말고 무심결에 고개를 돌리는 것 같았다. 그리고 물에 젖어 앞을 가린 머리를 헤치면서 그녀를 올려다본 엄마는 순간 자신의 눈을 의심하는 것 같았다. 엄마는 다시 한번 젖은 머리를 헤치면서 그녀를 확인하고 나서야 나직이 부르짖었다.

"누고! 수옥이 앙이가!"

"응, 나야, 엄마."

엄마는 젖은 머리인 채로 벌떡 몸을 일으켜 그녀의 두 팔을 부여잡았다.

"웬일고! 수옥이 니가 웬일고!"

"응, 엄마 보고 싶어서 왔지, 뭐. 간밤 꿈에 엄마가 보이잖아."

"니도 그랬드나, 내도 지난밤 꿈에 니를 봤는데. 니가 내한테 올라고 그랬구나. 보자, 우리 딸내미 얼굴 좀 보자."

그리고 엄마는 젖은 손을 옷자락에 대충 닦고는 그녀의 두 볼을 감싸 쥐었다. 축축했으나 따사롭게 느껴지는 손이었다.

"아이고 야야, 예빛구나. 와 이리 예빛노!"

"아냐, 엄마, 나 요새 살쪘어. 야위긴 어디가 야위었다고 그래."

"아니다, 지난번 볼 때보다 많이 예빛다. 와 이리 예빛노."

엄마의 눈에는 어느새 눈물이 괴어 있었다.

"엄마는. 아니라니까 그래, 나 요새 살찐 거라구. 그보다 엄마는 어디 아프지 않았수?"

"응, 내는 아픈 데 없다. 자, 어서 들어가자. 춥지?"

"나 안 추워, 엄마 머리 감던 거 마저 감아요."

"아니다, 다 감았다. 어서 들어가자."

엄마는 수건으로 젖은 머리를 대충 싸매고는 그녀를 이끌고 방으로 들어갔다. 엄마의 화장품 냄새가 나는 방이었다.

어린 시절 그녀는 그 화장품 냄새가 얼마나 싫었던가. 그러나 지금은 오히려 그립던 냄새라고 할 수 있다. 그것이 엄마의 비애(悲哀)가 담긴 냄새라는 걸 알고 있는 지금은…….

연탄불을 넣은 아랫목에 그녀를 앉힌 엄마는 그녀 앞으로 바싹 다가앉으며 근심스런 표정으로 물었다.

"정말 어데 안 아팠드나? 와 그리 예빘노?"

"아프긴 어디가 아파. 나 아주 건강해, 엄마."

수옥은 애써 쾌활한 표정으로 대답했다. 그리고 엄마의 얼굴을 재빨리 살펴보았다. 방금 물기가 닿아서 다소 맑아지긴 했으나 여전히 화장의 해독을 감추지 못하고 있는 얼굴, 그만한 나이의 다른 부인들과는 인종(人種)이 다른 듯한 얼굴, 그리고 그녀가 다녀갔던 반년 전보다도 한층 더 늙어 보이는 얼굴이었다. 그녀는 엄마의 나이를 따져 보았다. 마흔일곱이었다. 그런데도 엄마는 아직 자신의 직업을 버리지 않고 있었다. 방 윗목에 놓인 침대가 그것을 말해 주고 있었다. 수옥은 가슴 밑바닥에 납덩이가 하나 매달려 있는 것 같은 슬픔을 느꼈다.

이젠 제발 그만두라고 몇 차례 그녀는 애원한 적도 있었으나 엄마는 그때마다 그녀가 참견할 일이 아니라고 말을 막곤 했었다. 그녀가 대학에 갈 때만 해도 엄마가 주는 돈으로는 못 다니겠다고 하자 엄마는 노여움을 감추지 않으면서 말했었다.

"와? 내가 주는 돈은 더럽단 말가? 더러븐 돈으로는 공부 못 하겠단 말가? 그 소린 아니제? 엄마가 불쌍해서 그러제? 염려 말그라, 엄마 그레 힘 안 든다. 다시 두말하면 니 내 딸 아니다."

그리고 엄마는 그녀가 시험을 치르러 가지 않을까 보아 입시 전날 밤에는 그녀의 하숙에 와서 함께 자기까지 했었다. 또 엄마는 이런 말까지 비쳤었다.

"니는 아직 모를 끼다마는 엄마는 이 생활이 안 싫다. 어느 때는 제법 재미있기도 하니라."

지금까지도 수옥은 그 말을 엄마가 자기를 조금이라도 안심시키기 위한 의도로 한 말이었다고 이해하고 있다.

"내 정신 좀 보래. 수옥이 니 참 아침 묵었나?"

엄마가 깜빡 잊었다는 듯 그녀를 향해 묻고 있었다.

"응, 먹고 왔어, 엄마."

"참말이가? 안 묵었으면 엄마가 해 줄게."

"엄만. 먹고 왔대도 그래. 나보다 엄마나 잡쉈수?"

"응, 내는 묵었다. 그럼 커피 한 잔 끓여 주까?"

"나중에, 엄마. 그보다 얘기나 좀 해요. 엄마 그동안 혹시 무슨 일 없었수?"

"일은 무슨 일. 그냥 잘 있었제."

"정말?"

"하모, 와?"

수옥은 간밤에 꾼 꿈 이야기를 들려주었다. 그녀의 꿈 이야기를 들고 난 엄마는 쓸쓸히 웃었다.

"엄마가 죽을라나 보제?"

"엄마는. 무슨 소리야."

"아니다, 아니다. 엄마가 와 죽겠노."

수옥은 엄마를 향해 가만히 나무라는 눈길을 보내고 나서 말했다.

"그런 소리 하지 마, 엄마. 그러잖아도 나 걱정했단 말야."

"그래, 안 하께. 엄마가 농담 안 했나."

"아무리 농담이래두……. 그리고 엄마, 나랑 이번에 서울 같이 가요."

"서울?"

"응, 나랑 같이 가서 살아요."

"……."

"응? 엄마, 이번엔 내 말 좀 들어줘요."

"……아니다, 내사 그냥 여게 살란다. 수옥이 니 뜻은 엄마가 안다. 하지만 내사 그냥 여게가 좋다. 정도 들고……. 그 말은 또 꺼내지 말 그라."

"엄마아."

"글쎄, 그 말은 또 꺼내지 말라고 안 하나."

엄마는 그 문제에 한해서만은 더 얘기할 여지도 없다는 듯 완고한 표정을 짓고 있었다. 수옥은 잠시 눈길을 깔았다. 엄마는 그녀가 서울에서 어떻게 지내고 있는지를 모두 알고 있다. 감추어 오고 있다가 작년 그녀의 생일날 엄마의 추궁 앞에 그녀 스스로 모두 털어놓았었던 것이다. 그녀의 아파트에 온 엄마는 엄마로서의 직감으로 모든 것을 알아차렸던 모양이었다. 엄마는 그때 섧디섧게 통곡했었다. 엄마가 그토록 서럽게 우는 모습을 그녀는 본 적이 없었다. 그리고 그 후 엄마는 그녀를 보기만 하면 눈물부터 앞세우곤 했었다.

오늘은 비교적 자제를 보이고 있는 엄마였다. 딸의 마음을 상하지 않게 하려는 배려이리라. 그러나 서울로 가서 함께 살자는 얘기에는 역시 단호한 태도를 보이고 있다. 그것은 일종의 거부라고 할 수 있었다. 물론 그녀에게 짐이 되지 않겠다는 생각도 포함되었겠지만 그녀의 생활을 인정할 수 없다는 태도가 무언중에 강하게 내포되어 있는 것이다.

"엄마……." 수옥은 눈길을 쳐들면서 말했다. "내 생활이 마음에 안 들어서 그래요?"

엄마의 표정은 약간 굳어 있었다.

"야가 와 이라노. 내사 여게가 그냥 좋다고 안 하드나."

"그게 아니지? 내 생활이 못마땅해서 그러지, 엄마?"

"……."

"나도 엄마가 이러고 있는 거 마음에 안 들어, 엄마. 나랑 이번에 서울로 같이 가요, 응?"

"글쎄, 그 말은 두 번 다시 꺼내지 말라고 안 하드나. 엄마가 이라고 있는 것하고 니가 그라고 있는 것하곤 다르다. 엄마가 갓난 니를 업고 이 동두천 바닥에 올 때는 다 굶어 죽기 돼 가지고 왔다. 느그 아부지는 우리 둘만 남겨 놓고 도망쳐 버리고……. 보래, 그란데 니는 뭐 때문에 그레 사노? 대학까지 다닌 계집아가 뭐 해 묵을 기 없어서……."

"엄마아……."

"그래, 더 말 안 할란다. 니는 니대로 또 무슨 사정이 있는지도 모르제. 이 못난 엄마 때문인지도 모르고……. 하지만 내보고 서울 가자는 이야기는 다시 하지 말그라. 우리 모녀는 이레 살 팔잔 모양인기라……."

그리고 엄마는 그녀를 외면했다. 눈물을 감추기 위함이리라. 수옥은 다시 납덩이가 치미는 듯한 슬픔을 느꼈다.

돌아올 때 수옥은 엄마에게 액면이 그다지 크지 않은 수표 한 장을 꺼내 놓았다. 엄마는 펄쩍 뛰었다.

"야가 즈그 엄마를 어째 보고 이라노, 도로 옇어라."

"옷이나 한 벌 해 입어, 엄마."

"엄마 옷 많다. 어서 도로 옇지 못하겠나."

"내 돈 싫어서 그래, 엄마?"

"아니다, 엄마 니가 돈 안 줘도 옷 다 해 입고 묵을 거 다 묵는다. 어서 도로 옇어라. 갖고 가서 니 옷이나 해 입그라."

"나 부자야, 엄마."

"야가 참말로 와 이라노. 어서 옇지 못하겠나."

엄마는 마침내 노여운 빛마저 띠며 수표를 집어 그녀의 핸드백 속에 넣어 주었다.

"엄마는……."

수옥은 더 이상 고집부리지 못했다. 그리고 방문을 나서며 말했다.

"또 올게요, 엄마."

"그래, 몸조심하그라."

"알았어요, 엄마."

엄마는 골목 밖까지만 그녀를 배웅해 주었다. 멀리 따라 나오는 건 그녀가 항상 반대했었기 때문이었다.

몇 발짝 걸어오다 뒤돌아보니 엄마가 이쪽을 바라보고 있다가 급히 외면하는 모습이 보였다. 그리고 골목 안으로 급히 되돌아섰다. 먼발치에서도 눈물을 감추기 위한 동작임이 역력했다.

수옥은 다시 납덩이 같은 슬픔이 치밀었으나 꾹 참고 걸었다. 그리고 이번에는 직행버스를 탔다. 버스를 타고서도 엄마의 급히 되돌아서던 모습은 지울 수가 없었다.

그녀가 서울에 도착한 것은 늦은 오후였다. 아파트로 돌아오자 주 언니한테서 전화가 왔다. 몇 차례 전화를 했었다면서 어디엘 갔었느냐고 물었다. 엄마한테 다녀왔다고 하자 저녁에 파티가 있으니 꼭 나오라는 것이었다.

그녀는 대충 화장을 고쳤다. 엄마의 모습이 자꾸 떠올라서 화장이 잘 고쳐지지 않았다. 눈 화장을 고치고 나면 금방 눈물이 솟아올라서 얼룩을 만들곤 했다. 그러나 그녀는 참을성 있게 화장을 고쳤다. 그리고 주 언니의 아파트로 갔다.

파티는 평범한 것이었다. 일본 사람들이 손님이었고 접대하는 쪽은 어느 재벌 계열의 무역상사 사람들이었다. 수옥은 면도 자국이 유난히 선명한 한 중년 일본 남자의 파트너가 되었다. 그는 눈썹도 유별나게 검은 남자였는데 우리 말을 곧잘 지껄일 줄 알았다.

"이거, 나는 오늘 행운아인걸. 대단한 미인을 만나게 돼서 말이야."
하고 그는 수옥의 허리를 거침없이 껴안았다. 이곳 풍속에 익숙한 남자인 것 같았다. 우리 말을 곧잘 지껄이거나 이곳 풍속에 익숙한 일본 남자들일수록 대개 염치없이 굴었다.

수옥은 평소에도 일본 남자들한테는 그다지 호감을 갖고 있지 않았을 뿐만 아니라 오늘은 마음도 편하지 못했으므로 다소 쌀쌀한 태도를 보였다.

"오, 이건 논개의 후예이신가. 아가씨 진주 사람이오?"

"……아녜요."

"아니다? 그럼 다행이로군. 나는 또 논개의 후예이신가 했지. 논개도 일본 장수와 강물에 빠지기 전까지는 아주 친절했지만 말이오."

수옥은 싸늘하게 웃었다.

"아주 잘 아시네요. 그런데 그 논개의 나라에 와서 술 마시는 게 겁도 안 나세요?"

"겁? 그럼 나보고 지금 무서워하라는 말인가?"

"그런 뜻은 아녜요. 논개처럼 무서운 여자는 요샌 없으니까."

"그럼 무슨 뜻인가? 죄의식을 느끼라는 뜻인가? 술 마시러 와서?"

"그런 거창한 뜻도 아녜요. 논개 얘기를 꺼내셨으니까 말인데요, 논개 얘기를 그만큼 아실 만한 분이라면, 그리고 술 마시러 오셨으면 좀 점잖게나 마셔 보라는 뜻이에요."

"점잖게?"

"네, 일본 사람들 난 아주 예의 바르다고 알고 있는데요. 더구나 논
개 얘기까지 알고 계시는 분이라면 더 예의 바를 거라고 생각되구
요."

"오, 이건 내가 꾸중 들으려고 왔구나."

그러자 주 언니가 끼어들었다.

"애, 너 오늘 왜 이러니. 왜 않던 짓을 해. 너 여기가 술자린 줄 잊어
먹었니. 손님한테 사과드려라. 응? 제발."

"사과 못 해요, 나."

수옥은 자리를 차고 일어섰다. 그러자 접대를 하는 쪽인 이편 무역
상사 사람들 중 하나가 벌떡 일어나서 그녀의 팔을 우악스레 잡았다.

"야, 너 왜 그렇게 건방져? 보자 보자 하니 도무지 아니꼬워서 못
보겠구나. 앉지 못해? 그리고 사과 못 드려?"

수옥은 잡힌 팔을 뿌리치며 말했다.

"이거 놓으세요. 사과해야 할 쪽은 내가 아녜요. 선생님들이 무슨
아쉬운 사정이 있어서 이 사람들 비위를 맞춰야 하는진 모르지만 모
욕을 받은 사람더러 사과를 하라는 건 좀 지나치다고 생각지 않으세
요. 논개라는 대선배한테 죄송해서도 그 짓은 못하겠어요. 이 사람이
논개라는 대선배 얘기를 상기시켜 주지만 않았어도 모르겠지만."

"야, 너 참 똑똑하구나. 대단히 똑똑해. 그래, 네가 논개의 후배란
말이냐?"

"떳떳한 후배는 못되죠. 아마 논개 대선배가 지하에서라도 들었다 간 펄쩍 뛸 소리겠죠. 하지만 일본 사람한테 싸잡혀서 모욕을 당하는 것만은 참을 수가 없어요. 선생님도 한국 사람이시면 제가 지금 당한 모욕이 설마 모욕이 아니라곤 못 하시겠죠?"

"야, 이거 대단한 애국자가 하나 있군그래. 어디 이런 애가 다 있지?"

"애국자는 못 되지만 모욕을 당하고 그대로 참을 수는 없어요. 선생님들이나 어서 이 사람들 비위 실컷 맞추세요."

그리고 수옥은 횡하니 방을 나와 버렸다. 금방 주 언니가 뒤쫓아 나왔다.

"애, 너 정말 왜 그러니. 내 장사 다 망쳐 놓으려고 그래?"

"미안해, 언니. 하지만 나 저런 자식은 못 참아요. 제가 일본놈이면 어떻게 여기 와서 논개 얘기를 해."

"그건 네가 쌀쌀맞게 구니까 그런 거 아니니."

"처음부터 싸가지가 없이 구니까 그렇지."

"애 봐? 너 언제 점잖은 손님만 상대해 봤니? 일본 사람이 처음이구?"

"하지만 저런 자식은 싫어."

"네가 오늘 좀 이상하긴 하구나. 신경이 좀 날카로워진 모양이야. 무슨 일이 있었니?"

주 언니는 되도록 그녀를 달래려는 눈치였다.

"엄마한테 다녀왔다더니 무슨 일이 있었어?"

"아니, 아무 일도 없었어요."

"그런데 왜 그러지?"

"언니도 봤잖아요. 그 자식이 얼마나 싸가지 없이 구는지."

"그래, 그래. 못되긴 좀 못됐더라. 네가 약 올라 하는 거 이해는 간다. 하지만 어떡하니, 참아야지. 술장사라는 게 원래 별의별 일이 다 있는 거 아니니. 내 체면 봐서 조금만 네가 양보를 해. 들어가서 미안하다는 말 딱 한마디만 해."

"싫어, 언니. 나 그렇겐 못 해."

"얘가?"

그때 방문이 열리며 그 일본 남자가 걸어 나왔다. 그리고 뜻밖에 싹싹한 표정으로 수옥에게 말했다.

"아가씨, 내가 미안하게 됐소. 논개 이야기는 정말 내 잘못이오. 용서해 주시오."

주 언니는 얼굴이 금방 환해졌다.

"어마, 너그럽기도 하셔라. 봐라, 얘. 손님께서 너한테 먼저 사과를 하신다."

수옥은 순간 냉소가 나왔다. 제법 정직한 체 자신의 과오를 인정한다는 태도를 꾸미고 있는 그 일본 남자의 표정에서 그녀는 순간 더한층 가증스러운 교활성을 느꼈던 것이다. 자, 내가 이만큼 관대함을 보인다면 너도 별수 없지 않느냐, 나는 그렇게 옹졸한 인간이 아니다……. 분명 그런 속셈이 내발려 있는 태도였던 것이다. 그녀는 싸늘한 표정으로 말했다.

"흥, 너 따위한테야 얼마든지 사과해 줄 수 있다, 그런 뜻이군요?"

그러자 그는 비굴하리만큼 싹싹하게 웃으며 대꾸했다.

"하하, 그렇게 나쁘게만 생각하지 마시오. 나 진심으로 사과하고 있는 것이오."

주 언니가 조바심치는 표정으로 끼어들었다.

"애, 넌 무슨 말을 그렇게 하니. 손님께서 모처럼 너그럽게 사과를 하시는데. 기분 풀고 이제 그만 들어가."

수옥은 망설였다. 기분 같아서는 그대로 돌아가 버리고 싶었으나 그러면 주 언니한테 너무 심하게 하는 것이 된다. 그렇다고 다시 따라 들어가 앉기도 내키지 않았으나 술이나 잔뜩 마실 작정으로 그녀는 결국 못 이기는 체 따라 들어가기로 했다.

일단 방으로 다시 들어가서는, 그녀는 좌중을 향해 싹싹하게 사과했다.

"죄송합니다, 주제 파악도 못 하고 공연한 말썽을 피워서. 용서해 주세요."

어차피 술좌석에 끼어 있을 바에는 계속 성난 얼굴을 하고 있을 수도 없는 노릇이었기 때문이다. 그것은 정말 자존심 상하는 일이 될 터이었다.

좌중은 다행스럽게 되었다는 표정들이었고 그녀의 비위를 맞추려는 말까지 몇 마디 나왔다. 그녀는 오기에 가까운 명랑성을 발휘했다. 그리고 파티가 끝날 때까지 거의 인사불성이 되도록 마셨다. 파티가 끝났을 때 누군가가 말하는 소리가 들렸다.

"어때, 오늘의 논개와 스기우치 상을 짝지어 주는 게. 좋은 인연이 될 것 같은데 말야."

"그거 재미있는 아이디어로군."

스기우치 상이란 수옥의 파트너였던 그 일본 남자를 가리키는 말일 터이었다.

취중에도 수옥은 '자알들 논다'고 생각했다. 접대 측인 한국 사람 하나가 주 언니와 뭐라고 수군거렸다. 그리고 잠시 후 주 언니가 수옥에게 다가와 귓가에 대고 속삭였다.

"애, 너 오늘 수고 좀 해 줘야겠다. 저 사람하고 같이 좀 나가 줘야겠어."

"누구? 저 쪽바리?"

"그래, 너 오늘 기분 안 좋은 줄 알지만 어떡하니, 나 좀 봐줘야지."

"……."

"부탁이다, 응? 어차피 이 길로 나선 이상 쓴 것 단것 가릴 게 뭐 있니."

"좋아, 언니."

수옥의 선선한 대답에 주 언니는 얼른 믿기지 않는다는 표정이 되었다.

"정말이니?"

"응, 언니."

"그래, 잘 생각했다. 넌 역시 애가 트였어."

주 언니 얼굴은 금방 환해졌다. 수옥은 속으로 웃었다.

'홍, 트인 거 좋아하네.'

주 언니는 곧 수옥의 의사를 전한 모양으로 자기 동료들 쪽으로 가 있던 그 일본 남자가 웃는 얼굴로 그녀에게 다가왔다. 그리고 다소 들뜬 목소리로 나직이 말했다.

"오늘은 역시 내가 최고로 행운아인 것 같소. 정말 감사하오."

"별말씀을요."

수옥은 천연스레 대꾸했다.

모두 밖으로 나와 대기 중이던 승용차들에 나뉘어 타기 시작했을 때 수옥은 그 일본 남자와 따로 한 차에 태워졌다. 그리고 두 사람을 태운 승용차는 곧장 시내 쪽으로 달렸다.

차 안에서 수옥은 물었다.

"스기우치 선생님이라고 하셨죠?"

"아, 내 이름을 기억했던가. 맞아요. 아가씨는 미스 민이라고 했지?"

"네, 뭐 하시는 분이세요?"

"아, 일본 회사의 한국 지사 일을 맡고 있소."

"그래서 우리 말을 잘하시는군요. 가족이랑 그럼 함께 와 계신가요?"

"하하, 가족 이야기는 안 했으면 좋겠는데."

"왜요? 부끄러우세요?"

"하하, 미스 민이 이거 날 놀리고 있군. 내가 논개 이야기를 했다고 보복을 하시나."

"보복은요, 그냥 궁금해서 여쭤본 것뿐이죠."

"하하, 어쨌든 그 가족 이야기는 하지 맙시다. 기분 상해요."

"어마, 그러세요?"

"그렇고말고. 모처럼 좋은 기분인데 골치 아프지 않소."

얼마 후 승용차는 K호텔 앞에 멎었다. 그들은 호텔로 들어갔다.

프런트를 거쳐서 엘리베이터를 타고 객실에 도착했을 때 그녀가 말했다.

"먼저 목욕하세요. 전 나중에 할게요."

그는 두어 번 그녀에게 먼저 하라고 권하다가 못 이기듯 욕실로 먼저 들어갔다. 그녀는 텔레비전을 켰다. 그리고 화장대 서랍에서 호텔 편지지 한 장을 꺼내 몇 자 적었다.

'논개의 후예는 독하지가 못해서 당신을 살려 두고 감.'

욕실에서는 샤워소리가 들려오고 있었다. 수옥은 텔레비전을 켜둔 채 살그머니 객실을 빠져나왔다.

그리고 곧장 엘리베이터를 타고 아래로 내려와서 호텔을 빠져나왔다. 오늘 하루 중 가장 유쾌한 순간이라고 할 수 있었다. 시계를 보니 11시 반이 가까워 있었다. 그녀는 호텔 앞에 정차를 하고 있는 콜택시 한 대를 발견하고 달려가 올라탔다. 그리고 운전사에게 아파트가 있는 방향을 말했다.

택시가 출발하고 나자 비로소 긴장이 풀리면서 피로감이 몰려왔다. 긴장 덕분에 얼마간 잊고 있었던 술기운도 다시 퍼져 왔다. 그녀는 쓰러지듯 등받이에 몸을 기댔다.

유쾌한 듯했던 기분도 시효가 그다지 오래 가지 않았다. 무슨 극적인 모험에라도 성공한 듯한 승리감을 잠시 맛보았던 것이지만 따지고 보면 그것은 승리도 무엇도 아니었다. 물론 그 일본 남자는 놀라고 당혹할 것이었다. 그리고 필경 낭패감을 맛볼 것이었다. 그러나 그것이 그녀의 승리라고는 할 수 없었다. 그녀는 다만 속임수를 써서 겨우 빠져나온 것뿐 아닌가. 그리고 그녀는 지금 술 취하고 지쳐 있지 않은가. 그녀가 했다는 것은 고작 높은 성벽에 돌멩이 하나 던진 격밖에 못 되는 것이었다.

그렇다고는 해도 돌멩이라도 던진 기분은 역시 불쾌한 것은 아니었다. 욕실에서 나와 낭패한 표정을 지을 작자의 모습을 생각하면 고소가 절로 나왔다. 그녀는 등받이에 몸을 기댄 채로 운전사에게 말했다.

"기사 아저씨, 무슨 음악 좀 없어요?"

"아, 예."

운전사가 라디오를 켰다. 묘한 가성으로 노래 불러서 성공한 남자 가수의 노래가 흘러나오고 있었다. 운전사는 노래가 마음에 들었는지 볼륨을 약간 높였다. 가성의 노래가 좀 더 커졌다. 그녀는 곧 라디오를 켜게 한 자신을 후회했다. 노래가 그녀의 기분을 고무하기보다는 피곤한 신경만 더 자극했기 때문이다. 그러나 그녀는 다시 꺼 달라고 부탁하는 대신 잠자코 눈을 감았다. 운전사도 피로할 것이기 때문이었다.

감은 눈 속으로 엄마의 얼굴이 떠올랐다. 두 눈에 눈물이 가득 담긴 얼굴이었다. 그녀는 엄마의 얼굴을 지우기 위해 감았던 눈을 떴다. 그리고 운전사에게 말했다.

"아저씨, 볼륨 조금만 낮춰 주실래요?"

운전사는 룸미러 쪽을 힐끗 쳐다보며 대꾸했다.

"아, 예, 너무 큽니까?"

"네, 조금 큰 것 같아요."

운전사는 라디오의 볼륨을 줄였다. 가성의 노래는 한결 작아졌다. 그러자 노랫소리가 갑자기 가엾게 들리는 것 같았다. 아울러 그 노래를 부르고 있는 가수마저 가엾어지는 것 같았다. 운전사의 손가락 끝 움직임 하나로 노랫소리와 함께 그 가수마저 조그맣게 축소되어 버린 듯한 느낌이 들었기 때문이다.

그러나 그편이 나았다. 조그만 가수가 부르는 조그만 노래를 듣고 있는 듯한 편이……. 그것은 그녀 스스로도 아주 작아진 기분을 가질 수 있게 했으니까. 어느 편이냐 하면 그녀는 지금 작아지고 싶은 기분이라고 할 수 있었으니까. 조그맣게, 아주 조그맣게 줄어들어서 가능하면 무게가 없는 상태로 되고 싶었으니까…….

그러나 택시가 아파트 앞에 도착했을 때 그녀는 도리 없이 자신의 무게를 이끌고 택시에서 내리지 않으면 안 되었다.

그리고 스스로 그 무게를 운반하지 않으면 안 되었다. 다행히 그녀의 아파트가 있는 9층까지는 엘리베이터가 대신 운반해 주었다.

열쇠를 찾아 현관을 열고 들어섰을 때 문득 동식의 생각이 떠올랐다. 그가 술 취한 자신을 그곳까지 운반해 준 적이 있다는 생각이 떠올랐던 것이다. 지금도 누가 대신 운반해 줄 사람이 있다면, 하는 생각을 그녀는 잠깐 했다. 그리고 곧 그에게 전화나 한번 걸어 봐야겠다는 생각을 했다. 어쩌면 그로부터 한 번쯤 전화가 걸려 왔음 직도 했다.

거실로 들어선 그녀는 곧장 전화기 앞으로 다가가 앉았다. 그리고 송수화기를 집어 든 뒤 천천히 다이얼을 돌리기 시작했다. 다이얼을 돌리는 손가락이 몹시 무겁게 느껴졌다. 송수화기도 무겁게 느껴졌다.

곧 신호가 가는 소리에 이어 상대방의 목소리가 나왔다.

"네, 곽동식입니다."

그의 겸손을 빼듯 한 목소리였다. 얼마간 이쪽이 누구라는 걸 짐작하고 있는 목소리 같기도 했다. 어쩐지 그 목소리가 그리웠던 듯한 느낌이 들었다.

"나예요, 동식 씨."

"아, 수옥 씨. 그렇잖아도 혹시 했는데……. 낮엔 어디 갔었어요?"

'전화를 했었구나.'

"엄마한테요, 전화했었나요?"

"두 번."

"어마, 두 번밖에 안 했어요?"

"하하, 그럼 몇 번을 해야 했을까."

"스무 번은 했어야죠."

"하하, 알았어요. 다음부턴 그럼 꼭 스무 번씩 하지. 그런데 어머니께선 안녕하셨어요?"

"네, 울보라는 점만 제외하면은요."

"……."

"그런데 그렇게 다시 존댓말을 쓰기로 했나요?"

"아, 그야 뭐 그저……."

"듣기 어색해요, 그냥 반말해요."

"알았어요."

"어마, 또?"

"하하, 알았대두……."

"응…… 거기서 내 술 냄새 맡을 수 있어요?"

"……."

"왜 대답이 없죠? 거기까지 내 술 냄새 퐁퐁 안 나요?"

"나는군."

"어마, 정말요? 코도 좋으셔라. 나 말이죠, 사실은 지금 잔뜩 취했거든요. 엄마한테 갔다 와서 일을 나갔었는데 어떤 싸가지 없는 일본 놈의 파트너가 됐지 뭐예요. 내가 좀 쌀쌀맞게 굴었더니 나보고 글쎄 논개의 후예냐는 거예요. 그래서 약도 오른 김에 잔뜩 마셔 버렸죠. 소감이 어떠세요?"

"……."

"대답이 없는 건 아무 소감도 없다는 뜻인가요?"

"수옥 씨……."

"알았어요, 동식 씨도 화나죠? 나도 화가 나서 결국 복수를 해 줬죠. 내가 어떻게 복수해 줬는지 아세요?"

"……."

"호텔까지 천연스레 따라갔다가 그 일본놈이 욕실에 들어간 사이에 몰래 도망쳐 나왔죠. 이렇게 써 놓구요. '논개의 후예는 독하지가 못해서 당신을 살려 두고 감.' 어때요? 통쾌하죠?"

"수옥 씨……."

"어마? 통쾌하지 않나요? 목소리가 왜 그렇게 저조하죠?"

"수옥 씨…… 많이 취한 것 같은데 오늘은 그만 자요."

"그만 자라구요? 내 수달 더 이상 듣고 싶지 않다는 뜻인가요?"

"그런 뜻이 아니라 취한 것 같으니까……."

"취하지 않았다곤 못 하지만 인사불성이 된 건 아녜요, 나. 얘긴 얼마든지 할 수 있어요. 동식 씨 목소리도 더 듣고 싶구요."

"그럼 딴 얘기를 해요……."

"아, 동식 씨도 역시 일본놈 얘기는 싫어하는군요. 알았어요, 그럼 딴 얘기를 할게요. 응……동식 씬 나하고 연애하기 전에 딴 여자하고 연애해 본 적 있어요? 물론 있었겠죠?"

"별로……."

"아이, 시시해. 알고 보니 아주 시시한 남자였구나. 난 있었어요. 대학 다닐 때 사귄 앤데 이름이 덕기라는 애였어요. 나하고 같은 학년이었어요. 제법 잘 생기고 똑똑한 애였어요. 저희 아버지가 정부의 무슨 차관인가 그랬는데 그런 티는 조금도 내지 않는 애였구요. 오히려 등록 때마다 등록금 걱정을 해야 하는 애들하고만 친하게 지냈어요. 우리나라의 경제 정책이 잘못되어 있다고 하면서 정부 비판도 서슴지 않는 애였구요. 친구 중에 등록 못 하는 애가 있으면 제 값비싼 시계를 잡혀서 도와주기도 했어요. 나한테도 물론 아주 잘했어요. 싹싹하게 마음을 써 줄 줄 아는 애였어요. 내가 조금이라도 우울해 보이는 날이면 어떻게 해서든지 내 기분을 명랑하게 바꾸어 놓는 재주도 가진 애였구요. 어때요? 괜찮은 애였던 것 같죠?"

"그래요, 질투심이 느껴질 정도로……."

"하지만 염려 마세요, 난 그 자식을 차 버렸으니까."

"아니, 왜……."

"그 자식이 우리 엄마를 만나고 나서 뭐라고 그랬는지 알아요?"

"……."

"너희 엄만 가정부인이 아니구나, 그러는 거예요, 글쎄. 마치 무슨 불결한 물건이라도 봤다는 듯한 얼굴로. 내가 하도 어이가 없고 독이 올라서 노려보니까 뻔뻔하게도 왜 노려보냐면서 네가 언제 너희 엄마가 이상한 직업을 가진 여자라고 귀띔이라도 해 주었느냐는 거예요. 게다가 이런 식으로 너희 엄말 만나게 해 주면 동정이라도 할 줄 알았느냐는 거예요. 내가 엄마한테도 미리 알리지 않고 기습적으로 데려갔었거든요. 동정이라니 하도 기가 막혀서 소릴 질렀더니 그럼 존경이라도 할 줄 알았느냐는 거예요. 그런 자식이었어요, 그 자식은……. 거지 같은 자식! 똥물에나 튀길 자식!"

"……."

"왜 아무 말이 없죠? 동식 씬 그 자식이 나쁜 자식이라고 생각하지 않나요?"

"수옥 씨, 오늘은 그만 자요. 아무래도 취한 것 같으니까."

"내가 욕설을 입에 담는다고 그래요? 그런 욕 먹어서 싸요, 그 자식은. 이 세상 속물 중에서도 제일 속물이니까. 겉으로만 아닌 체하는."

"……아무튼 오늘은 그만 자요. 내일 다시 전화하기로 하고."

"알았어요. 이젠 좀 후련해졌어요. 안녕……."

"안녕……."

그녀는 송수화기를 내려놓았다. 동식은 송수화기를 내려놓으면서 심호흡을 했다. 형언할 수 없는 비애가 그를 사로잡았다. 그녀의 어떤 절망감이 고스란히 옮겨 오는 느낌이었다.

논개를 들먹였다는 일본인 이야기나 그녀가 사귀었었다는 덕기라는 청년 이야기가 모두 그녀의 절망을 내용을 이루는 이야기들이었다. 그러나 그는 변변히 위로의 말 한마디 해 줄 수가 없었다. 말로 위로할 수 있는 성질의 이야기가 아니었고 더욱이 위로 따위로 해결될 성질의 문제도 아니었다. 그것은 그가 함께 진 짐이었다.

그는 오전에 학교엘 갔었다. 박 교수를 만나서 학교를 그만두고 싶다고 말했다. 박 교수는 무슨 아닌 밤의 홍두깨 같은 소리냐는 표정을 지었다. 동식은 말했다.

"선생님껜 죄송한 말씀이지만 아무래도 교수가 되겠다는 확신이 서지 않습니다. 그동안 강의를 해 오면서 저 자신을 주의 깊게 관찰해 봤습니다. 그런데 도저히 안 되겠다는 결론을 얻었습니다."

"무슨 소리야. 자네 같은 사람이 교수가 될 수 없다면 누가 될 수 있단 말인가. 딴 이유를 말해 보게."

박 교수는 납득이 가지 않는다는 표정이었다.

"강사료 가지곤 생활이 어려워서 그래? 그야 어렵긴 하겠지만."

"가장 중요한 이유는 역시 교수가 되겠다는 확신이 서지 않는 점입니다. 아무래도 학자가 될 수 있는 자질이 제겐 모자란 것 같습니다. 그리고 이건 선생님께 말씀드리기 정말 죄송한 얘기지만 괜찮은 직장이 한 군데 나서기도 해서요."

"음, 역시 그랬군." 박 교수는 완연히 실망한 표정이었다.

"자네가 그렇게 참을성이 없는 줄은 몰랐는데. 어렵더라도 조금만 더 견디면 될 텐데."

"죄송합니다."

"하지만 어쨌든 당장 그만두겠다는 얘긴 설마 아니겠지? 아직 학기가 채 끝나지 않았다는 건 자네도 잘 알고 있을 테니까."

"죄송합니다, 선생님. 다음 주부턴 나올 수가 없을 것 같습니다. 저쪽에서도 사람이 급한 모양입니다."

"뭐라구!" 박 교수는 노여움을 감추지 않았다. "그럼 자네가 맡던 강의는 어떻게 하란 말인가!"

"죄송합니다."

"음, 알겠네, 가 보게. 자네 같은 제자 없었던 걸로 치지. 세상에 이런 일도 있군."

"죄송합니다, 선생님."

"어서 가 보게, 죄송할 거 없네."

"……그럼 안녕히 계십시오, 선생님."

"……."

박 교수는 인사도 받지 않았다. 돌아서 나오는 동식의 발걸음은 무거웠다. 그에게 배신감을 안겨 주지 않는 다른 좋은 방법은 없었을까 하고 후회해 보았으나 때는 이미 늦어 있었다. 그리고 어차피 다른 뾰족한 방법이 있을 리도 없었다. 조금 정직해지려는 일도 매우 어렵다는 걸 동식은 깨달았다. 이미 저지르고 있는 거짓이 너무 크기 때문일 것이었다.

학교에서 나와 그 일을 얘기하려고 수옥에게 전화를 걸었으나 그녀는 부재중이었다. 저녁에 다시 걸었을 대도 마찬가지였다. 그리고 방금 그녀로부터 전화를 받았던 것이다.

그는 천천히 몸을 일으켜 주방으로 갔다. 저녁에 들어올 때 사 들고 와서 반쯤 마시다 둔 소주병이 있었다. 그는 그 소주병과 잔 하나를 들고 다시 거실로 나왔다. 그리고 소파에 앉아 조금씩 마시기 시작했다.

학교를 그만두었다는 얘기를 들으면 수옥은 어떤 태도를 보일까 잠시 생각해 보았다. 잘했다고 할까 아니면 비웃을까. 아무래도 비웃는 쪽에 가까울 것 같다는 생각이 들었다.

영우는 일언지하에 비웃었다. 학교에서 나오는 길로 수옥에게 전화를 걸었다가 그녀가 부재중임을 안 동식은 바로 영우에게 갔었다. 그리고 학교를 그만두었다는 얘기를 하자 영우는 우선 사실을 확인하기 위해선 듯 동식의 얼굴을 물끄러미 쳐다보고 나서 대뜸 비웃기부터 했다.

"그러니까 겨자씨만 한 양심이 발동했다, 이거냐? 적어도 이중으

로 사람 못 할 짓은 할 수 없다는.'

"야, 인마, 너무 그렇게 윽박지르지 마. 조금은 정직해지고 싶어서 그런 거야."

"정직? 네 사전에 그런 말도 다 있니? 자식이 촌스런 소릴 다 하고 있네. 야, 인마, 네 이미지에 금 간다."

"너도 인마, 태호 화장하고 오는 길에 가책 어쩌고 한 기억 안 나?"

"그래서 너도 태호 흉내를 내 보겠다, 이거냐? 까마귀가 갑자기 백 로 흉내를 내 보겠다, 이거야?"

"그게 아니라 까마귀로서나 조금 정직해 보겠다, 이거다."

"자아식, 그게 인마 결국 백로 흉내지 뭐야. 하얀 까마귀가 어디 있 니? 까마귀는 어디까지나 까마귀답게 굴어야 까마귀인 거야. 까마귀 아닌 체도 해야 까마귀라구. 역설 같지만 어떤 의미에선 백로 흉내까 지도 내야 그게 진짜 까마귀인 거야, 인마. 까마귀로서의 정직 좋아 하네."

"자식, 너 오늘 유난히 신랄하구나."

"내가 신랄한 게 아니고 네가 인마 웃긴 거야. 태호 같은 애는 타고 나길 순수하게 타고난 애고 너나 나는 육갑 떨어 봤자 소용없는 까마 귀야, 인마. 어차피 백로도 못 될 바에야 육갑이나 떨지 말아야지, 인 마. 정직이 뭐냐, 정직이."

"네 말도 일리는 있다. 하지만 마음속에서 못나게도 그런 충동이 드는 걸 어떡하니."

"육갑 떨고 싶은 충동이 말이지? 그렇다면야 하는 수 없겠지. 하지만 어쩐지 네 전도가 위태위태하게 느껴진다. 뭔가 불길한 예감이 들어."

"너 정말 사람 끝까지 조롱하기냐?"

"그래, 난 모르겠다. 하기야 네 일 네가 알아서 한 걸 가지고 내가 공자 왈 맹자 왈 할 필요도 없겠지."

영우는 그러나 끝내 무언가 소화가 안 된다는 듯한 표정을 지우지 않았다. 아마도 영우는, 동식이 결국은 최 마담하고의 일마저 끊어버리게 되는 것이나 아닐까 하는 위구심을 품고 있는 것 같았다.

동식은 아직 그럴 작정까지는 하고 있지 않았다. 다만 학교에는 더 이상 천연스런 얼굴을 하고 다닐 수가 없다는 심경의 지시에 따랐을 뿐이었다.

그는 병에 남은 소주를 다 비우고 잠자리에 들었다. 그러나 쉽사리 잠은 오지 않았다. 거의 한잠도 못 이루다시피 하고 그는 이튿날 아침 수옥에게 전화를 걸었다.

그녀가 간밤에 취해 있었던 상태를 염두에 두어 조금 느지막이 전화를 걸었는데 그녀는 비교적 밝은 목소리로 전화를 받았다.

"어마, 나도 방금 전화를 걸려던 참이었는데. 지난밤엔 내가 술주정을 꽤 했죠?"

"아니, 별로."

"어마, 거짓말. 기억이 꼭 확실친 않지만 별의별 소릴 다 지껄인 것 같은데. 입에 담기 힘든 욕설도 했던 것 같고……."

"하하, 어쨌든 나한테 한 욕설은 아니니까. 그건 그렇고, 보고를 한 가지 할 게 있는데 좀 나와요."

"보고요? 나한테요?"

"대단한 건 아니지만 어쨌든 내 신상에 조그만 변화가 생겼으니까 수옥 씨한테 일단 보고는 해야 할 것 같아서……."

"그래요? 무슨 일일까……."

"대단한 건 아니고 만나서 차도 한잔할 겸 좀 나와요."

"그래요, 그럼. 어디로 나갈까요?"

"P호텔 커피숍으로 나와요."

한 시간쯤 뒤 그들은 P호텔 커피숍에서 만났다. 그녀가 의아한 표정으로 물었다.

"신상에 생겼다는 변화가 뭐예요? 나한테 보고까지 할 만한."

동식은 조금 웃어 보이며 대꾸했다.

"사실은 좀 흉잡힐 만한 짓을 한 가지 했는데……."

"흉잡힐 만한 짓이라니, 나한테요?"

동식은 고개를 끄덕였다. 그녀는 고개를 갸우뚱해 보이고 나서 다시 물었다.

"뭐죠?"

"학교를 그만뒀어요."

"학교를요? 왜요?"

"글쎄…… 뭐라고 할까, 사람 못 할 짓을 한 가지라도 줄여 본다는 기분에서라고 할까."

그녀는 순간 무엇인가를 잠시 헤아리는 표정으로 동식의 얼굴을 바라보더니 묘한 웃음을 띤 얼굴로 물었다.

"왜 갑자기 그런 기분이 든 거죠?"

"글쎄, 어쩐지 그래야 할 것 같아서……. 수옥 씨를 만난 탓이라고 할까."

"뭐라구요?" 그녀는 턱을 쳐들고 웃었다. "그렇다면 정말 흉잡힐 만한 짓을 하긴 했군요. 나를 만났기 때문이라니, 그게 무슨 어울리지도 않는 멜로드라마 같은 얘기예요?"

"꼭 그렇게 흉을 볼 것 같은 예감이 들더니만……."

"동식 씨답지 않군요, 정말. 그건 동식 씨의 세계관에도 벗어나는 짓 아녜요? 동식 씨의 세계관은 세상을 허구로 보는 게 아니었나요?"

"글쎄……."

"세상 자체가 거짓을 바탕으로 세워진 것이라고 보았기 때문에 동식 씨의 행동에도 스스로 정당성을 부여할 수 있었던 게 아니었나요? 그런데 갑자기 세계관이 흔들린 듯한 행동을 하다니. 더구나 그것도 나 때문에요? 내가 무슨 『죄와 벌』의 '소냐'라도 되는 줄 아세요?"

"!"

"난 그렇게 거룩한 여자가 못 돼요. 난 말이죠, 어느 편이냐 하면 동식 씨 비슷하게 세상을 웃기는 괴물로 보는 쪽이에요. 그 괴물의 몸집에다 하다못해 손톱 생채기라도 내지 못해서 안달이 난."

그녀는 어이가 없다는 표정을 짓고 있었다. 마치 기대했던 사진사로부터 초점조차 맞추지 못한 사진이라도 받아 쥔 것처럼.

동식은 다소 겸연쩍은 표정으로 그녀를 바라보며 말했다.

"글쎄, 난 단지 학교까지 그대로 계속 나간다는 건 어쩐지 너무 염치없는 짓 같아서……. 세상이 갑자기 예뻐 보이기 시작했다거나 무슨 세계관이 바뀌었다거나 그런 뜻은 아니었고."

그녀는 믿지 못하겠다는 표정을 지었다.

"그래요? 그렇다면 어째서 나한테 흉잡힐 것 같다는 생각을 했죠?"

"하하, 그야 수옥 씨 날카로운 성격을 내가 잘 아니까."

"그건 결국 동식 씨 스스로도 무언가 쑥스러운 느낌을 갖고 있었기 때문 아녜요? 아니면 그냥 단순한 수사(修辭)에 불과하거나."

"하하, 정말 수옥 씨한텐 못 당하겠군. 하지만 둘 다 아니에요."

"그럼 뭐죠?"

"글쎄, 어떻게 설명하면 좋을까. 나 스스로 쑥스러운 느낌을 가졌던 행동도 아니었고, 그렇다고 수옥 씨한테 흉잡힐 것 같다는 내 느낌을 단순한 수사로만 말할 건 아닌데……. 이렇게나 말하면 괜찮을까. 수옥 씨를 만난 기념으로 무언가 기념이 될 만한 행동을 한 가지 하고 싶었다고. 그런데 그게 수옥 씨한테는 어쩐지 흉이 잡힐 것 같은 느낌이 들었다고."

"군색한 변명이군요. 하지만 어쨌든 나를 만난 걸 계기로 좀 덜 나쁜 사람이 되어 보기로 했다는 뜻 같은데 결국 지금까지 내가 한 얘기에서 벗어나는 건 없잖아요? 어쩐지 스멀스멀해요."

"글쎄, 난 학교엔 안 나가더라도 충분히 망나니 노릇을 하고 있다고 생각하는데."

"내가 매력을 느낀 동식 씬 망나니 노릇을 하는 동식 씨가 아녜요. 가짜 노릇을 하는 동식 씨지. 스스로가 철저히 가짜가 됨으로써 세상이 가짜라는 걸 보여 주는 동식 씨죠."

"하하, 난 별로 그런 뜻을 가지고 가짜 노릇을 한 건 아닌데."

"설사 그렇다고 하더라도 동식 씨가 가짜 노릇을 하게 된 원인이나 배경은 세상이 가짜라는 데 있으니까요. 가짜 고아원 원장에 가짜 보모에, 또 그 밖의 많은 가짜 어른들…… 내 말 부인할 수 있나요?"

"하하, 내가 어쨌든 신세 진 어른들이 들었다간 펄쩍 뛸 소리로군. 그러나저러나 난 이제 어떡하지. 수옥 씨한테 매력 없는 남자가 돼 버렸으니."

"할 수 없죠, 뭐. 이제 나 만날 생각은 말아야지. 독기 빠진 남자 난 싫으니까."

"오? 듣자 듣자 하니 수옥 씬 점점 무시무시한 소리만 하는군."

"무시무시해요? 그럴지도 모르죠, 독기 빠진 남자한테는."

"안 되겠군, 이거. 나라도 좀 더 물렁물렁해져서 이 위험한 아가씨를 중화시켜야지."

"나를 중화시켜요? 어림도 없는 소리. 내가 그렇게 호락호락 중화될 여자처럼 보여요?"

"어떡한다, 그럼? 내가 역시 독기를 다시 보충하는 수밖에 없나."

"그런다면 또 모르지만."

그제야 그녀는 눈을 흘기듯 하며 비로소 조금 웃어 보였다. 동식은 따라 웃으며 말했다.

"그렇게 흘겨보지 말아요, 무시무시하니까."

그녀는 다시 한번 눈을 흘기듯 하며 말했다.

"아무튼 학교 그만둔 건 칭찬 못 해요. 웃기는 짓이었다구요."

"하하, 그럼 남은 한 가지 직업마저 그만두면 어떨까?"

"뭐라구요? 그땐 정말 나하곤 완전히 인연 끝나는 줄 알아요."

"하하, 염려 말아요. 남은 한 가지 직업만은 무슨 일이 있어도 고수할 테니까."

"약속하는 거죠?"

"물론."

"좋아요, 그럼. 매력은 떨어졌지만 그 약속을 믿고, 학교 그만둔 건 그럼 기정사실로 내가 일단 인정을 해 주죠."

"휴우, 파문은 겨우 면했군. 자, 그럼 우리 어디 가서 이른 점심이라도 좀 해요. 난 아직 아침도 못 먹었으니까."

"어마, 가엾어라. 좋아요, 그럼 내가 살게요. 달팽이요리로 할래요?"

"천만에, 달팽이요리라면 고아원 시절에 아주 물리도록 먹었어요. 어디 가서 내장탕이나 했으면 좋겠군."

그녀는 동식의 농담을 알아듣고 웃었다.

"좋아요, 내장탕이든 맹장탕이든 어서 먹으러 나가요."

호텔 커피숍에서 나온 그들은 내장탕도 맹장탕도 아닌 설렁탕 파는 집 한 군데를 찾아 들어갔다. 그리고 설렁탕 한 그릇씩을 달게 비웠다. 그녀도 아침을 안 먹고 나온 모양이었다.

"수옥 씨도 아침식사를 안 했군? 달게 먹는 걸 보니."

"커피 한 잔밖에 안 마셨어요. 아까 전화 받았을 때가 막 커피를 마시고 나던 참이었어요. 나 아침 먹는 일 드물어요."

"그럼 못쓰는데. 귀찮아도 식사는 거르지 말아야지."

"그러는 동식 씨는요? 식사를 제때에 꼬박꼬박 하나요?"

"물론. 오늘은 예외지만. 내가 누군데? 고아원 시절에 먹을 것에 원한이 맺힌 사람인데."

"……."

그녀는 순간 표정이 흐려졌다. 동식은 웃었다.

"하하, 그렇다고 금방 우울한 표정을 지을 건 또 뭐예요, 농담을 하다가. 자, 우리 이제 배도 불렀으니 어디 가서 당구나 한 게임 칠까. 전번에 진 설욕전을 하고 싶으니까."

그제야 그녀는 표정이 다소 밝아졌다.

"그래요, 그럼. 당구 치러 가요."

그들은 곧 당구장 한 군데를 찾아가서 당구를 한 시간쯤 쳤다. 전번과 비슷하게 그녀 쪽의 우세였다. 두 게임을 쳐서 일승일패였으나 동식이 이긴 게임은 가까스로 건지다시피 한 것이었다. 그녀가 말했다.

"오늘은 비긴 걸로 해요. 그리고 나 동식 씨 아파트에 한번 가 보고 싶어요."

"내 아파트에?"

"왜, 안 돼요?"

"안 될 거야 없지만 궁상맞은 독신 남자의 아파트에 뭐가 볼 게 있겠다고."

"바로 그 궁상맞은 독신 남자가 사는 모습을 좀 보려구요. 괜찮죠?"

"글쎄, 좀 구질구질할 텐데……."

"바로 그 구질구질한 걸 보고 싶다니까요. 자, 가요, 지금."

그리고 그녀는 서둘러 계산대로 가서 당구 요금을 지불했다.

동식은 결국 그녀의 서두르는 품에 못 이겨 그녀를 자신의 아파트로 데려가는 수밖에 없었다.

아파트에 들어선 그녀는 우선 냄새부터 맡는 시늉을 했다. 그리고 뜻밖이라는 표정으로 말했다.

"어마, 독신 남자 냄새는 하나도 안 나는데요?"

"아니 그럼 결혼한 남자의 냄새라도 난다는 뜻인가."

"그게 아니고……. 어마, 남자 혼자 사는 아파트가 뭐 이렇게 깨끗하죠?"

그녀는 시선을 크게 움직여 안을 두루 둘러보며 짐짓 실망했다는 표정을 지었다. 동식은 웃었다.

"이거 왜 이래요, 뭐가 깨끗하다고. 이보다 더 구질구질하길 기대했다면 숫제 돼지우리를 기대했단 말인가."

"아녜요, 이건 역시 실망이에요. 여자 혼자 사는 아파트보다 훨씬 깨끗하지 뭐예요. 내가 부끄럽잖아요."

"자, 그 말도 안 되는 소리 그만하고 이리 앉아요. 내가 커피 한 잔 끓여 올 테니까."

동식은 그녀를 소파에 이끌어다 앉힌 다음 주방으로 갔다. 그러나 그녀는 금방 주방으로 뒤쫓아 왔다.

"내가 할게요."

"글쎄, 가서 그냥 앉아 있으라니까."

그는 가스레인지를 점화시키고 커피포트를 올려놓았다. 그리고 찻잔과 티스푼 따위를 준비했다. 그녀는 고집을 피우지는 않았다.

"그럼 난 방들이나 구경할게요." 하고 그녀는 그가 미처 말릴 겨를도 없이 주방에서 돌아 나갔다.

"어, 그건……."

곤란한데, 하려다가 동식은 그만두었다. 그녀는 이미 뒷모습을 보이고 있었고 어차피 말릴 도리도 없다고 생각했기 때문이다.

커피를 준비해 가지고 거실로 나갔을 때 그녀는 방들을 대충 둘러본 모양으로 되돌아 나오고 있었다. 그녀는 생글생글 웃고 있었다.

"이제 보니 동식 씨 아주 깔끔한 남자군요. 어쩌면 방들이 그렇게 모두 깨끗이 정돈되어 있어요? 침실이랑 서재랑……."

"하하, 뭘 가지고 깨끗이 정돈되어 있다는진 모르지만 아무튼 다행이로군. 자, 커피나 마셔요."

그녀는 소파에 앉아 커피잔을 집으며 대꾸했다.

"다행이라구요? 난 실망인걸요. 남자 혼자 사는 아파트가 좀 지저분한 구석도 있고 그래야죠."

"글쎄, 이 이상 더 어떻게 지저분해야 한다는 건지 모르겠군."

"어마, 이게 지금 지저분한 거예요? 그럼 내 아파트에 왔을 땐 흥깨나 봤겠군요?"

"흥을 보다니, 깔끔하기만 하던데."

"피이, 거짓말. 아무튼 동식 씨 성격의 일면을 오늘 봤어요."

"성격의 일면이라니?"

"매력 없는 성격의 일면. 남자라면 좀 대범해야죠. 적당히 좀 지저분하게 내버려두기도 하고."

"하하, 이거야."

"빨랫거리라도 어디 좀 쑤셔 박혀 있나 찾아봤더니 그런 것도 없고. 아이, 재미없어."

그런 것이 반드시 있으리라고 예상하고 그녀는 빨래라도 좀 해 주고 갈 생각이었던 모양이다.

동식은 마음속에 따뜻한 등불이 켜진 듯한 기쁨을 느꼈으나 내색하지 않았다.

"하하, 그럴 줄 알았으면 빨랫거리를 세탁소에 주지 말고 그냥 좀 쑤셔 박아 둘 걸 그랬군. 내가 좀 경솔했나 본데."

그녀는 눈을 흘기며 웃었다.

"아무튼 재미없어요." 그리고 그녀는 커피를 한 모금 마시고 내려놓으며 말했다. "뭐 좀 내가 대신 해 줄 일이 없나 해서 왔는데 그런 것도 없고. 뭘 하죠, 이제? 참, 바둑판 있어요?"

"바둑판?"

"있으면 바둑이나 한 판 둬요. 전번에 진 설욕전이나 하게."

"아, 좋지."

동식은 바둑판과 돌 통을 꺼내 왔다. 이따금 마음을 가라앉힐 필요가 있을 때 신문에 실리는 기보(棋譜)를 복기해 보기 위해 마련해 둔 것이었다. 마음을 가라앉히는 데에는 그 이상 좋은 방법이 없었다. 물론 고급 판이나 고급 돌은 아니었다.

바둑판을 보자 그녀는 말했다.

"언제 내가 좋은 바둑판을 하나 선물해야겠군요. 이건 너무 싸구려 판 같은데요."

"하하, 수옥 씨하고 두게 될 줄 알았으면 좀 쓸 만한 놈으로 마련을 하는 건데. 다음엔 내가 좀 괜찮은 것으로 준비를 해 두지."

"아녜요, 내가 선물할게요."

"그럼 더욱 좋고. 하지만 바둑판도 고급품은 아주 비싸요. 기백만 원씩 하는 것도 있으니까."

"더 비싼 게 있다는 것도 알아요. 하지만 그런 비싼 걸 선물하진 않을 테니까 염려 말아요."

"하하, 자, 그럼 다음엔 수옥 씨가 선물하는 좋은 판으로 두기로 하고 오늘은 우선 이걸로 두지."

"좋아요, 오늘은 내가 꼼짝 못 하게 해 줘야지."

지난번에도 경험한 일이지만 그녀의 바둑은 매우 공격적이었다. 두 점을 접혔다는 사실에 개의치 않고 도처에서 싸움을 걸어왔다. 때로는 동식의 간담이 서늘할 정도의 강수도 던져 왔다.

동식은 가능한 한 싸움을 비키면서 국면 전체의 주도권을 쥐는 방향으로 두어 갔다. 부분적인 싸움에서는 슬쩍 피해 주기도 했다. 그러나 그녀는 지난번과는 달리 용의주도했다. 여전히 공격적이면서도 쉽사리 동식의 작전에 말려들지 않았다.

"흥, 내가 지난번처럼 또 말려들 줄 알구요. 어림없어요."

"하하, 이거 눈치를 챘으니 야단났는걸. 도처의 전투에서 패하고 바둑마저 지게 생겼으니……."

"당연한 귀결이죠. 잔꾀는 통하지 않는다는 게 드러난 것뿐이니까."

결국 첫판은 동식의 패배였다. 많은 차는 아니었으나 완전한 패배였다. 두 번째 판부터는 다소 신중하게 두어 나갔다. 그런데 중요한 싸움에서 착각을 범해 또 지고 말았다. 불계패였다.

"자, 이제 한 판만 더 이기면 나 선으로 두는 거예요."

"글쎄, 그게 그렇게 잘될까."

그런데 세 번째 판에서도 그는 결국 지고 말았다. 신중하게 두어 한때 우세를 확립했었으나 끝내기에서 또 큰 실수를 범해 간소한 차로 지고 말았다.

거실에 전등을 켜야 할 시간이 되어 있었다.

동식은 일어나서 전등 스위치를 올리고 돌아와 다시 앉으며 말했다.

"오늘은 내가 완전한 패배로군. 비록 실수 탓이긴 하지만."

"어마, 비겁해. 졌으면 그냥 곱게 진 거지 거기 무슨 핑계가 따라요."

"하하, 그렇던가. 아무튼 그럼 다음부턴 선으로 둬요. 선으론 잘 안될 텐데……."

"뭐라구요? 그럼 지금 당장 한 판 더 둬요."

"글쎄, 그건 좋은데, 배고프지 않아요? 저녁 먹을 시간이 됐는데."

"배 안 고파요. 자, 한 판 더 둬요."

"그래요, 그럼."

이번에는 그녀의 선으로 시작되었다. 그녀는 첫 점만을 귀에 둔 후 빈귀의 착점도 귀 굳힘도 생략한 채 마구 걸쳐 오기부터 했다. 그도 이번에는 맞받아 싸웠다. 포석도 없이 어지러운 난전이 계속되었다. 그녀의 공격력은 대단했으나 그도 이번에는 양보하지 않고 꿋꿋이 마주 싸워 바둑판에는 도처에 사활문제가 발생했다. 그리고 그 사활문제들을 매듭짓는 솜씨에서 그가 다소 앞서 바둑은 그의 승리로 끝났다.

그녀는 약 올라 하는 눈치였으나 더 두자고 고집을 피우지는 않았다. 그리고 저녁식사를 짓겠다고 나섰다. 동식이 밖으로 나가자고 했으나 그녀는 말을 듣지 않았다. 그 대신 그에게 심부름을 시켰다. 몇 가지 찬거리를 사 오라는 심부름이었다.

동식은 도리 없이 그녀가 적어 주는 종이쪽지를 들고 슈퍼마켓에 가서 찬거리를 사 가지고 돌아왔다. 그녀는 솜씨 있게 일했다. 그가 했더라면 여러 시간이 족히 걸렸을 일을 그녀는 한 시간 미만에 끝내고 꽤 풍성한 저녁식사를 식탁 위에 차려 놓았다. 그리고 식탁에 마주 앉았을 때 그녀는 말했다.

"자, 들어요, 우리. 아까 고아원 시절 얘기를 했을 땐 속으로 얼마나 가엾던지. 먹을 것에 원한이 맺혔었다는 얘기 말예요."

"아, 그래서 이렇게……?"

"꼭 그래서는 아니지만 어쨌든 따라와서 빨래도 좀 해 주고 저녁도 좀 지어 주고 가야겠다는 생각이 그때 들었어요. 빨랫거리는 없어서 못 했지만……."

"하하, 이거 목이 메어서 음식이 넘어가겠나."

"어마? 지금 나 빈정거리는 거예요?"

"천만에……."

그는 농담을 빙자하고 있을 뿐이었다. 실제로 그는 목 안이 가득 차는 듯한 어떤 설움 비슷한 감정을 맛보고 있었던 것이다. 그녀는 순간 놀란 표정으로 그를 잠시 바라본 뒤 어이가 없다는 표정을 지었다.

"어마? 우습다, 정말. 그렇다고 눈물까지 정말 그렇게 글썽거려요?"

"……."

그는 순간 얼른 대꾸할 말을 찾지 못해 억지웃음만 조금 지어 보였다. 실제로 그는 자신도 모르는 사이에 눈언저리가 더워져 있음을 느낄 수 있었던 것이다. 그녀는 조롱기 섞인 어조로 말했다.

"어마, 안 되겠네, 정말. 내가 너무 약한 남자를 좋아하나 봐."

"미안, 미안. 내가 너무 감격해서 그만……."

동식은 애써 쾌활한 표정을 지어 보였다. 그러나 그녀는 못내 마음이 놓이지 않는다는 표정을 지우지 않았다. 그리고 그날 밤 그녀는 자신의 아파트로 돌아가지 않았다. 식사가 끝났을 때 그녀는 엄숙히 선언했다.

"나 오늘 여기서 자고 가야겠어요. 도저히 마음이 안 놓여서 안 되겠어요."

동식은 어이가 없다는 표정으로 물었다.

"마음이 안 놓이다니?"

"그렇게 약해 빠진 남자를 어떻게 안심하고 혼자 내버려두고 갈 수가 있어요."

"하하, 모르는군. 고아들이 혼자 있을 땐 상상 못 할 정도로 강해진 다는 사실을."

"어마, 그래요?"

"고아들이란 바로 혼자 있는 연습을 단단히 거친 사람들이라는 걸 미처 생각 못 했군."

"그렇군요. 그렇더라도 난 오늘 여기서 자고 가야겠어요."

"그건 또 왜지?"

"이미 선언했으니까요."

"그건 잘못된 판단을 바탕으로 한 선언이었으니까 취소할 수도 있을 텐데."

"취소 못 하겠어요, 어쨌든 선언을 한 이상은."

"그건 억진데."

"말에 책임을 지는 태도를 억지라고 생각하나요?"

"취소할 수 있는 권리를 굳이 포기하겠다는 건 억지라고 할 수 있지."

"그래서 결국 못 재워 주겠다는 뜻이에요?"

"하하, 글쎄……."

"자기 입으로 자고 가겠다고 말한 여자를 내쫓을 셈이에요?"

"야, 이건 숫제 우격다짐이로군. 할 수 없지, 그럼. 그 대신 잠자린 좀 불편하리라는 걸 각오해야 할걸. 소파에서 자야 할 테니까. 내 침대는 독신 남자 냄새가 날 테니까 권하기가 좀 뭣하고……."

"그런 건 아무래도 상관없어요. 어차피 잠자는 게 목적이 아니니까."

"그럼 뭐가 목적이지?"

"여기서 안 가는 게 목적이죠. 밤새도록 바둑이나 두든지 아니면 술이나 사다 마시면서 얘기나 하든지. 참, 아까 술도 한 병 사 오라고 할 걸 그랬죠?"

"술은 수옥 씨가 마시겠다면 아껴 둔 양주가 한 병 있긴 하지만."

"그럼 됐네요. 그 양주나 조금씩 마시면서 얘기나 하면 되겠네요."

"좋지."

"그럼 설거지부터 좀 하구요."

"나도 거들지."

"아녜요, 나 혼자 하는 게 빨라요."

그날 밤 그녀는 결국 돌아가지 않았다. 그리고 밤이 깊었을 때 그녀는 엉뚱한 제의를 했다. 양주를 조금씩 나누어 마시고 그녀의 얼굴에 술기운이 발그레 돌기 시작한 뒤였다. 그녀는 그의 얼굴을 똑바로 마주 본 채 생글생글 웃으며 말했다.

"동식 씨, 나랑 함께 살지 않을래요?"

"……."

동식으로선 전혀 예기치 못한 제의였으므로 잠시 그녀의 얼굴을 멍하니 마주 보고만 있었다. 그녀는 계속 생글생글 웃으며 말해다.

"내가 기습을 한 셈인가요? 왜 그렇게 놀란 얼굴만 하고 있죠?"

"글쎄, 너무 갑작스런 얘기라서……."

동식은 우물쭈물 대꾸했다.

그녀는 동식의 태도가 마음에 들지 않는다는 표정을 지었다.

"어마? 뭘 그렇게 우물쭈물하죠? 내 얘기 마음에 안 드나요?"

"글쎄, 마음에 들고 안 들고는 나중 문제고 우선 수옥 씨의 진의를 잘 모르겠으니까……."

"내 진의를 잘 모르겠다구요? 그야 뻔하죠, 뭐. 동식 씨하고 함께 살고 싶다는 뜻 아니겠어요?"

"글쎄, 그게……."

"좀 갑작스럽단 뜻인가요? 아니면 무슨 다른 속셈이라도 있는 것 같다는 뜻인가요? 설마 내가 동식 씨한테 얹혀 지내려는 속셈이 있어서 그러는 거라고 생각하는 건 아니겠죠?"

"그야……."

"그럼 뭐죠, 내 진의를 모르겠다는 건?"

"글쎄, 왜 갑자기 그런 생각을 했는지……."

그러자 그녀는 장난기 어린 눈빛으로 그를 잠시 말끄러미 바라본 후 즐거운 상상을 하는 얼굴이 되어 말했다.

"재미있잖아요, 생각만 해도. 각기 묘한 직업을 가진 남녀가 함께 산다, 여자는 제법 상류 계층의 남자들을 상대하는 콜걸이나 다름없는 직업이고 또 남자는……."

"수옥 씨, 그만……."

"한마디만 더 하구요. 응…… 그리고 그들은 서로 동지애를 느낀다, 아니, 서로 사랑한다, 얼마나 재미있어요."

"……."

동식은 고통스런 눈길로 그녀를 쏘아보았다.

"어마, 무서워. 왜 그런 무서운 얼굴을 하죠? 모처럼 재미난 얘기를 하고 있는데……. 난 상상만 해도 즐거워 죽겠는데."

"수옥 씨, 우리 자기 모멸은 하지 말아야지."

"어마? 자기 모멸이라뇨? 그게 어째서 자기 모멸이죠? 오히려 자존심의 고양(高揚)이라고 할 수 있죠. 동식 씬 자기가 하고 있는 일이 부끄럽다고 생각하나 보죠?"

"글쎄, 떳떳하다고 하긴 역시 어렵지 않을까."

"어마? 오늘 왜 그러죠? 낮에서부터. 꼭 씨 없는 수박처럼. 씨 없는 수박 알죠? 사람들 구미에 맞고 먹기 좋게 아예 씨까지 없애 버린 수박."

"……."

"동식 씨 오늘 정말 너무 매력 없게 군다. 속상해 죽겠네, 정말."

그리고 그녀는 잠시, 정말 속이 상한다는 눈길로 동식의 얼굴을 바라보더니 부드러운 표정이 되며 말했다.

"자, 나 좀 안아 줘요. 그렇게 씨 없는 수박 같은 얼굴 하고 있지 말고, 네?"

"……."

"어마? 여자가 안아 달라는데도 그렇게 말 한마디 없이 가만히만 있기예요?"

"……."

"내가 이러니까 갑자기 정이 떨어지나 보죠? 네? 그래요?"

동식은 웃는 도리밖에 없었다.

"글쎄, 야단을 좀 쳐 주고 싶긴 하군."

"어마? 어째서요?"

"미워서."

"어마? 내가 왜 밉죠?"

"그냥."

그는 다가가 그녀를 안았다.

그리고 무어라고 다시 말하려는 그녀의 입술을 자신의 입술로 막았다. 순간 어떤 설움 비슷한 광포한 감정이 그의 몸속을 꿰뚫고 지나갔다.

그녀는 잠시 숨을 멈추듯 하고 있다가 곧 가만히 그를 마주 안았다. 그의 감정을 알아차리고 달래려는 듯한 동작이었다.

그는 격한 감정을 억제하며 그녀의 입술을 열었다. 그녀의 입술에서는 엷은 술 냄새가 났다. 그러나 그것은 단순한 술 냄새로만 여겨지진 않았다. 차라리 그것은 비애(悲哀)의 냄새에 가깝다고 생각되었다.

그는 그 비애의 뿌리를 찾았다. 그리고 그것에 닿았다. 몸 전체가 그 비애의 뿌리 속으로 흡수되는 듯했다.

그는 자신이 완전히 흡수되기를 바랐다. 그리하여 가능하다면 자신이 무화(無化)되기를 바랐다. 그러나 그는 자신의 가엾은 무게를 지울 수가 없었다.

그는 그녀의 몸을 안아 들었다. 그녀 또한 슬픈 무게를 지니고 있었다. 그는 그 슬픈 무게를 자신의 침대가 있는 곳으로 운반했다.

그녀는 말없이 그의 움직임에 따랐다. 그가 스스로를 무화시키려는 움직임에 그녀도 말없이 동의하고 있는 듯했다. 아니, 그녀는 동의하고 있는 것은 아닐는지 몰랐다. 그가 스스로를 결코 무화시킬 수 없음을 말없이 알게 해 주려는 것인지도 몰랐다.

그는 그녀를 순수한 그녀 자신의 무게만으로 남게 했다. 그리고 자신도 순수한 자신의 무게만으로 되었다. 그러나 그 무게마저 무화시키려는 일은 쉽지가 않았다. 그녀의 비애 속으로 자신을 잦아들게 하려면 할수록 자신의 무게는 점점 또렷이 인식되어 왔다.

그는 계속 안간힘을 썼다. 자신의 무게를 지우기 위해, 뼈와 근육의 무게를 지우기 위해, 그리하여 가능하다면 목숨의 무게마저 지우기 위해.

그녀도 그의 안간힘을 도왔다. 그것이 부질없는 안간힘임을 알지만 그 부질없음이 마음 아팠기 때문인지 몰랐다.

그는 마침내 자신이 차차 무화되기 시작하는 착각을 느꼈다. 무(無)는 팽창하고 확대되었다. 그리고 마침내 그의 내부는 무로 가득 찼다…….

　그녀는 그의 무게를 모두 받아들이는 너그러움을 보여 주었다. 그러나 그것이 오래 지속될 수 없는 것임을 잘 아는 슬픈 태도였다.

　얼마 후 그녀는 달래듯 나직이 말했다.

　"이제 보니 동식 씨 순 어리광쟁이군요."

　"……."

　"나빠요, 그런 식으로 자기 학대하는 거."

　"……."

　"아까 내가 한 말은 취소해도 좋아요, 함께 살자는 말. 그게 그렇게 마음에 무거우면 말예요."

　"……."

　"어떡할까요? 취소할까요?"

　"……."

　"아이, 답답해. 취소해요?"

　"……글쎄, 모르겠어."

　"그래요, 그럼. 그 문젠 나중에 다시 생각해 보기로 해요. 나 혼자 재미나서는 안 되니까. 자, 그리고 오늘은 그만 자기로 해요."

　그녀는 그의 가슴에 가만히 손을 얹었다 거두어 갔다.

　이튿날 아침 그녀가 차린 아침 식탁 앞에 그녀와 마주 앉았을 때 동식은 말했다.

"간밤에 곰곰 생각해 봤는데, 우리 결혼하는 게 어떨까?"

"뭐라구요?" 그녀는 턱을 쳐들고 웃었다. "동식 씨랑 나랑 말이죠?"

동식은 고개를 끄덕였다.

"왜, 어색할까? 수옥 씬 집에서 밥 짓고 빨래하고 난 어디 회사 같은 데라도 취직해서 정직하게 돈 벌어 오고……. 그러면 수옥 씨가 어제 제의한 동거문제도 자연스럽게 해결된다고 할 수 있는데. 자연스러울 뿐만 아니라 아주 떳떳하게."

그녀는 기가 막힌다는 표정을 지었다.

"곰곰 생각했다는 게 고작 그렇게 속없는 모범생 같은 생각이에요? 내가 뭐 그렇게 바보 같은 모범 가정을 꾸미기 위해서 함께 살자고 한 줄 알아요?"

"그게 아닌 줄은 알지만……."

"그런데 왜 그래요? 결혼이라니, 내 참 기가 막혀."

"안 될 건 없잖을까."

"뭐라구요? 결혼이 뭔데? 그게 무슨 대단한 성취 목표라도 되나요? 동식 씨 이제 보니 이상한 착각 하고 있는 거 아녜요?"

"글쎄……."

"결혼이야말로 가장 부도덕한 야합이라는 거 모르나 보죠? 진짜 거짓말쟁이들끼리의 야합, 위선적이고 몰염치한 야합, 서로서로 눈 감아 주고 시치미 떼는 자들끼리의 야합, 일종의 연합이라고나 할까. 바보같이 그래 그 연합의 일원이 되자는 얘기예요? 자신들이 그 연합에 가담하고 있다는 걸 은근히 자랑으로 생각하거나 그것이 커다란 야합이라는 것도 모르고 있는 많은 바보 같은 사람들처럼 말예요? 바보같이 자기들이 마치 모범적인 시민인 것처럼 착각하고 있는 사람들처럼 말예요? 아니면 우리도 그 위선자들의 연합에 가담해서 자기를 속이고 한통속이 되어 편안히 살자는 얘기예요, 뭐예요?"

동식은 다소 겸연쩍은 표정으로 말했다.

"난 수옥 씨가 결혼에 대해서 그렇게까지 신랄한 생각을 갖고 있는 진 몰랐군."

그녀는 다소 누그러진 표정으로 대꾸했다.

"내가 좀 흥분했는진 모르지만 어쨌든 몰염치하고 저열한 제도임엔 틀림없어요. 난 동식 씨가 그 정도의 감각도 없으리라곤 생각도 못 했어요."

"글쎄, 수옥 씨에 비해서 난 영 숙맥이었던 모양이군……."

"생각해 봐요, 결혼한 사람치고 몰염치하거나 저열하지 않은 사람 봤나."

"글쎄, 딴은 그런 것도 같군. 제법 괜찮던 동창 아이들 중에 결혼하고 나선 점점 못쓰게 돼 버리는 아이들이 많은 걸 보면."

"어떤 의미에서 결혼제도는 사회의 허구적 질서라고 할까, 위선적 질서를 지탱해 주는 밑바탕 같은 거라고 할 수도 있어요. 몰염치나 위선의 온상이라고 할 수도 있고."

"글쎄, 좀 극단적이란 느낌은 들지만 나한텐 역시 상당히 계몽적이군. 결혼 얘기는 그럼 일단 안 했던 걸로 하지. 그 대신 오늘 수옥 씨 어머니나 뵈러 갈까?"

그녀는 순간 뜻밖인 듯 그의 얼굴을 똑바로 쳐다보았다.

동식은 그녀의 얼굴을 마주 바라보며 말했다.

"왜, 내가 한번 뵈러 가면 안 될까?"

그녀는 잠시 입을 다문 채 그의 얼굴을 쳐다보고 있다가 물었다.

"왜 갑자기 그런 생각을 했죠?"

"그냥 한번 뵙고 싶어서. 애인의 어머니를 뵙고 싶어 하는 것도 잘못인가."

그녀는 잠시 무엇인가를 헤아리는 표정이더니 잘라 말했다.

"안 돼요, 우리 엄만 바보니까 사정도 모르고 날 야단칠 거예요."

"?"

"엄만 자기가 나를 불리하게 만든다고 생각하고 있으니까요. 엄말 슬프게 할 순 없어요."

"……."

"내가 덕기라는 남자애 얘기한 적 있죠? 그 애를 데려갔을 때도 엄만 날 무척 야단쳤었어요. 그리고 그 애하고 내가 헤어지게 된 것도 자기 때문이라고 엄만 믿고 있을 거예요. 그 애가 나쁜 게 아니라 엄만 자기의 직업이 나쁘기 때문이라구요."

"난 괜찮은 사람이라고 말씀드리면 되지 않을까?"

"소용없어요. 엄마의 직업을 알면서도 괜찮다는 남자라면 그 남자한테도 반드시 무슨 큰 결함이 있을 거라고 생각할 테니까요. 엄만 내가 자기 때문에 그런 결함 있는 남자를 사귀게 되는 건 바라지 않아요. 아마 엄마가 제일 두려워하는 일일 거예요."

"그럼 난 결국 수옥 씨 어머니를 한번 뵐 수도 없단 얘기로군."

"언짢게 생각하지 말아요. 엄말 슬프게 하고 싶지 않아서 그러니까."

"……."

"그 대신 식사 마치고 우리 함께 바둑판 파는 가게나 한번 가 봐요. 내가 좀 쓸 만한 것으로 하나 선물할게요."

"바둑판이야 뭐가 급해서……."

"아녜요, 얘기 나올 김에 빨리 하나 선물하고 싶어요. 그래야 나도 가끔 와서 두기가 좋죠."

그들은 결국 식사를 마친 뒤 함께 외출했다. 그녀와 함께 아파트를 나서면서 동식은 생각했다. 동거를 하자는 그녀의 제안을 받아들일 수만 있다면 얼마나 좋을까, 그리고 이렇게 가끔 함께 외출할 수 있다면 얼마나 좋을까 하고. 그러나 동식으로선 각기 현재의 직업을 고수한 채 동거한다는 생각은 차마 받아들일 수 없는 것이었다.

그들은 종로에 있는 한 바둑판 가게에 들러서 제법 다리까지 달린 바둑판 한 개를 샀다. 물론 대금은 그녀가 지불했다. 그리고 바둑판 가게를 나섰을 때 그녀가 말했다.

"동식 씬 아파트로 다시 돌아가야겠네요. 그 바둑판을 안고 여기저기 돌아다닐 수도 없을 테니까. 같이 가서 한 판 두고 싶지만 난 볼일이 좀 있구요."

"아, 이런. 그럴 줄 알았으면 바둑판은 천천히 살 걸 그랬군."

"일찍 돌아가서 새 바둑판으로 연습이나 좀 해 둬요. 며칠 안으로 내가 도전하러 갈 테니까."

"하하, 나 이런."

"이렇게 헤어지는 것도 재미있잖아요. 나중에 전화할게요."

그리고 그녀는 밝은 미소를 남긴 채 돌아서서 행인들 사이에 섞였다. 그 뒷모습이 몹시 곧았다.

늪

수옥이 그의 아파트엘 다녀가고 며칠 후 동식은 남 여사를 만났다. 최 마담이 지정해 준 시각은 저녁 8시였는데 동식은 5분 늦게 호텔에 도착했다. 엘리베이터를 타고 올라가서 최 마담이 일러 준 객실 번호를 찾아 도어에 노크하자 안으로부터 귀에 익은 남 여사의 목소리가 글렸다.

"들어와요, 안 잠겼으니까."

동식은 도어를 열고 들어섰다. 맥주병과 컵 따위가 늘어놓인 탁자 저쪽의 의자에 앉아 담배를 피워 물고 있던 남 여사가 반색을 하며 일어섰다.

"이게 누구야? 미스터 곽 아냐? 난 또 객실 당번인 줄 알았지. 아무튼 어서 와, 오랜만야."

"미안합니다, 지하철 공사 때문에 길이 막혀서 좀 늦었습니다."

"괜찮아, 조금 늦은 걸 가지고 뭘 그래. 자, 이리 와 앉아."

남 여사는 너그러운 표정으로 자신의 맞은편 의자를 가리켰다. 동식은 다가가서 그녀가 가리킨 의자에 앉았다. 남 여사도 방금 일어났던 의자에 다시 앉으며 말했다.

"자, 맥주 한잔해. 미스터 곽 기다리는 동안 혼자서 한잔하고 있던 참야. 자……."

그리고 그녀는 맥주병을 들어 그를 향해 내밀었다. 동식은 빈 컵을 집어 그녀가 따라 주는 맥주를 받으며 물었다.

"그동안 좀 바쁘셨던 모양이죠?"

"나? 응, 조금. 왜, 나 보고 싶었어?"

"하하, 글쎄요……."

"어마? 그럼 안 보고 싶었어?"

남 여사는 기울이고 있던 맥주병을 약간 쳐들며 불만스런 표정을 지었다. 동식은 웃었다.

"그럴 리가 있나요. 하도 뵌 지가 오래돼서……."

"화가 났었단 말이지? 그래, 알았어. 내가 그럴 일이 조금 있었어. 자……."

그리고 그녀는 쳐들었던 맥주병을 다시 기울여 그의 컵을 마저 채워 주었다. 동식은 맥주컵을 입으로 가져가서 두어 모금 마시고 내려놓았다.

"어디 외국에라도 다녀오셨나요?"

"외국? 그랬으면 괜찮게. 내가 하는 사업에 문제가 약간 생겨서 그

때문에 조금 뛰어다녔어. 이젠 다 해결됐으니까 걱정 안 해도 돼. 그건 그렇고, 미스터 곽은 나 안 만나는 동안 연애 좀 했어?"

"연애는요."

"시치미 떼지 마, 얼굴에 다 쓰여 있는데 뭘 그래."

"하하, 그렇습니까? 이상한데요. 하지도 않은 연애가 어떻게 얼굴에 씌어 있죠?"

"이런 능청. 내가 질투라도 할까 봐 그래? 나 그런 속 좁은 여편네 아니라구. 전번에 내가 얘기했잖아, 젊은 애하고 연애도 좀 하고 그러라구."

"그런데 그게 어디 마음대로 돼야죠."

"뭐라구? 미스터 곽이 그런 소릴 다 해?"

"저라구 별수 있나요. 마음대로 안 되는 건 안 되는 거죠."

"말도 안 돼. 미스터 곽이 마음먹어서 안 넘어가는 여자애가 어디 있겠다구."

"마음먹을 만한 여자애가 없는 걸 어떡합니까."

"정말?"

"내가 언제 거짓말했나요."

"좋아, 그럼 나 좀 안아 줘 봐. 그럼 거짓말인지 아닌지 금방 아니까."

그리고 남 여사는 의자에서 일어나 동식의 앞으로 다가와 섰다. 동식은 앉은 채로 남 여사를 올려보며 말했다.

"하하, 뭐가 그렇게 급하세요. 시간 아직 많은데."

남 여사는 얼굴을 약간 붉혔다.

"이봐, 미스터 곽. 난 시간이 아까워."

"하하, 아무리 그래도 숨이나 좀 돌려야죠. 따라 주신 맥주도 아직 그대로 있잖습니까."

그러자 남 여사는 안색이 약간 달라졌다.

"이봐, 미스터 곽 오늘 좀 이상하군? 말투도 달라지고. 나한테 그래도 되는 거야?"

"제가 어쨌길래요?"

"아냐 달라졌어, 미스터 곽. 아무튼 나 이대로 세워 놓을 거야?"

"앉으세요."

"앉으라구?"

남 여사는 어이가 없다는 표정을 지었다. 동식은 부러 천연스러운 표정으로 말했다.

"네, 앉으세요. 따라 주신 맥주나 마저 마셔야죠."

"미스터 곽, 지금 나 모욕하는 거야?"

"모욕이라뇨, 그럴 리가 있습니까. 잠깐만 앉으세요. 나 이 맥주 마저 마실 동안."

그러며 동식은 천연스런 동작으로 맥주컵을 집어 입으로 가져갔다. 그러자 남 여사의 손이 뻗어 와 그 맥주컵을 붙잡았다.

"맥주 조금 있다 마셔."

"아니, 이거 왜 이러세요?"

"몰라서 물어?"

"그럼 내가 알면서 묻나요?"

"어마? 미스터 곽 오늘 정말 왜 그러지? 나한테 이러기로 작정한 거야?"

"글쎄, 내가 뭘 어쨌다고 그러세요?"

"……."

남 여사는 잠시 말없이 동식의 얼굴을 쏘아보았다. 그리고 천천히 의자로 도로 가서 앉으며 말했다.

"나하고 그만 만나고 싶어진 거로군, 그렇지?"

"아뇨."

"대답 확실히 해. 괜히 건성으로 그러지 말고."

"건성으로 하는 대답이 아닌걸요."

"정말이야?"

"물론이죠."

"그럼 왜 그러지? 내가 안아 달라고 한 게 순간적으로 역겨웠어?"

"……."

"솔직히 얘기해, 그랬어?" 남 여사의 표정은 다소 누그러져 있었다. 그녀다운 태도라 할 수 있었다. "응? 그랬냐구?"

"글쎄요……."

"솔직히 얘기해, 화 안 낼 테니까."

"솔직히 얘기해도 정말 괜찮겠어요?"

"글쎄, 그러라니까."

"솔직히 얘기하면 사실 좀……."

"역겨웠어?"

"역겨웠다기보다 약간, 뭐라고 할까요, 숨 가쁘다는 느낌이 들었다고 할까요."

"이런 깍쟁이, 말 돌리느라고. 알았어, 내가 좀 급했던가 봐. 자, 그잔 비우고 나 한 잔 줘."

"아, 네."

동식은 맥주컵을 들어 비우고 그녀에게 건넸다.

남 여사는 동식이 따라 준 맥주를 단숨에 비우고 나서 다시 동식에게 컵을 건네주었다.

"자, 미스터 곽도 한 잔 더 해. 그리고 기분 풀어."

동식은 컵을 넘겨받으며 대꾸했다.

"기분이 맺혔어야 풀죠."

"그래, 그래, 알았어. 하지만 내 감정도 이해를 좀 해 줬어야지. 오죽이나 미스터 곽이 보고 싶었으면 그랬겠어."

그러며 그녀는 야속하다는 눈길로 동식을 한번 흘겨보듯 하고는 맥주를 따라 주었다.

"하하, 나도 괜히 한번 그래 본 거죠, 뭐. 응석으로 생각하세요." 하고 동식은 그녀가 따라 준 맥주를 반쯤 마시고 내려놓았다. 속에서 스스로를 향한 주먹질이 느껴졌다. 남 여사는 말없이 웃고 있었다. 그녀가 웃고 있을 때의 모습은 제법 예쁜 편이라고 할 수 있었다. 젊은 시절에는 상당한 자신을 가졌던 미소였으리라.

동식은 어차피 일을 해야 한다고 생각하고 그녀를 향해 말했다.

"지금 남 여사의 모습은 사진기가 있다면 한 장 찍어 두고 싶군요. 몹시 아름다운데요."

속에선 다시 주먹질이 느껴졌다. 남 여사는 얼굴빛이 환해졌다.

"어마, 정말?"

"네, 이 순간에 내가 남 여사와 함께 있다는 사실이 행운으로 느껴지는군요."

다시 주먹질.

"거짓말. 말의 단위가 너무 높아."

"아녜요, 오히려 표현 부족이에요."

"믿어지지 않는걸."

"어떻게 하면 믿으시겠어요?"

"글쎄……."

"가만 계세요."

동식은 의자에서 일어났다. 그리고 천천히 그녀 앞으로 다가가 노예처럼 무릎을 꿇었다. 다시 주먹질. 천천히 고개를 숙여 그녀의 발등으로 입술을 가져갔다.

"어마, 뭐 하려는 거지?"

"최고의 아름다움에 대한 최대의 경의를 표하려는 겁니다."

그리고 그는 그녀의 발등에 입 맞추었다. 남 여사는 순간 전율을 일으키듯 잠시 꼼짝 않더니 곧 격정적으로 그의 몸을 붙잡아 일으켰다. 그리고는 그의 입술에 소나기 같은 입맞춤을 퍼부어 왔다. 동식은 그녀의 몸을 번쩍 안아 들었다. 그리고 침대로 운반했다. 그 사이에도 그녀는 입맞춤을 멈추지 않았다.

그녀를 침대에 누인 다음 동식은 그녀의 몸에 걸쳐진 장애물들을 제거하기 시작했다. 남 여사는 그렇게 해 주는 것을 좋아했다. 스스로 자세를 조금씩 바꾸어 그가 하는 일이 쉽도록 도왔다.

마침내 장애물들은 모두 제거되었다. 남 여사가 이번에는 그의 장애물들을 제거해 주기 시작했다. 남 여사는 스스로의 그 일도 좋아했다. 어쩌면 그 순간을 더 좋아하고 있는지도 모를 일이었다.

마침내 그도 자유로운 몸이 되었다. 그러나 그의 마음은 자유롭지 못했다. 전에는 없던 일이었다. 몸이 자유로워지는 순간에 대개 마음도 자유로워지는 것이 보통이었다. 그런데 오늘은 알 수 없게도 마음이 자꾸 움츠러들고 있었다.

그는 스스로를 독려했다. 자, 이 친구야, 어쨌건 일은 해야 할 거 아냐. 뭘 꾸물거리고 있어. 지금 와서 꾸물거리면 어쩌겠다고. 자, 출발해.

그는 출발했다.

그러나 출발은 그다지 여의유롭지 못했다. 속에서 스스로를 향해 주먹질하는 또 하나의 자신이 계속 그를 방해하고 있었기 때문이다.

비교적 익숙한 길이라고 할 수 있었으므로 더듬거릴 필요는 없었다. 눈 감고도 갈 수 있는 길이었다. 어디에 모퉁이가 있는지 어디쯤 웅덩이가 있는지 그는 잘 알고 있었으니까.

그러나 발걸음은 자꾸 멈칫거리고만 있었다. 내키지 않는 등굣길에 나선 아이의 발걸음처럼.

남 여사가 아이의 손목을 잡아끄는 엄마의 역할을 했다. 그는 마지

못해 끌려가는 아이처럼 소극적으로 움직였다.

"왜 그래, 미스터 곽? 컨디션이 오늘 안 좋은 모양 아냐?"

마침내 남 여사가 의아하다는 듯 물었다.

"글쎄, 이상한데요……."

그는 짐짓 고개를 갸우뚱해 보였다. 그리고 속에서 주먹질하는 또 하나의 자신을 억누르며 다시금 스스로를 독려했다. 어차피 가야 할 길인데 뭘 멈칫거리고 있어, 이 친구야. 자, 부지런히 걸어 봐. 힘껏 뛰어 보라구.

그는 마침내 직업적 경주자의 자세를 취했다. 그리고 직업적 경주자의 주법(走法)으로 내처 달려 보려고 했다. 그러나 경주에 필요한 탄력이 쉽사리 붙어 주지 않았다.

남 여사는 마침내 안타까운 신음소리를 내기 시작했다.

"이봐, 왜 이래? 응? 난 몰라……. 난 몰라……."

동식은 비상수단을 쓰는 수밖에 없다고 생각했다. 탄력을 물리적인 방법에 의존해서라도 얻어 내는 도리밖에 없다는 생각이었다. 그는 그 비상수단을 썼다. 그러나 그 수단마저 여의치가 않았다. 그 마지막 수단에 의해서도 필요한 탄력은 쉽사리 얻어지지가 않았던 것이다.

"가만있어 봐."

남 여사가 열에 뜬 목소리로 말했다. 그리고 자청해서 그를 돕기 시작했다. 가장 빠른 방법을 그녀는 알고 있었다. 가장 부드러운 것으로 가장 강한 것을 얻어 내는 방법이었다.

그는 기다렸다. 자신이 갖추고 있어야 할 것을 그녀가 마련해 낼 때까지…….

그러나 그녀의 수고도 큰 효험은 없었다. 그녀가 얻어 낸 것은 지극히 불충분한 탄력에 그쳤다.

"난 몰라……. 난 몰라……."

그녀가 안타까이 부르짖었다. 그는 불충분한 탄력만으로 우선 달려 보는 도리밖에 없다고 생각했다. 무리하게 겨우 경주로(競走路)에 진입했다.

경주로에는 비가 내리고 있었다. 악천후가 아니었다. 경주에 알맞은 조건이라고 할 수 있었다. 그러나 그의 주법에 필요한 탄력이 모자랐다.

그는 겨우겨우 조금씩 달렸다. 그렇게 조금씩 달리다 보면 탄력이 붙는 수도 있었기 때문이다. 드문 일이었지만 그렇게 나중에 붙은 탄력으로 오히려 멋진 결승점 통과를 경험한 일도 없지는 않았던 것이다.

그러나 오늘은 좀처럼 탄력이 붙어 주려 하지 않는다. 오히려 그나마 약화되려 하고 있었다. 반대로 경주로에는 점점 더 많은 비가 내리고 있었다. 이제 그것은 악천후에 가까웠다.

그는 늪 속에 빠진 듯한 착각을 느꼈다.

그는 안간힘을 썼다. 그대로 주저앉아서는 말이 아니었기 때문이다. 그러나 온갖 노력이 수포로 돌아가고 그는 결국 탄력을 완전히 잃은 채 늪 속에 주저앉고 말았다.

남 여사는 한숨을 쉬었다. 그리고 못내 안타까운 듯 신음을 섞어 말했다.

"이게 무슨 일야, 미스터 곽……. 도대체 왜 그러는 거지?"

"……미안합니다."

"미안하고 안 하고가 문제가 아니잖아. 도대체 왜 그러는 거냐구."

"글쎄, 이상한데요……."

"그동안 어디 아팠어?

"별로 아픈 데도 없었는데……."

"역시 애인이 생긴 모양이로구먼?"

"……."

"그랬어?"

"아뇨……."

"그럼 왜 그러지? 나 싫어?"

"별말씀을 다 하십니다."

"알 수 없네, 정말. 젊은 사람이 왜 그래? 애인이 생겼더라도 그렇지, 애인은 애인이고 난 또 나 아냐. 안 그래?"

"애인 같은 거 안 생겼어요."

"오히려 생긴 게 나을 뻔했어. 애인이 생겼으면 이러진 않을 거야. 더 좋아지면 좋아졌지."

"아무튼 미안합니다."

"아무튼 섭섭해. 난 이게 뭐지? 모처럼 잔뜩 기대를 품었다가."

"미안합니다."

"몰라, 난 이대로 못 가."

"그럼 어떡하죠?"

"그걸 나한테 물으면 어떡해. 미스터 곽 자신한테 물어봐야지."

"……."

"아까부터 좀 이상하긴 했어. 내가 안아 달랬을 때 취한 태도부터. 왜 그런 거지?"

"글쎄, 뭐 특별히……."

"아무튼 미스터 곽 전하곤 좀 달라진 게 틀림없어. 뭐 때문인진 모르지만. 혹시 무슨 곤란한 문제라도 생긴 거 아냐? 정신을 빼앗길 만한……."

"글쎄, 그런 것도 별로……."

"그러지 말고 무슨 곤란한 문제가 생겼으면 나한테 얘기해 봐. 내가 도와줄 수 있을지도 모르니까. 나한테 얘기 못 할 게 뭐가 있어?"

"없다니까요, 특별히 얘기할 만한 게."

"그럼 왜 그러지?"

"글쎄, 나도 왜 그런지 통 알 수가 없는데요. 아무튼 면목 없게 됐습니다."

남 여사는 한숨을 쉬며 팔을 뻗어 탁자 위에서 담뱃갑을 집어 왔다. 그리고 담배 두 개비를 뽑아서 입에 물더니 불을 붙여 한 개비를 그의 입술을 물려 주었다. 그는 말없이 그녀가 물려 준 담배를 빨았다. 그녀는 한숨 비슷하게 담배 연기를 내뿜고 있다가 말했다.

"가만, 미스터 곽 그동안 몸을 너무 함부로 쓴 거 아냐? 이런 식으로 만나는 여자가 나 하나가 아니지?"

동식은 펄쩍 뛰는 시늉을 했다.

"그게 무슨 소리죠? 남 여사 말고 내가 또 누굴……."

"아냐, 그렇게 펄쩍 뛸 거 없어. 내 짐작이 아마 맞을 거야. 최 마담 그 여자 보통내기가 아니라는 걸 내가 잘 아니까. 날 속인 게 틀림없어."

"글쎄, 무슨 소린지 모르겠군요."

"미스터 곽도 날 속였구……."

남 여사는 말끄러미 동식의 얼굴을 바라보았다. 동식은 웃었다.

"하하, 나중엔 별 얘길 다 듣겠군요. 내가 그럼 직업적으로 이런단 말입니까?"

"아냐, 그럼?"

"하하, 내가 오늘 좀 면목 없게 되긴 했지만 그런 의심까지 사게 될 줄은 정말 몰랐군요. 너무하신데요."

"그렇게 능청 떨지 말고 솔직하게 얘기해 봐. 그럴 수도 있지 뭘 그래."

"정말 섭섭한데요. 끝내 그렇게 날 우습게 보시깁니까."

"우습게 본 것도 없지 뭐. 직업 못 삼을 일도 아니니까."

"정말 날 그렇게 보시는 겁니까?"

"그렇게 본다면?"

"좋습니다. 나 그럼 이만 가 보겠습니다."

동식은 침대에서 몸을 일으켰다. 그러자 남 여사가 그를 붙잡았다.

"왜 이래, 미스터 곽. 삐쳤어?"

"내가 그럼 섭섭하지 않게 됐습니까?"

"농담도 좀 못 하나. 무슨 남자가 그래, 그만한 농담에 삐치길 다 하고. 자, 이리 누워. 내가 사과할게."

"……."

동식은 못 이기듯 다시 침대에 누웠다. 남 여사가 그의 뺨에 입 맞추며 말했다.

"그럴 땐 꼭 어린애 같다니까. 이쁘기도 해라."

"……."

"미안해, 화 풀어. 내가 좀 심했나 봐."

"……."

"어마? 화 안 풀 거야?"

"풀죠. 하지만 아무리 농담이라도 좀 지나치셨어요."

속에서 주먹질.

"그래, 그래, 알았어. 그러니까 미안하댔잖아."

"이제부턴 용돈 주시는 거 안 받겠습니다."

다시 주먹질.

"그건 또 무슨 소리지?"

"제가, 주시는 용돈을 염치없이 자꾸 받으니까 결국은 그런 의심까지 받는 게 아닙니까."

주먹질.

"무슨 소리야, 의심은 무슨 의심. 농담이라니까."

"농담 속에 진담이라는 얘기도 있잖습니까."

"글쎄, 아니라니까 그래. 내가 사과했잖아. 자, 내가 한 농담 잊어버리고 우리 맥주나 한 잔씩 더 해."

그리고 남 여사는 침대에서 몸을 일으켰다. 동식도 못 이기듯 침대에서 일어나 대충 옷을 주워 입었다.

남 여사는 속옷만 걸친 채로 의자에 앉아서 탁자 위의 맥주병을 집어 그에게 권했다. 그는 맥주컵을 들어 그녀가 따라 주는 맥주를 받았다. 그리고 병을 넘겨받아 그녀의 컵에도 따라 주었다.

각기 맥주컵을 비우고 났을 때 그가 말했다.

"그만 가실까요, 그럼."

"……"

남 여사는 대답하지 않고 잠시 동식의 얼굴을 쳐다보았다. 서운한 표정이었다.

"왜, 좀 더 계시겠어요?"

"나 이대론 못 가……."

"그럼……?"

"다시 한번 안아 줘야지."

남 여사는 고집스런 표정을 짓고 있었다. 동식은 웃었다. 그리고 한 손을 머리 뒤로 가져가며 말했다.

"하하, 오늘은 이만 용서해 주세요. 정말 면목 없습니다."

"싫어, 나 이대론 못 가."

남 여사는 어린아이처럼 도리질을 쳤다. 동식은 그녀를 잠시 물끄러미 바라본 뒤 말했다.

"용서하세요, 실패를 되풀이하고 싶지가 않아서 그럽니다. 또 실망을 시켜 드리고 싶지가 않아서……."

"……."

"오늘은 이상하게 정말 자신이 없습니다. 용서하세요."

"……알았어, 오늘은 그럼 내가 참지. 그 대신 다음번엔 나 실망시킴 안 돼?"

"네, 그건 약속하죠."

"이상하다, 미스터 곽, 오늘 정말……."

"네, 나도 그렇게 생각하고 있습니다."

"알았어, 오늘은 그럼 우리 그만 가."

그리고 남 여사는 의자에서 일어나 옷차림을 갖추기 시작했다. 머리 모양도 손질하고 화장도 약간 고쳤다. 그리고는 핸드백에서 수표 한 장을 꺼내 동식에게 내밀었다.

"자, 용돈. 딴소릴랑 말고."

"염치가 없어서……."

"글쎄, 딴소린 말랬잖아."

"알았습니다."

동식은 수표를 받아서 호주머니에 넣었다. 남 여사가 말했다.

"자, 그럼 나 먼저 갈게."

동식은 의자에서 일어났다.

"네, 그럼 안녕히……."

남 여사는 그러나 움직이지 않았다. 동식은 그녀가 기다리는 것이 무엇인지 알고 있었다. 그는 다가가 그녀의 상반신을 안았다. 그리고 그녀의 입술에 입 맞추었다. 그녀는 그의 목에 매달려 탐욕스럽게 그의 입맞춤을 받아들였다. 그리고는 아쉬운 듯 그로부터 떨어져 눈인사를 남긴 채 방에서 걸어 나갔다.

동식은 다시 의자에 앉았다. 맥주가 아직 조금 남아 있는 병이 있었다. 그는 남아 있는 맥주를 컵에 따랐다. 그리고 그것을 천천히 마시기 시작했다.

문득 처량한 느낌이 들었다. 비참한 느낌에 가까웠다고 할까. 자신이 매우 가엾게 느껴졌다. 그리고 구역질이 났다. 수옥의 얼굴이 떠올랐다. 재미나다는 듯 생글생글 웃고 있는 얼굴이었다. 그는 그 얼굴을 지우기 위해 컵에 남은 맥주를 단숨에 입속에 털어 넣었다. 그리고 의자에서 일어나 비어 있는 침대로 가서 벌렁 드러누웠다.

남 여사는 지금쯤 호텔 정문을 겨우 벗어나고 있을 것이었다. 10분쯤은 더 기다렸다가 나가야 한다. 그는 조금 전의 경주(競走)를 생각해 보았다. 쓴웃음이 나왔다. 이제 이 직업도 그다지 여의치 못할 것 같다는 느낌이 들었다. 왜냐하면 그것은 자의식을 잘 다스릴 수 있어야 하는 직업이었으므로. 오늘처럼 자의식을 다스리지 못해서는 글러 먹었다고 할 수밖에 없었다.

그는 10분쯤 더 그렇게 침대에 누워 있다가 그 객실을 나섰다. 그리고 엘리베이터를 타고 내려와서 호텔 정문을 빠져나왔을 때 누군가가 그의 어깨를 건드렸다. 돌아보니 두 명의 낯선 사내가 무표정한 얼굴로 그를 바라보고 있었다.

"왜 그러시죠?"

동식은 물었다. 두 사내는 말없이 양쪽에서 그의 두 팔을 잡았다.

동식은 잡힌 두 팔을 뿌리치려 했다. 그러나 두 사내는 더욱 완강한 힘으로 그를 제압했다. 그리고 그중 한 사내가 말했다.

"찍소리 말고 따라와, 죽고 싶지 않으면."

"도대체 당신들은 누구요?"

"차차 알게 돼."

"혹시 사람 잘못 본 거 아뇨?"

"우린 그따위 실순 안 해."

그리고 그들은 근처에 세워진 한 승용차 속으로 그를 떠밀어 넣었다. 두 사내 중 하나가 뒤따라 올라탔고 나머지 한 사내는 반대편 도어로 올라타서 동식을 제압했다.

동식은 두 사내의 사이에 끼어 앉아 어이가 없다는 듯 물었다.

"도대체 왜들 이러는 거요? 뭔가 잘못된 거 아뇨?"

"찍소리 말고 가만있어. 금방 알게 돼."

동식의 왼편에 앉은 사내가 험상궂은 표정으로 대꾸하고 앞의 운전석을 향해 말했다.

"어이, 출발해."

이미 시동이 걸려 있던 승용차는 곧 난폭하게 출발했다. 그 바람에 뒷좌석에 앉은 동식과 두 사내는 퉁겨지듯 좌석 등받이에 기대어졌다.

"어이, 차 좀 살살 몰지 못해." 하고 동식의 오른편에 앉은 사내가 짜증스레 말했다.

"아, 미안, 미안." 하고, 운전대를 잡은 사내가 룸미러 쪽을 힐끗 쳐다보며 대꾸했다. 동식은 다소 침착해질 필요가 있다고 생각했다. 우선 이 예기치 못한 사태를 이해할 필요가 있었다. 필경 남 여사와 관련된 사태이리라는 짐작이 들었다. 그는 좌우를 돌아보며 다소 침착한 표정으로 물었다.

"선생들이 누군지나 좀 압시다. 이거 도무지 답답해서 견딜 수가 없지 않소."

그러자 오른편에 앉은 사내가 대꾸했다. 하관이 빤 사내였다.

"그런 건 알 필요 없어. 잠자코 따라오기만 하면 돼."

"어디로 가는 거요?"

"가 보면 알아."

"내 이름은 곽동식이라고 하는데 선생들을 심부름시킨 사람이 이 곽동식이를 데려오라고 합디까?"

"당신 이름 따윈 아무래도 상관없어."

"그럼 도대체 뭣 때문에 이러는지나 좀 압시다."

그러자 왼편에 앉은 이마가 몹시 좁은 사내가 위협적인 목소리로 말했다.

"까불지 말고 가만있어. 곧 알게 해 줄 테니까."

동식은 부러 웃어 보였다.

"선생들은 직업적으로 이런 심부름을 하는 사람들이오?"

"뭐라구? 이 새끼가!"

왼편에 앉은 사내가 험상궂은 표정으로 동식을 노려보았다. 금방 주먹이라도 휘두를 기세였다. 동식은 잠시 입을 다물고 있다가 말했다.

"……좋소, 아무튼 가 봅시다. 뭐 때문에 그러는진 모르지만."

"그래, 인마. 까불지 말고 국으로 가만있어."

얼마 후 승용차는 어느 낯선 골목으로 접어들었다. 그리고 한 허름한 건물의 차고 속으로 미끄러져 들어갔다.

승용차가 차고 속으로 들어서자 철제 셔터가 다시 내려지고 동식은 차에서 끌려 내렸다. 사방이 콘크리트 벽으로 둘러막힌 공간에 촉광이 낮은 백열전구 하나가 매달려 있었다. 그리고 한쪽 구석에 야전용 침대 하나가 놓여 있는 모습이 보였다.

동식을 차에서 끌어 내린 사내들은 그를 그 야전용 침대 위에 떼밀어 앉혔다. 그리고 운전하던 사내를 포함해서 세 사내가 그의 앞에 버티고 섰다.

"어이, 시작하지."

하관이 빤 사내가 말했다.

"그럴까."

이마 좁은 사내가 대꾸하자,

"잠깐, 설명부터 좀 하고."

운전하던 사내가 말했다.

"우린 보수를 받고 심부름만 하는 거니까 우릴 원망하진 말라구. 우릴 심부름시킨 사람이 당신을 좀 만져 주라고 했어."

"그게 누구요?"

동식은 물었다.

"그건 말할 수가 없어. 우리 직업상의 비밀이니까. 단 당신이 오늘 만난 여자를 앞으론 당신이 만나지 않길 바라는 사람이라는 것만 말해 두지."

"남편이오, 그럼?"

"글쎄, 그건 말할 수 없다니까."

순간 누군가의 발길이 동식의 얼굴을 향해 날아들었다. 동식은 미처 피할 겨를도 없이 그 발길에 채어 한쪽으로 쓰러졌다. 그는 반사적으로 몸을 일으켰다. 그러자 또 하나의 발길이 그를 향해 날아들었다. 그는 다시 피하지 못하고 그 발길에 채어 쓰러졌다. 이번엔 그는 금방 일어나지 못했다.

누군가가 그를 등 뒤로부터 껴안아 일으켰다. 그리고 대기하고 있는 나머지 두 사내 쪽으로 돌려세웠다. 순간 동식은 있는 힘을 다해 두 팔꿈치로 뒤쪽의 사내를 쥐어질렀다. 그리고 앞에 서 있는 두 사내를 향해 덤벼들었다.

그러나 그들은 재빨리 양쪽으로 흩어지며 다리를 걸어 그를 쓰러뜨렸다. 콘크리트 바닥에 쓰러진 동식은 재빨리 다시 몸을 일으켰다. 그러나 그가 미처 대비할 겨를 없이 사내들의 주먹과 발길, 그리고 무릎이 날아들었다.

동식이 쓰러지자 누군가가 다시 등 뒤로부터 그를 껴안아 일으켰다. 그리고 수없는 주먹이 복부를 향해 날아들었다. 동식은 마침내 기진하여 늘어졌다.

"자식이 팔딱거리긴."

사내들 중 하나가 말했다.

"어떡할까? 이 정도로 해 둘까, 아예 조금 더 손을 볼까."

"자식 연장을 손 좀 봐 주는 게 어때? 연장 믿고 까부는 자식이니까."

"야, 인마, 그건 좀 심해. 네 연장이 부실하면 부실했지 남의 연장까지 못 쓰게 만들 참야?"

"어? 너 자식, 말 다 했니?"

"하하, 내 말이 그럼 틀려, 인마? 아무튼 그건 좀 심해. 주문에도 없었고……."

"누가 알아, 인마. 보너스라도 받게 될지."

"야, 인마, 그래도 그러는 게 아냐. 이 정도면 우리 할 일은 다 했어. 그만 가자구. 저 친군 싣고 가다가 적당한 데다 부려 놓으면 되는 거구."

동식은 늘어진 채로 그들의 수작을 들었다. 그리고 곧 질질 끌려서 다시 차에 태워졌다.

그들은 늘어진 동식을 싣고 차고에서 빠져나와 얼마인가를 달리다가 그를 어느 낯선 골목의 담벼락 밑에 버렸다. 그리고는 유유히 사라져 버렸다.

동식은 얼마 동안 그 낯선 담벼락 밑에 넝마처럼 쓰러져 있었다. 몸의 여기저기가 쑤시고 결림은 물론 몸 전체가 마치 수렁 속에라도 빠진 듯 운신할 수가 없었다. 스스로의 몸이 마치 젖은 걸레 조각처럼 느껴졌다고 할까. 게다가 눈두덩마저 부어올라 시야조차 흐리멍덩했다.

자신이 쓰러져 있는 장소가 어디쯤인지도 가늠할 수가 없었다.

그러나 그는 언제까지고 거기 그렇게 쓰러져 있을 수는 없다고 생각했다. 어쨌든 아파트로 돌아가야 한다고 생각했다. 안간힘을 써서 그는 겨우 몸을 일으켜 담벼락에 기대앉았다. 그리고 잠시 숨을 돌린 다음 무릎을 펴고 일어서 보려 했다. 무릎이 후들후들 떨리고 옆구리가 결렸다. 도저히 그대로 일어설 수가 없었다. 그는 다시 담벼락 밑에 주저앉았다. 구토증이 치밀어 올랐다.

그는 주저앉은 채로 토했다. 구토물이 솟구쳐 오를 때마다 몸의 여기저기가 결렸다. 누군가 이쪽으로 다가오는 발자국 소리가 들리는가 싶더니 그의 앞에서 빠른 속도로 변해 멀어져 갔다.

얼마간 토하기를 마치고 그는 다시 안간힘을 써서 담벼락을 짚고 일어섰다. 여전히 무릎이 후들거리고 옆구리가 결렸다. 그러나 그는 담벼락에 의지한 채 간신히 버티어 낸 후 안간힘을 써서 조금씩 걷기 시작했다.

저만큼 큰길로 통하는 듯한 작은 샛골목이 보였고 그 샛골목 저쪽으로 이따금 자동차의 불빛들이 보였다. 그는 그 샛골목을 향해 걸었다. 그리고 간신히 그 샛골목을 빠져나오자 자동차들이 다니는 큰길이 나섰다.

그는 가로수에 등을 기댄 채 간신히 버티어 서서 지나가는 택시들을 향해 손을 내저었다. 머리에 불을 켠 빈 택시들도 그의 앞을 그냥 통과해 버렸다. 그는 후들거리는 다리를 이끌고 차도 한복판으로 나섰다. 여러 대의 택시가 여전히 그를 피해 달아났다. 귀찮은 술주정

꾼으로 여기고 있음이 분명했다. 그는 이를 악물고 버티어 서서 계속 택시들을 향해 손을 내저었다.

한참 만에야 겨우 빈 택시 한 대가 그의 앞에 멎었다. 그는 도어를 열고 쓰러지듯 택시 안으로 기어들었다. 나이가 지긋해 보이는 운전 사가 다소 걱정스런 표정으로 돌아보며 물었다.

"어디로 모실까요, 손님?"

동식은 자신의 아파트가 있는 방향을 겨우 말했다. 그리고는 좌석 에 그대로 쓰러졌다. 운전사의 혀 차는 소리가 들렸다.

"쯧쯧, 젊은 양반이 적당히 좀 마시지."

동식은 그 소리가 고맙게만 느껴졌다. 그것은 어쨌든 그를 구조해 준 사람의 말이었으니까.

택시가 그의 아파트 앞에 도착했을 때 그는 후한 택시 요금을 지불 하고 간신히 택시에서 내렸다. 그리고 안간힘을 써서 겨우 자신의 아 파트로 올라와서는 거실 바닥에 그대로 쓰러졌다. 아무런 생각도 떠 오르지 않았다. 분하다는 느낌도 비참하다는 느낌도 들지 않았다. 굴 욕을 당했다는 느낌도 들지 않았다. 다만 이대로 어디론가 잦아들고 싶다는 느낌만 들었다. 끝없이, 끝없이⋯⋯.

수옥은 나쁜 꿈을 꾸었다. 수렁 속에 빠진 꿈이었다. 아무리 허우적 거려도 그 수렁 속에서 빠져나올 수가 없었다. 허우적거릴수록 점점 더 깊이 빠져들기만 했다.

그리고 한순간 그녀는 수렁 속에 빠진 게 자기 혼자만이 아니라는 사실을 발견했다. 언제부턴지 동식도 함께 빠져 있었다. 그도 허우적

거리고 있었다. 그녀로부터 불과 팔 한번 뻗으면 닿을 수 있는 거리였는데, 그리고 분명 이쪽으로 접근하려는 몸짓이 역력했는데 더 이상 접근해 오지 못하고 있었다. 그의 헛된 몸짓을 수렁이 잡아먹고 있었다. 그녀도 그를 향해 팔을 내저었다. 그러나 그녀의 팔 역시 그에게 미치지 못하고 있었다. 거의 닿을 듯한 순간이면 수렁이 그녀의 팔을 끌어당겼다.

그들은 조금도 가까워지지 못하고 점점 더 깊이 가라앉고 있었다. 동식은 절망적인 표정을 짓고 있었다. 그녀도 절망적인 눈짓을 그에게 보냈다. 그러면서도 서로 손을 잡으려는 헛된 노력을 계속했다. 그러나 그들은 점점 더 깊이 가라앉고만 있을 뿐이었다. 조금도 서로 더 이상 가까워지지 못한 채……. 그리고 마침내 동식의 얼굴이 보이지 않게 되었다. 그의 허공을 향한 팔만이 남았다. 그리고 마침내 그의 가엾은 두 손만이 남았다.

순간 수옥은 외마디 소리를 지르면서 깨어났다. 아침이었다. 수렁 위로 가엾게 내밀어졌던 그의 두 손이 또렷이 눈앞에 보이는 듯했다. 강한 잔상(殘像)처럼…….

그녀는 침대 위에 일어나 앉았다. 간밤에 주 언니의 아파트에 돌아와 그에게 전화를 걸었을 때 받지 않던 기억이 났다. 두어 차례 더 시도를 해 보고 그녀는 잠자리에 들었었다. 그가 아파트에 돌아오지 않았다고 생각했다. 그녀가 때때로 그러는 것처럼 그도 돌아오지 못할 경우가 있을 것이라고 생각했다. 다른 불길한 생각 따위는 해 보지도 않았었다.

그러나 지금은 왠지 불길한 생각이 든다. 간밤에 불길한 생각을 해 보지 않았다는 사실이 갑자기 불길하게 느껴진다. 꿈 때문인지 모른다.

　그녀는 침대에서 빠져나와 거실로 나갔다. 그리고 전화기 앞에 다가가 앉아 다이얼을 돌리기 시작했다. 몇 차례 신호 가는 소리가 들린 다음 귓속이 열렸다.

　“……여보세요.”

　다소 잠긴 듯한 목소리였으나 동식의 목소리가 틀림없었다.

　“어마, 나예요, 동식 씨. 언제 들어왔어요?” 그녀는 안도의 기분을 맛보며 물었다. “간밤엔 전화 안 받던데.”

　“아, 전활 했었군…….”

　그의 목소리는 어딘가 힘이 없이 들렸다.

　“어마, 그런데 목소리가 왜 그렇게 힘이 없죠? 어디 아파요?”

　“아니, 그저…….”

　“아니 그저라뇨? 그런 대답이 어디 있어요. 정말 어디 아픈 거 아녜요?”

　“아프긴……. 자다 일어나서 그렇겠지.”

　“자다 일어나요? 그럼 아침에 돌아온 게 아녜요?”

　“아침에? 아니…….”

　“어마? 그럼 간밤엔 전화 왜 안 받았죠? 늦게 걸었는데.”

　“글쎄, 내가 잠이 깊이 들었던 모양이군…….”

　그는 무언가 감추려 하고 있는 것 같았다. 적어도 우물쭈물하고 있는 것으로 수옥에게는 느껴졌다. 그녀는 물었다.

"뭐라구요? 아무리 잠이 깊이 들었기로서니 전화벨 소리도 못 들었단 말예요? 더구나 한 번만 건 것도 아닌데."

"글쎄, 내가 좀 취하기도 했었으니까……."

"아녜요, 동식 씨 지금 뭔가 나한테 감추는 게 있어요. 뭐죠?"

"감추기는, 내가 수옥 씨한테 무얼……."

"아녜요, 분명 나한테 무언가 지금 감추고 있어요. 무슨 일이 있었죠?"

"글쎄, 일은 무슨 일……."

"아녜요, 분명 무슨 일이 있었어요. 나 지금 그리 갈게요."

"아, 오면 안 돼……."

그는 당황한 목소리를 내고 있었다. 그녀는 놓치지 않고 물었다.

"네? 왜요? 왜 내가 그리 가면 안 되죠?"

"글쎄, 그건 안돼……."

"이상하다, 왜 그렇게 당황하죠? 누구하고 같이 있나요? 어떤 여자하고라도?"

"그렇게 생각해 줬으면 좋겠어. 아니, 나 지금…… 어떤 여자하고 같이 있어."

"거짓말 말아요. 그런다고 내가 속을 것 같아요? 아무튼 나 지금 그리 갈 테니까 그런 줄 알아요. 여자하고 같이 있다면 가서 쫓아내기도 할 겸."

그리고 수옥은 전화를 끊었다. 여자하고 같이 있다는 말은 거짓말임에 틀림없지만 어쨌든 무슨 일이 있었음에는 분명한 것 같았다. 심지어 여자하고 같이 있다는 말을 할 정도로 그녀가 가는 것을 꺼리는 이유는 무엇일까.

부지런히 대충 옷차림을 갖추고 그녀가 아파트를 나서려 할 즈음 전화벨이 울렸다. 그가 거는 전화임에 틀림없었다. 그녀는 잠시 망설인 뒤 전화벨을 무시하고 내처 아파트를 나섰다.

그리고 택시로 그의 아파트에 도착해서 엘리베이터를 타고 올라가 현관의 벨을 눌렀을 때 그는 금방 문을 열어 주지 않았다. 그녀는 두어 차례 더 요란하게 벨을 눌렀다. 그제야 안으로부터 그의 목소리가 들렸다.

"누구세요?"

"나예요, 문 빨리 열어요."

그는 잠시 아무런 대꾸가 없었다. 그녀는 재촉했다.

"뭘 해요? 문 빨리 열지 않구."

"미안해, 오늘은 그냥 돌아가 줘."

"뭐라구요? 말도 안 돼. 문 안 열면 나 소리 지를 거예요."

"……."

"어마? 정말 문 안 열어 줄 거예요?"

"미안해, 부탁이야."

"어마? 왜 그러죠, 정말? 나 소리 질러요."

"……."

"어마?"

그제야 도리 없다는 듯 빗장 풀리는 소리가 들리며 도어가 반쯤 열렸다. 수옥은 잡아채듯 도어를 활짝 열고 안으로 들어섰다. 그리고 그의 얼굴을 본 순간 그녀는 온몸에 전율이 스쳐 감을 느꼈다. 그의 얼굴은 차마 눈 뜨고 볼 수 없을 정도로 완전히 남의 얼굴이 되어 있었다. 눈두덩과 콧등이 온통 부어오르고 입술이 터진 그의 얼굴은 완전히 낯선 사람의 얼굴이었다.

수옥은 한순간 자신도 모르게 고개를 틀어 그를 외면했다. 차마 그의 얼굴을 똑바로 쳐다볼 수가 없었기 때문이다.

그가 나직이 말하고 있었다.

"거봐, 내가 오지 말랬잖아……."

"도대체 어떻게 된 거예요?"

수옥은 그를 외면한 채로 물었다.

"응…… 벌을 좀 받았어."

"벌을 받아요?"

그제야 수옥은 고개를 바로 해서 힐문하듯 그의 얼굴을 쳐다보았다. 그는 터진 입술을 일그러뜨려 웃어 보였다.

"응, 아주 톡톡히 벌을 받았지. 못된 짓을 하고 돌아다닌 데 대한……. 아무튼 이왕 왔으니까 그렇게 서 있지 말고 들어와."

수옥은 거실로 들어서서 그를 따라 소파 쪽으로 걸어가 앉으며 물었다.

"……그러니까 누구한테 테러를 당했단 말예요?"

그는 고통스런 동작으로 맞은편 소파에 앉았다. 몸을 움직이는 것이 무척 힘겨워 보였다.

"테러라기보다…… 역시 벌을 받았다고 해야 하겠지. 사람 못 할 짓을 하고 다닌 죄로."

"무슨 얘기예요, 도대체? 어떤 작자들한테 어떻게 당했길래 얼굴이 그렇게까지 못쓰게 됐어요?"

"그렇게 보기 흉해?"

"말이라고 해요, 그럼? 완전히 딴 사람 얼굴이 왜 가지구서."

"하하, 야단났는데, 그럼. 수옥 씨한테 시세 폭락이 되게 생겼으니. 그럴까 봐 내가 오지 말라고 한 건데."

농담을 하고 있는 그의 얼굴은 수옥의 마음을 더욱 아프게 했다.

"……도대체 어떤 작자들한테 그렇게 당한 거예요?"

"글쎄, 그건 나도 정확히 몰라."

"뭐예요?"

"어떤 아줌마하고 호텔에서 만나고 나오는 길에 다짜고짜 끌려가서 당한 거니까. 내가 호텔에서 나오길 기다리고 있던 친구한테. 직업적인 친구들 같았어."

"그럼 동식 씨가 호텔에서 만났다는 그 어떤 아줌마라는 여자의 남편이 시킨 짓이겠군요."

"아마 그렇겠지. 그 친구들 확실한 대답은 안 해 줬지만. 자기들 직업상의 비밀이라면서."

"약 올라. 그래, 몇 명한테 그렇게 당한 거예요?"

"세 명이었어."

"고작 세 명한테 그렇게까지 당했어요? 동식 씬 소매치기 기술 같은 건 배워 두었다면서 그래 태권도 같은 건 좀 안 배워 뒀어요?"

"글쎄, 그런 것도 좀 배워 뒀어야 하는 건데. 하긴 그랬어도 마찬가지였겠지만. 그 친구들 워낙 프로들이었으니까."

"아이, 분해. 정 뭣하면 이빨로 물어뜯지도 좀 못했어요?"

"하하, 수옥 씨가 옆에 있었더라면 내가 이 지경까진 되지 않았겠군."

"얼굴이 그렇게 되고도 농담이 나오니 다행이군요. 아무튼 그래. 그렇게 당하고 돌아와서 밤새 혼자 끙끙 앓은 거예요? 전화도 안 받고?"

"전환 몰랐는데."

"알 만해요, 어느 정도였는지. 나랑 같이 병원부터 가 봐요."

그러자 그는 고개를 저었다.

"병원은 이삼일 그냥 좀 쉬면 돼. 어디가 부러진 것 같진 않으니까."

"그래도 치료를 해야죠. 얼굴이 그게 뭐예요?"

수옥은 재촉했다. 그러나 그는 움직이지 않았다.

"이삼일 지나면 가라앉을 거야. 오히려 얼굴에 살이 찐 것 같은 게 기분이 괜찮은걸. 약간의 자극이 있는 것도 과히 나쁘진 않구."

"기가 막혀. 그렇게 자극감이 좋다면 고춧가루라도 갖다가 얼굴에 더 뿌려 줄까요?"

"하하, 그건 안 되지. 고춧가루는 음식에 쳐 먹어야 하니까. 참, 이

왕 왔으니까 나 콩나물국이나 좀 끓여 줬으면 좋겠군. 고춧가루는 콩
나물국에 쳐서 먹는 게 제격이기도 하구."

"콩나물국 먹고 싶어요?"

"응, 실은 속이 좀 쓰려."

"그래요, 그럼."

수옥은 소파에서 일어났다.

"그 대신 아침 먹고 나선 병원에 가 보기에요?"

"글쎄, 병원에 안 가도 된다니까."

"그럼 나 콩나물국 안 끓여 줄 거예요."

"그럼 안 먹는 도리밖에."

"고집은. 알았어요, 나 그럼 콩나물 사 가지고 올 테니까 잠깐 기다
려요."

그리고 수옥은 그를 남겨 둔 채 그의 아파트를 나섰다. 가슴이 찢
기는 듯 아팠다. 겉으로 태평스런 표정을 짓고 있지만 속으로 그는
얼마나 심한 굴욕감을 맛보고 있을 것인가. 밤새 얼마나 심한 굴욕감
에 시달렸을 것인가. 얼굴이 저 지경으로 망그러졌으면 다른 곳은 또
어떻겠는가. 몸을 움직이는 것조차 몹시 힘겨워 보이지 않던가. 다른
일로 당했으면 또 모른다. 그냥 불량배들을 만나서 당한 일이면 또
모른다…….

그녀는 찢어질 듯한 가슴을 억누르며 슈퍼마켓으로 향했다. 그리
고 슈퍼마켓에 도착해서 콩나물을 비롯한 몇 가지 찬거리를 사 가지
고 그의 아파트로 돌아왔다.

그는 전화를 받고 있다가 수옥을 흘끗 쳐다보았다. 그리고 송화기에 대고 말했다.

"네, 알았습니다. 염려 마세요. 제가 언제 규칙 위반한 적 있습니까. 이삼일 뒤에 꼭 나갈게요. 네, 오늘은 몸이 좀 아파서 도저히……. 네, 염려 마세요. 이삼일 후에 꼭 나가 뵙죠. 네, 그럼 안녕히……."

그가 송수화기를 내려놓았을 때 수옥은 물었다.

"무슨 전화예요?"

"아, 최 마담이라고 아줌마들 소개해 주는 여자야. 수수료를 내라는 거지."

"그런데 그렇게 황송하게 전화를 받아요?"

"그야 내 버릇인걸."

"이제 그 버릇 좀 고쳐요. 나 화나요."

"알았어. 앞으론 안 그러지."

그는 온통 부어오른 얼굴로 애써 미소를 지어 보였다. 수옥은 눈을 흘겨보았다.

"웃지 말아요, 그 얼굴로. 보기 싫어요."

"하하, 이거 웃지도 못하겠군."

"어마, 또. 가만있어요, 내가 콩나물국 맛있게 끓여 줄 테니까."

그러며 수옥은 부엌으로 향했다. 그리고 아침을 지어 식탁을 차린 뒤 그와 마주 만났을 때 그녀는 제의했다.

"나 오늘부터 동식 씨 다 나을 때까지 여기 있을게요. 괜찮죠?"

"글쎄……."

"간호사 겸 영양사 자격으로. 어때요?"

"……."

"전번에 동거하자는 제의는 보기 좋게 거절당한 셈이지만 이건 시한부니까 괜찮겠죠? 당장 밥해 줄 사람도 아쉬울 테고."

"글쎄, 고맙긴 하지만……."

"고맙긴 하지만 그러다 내가 그냥 눌러앉기라도 할까 봐 겁이 나나요?"

"아냐, 그런 뜻이……. 무슨 농담을 하는 거야. 미안해서 그러지."

"어마? 동식 씨 나한테 그러기예요? 미안해서 그런다구요?"

"미안하지, 그럼. 내가 무슨 훌륭한 일을 위해 싸우다 다친 것도 아니고……."

"훌륭한 일을 위해 싸우다 다치는 건 어떤 건데요?"

"그야……."

"그만둬요. 또 무슨 씨 없는 수박 같은 소릴 하려고 그래요. 아무튼 나 결정했어요, 오늘부터 당분간 여기 있기로. 동식 씨가 뭐라고 해도 소용없어요. 난 한번 결정하면 그대로 밀고 나가는 성미니까. 그리 알고 자, 어서 식사나 해요."

그는 대꾸 없이 그녀의 얼굴을 잠시 바라보더니 도리 없다는 듯 콩나물국을 떠서 입으로 가져갔다. 콩나물국을 떠넣는 입술의 모양이 몹시 불편해 보였다. 입술을 빌려줄 수만 있다면 빌려주고 싶다고 수옥은 생각했다. 그러나 입술은 빌려줄 수 있는 게 못되었다.

그는 어렵게 콩나물국 한 숟갈을 입속에 넣고 맛보는 시늉을 하더니 그녀를 칭찬했다.

"역시 수옥 씨 콩나물국 솜씨는 알아줘야겠군."

"경황에 칭찬까지 하느라고……. 입맛이나 제대로 있겠어요?"

"입맛은 써. 하지만 수옥 씨 솜씨를 못 알아볼 정돈 아냐."

"그럼 일단 내가 여기로 있기로 한 결정에 반대는 못 하겠군요? 원한다면 끼니마다 콩나물국은 끓여 줄 수 있으니까."

그는 힘없이 웃었다.

"반대는커녕 실은 내가 부탁하고 싶은 일이지. 불감청이언정 고소원이란 말 있잖아. 단지 내가 미안해서 그러지."

"어마, 또. 그 미안하다는 말 또 한 번만 하면 나 동식 씨 이제 안 만날 거예요?"

"아, 그럼 다신 안 하지."

"약속해요. 그럼."

그녀는 새끼손가락을 펴서 내밀었다. 그는 힘없이 웃으며 자신의 새끼손가락을 내밀어 그녀의 손가락에 걸었다. 순간 수옥은 그의 손바닥에도 상처가 있는 것을 보았다. 시멘트 바닥 같은 데에 쓸린 듯한 상처였다. 가슴이 다시 찢기는 듯 아파 왔다.

"어디 한 군데 성한 데라곤 없군요. 도대체 얼마나 당했길래……."

그녀는 안쓰러운 눈길로 그를 바라보았다. 그는 당황한 표정으로 손을 거두어들였다.

"아, 이건 내가 그냥 넘어지면서 다친 거라구."

"……그 자식들 어떻게 보복할 방법 없나요?"

"신경 쓸 것 없어. 벌써 한 번은 당했어야 할 일이니까."

그는 쓸쓸한 표정으로 말했다.

그리고 곧 쓸쓸히 웃으며 덧붙였다.

"여태까지 아무 일 없던 게 되레 이상하지. 게다가 그 친구들은 그게 또 직업이고……."

"마음 한번 넓군요." 수옥은 불만스런 표정으로 말했다. "나, 같으면 어떡해서든 보복할 방법을 찾을 거예요."

"글쎄, 난 왜 그런지 당할 일을 당한 것 같은 기분이 들어서 그런 기분은 들지 않는군……."

"기가 막혀……. 아무튼 어서 식사나 해요. 다 식었겠어요. 콩나물국 좀 다시 데울까요?"

"아니 괜찮아."

그럭저럭 식사를 마치고 났을 때(그는 조금밖에 들지 못했다) 수옥은 말했다.

"이제 들어가서 좀 누워 있어요. 난 설거지도 하고 빨래도 좀 해야겠으니까요. 어제 입었던 옷 어디다 벗어 놨죠?"

"놔둬. 나중에 세탁소에 맡기면 되니까."

"아녜요, 내놔요. 내가 봐서 세탁소에 맡길 건 맡기고 내가 빨 수 있는 건 빨고 그럴게요."

"글쎄, 놔두라니까."

"좋아요, 그럼 아무튼 들어가서 누워 있기나 해요."

그리고 그녀는 그를 떼밀다시피 그의 침실로 데려가서 침대에 눕

게 했다. 그는 못 이기듯 그녀가 시키는 대로 했다. 마치 엄격한 간호사 앞에서 순종하는 환자처럼.

그녀는 이불을 끌어 올려 여며 준 뒤 그의 터진 입술에 가만히 입 맞춰 주었다. 그리고 상반신을 들려는 순간 그가 그녀의 팔을 잡았다.

"설거지 나중에 해. 그리고 거기 앉아서 무슨 얘기나 좀 해 줘."

"무슨 얘기를요?"

"아무 얘기나."

"어마? 갑자기 환자 행세가 하고 싶어졌어요?"

"응, 좋은 간호사가 옆에 있으니까 갑자기 환자 행세를 하고 싶군."

"좋아요, 그럼 무슨 얘기를 할까요."

그녀는 침대 가장자리에 걸터앉은 채 응석을 받아 주는 눈길로 그를 굽어보았다. 그는 그녀를 올려다보며 대꾸했다.

"아무 얘기나. 옛날얘기도 좋고 수옥 씨가 감명 깊게 읽은 소설 얘기도 좋고……."

"응……그럼 요즘 유행하는 식인종 시리즈나 얘기해 줄까요? 알아요?"

"식인종 시리즈? 모르겠는데."

"식인종 부자가 서울에 왔어요. 기차를 처음 본 아들이 아버지한테 물었어요. 아빠, 저게 뭐야? 응, 그건 김밥이란다."

"하하, 뭐라구? 김밥?"

"또 있어요, 시리즈니까. 비행기를 처음 본 아들이 또 물었어요. 아빠, 저건? 응, 그건 통조림."

"하하, 통조림?"

"엘리베이터를 처음 본 아들이 또 물었어요. 아빠, 저건 또 뭐야? 으응, 그건 자동판매기라는 거야."

"하하, 뭐라구?"

"아들을 공중목욕탕에 데리고 간 아버지가 말했어요. 어? 내 밥에 누가 물 말아 놨지?"

"하하하……."

"부자가 거지들 앞으로 지나가게 됐어요. 아들이 거지를 하나 사 달라고 조르니까 아버지 아버지의 대답이……."

수옥은 잠시 사이를 두었다가 물었다.

"뭐였는지 알아요?"

"글쎄……."

"얘야, 안 된다. 저건 불량식품이란다."

"하하하……."

"지독한 농담이죠? 요즘 초등학교 학생들 간에 대유행이래요."

"뭐? 초등학교 학생들 간에?"

"그렇대요, 끔찍한 일예요. 더 지독한 얘기도 있지만 그건 차마 입에 못 담겠어요."

"또 있어? 그럼 얘길 해 봐."

"싫어요, 이건 정말 너무 지독해서 얘기 못 해요."

"하하, 그러니까 호기심이 더 당기는데. 운만 떼 놓고 사람 애태우지 말고 어서 얘기해 봐."

"몰라요, 난 그럼. 아버지가 아들을 데리고 버스에 탔대요. 내릴 때 버스 요금을 한 사람 몫만 내니까 안내양이 아들 몫은 왜 안 내느냐고 따졌대요. 그러니까 아버지의 대답이……."

"아버지의 대답이?"

"몰라요, 이건 차마 말 못 하겠어요."

"얘기해 봐. 어차피 모두 지독한 얘기였는데 뭘 그래. 아버지의 대답이?"

"……이건 내 도시락이야, 아가씨."

"어이쿠, 그건 정말 지독하구만……."

"거봐요, 안 들으니만 못하죠?"

"글쎄, 그런데. 전에 유행하던 지옥 시리즈는 그래도 애교가 있는 편이었는데 그 식인종 시리즈는 좀 지독한 느낌이 없지 않구만……."

"사람들 심성이 그만큼 더 살벌해진 거겠죠, 뭐."

"일종의 지독한 허무주의 냄새가 나는군. 어린아이들이 그런 농담을 한다는 건 무서운데."

"내가 괜히 얘기했나 보죠?"

"아니, 그런 게 있다면 나도 알곤 있어야지."

"그럼 누워 있어요. 나 우선 설거지라도 좀 해 놓고 올게요."

그러며 수옥은 침대 가장자리에서 상반신을 일으켰다. 그러자 그가 다시 손을 뻗어 그녀의 팔을 잡았다.

"조금만 더 앉아 있어. 설거진 천천히 해도 되잖아. 이왕 간호사 노릇을 하기로 했으면 좀 철저히 해야지. 또 무슨 얘기 없어?"

수옥은 도리 없이 다시 침대 가장자리에 걸터앉으며 물었다.

"글쎄, 무슨 얘길 또 하란 말예요?"

"아무 얘기나. 그 비슷한 얘기 또 뭐 없어?"

"없어요, 이제."

"그럼 다른 얘기라도 좋아. 아무 얘기나. 이렇게 누워서 수옥 씨 얘기를 듣는 게 아주 행복하군. 날 이렇게 만들어 놓은 친구들한테 고마운 느낌이 들 지경이야."

"뭐예요? 말도 안 돼."

"기분이 그렇다는 얘기야. 자, 아무 얘기든 또 좀 해 봐. 어떤 얘기라도 좋으니까."

"무슨 얘길 하지……. 참, 내가 그 뒷얘기 안 했죠? 일본 남자하고 호텔까지 동행했다가 도망쳐 나온 뒤에 있었던 얘기."

순간 그의 얼굴빛이 흐려지는 것을 수옥은 보았으나 모른 체하고 내처 이야기했다.

"여기서 자고 나서 동식 씨하고 바둑판 사러 갔다가 헤어진 다음에 나 일 나가는 데 언니한테 전활 걸었더니, 글쎄 당장 그리 좀 오라지 뭐예요."

그는 잠자코 그녀의 이야기를 듣고 있었다. 수옥은 말을 이었다.

"야단칠 게 뻔했지만 갔죠, 뭐. 정 못 참을 정도면 일 안 나가면 그뿐이라는 생각으로. 그랬더니, 그 언니 주 언니라고 하는데 뜻밖에 아주 상냥하게 대해요. 그러면서 도대체 어떻게 된 거냐는 거예요. 어떻게 되긴 뭐가 어떻게 됐냐고 했더니 그 일본 남자가 다음 날 그리 찾아왔었다는 거예요. 나를 찾길래 없다고 하니까 목숨을 구해 줘서 매우 고맙다고 전해 달라면서 10만 원짜리 수표 한 장을 맡겨 놓고 갔다는 거예요. 속으로 얼마나 우습든지. 딴에 그런 오기라도 부리지 않곤 못 견디겠던 모양이죠? 어떻게 생각해요?"

"글쎄, 정말 목숨을 살려 줘서 고맙다고 생각했는지도 모르지……."

"그게 아녜요. 너는 나를 골탕 먹였다고 생각할지 모르지만 나는 별로 타격을 받지 않았다, 오히려 재미있다고 생각했다, 내가 재미있게 생각했다면 너는 아마 놀라겠지. 그런 얄팍한 오기지 뭐예요. 수표를 맡기고 간 것도 그런 속셈에서구."

"그 후엔 또 안 왔었구?"

"안 왔어요. 그땐 오기를 부리느라고 그랬겠지만 창피해서 또 올수가 있겠어요."

"어쨌든 유쾌한 얘긴 못 되는군."

"어마? 아무 얘기나 하라고 해 놓구서. 그래요, 그럼 딴 얘기 해요. 참, 동식 씬 정말 전에 좋아한 여자가 하나도 없었어요?"

"없었어."

"정말?"

"그렇다니까.

"초등학교나 중학교 때도요?"

그러자 그는 잠시 기억을 더듬는 표정이 되었다.

"……초등학교 때 실은 좋아한 여자애가 있긴 하나 있었어."

"거봐요, 있었지. 그 얘기나 좀 해 봐요."

그는 쓸쓸히 웃었다.

"그럴까. ……5학년 때였어. 옆 반에 부반장 하던 여자애가 하나 있었는데 부잣집 애였지. 얼굴도 아주 희고 옷차림도 유별나게 깔끔했어. 조금 야윈 편이었고 눈이 아주 맑고 컸지. 우리 반에도 예쁘장한 여자애들은 더러 있었지만 난 유독 그 애가 마음에 들었어. 먼발치에서 그 애의 모습만 봐도 괜히 속이 울렁거리고 그랬지. 어쩌다 복도 같은 데서 마주치기라도 하면 난 그 애를 똑바로 쳐다볼 수가 없어서 슬그머니 눈길을 피하곤 했어. 그 앤 딴 애들한테도 마찬가지였지만 항상 날 깔보는 듯한 눈길이었지. 말 한번 제대로 주고받은 기억도 없어."

"그걸로 끝이에요?"

"아냐……. 그런데 여름방학이 돼서 그 앨 한동안 볼 수 없게 됐지. 난 개학이 되기만 기다렸어. 참 지루한 여름방학이었지. 그런데 방학이 끝나고 막상 개학을 했는데도 그 애의 모습이 통 보이질 않는 거야. 일주일이 지나고 한 달이 가까워 오도록 말야."

"전학을 가 버렸군요?"

"그랬으면 좋은데……."

"그럼…… 죽었나요?"

"아니, 죽진 않았어. 그 앤 개학한 지 두 달 만엔가 학교에 다시 모습을 나타냈으니까. 단지 그 모습이 전하곤 달랐어……."

그는 잠시 고통스러운 듯한 표정을 지었다.

수옥은 물었다.

"모습이 어떻게 달라졌는데요?"

"응, 목발을 짚고 있었어. 딴 애들이 하는 소리가 방학 중에 교통사고를 당했다는 거야. 목발을 짚고 학교에 나타난 그 애를 보는 순간 난 가슴이 찢어지는 듯 아팠지. 아마 내가 타인 때문에 정말 가슴을 아파해 본 최초의 경험이었을 거야."

"가엾어라. 그 뒤엔 그래 어떻게 됐어요? 그 여자앤 좀 덜 거만해졌나요?"

"아니, 그 반대였어. 전보다 더 거만하게 구는 것 같았어. 여자애의 얼굴이 그렇게 쌀쌀한 걸 전엔 본 적이 없었지. 어쩌다 복도에서라도 마주쳐서 내가 호의 어린 시선을 보내면 그 앤 싸늘한 얼굴로 숫제 나 따윈 본 체도 안 했어. 내 딴엔 동정심을 표시하려는 뜻이었는데 실망이 컸지."

"그건 아마 자존심 때문에 그랬을 거예요."

"지금 생각해 보면 그랬던 것 같아. 하지만 당시엔 그 애가 더 까마득한 데 있는 것 같은 느낌이었어. 나 따윈 가까이 가 볼 수도 없는."

"가엾어라. 그래 그 뒤에도 그 애랑 조금도 가까워지진 못했구요?"

"응, 졸업할 때까지 내내 그 상태였지. 그 앤 학교에 안 나오는 날이 많았고, 졸업식 때도 그 앤 참석을 안 했어. 그리고 졸업한 뒤론 그 앨 한 번도 못 봤지."

"아주 비련(悲戀)이었군요."

"짝사랑이었지. 지금 생각해 보면 그 여자애가 반드시 그렇게 좋은 애는 아니었다는 생각도 들지만. 저희 집이 부자라는 사실을 옷차림은 말할 것도 없지만 표정에서 온몸에 걸쳐 남김없이 드러내고 다니던 애니까. 마치 딴 애들하고 자기는 신분이 같지 않다는 듯이.”

“어마, 그건 혹시 끝내 짝사랑으로 끝난 상대방에 대한 원한에서 나오는 소리 아녜요?”

“하하, 다 자란 지금 원한이 남았으면 얼마나 남았겠어. 그건 그렇고, 수옥 씬 혹시 남자애들 마음 아프게 하거나 주눅 들게 한 일 없어?”

“어마? 동식 씨가 그 애한테 주눅이 들었으면 들었지 왜 나한테까지 화살을 돌리죠?”

“글쎄, 있어, 없어?”

“그걸 내가 어떻게 알아요. 난 별로 그런 기억이 없지만 혹시 알아요? 나 때문에 어떤 남자애가 혹시 공연히 주눅이 들어 가지고 끙끙 앓았는지.”

“그건 내 경우도 상대방 여자애는 전혀 신경도 쓰지 않았는데 나 혼자서 공연히 주눅이 들어 가지고 끙끙 앓았을 거란 얘기야?”

“그랬을 가능성도 충분히 있죠, 뭐. 특별한 경우가 아닌 한 여자애들이 남자애들한테 뭐 그렇게 신경을 쓰는 줄 알아요. 더욱이 초등학교 시절에.”

“하하, 이거 그럼 나만 더 우스워지잖아.”

“당연하죠, 뭐. 왜 나한테까지 화살을 돌리랬어요.”

“하하, 그게 실수였나.”

“자, 나 이제 그만 설거지하러 가 봐도 되죠?”

수옥이 일어서자 그는 이제 더 이상 붙잡지 않았다. 그리고 편안한 표정으로 그녀가 방에서 나가는 모습을 바라보았다. 이젠 혼자서 누워 있을 만하다는 듯이. 수옥은 가벼운 기분이 되어 부엌으로 향했다.

설거지를 마치고 수옥은 대충 청소까지 했다. 그리고 그가 어제 입었던 옷(필경 더럽혀졌을 터이므로)을 찾아보았으나 눈에 띄지 않았다. 그녀가 슈퍼마켓에 간 사이 어디다 감춰 둔 모양이었다.

나중에 그에게 물으리라고 생각하고 그녀는 커피를 끓여 쟁반에 받쳐 들고 다시 그의 침실로 갔다. 그는 잠들어 있었다. 온통 부어오른 얼굴이었지만 편안한 표정이었다. 필경 밤새 제대로 잠을 이루지 못했다가 그녀와 이야기를 나누는 동안 기분이 다소 편안해져서 잠이 든 모양이었다.

수옥은 커피 쟁반을 받쳐 든 채 잠시 조용히 그의 얼굴을 내려다보았다. 부어오르고 상처 난 얼굴이 더욱 그가 고아임을 나타내 주고 있는 것 같았다. 그리고 잠든 얼굴은 더욱 그러한 느낌을 짙게 했다. 터진 입술을 조금 벌리듯 하고 자고 있는 모습이 더 그런 느낌을 갖게 했다. 그녀는 한동안 그렇게 조용히 서서 그의 얼굴을 내려다보았다. 마음속이 다시 서서히 아파 오기 시작했다.

사랑해 주리라, 그가 원할 때까지는 사랑해 주리라고 그녀는 생각했다. 그리고 커피 쟁반을 받쳐 든 채 조용히 몸을 돌이키려는 순간 그가 눈을 떴다. 그는 잠시 아둔한 표정을 지었다가 그녀를 발견하고 말했다.

"아, 내가 깜빡 잠이 들었었나 보지. 언제 들어왔어?"

"그냥 더 자요. 잠든 줄 알았으면 안 들어올 걸 그랬어요."

"아냐, 아주 푹 잔 느낌인걸. 한 시간은 잔 모양인데."

"내가 여기서 나간 게 한 시간 남짓밖에 안 됐는데 무얼 한 시간씩이나 자요. 자, 나 나갈 테니까 조금 더 자요."

"아냐, 어쨌든 아주 잘 잤어. 그게 뭐지? 커피?"

"네, 잠든 줄 모르고 갖고 왔어요."

"그럼, 이리 줘. 마시게."

그러며 그는 엉거주춤 상반신을 일으켜 손을 내밀었다.

"글쎄, 더 자라니까요. 커피는 나중에 마시고."

"아냐, 지금 마시고 싶어."

그는 고집스레 말했다. 수옥은 도리 없이 침대 가장자리에 걸터앉으며 커피잔을 그의 손에 쥐여 주었다. 그는 상반신을 좀 더 일으켜 커피잔을 받아 쥐고는 비스듬히 기대앉아 커피를 마시기 시작했다. 그녀도 침대 가장자리에 걸터앉은 채로 커피를 마셨다.

그가 말했다.

"이렇게 훌륭한 커피 맛은 난생처음이군. 어떻게 이렇게 맛있게 끓였지?"

"맛있어요, 정말?"

"글쎄, 이렇게 훌륭한 맛은 난생처음이라니까."

"그럼 짧은 시간이지만 정말 달게 자긴 한 모양이군요. 특별한 것도 없는 커피가 맛있다는 거 보니까."

"아냐, 달게 자기도 했지만 이건 보통 커피 맛이 아냐."

"보통 커피예요, 동식 씨 찬장에 있던."

"그러니까 수옥 씨 솜씨가 특별하달밖에. 자, 그 커피 한 잔 마시고 났더니 온몸이 다 개운해지는 것 같은데. 우리 바둑 한 판 둘까?"

"뭐라구요? 그 몸을 해 가지구요?"

"문제없어. 자, 한 판 두자구."

그러며 그는 침대에서 빠져나왔다.

그때 수옥은 그가 얼굴을 찡그리는 걸 보았다. 억지로 기운을 내보이고는 있었으나 역시 몸이 매우 불편함에 틀림없었다.

"거봐요, 공연한 만용이지. 그냥 누워 있어요."

"아냐, 괜찮아. 옆구리가 약간 결렸을 뿐야. 바둑 한 판 두는 덴 아무 지장 없다구."

그는 끝내 고집을 부려 거실로 나와서 며칠 전 수옥이 선물한 새 바둑판을 꺼내놓았다. 수옥은 도리 없이 그와 마주 앉아 바둑을 두기 시작했다.

연달아 세 판을 두었는데 세 판 모두 수옥의 일방적인 패배였다. 수옥이 다소 양보하는 기분을 갖기도 했었지만 그는 뜻밖에 마음이 아주 편안한 듯 거의 실수라곤 하지 않았던 것이다. 그가 말했다.

"이상한데, 수옥 씨 바둑이 오늘 유난히 물렁하군. 간호사 입장이라 양보한 거 아냐?"

"천만에요, 이상하게 오늘은 꼼짝 못 하겠네요. 약 오르지만 할 수 없죠, 뭐. 다음에 복수전을 하는 수밖에. 동식 씨가 오늘 수가 너무 잘 보이나 봐요."

"하하, 너그러운 간호사하고 함께 있으니까 내가 마음이 아주 편안해진 모양이지?"

"그렇다면 그건 안 되겠는데요? 내가 가든지 해야지."

"그건 또 무슨 소리야?"

"그렇게 지독히 당한 사람이 마음이 편안해지는 건 찬성할 수 없으니까요. 하다못해 이라도 갈아야지."

"하하, 내가 또 야단맞을 소릴 했군. 하지만 간호사의 입장이란 환자의 마음이 편안해지도록 돕는 게 아닐까?"

"하지만 이 경운 달라요. 사람이 그렇게 물러 빠져서 어떡해요? 게다가 내가 함께 있어서 마음이 더 그렇게 편안해진다면 내가 가 버리든지 해야죠."

"아니, 이거 간호사의 사명은 완전히 망각한 듯한 소리로군. 알았어, 알았다구. 내 되도록 마음이 불편해지도록 노력하지."

수옥은 따라 웃으며 말했다.

"동식 씨 부모님들이 어떤 분들인지 궁금하군요. 어떤 분들이길래 이런 물러 빠진 아들을 낳으셨는지."

그러자 그도 쓸쓸히 웃었다.

"글쎄, 어떤 양반들이었을까? 실은 나도 궁금해. 어떤 양반들이었길래 낳자마자 고아원에 맡겨 버렸는지. 맡긴 것도 숫제 고아원 문 앞에다 버리고 간 모양이지만."

"……."

수옥은 공연한 얘기를 꺼냈다고 후회했다. 그는 계속해서 말했다.

"전쟁 중이었으니까 물론 그럴 만한 사정은 여러 가지로 충분히 생각해 볼 수 있지. 나를 잉태시킨 아버지는 전쟁터에 나가서 죽고 나를 낳은 어머니는 도저히 혼자서는 나를 혼자 기울 수가 없는 형편이었을 수도 있고, 또 그 밖에 여러 가지로 상상해 볼 수가 있지. 그중에서 내가 가장 재미있게 상상해 본 건 이런 거야. 전쟁 중에 흔히 있는 일이겠지만 한 처녀가 불의의 아기를 갖게 되었다. 이를테면 사랑의 결과로서가 아니라 폭력의 결과로서. 그리고 아기를 갖게 한 그 폭력의 주인공은 어디 사는 누군지도 모르고 이제 행방도 모른다, 그런데 아기를 낳게 되었다. 고심 끝에 고아원에 맡기기로 한다, 그런데 차마 사람들을 만날 수가 없어서 문 앞에 버리고 간다……."

그리고 그는 수옥을 건너다보며 웃었다.

"어때? 있음 직한 일이지?"

수옥은 나무라는 시선으로 그를 바라보았다.

"나빠요, 그런 식으로 비틀어서 생각하는 건."

"비틀어서 생각하는 게 아냐, 충분히 있음 직한 상상이지."

"다른 피치 못할 사정도 얼마든지 있을 수 있죠, 뭐. 자기 부모에 대해 그런 식으로 상상하는 거 찬성 못 해요."

"하하, 그런 면에선 수옥 씨 또 아주 보수적이로군."

"보수적이라서가 아녜요. 자기 부모에 대해서 그런 식으로 생각하는 사람이 어디 있어요. 동식 씬 부모님을 원망하고 있나 보죠?"

"원망? 천만에, 다만 사실이 궁금할 뿐이지."

"그렇다고 그래 그런 비틀린 상상을 다 해요?"

"그런 경우도 충분히 상상해 볼 수 있다 이거지. 전쟁 중이었으니까. 재미있잖아."

"재미 하나도 없어요."

"그럼 할 수 없지. 자, 그건 그렇고 나 배고픈데. 점심 좀 먹을 수 있을까?"

"어마? 배가 고프면 고팠지 점심 좀 먹을 수 있을까는 또 뭐예요, 먹을 수 있을까는."

"하하, 차려 줄 사람이 있으니까 괜히 한번 거들먹거려 본 거지."

"어마, 이런 남자 장가들었다간 마누라깨나 부려 먹겠네. 아무튼 그럼 조금 기다려요, 점심 차릴 테니까."

그러며 수옥은 일어섰다. 그러자 그가 그녀를 올려다보며 말했다.

"가만, 우리 짜장면이나 시켜다 먹지. 수옥 씨 짜장면 안 좋아해?"

"왜, 부려 먹는 것 같아서 그래요?"

"아니, 갑자기 짜장면이 먹고 싶어서 그래."

"난 짜장면 싫어해요."

"그럼 다른 중국요린 어때?"

"마찬가지예요. 난 중국음식 싫어해요. 잔말 말고 잠깐만 기다려요, 내가 밥 새로 지을 테니까."

그러며 수옥은 그가 뭐라고 더 이상 대꾸할 겨를을 주지 않고 부지런히 부엌으로 향했다. 그가 짜장면이 먹고 싶다고 한 것은 그녀를 수고시키지 않으려는 생각에서임이 분명했기 때문이다. 그는 등 뒤에서 중얼거리는 듯했으나 더 이상 고집하진 않았다.

새로 점심을 지어 식탁에 차려 놓고 그와 마주 앉았을 때 수옥은 물었다.

"어때요? 지금도 짜장면이 먹고 싶어요?"

그는 고개를 저으며 웃었다.

"아니, 하지만 이건 너무 분에 넘친 호강을 하는 것 같아서. 점심에 새로 지은 따뜻한 밥이라니, 역시 나를 이렇게 만들어 놓은 친구들한테 새삼 고마운 기분이 드는걸."

"뭐라구요? 또 그 소리예요?"

"그 친구들 아니었으면 이런 호강을 어떻게 해 보겠어."

"기가 막혀."

"자, 들지, 우리. 물론 수옥 씨에 대한 고마운 마음이야 따로 말할 필요도 없지."

그때 현관 쪽에서 초인종 소리가 울렸다.

그는 수저를 들려다 말고 의아한 표정을 지었다.

"누굴까. 올 사람이 없을 텐데. 월부 책장산가?"

그리고 그는 의자에서 몸을 일으켜 현관 쪽으로 걸어 나갔다. 그가 묻는 소리가 들렸다.

"누구세요?"

그러자 밖에서 남자의 목소리가 들렸다.

"나다, 나. 문 좀 열어라."

"어, 자식, 네가 웬일이지?"

도어 열리는 소리가 들리고 곧 누군가가 안으로 들어서는 구둣발

소리가 들렸다.

"요 근처에 볼일이 좀 있어서 왔다가 너 좀 보고 가려고 들렀다. 어? 너 그런데 얼굴이 왜 그 모양이냐?"

"응, 조금 다쳤다."

"다쳐? 다친 게 아니라 잔뜩 얻어터진 얼굴인데?"

"그럴 일이 좀 있었어."

"그럴 일이 있었다구? 자식, 이거 어떻게 된 거지? 어쩐지 내가 들러 보고 싶더라니. 가만, 너 지금 혼자가 아니로구나. 웬 여자 신발이냐?"

"응, 손님이 있어. 아무튼 들어와."

"야, 이거 사람 정신 못 차리게 하는데. 얼굴은 어디서 잔뜩 얻어터져 가지고 목불인견인 데다가 또 여자 손님이라……. 야 인마, 나 그냥 가야겠다. 훼방꾼 노릇 하고 싶진 않으니까."

"까불지 말고 들어와, 인마."

"아냐, 갈게. 나중에 욕먹고 싶지 않으니까."

그때 수옥이 부엌에서 걸어 나갔다. 그리고 아직 현관에 서 있는, 동식의 친구인 듯한 남자에게 말했다.

"들어오세요. 저 상관 마시구요."

그러자 그는 당황한 눈길로 그녀를 쳐다보며 말했다.

"아, 이거 실례했습니다. 가까이 계신 줄 모르고 그만……."

동식이 말했다.

"자식이 당황하긴. 아무튼 들어와, 인마. 그리고 서로 인사해. 이쪽은 민수옥 씨, 그리고 이쪽은⋯⋯."

그러자 현관에 서 있던 남자가 안으로 들어서서 고개를 꾸벅해 보이며 말했다.

"신영우라고 합니다. 이 친구하곤 고등학교 시절부터 가까운 사입니다."

"안녕하세요."

수옥도 그를 향해 고개를 숙여 보이며 인사했다. 동식이 그를 향해 말했다.

"너 발 한번 길다. 우리 지금 마악 점심 먹으려던 참인데 생각 있으면 같이 먹자. 점심 아직 안 먹었지?"

그러자 그는 수옥의 눈치를 살피듯 하며 대꾸했다.

"야, 이거 단단히 미움받이 노릇을 하게 됐구나. 단란한 점심식사까지 방해한 꼴이 됐으니."

"잔소리 말고 이리 와, 인마. 같이 먹어."

그러자 그는 수옥 쪽을 쳐다보며 물었다.

"괜찮겠습니까?"

"물론이에요. 같이 드세요."

수옥은 상냥하게 대답했다. 그리고 부엌으로 먼저 들어와 한 사람 몫의 식사와 수저를 더 식탁 위에 마련했다. 세 사람이 식탁에 둘러앉았을 때 동식이 말했다.

"자, 다행히 시작하기 전이니까 먹던 음식은 아냐. 들자구."

"좋은 의미로든 나쁜 의미로든 아무튼 내가 알맞은 시간에 나타나긴 했구나." 하고 나서 그는 수옥 쪽을 쳐다보며 말했다. "보나 마나 수옥 씨께서 차리신 점심일 텐데 그럼 염치불구하고 들겠습니다."

"별말씀을 다 하세요. 어서 드세요."

수옥은 상냥하게 대꾸했다. 그리고 식사가 시작되었을 때 그가 못내 궁금증을 못 견디겠다는 듯 동식에게 물었다.

"그런데 도대체 그 얼굴은 어떻게 된 거냐?"

"응, 그저 그럴 일이 좀 있었다고만 알아 둬라."

"뭐라구? 너 정말 끝내 그러기냐? 나한테까지 숨길 건 없잖아."

"글쎄, 잠자코 밥이나 먹어, 인마."

"어? 자식이 내가 모처럼 단란한 점심식사를 방해해서 화가 났나? 수옥 씨, 수옥 씨께선 아십니까, 이 친구 얼굴이 왜 이 지경이 됐는 지?"

그는 수옥 쪽을 쳐다보았다. 수옥은 조금 웃어 보였다.

"글쎄요, 본인이 더 잘 알겠죠, 뭐."

"그러니까 대충은 아신다는 뜻이군요. 도대체 왜 저 지경이 됐답니 까?"

"본인 말로는 벌을 받은 거라고 하던데요."

"벌이오? 누구한테요?"

"세 명의 남자였대요, 처음 보는."

"뭐라구요? 그럼 테러를 당했단 말입니까?"

"본인 말로는, 테러라기보단 역시 벌을 받았다고 해야 옳다던데 요."

"뭐라구요? 음……."

그는 무슨 생각을 했는지 입을 다물고 동식 쪽을 힐끗 쳐다보았다. 동식은 빙그레 웃고 있었다. 그러자 그는 동식을 향해 멸시의 시선을 보냈다.

"벼엉신, 그래 꼼짝 못 하고 그 지경이 되도록 얻어터졌어?"

"그렇게 됐다. 너도 조심해, 인마."

"뭐라구? 자식이, 이게……."

그는 순간 당황한 표정으로 힐끗 수옥의 눈치를 살폈다. 수옥은 못 본 체하고 젓가락을 반찬 그릇 쪽으로 가져갔다. 그도 동식과 비슷한 직업을 가졌는지 모른다는 생각이 스쳤다. 그가 말하고 있었다.

"……말조심해, 인마. 아무나 너처럼 얻어터지고 다니는 줄 아니?"

"그래, 미안하다, 미안해. 이제 잠자코 밥이나 먹어라."

동식은 얼버무리듯 그렇게 말했고 그도 더 이상 길게 얘기하는 것은 유익할 게 없다고 판단한 눈치로 입을 다물었다. 그리고 식사를 마친 뒤 거실로 나와 커피를 한 잔씩 마시고 났을 때 그는 말했다.

"자, 난 그럼 그만 가 봐야겠는데. 사람은 물러갈 때를 알아야 하니까."

그리고 그는 일어서서 수옥을 향해 말했다.

"초면에 실례 많았습니다. 이 친구 좀 잘 부탁합니다."

"왜, 벌써 가시게요?"

수옥은 따라 일어서며 물었다.

"네, 저 친구가 아무래도 절 미워하는 것 같아서요. 점심 맛있게 잘 먹었습니다.”

그는 현관으로 나섰고 동식과 수옥은 현관에서 그를 배웅했다. 그가 문밖으로 사라지자마자 동식은 느닷없이 수옥을 두 팔 속에 가두었다.

“어마? 어마? 왜 이러죠?”

수옥은 그의 두 팔 속에 갇힌 채로 몸을 움츠렸다. 동식은 그녀를 가둔 채 말했다.

“자식한테 방해받은 시간이 억울해서 그래. 이렇게라도 만회를 하려고.”

“어마? 뚱딴지같은 소리.”

“둘이만 있을 땐 느긋했는데 자식이 불쑥 나타나고부터 초조해지잖아.”

“뭐라구요?”

“어쨌든 자식이 왔다 가니까 둘이만 있다는 실감이 더 드는군. 그런 의미에선 훼방꾼도 더러 약이 된다고 할까. 전혀 훼방을 받지 않던 행복보다 훼방을 받고 난 뒤에 되찾는 행복이 한결 더 달콤한 것 같아.”

“그만 좀 웃겨요.”

그러며 수옥은 그의 두 팔로부터 벗어나려는 몸짓을 했다. 그러자 그는 그녀를 가둔 팔에 더욱 힘을 주었다. 그리고 거의 동시에 얼굴을 찡그렸다.

“아……”

힘을 쓰는 순간에 어디가 결린 모양이었다. 두 팔도 자연히 느슨해졌다.

"아이, 고소해. 거봐요, 친구를 그런 식으로 생각하니까 벌을 받았지."

"정말인가 본데. 아이쿠, 옆구리야……."

"많이 아파요?"

"응, 좀……."

그는 드디어 그녀를 가두었던 팔을 풀어 한 손을 옆구리로 가져갔다.

"너무 고소하다. 분수를 알고 행동해야죠."

"지독하군. 사람이 아파 죽겠다는데 약만 올리고 있으니."

"자업자득이죠, 뭐."

"아주 고약한 간호사이로군."

"너무 친절한 간호사 노릇 안 하기로 했어요. 그랬다간 환자가 너무 편안해져서 환자 노릇을 즐길 염려가 있어요. 게다가 지금처럼 환자의 분수에 넘는 짓을 할 염려도 있구요."

"아, 무정…… 레미제라블."

"장발장은 그렇게 얻어맞고 다니진 않았어요."

"하하, 안 되겠군 이거. 수옥 씨한테 계속 체면 깎이지 않기 위해서도 태권도든 뭐든 좀 배워 둬야지."

"제발 좀 그래요. 정 그런 게 배우기 귀찮으면 칼이라도 한 자루 품고 다니든지. 있잖아요, 왜. 단추를 누르면 날이 쑥 튀어나오는 거. 뭐라고 하더라, 잭나이프라고 하던가."

"호오, 별걸 다 아는군. 수옥 씨 이제 보니 대단한 폭력론자 아냐?"

"폭력을 꺾을 수 있는 건 폭력밖에 더 있어요?"

"위험한데. 수옥 씨 이제 보니 아주 위험한 여자야."

"날 여태까지 그럼 안전한 여자로 봤어요?"

"점점? 여자가 좀 여자다운 생각을 해야지, 무슨 소리야."

"여자답다는 게 뭔데요? 자존심을 꺾고 그저 남자들이 만들어 준 틀 속에서만 행동하는 게 여자다운 건가요? 자기기만이 여자다운 거예요?"

"어? 이거 왜 이래? 갑자기 남녀 논쟁을 하자는 거야?"

"얘기를 먼저 꺼낸 게 누구예요, 여자다운 생각을 하라는 둥."

"너무 거칠게 나오니까 그랬지, 폭력을 꺾을 수 있는 건 폭력밖에 없다는 둥."

"폭력이 미우니까 그렇죠."

"폭력이 미워서 폭력을 옹호한다?"

"그래요, 미운 폭력을 꺾으려면 미워도 폭력밖에 없어요."

"여자의 입에서라면 그때 사랑이라는 말이 나와야지. 폭력을 이길 수 있는 건 사랑밖에 없다든지……."

"여자는 뭐 미운 것도 사랑할 수 있는 줄 알아요. 여자는 분별력도 없는 줄 아나 봐."

"하, 나 이거야……."

"흔히 힘없거나 용기 없는 자들이 평화주의를 내세우더라."

"죽겠군. 잔뜩 얼어터진 주제에 뭐라고 할 수도 없고."

"그러니까 평화주의를 내세우고 싶으면 먼저 태권도든 뭐든 배우고 나서 내세우라, 이거예요."

"하하, 할 말 없군. 하지만 난 평화주의자도 아무것도 아냐. 단지 수옥 씨가 너무 위험한 생각을 하고 있다, 이거지. 여자답지 않게."

"어마? 또 그 여자답지 않게예요?"

"여자답지 않지 뭐야. 여자의 영역은 어디까지나 사랑이라구. 여자라면 모름지기 좀 부드러운 생각을 가져야지."

"기가 막혀. 설사 여자의 영역이 따로 있다고 치고 그게 또 사랑이라고 쳐요. 그렇다고 무턱대고 아무거나 사랑해요? 미워 죽겠는 것두요? 미워 죽겠는 것에 대해서도 부드러운 생각을 가져요?"

"그게 이른바 여성만이 갖는 위대한 능력 아니겠어?"

"설마 농담이겠죠. 정말 그렇게 생각하는 건 아니겠죠?"

"글쎄, 난 그렇게 생각해 왔는데."

"뭐라구요? 미운 것 고운 것도 분별 못 하는 게 그럼 여자의 위대한 능력이란 말예요?"

"분별 못 하는 게 아니라 분별을 초월하는 거겠지."

"말은 그럴듯하군요. 그런데 어떻게 초월하죠? 여자는 사람이 아닌가요?"

"사람이면서 초월하니까 위대하다는 것 아니겠어."

"말장난하지 말아요. 초월할 수도 없거니와 뭣 때문에 초월해요? 미운 것은 미운 것으로, 고운 것은 고운 것으로 분별하는 게 나빠서 초월하나요?"

"꼭 무슨 이유가 있어서 초월하는 게 아니겠지. 사랑의 능력이 저절로 그렇게 시키는 거겠지."

"그렇다면 그건 부처나 예수가 갖는 능력이겠죠. 적어도 사람인 여자가 가질 수 있는 능력은 아닐 거예요. 가질 필요도 없는 능력이구요."

"호오, 그렇게 딱 잘라 말할 수 있을까. 난 여성에게는 어느 정도 그런 신비한 능력이 있다고 믿는데. 또 가질 수만 있다면 위대한 능력이라고 믿고 있고."

"동식 씨가 아마 고아라서 그럴 거예요. 고아들은 흔히 어머니에 대한 환상을 갖는 모양이니까요. 어머니를 여성 일반으로 환치해서 생각하는 경향도 있는 모양이구요."

"야, 이건 인신공격 아냐?"

"천만에, 그런 뜻은 없어요. 단, 말해 두고 싶은 건, 어머니들은 대개 자기 자식들에 대해서만 미운 것 고운 것을 초월하는 능력을 갖는다는 점예요. 그것을 능력이라고 부른다면 말이죠. 하지만 난 그걸 능력이라고 부르고 싶지 않아요. 난 자기 자식도 미운 짓을 할 땐 미워할 줄 아는 어머니가 훌륭한 어머니라고 생각해요."

동식은 잠시 미소를 짓고 있다가 대꾸했다.

"무슨 얘긴지 알겠어. 하지만 그렇게 되면 세상엔 피난처가 없어져 버리지. 어머니는 마지막 피난처라고 할 수 있으니까. 고아가 불쌍하다는 것도 그 마지막 피난처가 없다는 이유에서라고 할 수 있고."

수옥은 그러나 고집을 굽히지 않았다.

"동식 씨 얘기 무슨 얘긴지 알아요. 하지만 무슨 짓을 하건 용서받을 수 있다면 세상은 결국 나쁜 인간들로 가득 찰 거예요. 용서할 수 있는 죄와 용서할 수 없는 죄는 구별해야 해요."

"그걸 어떻게 구별하지?"

"어떻게?"

"폭력은 용서해선 안 돼요."

"수옥 씬 폭력론자 아냐?"

"말꼬리 잡지 말아요. 용서 못 할 폭력을 응징하기 위해선 싫지만 그 방법밖에 없다는 소리예요."

"알았어, 우리 토론 그만하지. 어려운 문제야. 내가 이렇게 얼어터진 게 수옥 씬 화가 나서 그러는 모양이지만 그렇다고 폭력은 폭력으로 응징해야 한다고 쉽사리 말할 수만은 없겠지. 물론 간단히 반대도 하기 어렵지만 말야. 아무튼 우리가 쉽게 결론을 낼 수 있는 문제는 못 되는 것 같군."

"우리가 결론을 낼 순 없을는지 모르지만 우리 태도는 정할 수 있죠. 난 용서 못 할 폭력은 싫어도 폭력으로 응징할 수밖에 없다는 쪽이에요."

"그럼 난 그 반대쪽에 설 수밖에 없군. 어떤 명분에서건 폭력은 가능한 한 회피되어야 한다고 생각하니까."

"알았어요, 비겁한 평화주의자 같으니라구."

"하하, 수옥 씬 여성답지 않게 위험한 폭력주의자이고."

"어마, 또 그 여성답지 않다는 말."

"아, 그럼 그 말은 빼고."

"좋아요, 우린 그럼 서로 이견을 좁히지 못했어요."

"사람은 누구나 다른 의견을 가질 수 있으니까. 애인 사이라 할지라도."

"그래요, 좋아요."

"단, 폭력을 미워한다는 점에 있어선 우린 일단 이견이 없다고 해도 좋겠지."

"그건 하나 마나 한 소리예요."

"하하, 그러고 보니 그렇군. 자, 그럼 우리 또 바둑이나 두지. 비겁한 평화주의자하고 위험한 폭력주의자하고. 이제 보니 수옥 씨 바둑이 그래서 좀 난폭한 편이었군, 공격적이고."

"그래요, 좋아요. 누가 이기나 봐요. 비겁한 평화주의자가 이기나 위험한 폭력주의자가 이기나."

그들은 다시 바둑판을 사이에 두고 마주 앉았다. 그리고 어두워질 때까지 계속 바둑을 두었다. 저녁식사를 위해 잠시 쉬었다가 그들은 다시 밤 깊도록 계속 바둑을 두었다.

그리고 이튿날도 그다음 날도 그들은 계속 바둑을 두었다. 꼬박 사흘 동안 계속 바둑을 둔 결과로 수옥은 한때 넉 점까지 내려갔다가 다시 따라잡아서 한때는 호선(互先)까지 되었다가 결국 선(先)이 된 시점에서 사흘째의 바둑을 끝마쳤다. 실로 지독한 일이라고도 할 수 있었으나 그들에겐 행복한 사흘간이었다고 할 수 있었다. 바깥세상과는 완전히 차단된 그들 두 사람만의 오롯한 시간이었으므로. 그리고 그동안 동식의 상처는 꽤 많이 회복되었다.

　나흘째 되는 날 아침 수옥은 아침식사를 마치고 나서 동식에게 말했다.

　"나 오늘은 가 봐야겠어요. 일 안 나온다고 언니가 화내고 있을 거예요."

　"……."

　동식은 대답 없이 서운한 표정으로 그녀의 얼굴을 바라보았다.

　"왜, 나 가는 거 싫어요?"

　"응, 왠지 서운하군."

　"어마? 사흘씩이나 함께 있으면 됐죠, 뭐."

　"사흘이 마치 30년이나 된다는 듯한 말투로군."

　"뭐라구요? 그럼 환자 노릇을 30년씩이나 하고 싶단 말예요?"

　"수옥 씨가 옆에 있어 주기만 한다면."

　"말도 안 돼. 난 간호사 노릇 그렇게 오래는 못 해요."

　"그럼 우리 다 집어치우고 결혼하는 게 어때?"

　"싫어요, 결혼은. 그 이유는 내가 말했죠? 그럼 동거라면 몰라도."

　"동거는 내가 안 되겠어. 그건 자기모멸이야. 각자 현재의 직업을 가진 채로는."

　"그럼 할 수 없죠, 뭐. 의견이 다른 대로 우정이나 지속하는 수밖에."

　"……."

　"일단 갔다가 봐서 또 올게요."

　"왠지 오늘은 가면 영영 다시 못 만날 것 같은 기분이 드는군."

"뚱딴지같은 소리 말아요. 내가 뭐 하다못해 어디 여행이라도 떠나는 거예요?"

"글쎄, 공연히 그런 기분이 들어."

"웃기지 말아요, 사람 괜히 기분 나쁘게. 나 일단 갔다가 내일이라도 봐서 또 올게요. 그리고 전화도 있잖아요."

"알았어, 그럼……."

"어디 나다니지 말고 몸이나 좀 더 조리해요."

"알았어."

수옥이 설거지까지 말끔히 마쳐 주고 돌아간 뒤에 동식은 한동안 허전한 마음을 달랠 수가 없었다. 아파트 전체가 유난히 텅 빈 공동(空洞)처럼 느껴졌다. 그녀가 마치 아파트 전체의 공간을 가득 채우고 있다가 일시에 빠져나가 버린 듯한 느낌이었다. 그리고 그 자리에 텅 빈 공동만이 남은 느낌이었다.

사흘 동안 그녀와 수십 판의 격전을 치렀던 바둑판이 그 공동 한가운데 동그마니 놓여 있었다. 돌 하나 얹히지 않은 빈 판인 채로. 그는 소파에 앉아 있다가 바둑판 앞으로 내려앉았다. 그리고 잠시 바둑판 위를 굽어보았다. 돌 하나 얹혀 있지 않은 빈 판은 그녀의 부재(不在)를 말해 주고 있었다.

그는 돌 통에서 검정 돌 하나를 꺼내 바둑판 위에 놓아 보았다. 그러나 그것으로 바둑판이 비어 있다는 사실은 변하지 않았다. 아울러 그녀의 부재도 물론 메워지지 않았다.

그는 바둑판 앞에 일어나 침실로 향했다. 허전한 마음이 도무지 메

위지지 않았으나 낮잠이라도 한숨 자고 나면 다소 나아질지 모른다
는 생각에서였다. 그녀와 영원히 이별을 한 것도 아니고 그녀가 다시
는 돌아오지 못할 곳으로 가 버린 것도 아니었으니까.

　그는 침대에 누워 낮잠을 청했다. 그러나 쉽사리 잠은 와 주지 않
았다. 대낮에 혼자서 동그마니 침대 위에 누워 있다는 고절감(孤絶
感)만 휩싸여 왔다. 그리고 한순간 그는 자신이 침대 위에 누워 있는
것이 아니라 늪 속으로 가라앉고 있는 듯한 착각을 받았다.

모독

　동식의 아파트에서 돌아온 날 저녁 주 언니의 아파트로 갔을 때 수옥은 주 언니한테 꾸지람부터 들었다.

　"애, 너 요새 어떻게 된 거니? 며칠씩 전화 연락도 안 되고 통 보기도 힘드니. 나 안 도와주기로 작정이라도 한 거야?"

　"아냐, 언니. 그럴 일이 좀 있었어요."

　"무슨 일이 있었는진 모르지만 좀 너무했다고 생각하지 않니? 전화 한 통 걸어 주기도 어려웠어?"

　"미안해요, 언니."

　"내가 너한테 섭섭하게 한 거라도 있니?"

　"그런 게 아냐, 언니. 미안하다고 하잖아요."

　그러자 주 언니는 잠시 나무라는 시선으로 수옥으로 수옥의 얼굴을 바라보더니 미심쩍다는 표정으로 물었다.

"너 혹시 누구 생긴 거 아니니?"

"생기긴 누가 생겨, 언닌."

"남자 생긴 거 아냐?"

"내가 골이 비었수, 남자가 생기게."

"왜, 골 빈 여자한테만 남자가 생긴다던?"

"내가 돈 벌어야지 남자 같은 거 사귀게 됐수."

"돈 벌어야 한다는 애가 며칠씩 그렇게 연락을 끊어?"

"그럴 일이 좀 있었다잖아요, 언니."

"무슨 일인데?"

"응, 그저 그럴 일이 좀 있었어요."

"나한테도 말 못 하는 걸 보면 대단한 비밀인 모양이로구나. 아무튼 너 요새 좀 수상해졌어."

"수상해지긴 내가 뭘, 언니두."

"며칠씩 연락이 끊어지질 않나, 걸핏하면 일도 안 나오고 또 손님하고 싸우질 않나."

"……"

수옥은 새침한 표정으로 일을 다물었다. 주 언니의 잔소리를 막는 길은 그 방법밖에 없었다. 더 이상 그녀의 신경을 건드리는 것은 자신에게도 유익할 게 없다는 것을 깨닫게 하는 유일한 시위라고 할 수 있었다.

주 언니의 표정은 다소 누그러졌다. 그리고 수옥의 얼굴을 찬찬히 들여다보듯 하며 물었다.

"화났니, 내가 잔소리해서?"

"아니, 화는……."

"그래, 아무튼 오늘이라도 나와 줘서 하긴 다행이다. 실은 오늘 재벌 댁 젊은 도련님들이 오기로 했거든. 네가 빠지면 우리 집에서 누굴 내놓니."

"재벌 집 젊은 도련님들이 온다구요?"

"응, 얘기만 하면 누군지 다 알 만한 도련님들이야. 난 오늘도 내게 연락이 안 되면 어떡하나 하고 속이 탔었지. 그래서 야속했던 김에 널 보자 잔소리가 좀 나간 거야. 이해해 줄 수 있지?"

"이해고 말고가 어디 있어요, 언니. 내가 잘못했는데."

"그래 넌 애가 항상 속이 틔었더라. 오늘 좀 잘 부탁한다."

"염려 말아요, 언니."

"잘하면 혹시 아니, 좋은 인연이 닿아서 혹시 팔자 고치는 수가 생길는지?"

"그런 일은 생기지 않을 거예요."

"누가 아니, 사람의 일을."

"아무튼 그런 일은 없을 거예요."

주 언니가 말한 재벌 집 젊은 도련님들이 나타난 것은 얼마 후였다. 그리고 그중에는 뜻밖의 인물이 끼어 있었다.

덕기 자식이 그곳에 나타나리라곤 수옥은 꿈에도 생각을 못 했다.

이미 와 있던 다른 아가씨 몇 명(그중에는 사람들에게 얼굴과 이름이 꽤 알려진 아가씨도 두어 명 끼어 있었다)과 대기실 비슷하게 사용하는 한 방에서 잡담을 나누며 기다리고 있었는데 현관 쪽에서 떠들썩한 소리가 난 뒤를 이어 거실 쪽에서 잠시 웅성거리더니 얼마 후 손님들이 도착했다는 전갈이 왔다. 수옥은 다른 아가씨들과 함께 손님들이 기다리고 있는 방으로 갔다.

손님은 모두 다섯 명이었고 서른 살 미만의 젊은 축들이었는데 그들을 일별하던 한순간 수옥은 몸이 굳어 오는 충격을 받았다. 덕기 자식이 그 가운데 끼어 있었던 것이다. 덕기 자식도 놀란 듯 수옥의 얼굴을 멍하니 쳐다보고 있었다.

"어? 둘이 아는 사인가 보지? 어떤 사이야? 왕년의 애인 사인가?" 하고 눈치 빠름을 뽐내듯 그들 가운데 하나가 말했다. 수옥은 온몸이 싸늘하게 식어 오는 느낌을 받았으나 마음을 독하게 다져 먹고 곧 아무렇지 않은 표정을 지었다. 덕기 자식의 얼굴에 엷은 비웃음이 떠오르는 게 보였다.

"아무튼 잘됐구만. 둘이 왕년에 어떤 사이였는진 모르지만 저절로 파트너가 정해진 셈이니까. 자, 이제 남은 우리만 파트너를 정하면 되겠군." 하고 그들 중 하나가 또 말했고 곧 차례차례 파트너가 정해져서 남녀 한 쌍씩이 되어 앉았다.

수옥은 아무렇지 않은 표정으로 덕기 자식 옆에 앉았다. 그리고 술상이 들어왔을 때 천연스런 동작으로 술병을 집어 그의 잔에 따랐다. 떨리려는 손길을 억누르기 위해 이를 악물어야 했다. 덕기 자식이 말했다.

"오랜만이군. 이런 장소에서 만나게 될 줄은 정말 몰랐는데."

수옥은 대꾸하지 않았다. 그가 재차 말했다.

"그동안 더 예뻐진 것 같은데. 눈부시게 발전했군."

수옥은 그때 그의 얼굴을 낯선 사람 쳐다보듯 일별했다. 그리고 처음 만난 손님에게 하듯 의례적인 미소를 지어 보였다. 그러자 그는 입가에 미소를 띤 채 잠시 무엇을 생각하는 눈치더니 다시 말했다.

"설마 나한테 아직 나쁜 감정을 갖고 있는 건 아니겠지? 옛날얘기니까."

수옥은 못 들은 체했다. 그리고 젓가락으로 안주를 집어다 그의 접시에 옮겨 놓아 주었다. 그것만이 자신의 할 일이라는 듯이.

"옳아, 모르는 사람이다, 이거로군. 술 마시러 왔으면 잔소리 말고 술이나 마셔라……. 좋지, 그것도." 그러며 그는 술잔을 들어 단숨에 비우고 나서 그녀에게 내밀었다. "자, 그럼 술이나 한잔해. 하지만 그런다고 모르는 사람이 될까……."

수옥은 대꾸 없이 그가 내미는 술잔을 받았다. 그리고 그가 술을 따라 주기를 기다려서 단숨에 비우고 다시 그에게 돌려주었다. 다른 손님들한테 그랬듯이. 그는 술잔을 돌려받으며 말했다.

"대단하군. 자존심은 여전히 대단해."

수옥은 순간 자신도 모르게 얼굴이 싸늘하게 식어 오는 걸 느꼈으나 이를 악물고 술병을 집어 그의 잔에 따랐다. 가능한 한 고요한 동작으로. 그리고 천연스런 표정으로.

그의 입가에 비웃음이 떠올랐다.

"역시 내가 나쁜 놈이었나 보군, 오랜만에 만나서 이런 대접밖에 못 받는 걸 보니."

그때 그의 일행 가운데 하나가 말했다.

"어이, 그쪽은 왜 그래? 무슨 냉전이 그렇게 길어?"

그러자 다른 한 명이 받았다.

"놔둬라, 놔둬. 그럴 만한 무슨 사연이 있나 보다. 그쪽은 냉전을 하든 굿을 하든 우린 술이나 먹자."

"맞았어요. 신경 쓸 거 없죠, 뭐." 하고 아가씨 하나가 맞장구를 쳤다. 그러자 먼저 말했던 남자가 다시 말했다.

"좋았어, 그럼 봐 주기로 하지. 하지만 덕기 너, 그 냉전 오래 끌면 안 돼. 우리까지 분위기 깨지면 곤란하니까. 알았니?"

"그래, 알았다. 이쪽은 신경 쓰지 마라."

덕기 자식이 대꾸했다. 그리고 그는 수옥 쪽을 돌아보며 말했다.

"보라구. 압력이 대단하잖아. 옛날 얘긴 잊어버리고 오늘은 나 좀 봐줘야겠어. 자, 우리 좀 다정해지자구."

그러며 그는 한 팔을 뻗어 수옥의 어깨를 안았다. 수옥은 그 팔을 뿌리치지 않았다. 그리고 고개를 돌려 낯선 사람 쳐다보듯 그의 얼굴을 쳐다보았다.

"그렇게 쳐다보지 마. 나 그렇게 낯선 사람 아니잖아."

"팔 내리세요."

수옥은 비로소 입을 열었다.

"못 내리겠어."

"내리세요."

"야, 이거 얼음장 같은데. 못 내리겠어."

"부탁합니다. 내려 주세요."

"이러기야, 정말?"

"팔을 내려 달라고 부탁했어요."

그러자 덕기 자식은 얼굴이 일그러지며 빙글빙글 웃었다.

"그 부탁을 거절한다면? 난 술집에 와선 이렇게 할 권리가 있다고 생각하는데."

수옥은 순간 충동대로라면 술잔을 집어 그의 얼굴에 끼얹어 준 뒤 자리를 박차고 일어나고 싶었다. 그러나 그녀는 생각했다. 그것은 웃음거리가 될 뿐이라고. 덕기 자식을 결과적으로 만족시켜 줄 뿐이라고. 덕기 자식은 어쩌면 그 정도의 반응쯤은 기대하고 있을 테니까. 견딜 수 있는 데까지 견뎌 보자고 그녀는 생각했다.

수옥은 짐짓 미소를 지어 보이며 말했다.

"짓궂으시군요. 정 그러시담 할 수 없죠, 뭐."

그는 기가 막힌다는 표정을 지었다.

"야, 이건 정말 대단하군. 인내심 한번 대단해. 끝내 처음 보는 손님처럼 대하겠다, 이거지? 언제 그런 인내심은 또 배웠지? 좋아, 그 인내심이 어디까지 가나 한번 시험해 볼까."

그러더니 그는 그녀의 어깨에 둘렀던 팔에 힘을 주어 그녀의 상반신을 바짝 끌어당겼다. 그리고 제 얼굴을 그녀의 얼굴에 포개어 입을 맞추려고 했다. 수옥은 저항하지 않았다. 그의 입술이 와서 닿았다. 그러나 그녀는 여전히 저항하지 않았다. 두 눈을 똑바로 뜬 채.

마침내 그의 입술이 떨어져 나갔다. 그리고 그 입술이 말했다.

"정말 지독하구나. 완전히 무저항주의로군."

수옥은 손바닥으로 입술을 닦고 나서 말했다.

"이제 만족하신가요?"

그의 얼굴은 완전히 일그러져 있었다.

"글쎄⋯⋯. 그런데 다른 손님들한테도 이렇게 불친절해? 다른 손님한테는 아마 이렇지 않을 텐데."

'개자식!'

"술집에 온 권리를 내세우는 손님한테는 그렇게밖에 안 돼요."

"아⋯⋯ 그럼 그렇지 않은 손님한테는?"

'개자식!'

"물론 친절하게 대해 드리죠."

"어떻게? 쪽쪽 빨아 주고 그래?"

"네, 쪽쪽 빨아 주기도 해요."

"야, 이건 약 오르는데. 그런 줄 알았으면 나도 권리 어쩌고 하진 않는 건데. 지금이라도 취소하면 될까?"

"글쎄요."

"지금이라도 취소하고 잘만 보이면 쪽쪽 빨아 주기만 할 뿐 아니라 이따 호텔에도 같이 갈 수 있을까?"

'개자식!'

"그럴지도 모르죠."

"야, 그럼 이건 희망이 생기는데. 호텔에도 같이 갈 수 있단 말이지?”

“그야 뭐 어렵겠어요. 하지만 그건 취소를 먼저 하신 뒤의 일이고 또 내가 그 취소를 받아들이느냐에 달린 일이죠.”

“야, 그러니까 내가 취소를 하더라도 그걸 받아들일는지 안 받아들일는지는 아직 잘 모른다? 그러나 받아들이는 경우에는 호텔에 같이 가는 따위는 아무것도 아니다?”

“물론이죠, 다만 그 경우에도 돈은 따로 많이 내셔야 하지만.”

“돈? 아, 그렇지. 돈을 생각하지 못했군. 얼마나 내면 되는데?”

“처음 만나는 손님한텐 좀 많이 받아요.”

“아, 난 처음 만나는 손님이니까. 얼마쯤이면 될까? 100만 원쯤?”

“꽤 많이 부르시는데요? 그 정도면 일단 흥정을 해 볼 수도 있겠죠. 약간 에누리해 드릴 수도 있고.”

“좋아, 그럼 흥정을 해 볼까?”

“잊으셨나요? 그건 어디까지나 취소를 먼저 하신 뒤에, 그리고 내가 그 취소를 받아들이는 경우에 한해서라는 얘기.”

“아, 그럼 취소부터 하지. 술집에 온 사람으로서의 권리 어쩌고 한 말은 정식으로 취소해. 자, 취소를 받아들여 주겠지?”

“그럼 지금부터 술집에 온 손님으로서의 권리는 포기하는 건가요?”

“글쎄, 그런 얘기가 될 수밖에 없겠지.”

“명쾌하게 얘기하세요. 그래야 내 태도를 분명하게 정하죠. 권리를 포기하는 건가요?”

"좋아, 권리를 포기하지."

"그럼 지금부터 점잖게 술이나 드세요."

"취소는 그럼 받아들여 주는 거겠지?"

"그건 차차 결정하겠어요. 지금부터의 태도를 보아서요. 정말 술집에 온 손님으로서의 권리를 포기한 분답게 행동하시는지 그렇지 않은지를 보고 나서요."

"야, 이건 완전히 엿 먹이려는 계획 아냐?"

"그렇게 생각하신다면 물론 술집에 온 손님으로서의 권리를 계속 주장하셔도 좋아요. 그럴 권리는 있으시니까요."

수옥은 냉담하게 말했다. 덕기 자식은 비열하게 웃었다.

"좋아, 그럼 엿 먹을 각오하고 은인자중 내가 한번 참아 보지. 점잖게 술이나 마시면서 말야."

그리고 그는 제 앞에 놓인 술잔을 집어 단숨에 비우고 나서 맞은편에 앉은 제 일행 중 하나에게 권했다.

"자, 한 잔 받아라. 네 덕분에 잘하면 나 오늘 멋진 외박 한번 하게 생겼다."

"뭐, 그럼 냉전은 벌써 끝냈냐? 재주 한번 좋구나."

술잔을 넘겨받은 상대방은 신기하다는 표정으로 덕기 자식을 건너다보며 말했다. 얼굴엔 아직 어린 티가 남아 있었으나 일찍 환락의 부패한 풍속에 길들여진, 얼핏 말쑥해 보이지만 윤기 잃은 얼굴이었다.

"내가 재주가 좋아서가 아냐. 이 아가씨가 마음씨가 좋아서지."

그러며 덕기 자식은 그에게 술을 따라 주었다.

"그래? 야, 그건 부러운데."

"이따가는 조금 더 부러워하게 될 거다. 이 아가씨하고 나하고 호텔로 같이 떠나는 걸 보면."

그러고 나서 덕기 자식은, "안 그래?" 하며 비열한 표정으로 수옥 쪽을 돌아보았다. 수옥은 냉담한 표정으로 말했다.

"글쎄요, 그건 두고 봐야겠죠."

"하, 나 이거야. 그럼 난 뭐가 돼, 잔뜩 폼을 잡았는데."

"글쎄요, 조금 경솔하신 것 같네요."

"하하, 죽겠군."

그때 사람들에게 얼굴과 이름이 꽤 알려진 한 아가씨가 뽐내는 듯한 목소리로 말했다.

"내가 재미있는 얘기 하나 할까요? 부부 참새가 전깃줄에 앉아 있었어요. 포수가 총을 땅 쐈어요. 남편 참새가 총에 맞고 떨어졌는데 떨어지면서 뭐라고 그랬는지 아세요?"

"시시하게 참새 시리즈야. 내 몫까지 살아 주오지 뭐야."

누군가가 대꾸하자 그녀는 고개를 가로저었다.

"틀렸어요. 쌍년, 아까부터 내가 자리 바꾸자고 했잖아."

"하하하."

"또 있어요. 경성 대학생과 오얏 여대생이 함께 여관엘 갔어요. 사랑을 시작했을 때 경성 대학생이 말했어요. 저 말이지, 사실은 나 가짜 대학생이야. 오얏 여대생이 뭐라고 대답했는지 아세요?"

"글쎄, 나도 가짜야, 정도겠지."

"아녜요, 오얏 여대생은 딱 한마디만 했어요."

"뭐지?"

"빼."

"하하하, 하하하."

모두 턱뼈가 빠지게 웃어 댔다. 덕기 자식도 웃고 있었다. 그러나 자연스런 웃음은 못 되었다. 수옥과의 신경전이 마음에 걸려 있기 때문일 터이었다.

얼마간 웃음이 가라앉았을 때 덕기 자식은 수옥을 돌아보며 말했다.

"지금 그 농담은 꼭 날 빗대 놓고 욕하기 위한 농담 같군. 성(姓)만 바뀌었을 뿐이지. 안 그래?"

"글쎄요, 무슨 말인지 모르겠네요."

수옥은 알 수 없는 얘기라는 표정을 지었다. 그러자 그는 두 눈썹을 곤두세웠다.

"정말 이럴 거야, 끝까지?"

수옥은 냉담한 표정을 잃지 않았다.

"내가 뭘 잘못했나요?"

"야, 이거 정말 치사해서 못 참겠군. 술집에 나왔으면 술집에 나온 여자답게 굴어."

"무슨 뜻이죠? 내가 술집 여자답지 않게 군 게 있었나요?"

"옛날얘긴 옛날얘기고 지금은 또 지금이잖아. 옛날 감정 가지고 끝까지 이럴 거야?"

"옛날 감정이라구요? 무슨 소린지 모르겠군요."

"의도는 알겠다구. 끝내 날 처음 보는 손님처럼 대하려는 의도가 뭔지 알아. 자존심 때문이지? 자존심을 굽히지 않으려고. 이런 데서 날 만나게 될 줄은 몰랐을 테고 이런 데 나온다는 사실이 나한테 알려진 게 속상하고 창피하지만 그걸 드러내긴 자존심이 상해서 이러는 거지? 하지만 그런다고 사실이 달라지나? 이런 데 나온다는 사실이 달라지고 나를 안다는 사실이 달라져? 이거 왜 이래? 왜 그렇게 속이 좁아? 이런 데까지 나올 정도면 속도 꽤 넓어졌을 만한데, 옛날 감정 따윈 싹 잊어버리고 얼마든지 재미나게 놀 수 있잖아."

수옥은 부들부들 떨려 오는 몸을 간신히 억누르고 있었다. 스스로도 얼굴이 창백해졌음을 느낄 수 있었다. 그러나 감정을 드러내선 안 되었다. 그녀는 싸늘한 표정으로 말했다.

"알아듣지 못할 소리를 많이 하시는군요. 하지만 술집에 오신 손님으로서의 권리로 말씀하시는 거라면 참고 들어 드리겠어요."

덕기 자식은 어이가 없다는 표정을 지었다.

"정말 지독하구나. 좋아, 그럼 이렇게 하자. 우리 아예 서로 몰랐던 사이로 해. 그럼 아무 문제 없잖아. 여기서 오늘 처음 만난 사이로 하면 말야. 그럼 나한테 특별히 불친절할 이유도 없고 말야."

"난 손님한테 특별히 불친절하게 대했다곤 생각하지 않는데요."

"뭐라구? 좋아, 알았어, 알았다구. 나, 이거야. 아무튼 그럼 지금부턴 우리 재미나게 좀 놀아 보자구."

"좋도록 하세요."

"옳지, 진작에 그렇게 나와야지. 분명히 좋도록 하라고 했겠다?"

"하시고 싶은 대로 해 보시란 뜻예요."

"그건 놀 테면 혼자서 얼마든지 놀아 봐라, 협조는 않겠다, 그런 뜻인가?"

"좋도록 해석하세요."

"좋아, 그럼 협조는 안 해도 좋으니까 방해만 하지 말라구."

그리고 그는 좌중을 둘러보며 말했다.

"자, 여러분, 이쪽을 좀 주목하도록. 지금부터 아주 재미난 쇼 한 가지를 보여 드릴 테니까 기대해. 난 사실 이런 집 풍속엔 그다지 익숙한 편이 못 되지만 소문에 따르면 더러 누드쇼를 보여 주는 집도 있다더군. 지금부터 내가 이 아가씨의 누드를 여러분한테 한번 보여 줄 생각인데 어떻게들 생각해?"

"조옿지."

"자, 그럼……."

덕기 자식은 수옥에게로 몸을 돌렸다.

"협조는 안 해도 좋아, 그 대신 방해만 안 하면 돼."

그리고 그는 두 손을 뻗어 왔다. 그의 두 손이 옷자락에 닿으려는 순간 수옥은 번개같이 그의 뺨을 후려갈겼다.

"개 같은 자식!"

그리고 그녀는 자리를 박차고 일어섰다. 덕기 자식은 얼떨결에 한 손으로 얻어맞은 뺨을 만지며 백치처럼 멍하니 그녀를 쳐다보았고 방 안의 나머지 사람들도 모두 얼빠진 표정으로 그녀를 쳐다보았다. 수옥은 고개를 꼿꼿이 쳐든 채 지체하지 않고 횡하니 방을 빠져나와 버렸다.

　젊은 손님들의 좌석이라고 부러 합석을 사양한 채 거실에 머물러 어디론가 전화를 걸고 있던 주 언니가 놀란 표정으로 수옥을 쳐다보았다.

　"왜 그러니? 무슨 일이 있었니?"

　수옥은 그러나 대꾸하지 않고 곧장 현관으로 나섰다. 주 언니가 황급히 뒤따라 나오며 물었다.

　"글쎄, 너 또 왜 그러는 거야?"

　"나중에 얘기해, 언니." 하고 수옥은 뒤도 돌아보지 않고 휑하니 현관을 빠져나왔다. 그리고 곧장 엘리베이터를 탔다. 온몸이 부들부들 떨렸다.

　아파트 아래로 내려와 택시를 탔을 때에도 수옥은 떨리는 몸을 억제하지 못했다. 간신히 운전사에게 행선지를 말한 뒤 그녀는 좌석 등널에 몸을 기댔다. 여전히 온몸이 부들부들 떨려 왔으나 이를 악물어 간신히 참았다. 택시를 출발시킨 운전사가 룸미러 쪽을 힐끗 쳐다보았다.

　수옥은 호흡을 가다듬었다. 그리고 자신을 꾸짖기 시작했다. 고작 뺨 한 대 갈겨 주고 만 것이 분한 생각이 들었다. 하다못해 안주 접시라도 하나 집어서 얼굴에 뒤집어씌워 주지 못한 것이 분했다. 그러나 어쨌든 뺨을 얻어맞고 백치처럼 멍하니 쳐다보던 덕기 자식의 표정을 생각하면 얼마간 속이 후련하지 않은 것도 아니었다.

　문득 엄마의 얼굴이 떠올랐다. 덕기 자식을 데려갔을 때 당황한 표정을 감추지 못하던 엄마의 얼굴이었다. 그리고 곧 그녀를 향해 몹시 꾸짖는 표정을 보내오던 엄마의 얼굴이었다.

가엾은 엄마. 그녀는 다시 분노로 몸을 떨었다. 고작 뺨 한 대 갈겨 주고 만 것이 다시금 분한 생각이 들었다.

그때 운전사가 다시 룸미러 쪽을 힐끗 쳐다보며 물었다.

"지금 출근하는 길입니까, 아가씨?"

룸미러에 비친 운전사의 얼굴이 빙글빙글 웃고 있었다. 필경 그녀의 짙은 화장과 옷차림을 보고 하는 수작일 터이었다. 수옥은 힘없이 웃음이 나왔다.

"그렇게 보여요?"

"틀렸나요, 하긴 시간이 좀 늦긴 했지만……."

"그다지 틀리진 않았어요. 하지만 난 지금 출근하는 길이 아니라 퇴근하는 길이에요."

"아하, 공을 치셨군."

"네, 공을 쳤어요."

"저런, 그럼 내가 택시 요금을 할인해 드려야겠는데."

"고맙지만 안 그러셔도 돼요."

"어려운 처지에 서로 돕고 삽시다."

"친절하시군요, 하지만 안 도와주셔도 돼요."

"그래요? 그럼 하는 수 없고……."

운전사는 머쓱한 표정으로 입을 다물었다. 그러나 운전사와의 그 몇 마디 수작으로 수옥의 기분은 다소 자유로워졌다고 할 수 있었다.

그런데 그녀가 아파트에 도착해서 얼마 안 지났을 때 덕기 자식으로부터 전화가 걸려 왔다.

주 언니한테서 전화번호를 알아냈음에 틀림없었다. 몹시 유들거리는 목소리로 덕기 자식은 말했다.

"설마 내가 뺨 한 대 맞고 야코가 죽어서 곱게 물러서리라곤 생각 안 했겠지? 끝내 인내심을 발휘하는지 어떤지를 좀 볼까 했더니 실망했어. 끝까지 인내심을 발휘했더라면 내가 존경해 마지않았을 텐데."

"너 따위한테 존경받지 않게 돼서 다행이다. 뭐가 남아서 전화는 또 걸었니?"

"옳지, 이제야 말이 제대로 나오는구나. 너한테 존댓말을 듣는 건 정말 고역이더라. 그런 의미에서 옛날 말투를 다시 써 주는 건 고마운데. 역시 내가 전화 걸 생각을 한 건 아주 잘한 일이군. 그러나저러나 나 이거 어떡하지? 뺨에 손자국이 남아서 그대로 집엘 들어갈 수도 없고. 그렇다고 어디 가서 혼자 잘 수도 없고 말야. 게다가 옛날 애인을 만났더니 기분은 싱숭생숭해지고 말야. 어때? 좀 나올 수 없니?"

"뭐라구!"

"아까 흥정을 꺼내다가 말았지만 돈은 낼 수 있어. 물론 지금 당장 현찰은 없지만 흥정만 된다면 떼어먹진 않을 테니까."

"뭐라구, 이 개자식아!"

"야, 이거 전화라고 욕을 함부로 하는구나. 그럴 거 없잖아. 다 아는 처지에. 외상이라서 그러니? 떼어먹을까 봐? 정 그렇다면 무슨 수를 써서든 현찰을 준비할 수도 있다구."

수옥은 순간 그대로 전화를 끊어 버리려고 했다. 더러운 전화를 더 이상 받고 있을 필요가 없다고 생각했기 때문이다. 그러나 그때 그 낌새를 알아차렸는지 덕기 자식이 말했다.

"수화기를 내려놓는다거나 하는 서투른 짓은 하지 마. 내가 이미 너 사는 아파트까지 다 알아 놨으니까. 서투른 짓 하면 내가 직접 찾아갈 수도 있어. 그렇게 되면 더 성가실걸. 자, 그건 그렇고, 내 제의에 대해서 생각 좀 해 봐. 현찰을 준비할까?"

"비열한 자식!"

"옳아, 돈 얘긴 기분 나쁘다? 아무리 돈 때문에 술집에는 나가지만 옛날 애인한테까지 돈을 받을 순 없다? 그것도 좋은 얘기지. 사실은 너하고 헤어지고 나서 내가 얼마나 후회했는지 아니. 아니, 참 어리석은 자식이지. 경솔한 자식이구. 결혼하긴 좀 곤란한 사이라고 하더라도 적당히 애인 노릇은 계속할 수 있었을 텐데 말야. 너희 엄마 직업에 대해서 적당히 아무렇지 않은 듯이 꾸미고 말야. 아니면 아주 탁 까놓고 결혼은 좀 곤란하지만 애인 노릇은 계속하자고 하든지. 그때만 해도 내가 좀 어렸던 모양이지? 하지만 지금은 나도 세상 물정을 좀 아니까 그때처럼 어리석진 않아. 어때? 우리 다시 옛날로 돌아가는 게?"

"잠꼬대하지 마, 미친 자식아."

"잠꼬대라구? 하긴 그럴지도 모르지. 고스란히 다시 옛날로 돌아갈 순 없을 테니까. 하지만 어느 정도까지는 회복이 가능하지 않을까. 사실 난 말야, 오늘 널 보는 순간에 가슴이 찢어지는 듯했다구. 모든 게 다 나 때문이란 생각이 들어서 말야. 나 때문에 똑똑한 애 하나 버렸구나 하는 생각도 들고 말야. 실은 그래서 너한테 따귀를 맞았을 때도 뺨보다 가슴이 더 아팠다구."

수옥은 더 이상 듣고 있을 수가 없었다. 가증스럽고 속까지 메슥거렸다.

"구역질 난다, 개자식아. 전화 그만 못 끊겠니?"

"나오겠다고 한마디만 해, 그럼 금방 끊을 테니까."

"내가 쓸개가 빠졌니? 너 같은 자식을 하루에 두 번씩이나 보러 또 나가게."

"어차피 오늘은 나를 두 번 보게 돼 있어. 네가 안 나오면 내가 그리 갈 테니까."

"뭐라구! 비열한 자식 같으니."

"제발 그 욕 좀 그만해라, 귀가 따갑다. 어떻게 할까? 내가 그리 갈까? 하긴 그것도 괜찮겠군. 호텔로 가는 것보다 차라리 그게 더 나을지도 모르겠는데. 너, 아파트에서 혼자 산다면서?"

"그렇다고 너 같은 자식이 오면 발이나 들여놓게 할 줄 아니?"

"아, 문을 안 열어 주겠다? 그러면 아마 온 아파트 동네가 시끄러워질걸. 그러느니보단 네가 나오는 게 낫지 않을까? 난 사실 여자 혼자 사는 아파트에나 드나드는 그런 기둥서방 같은 꼴은 성미에 맞지 않으니까. 네가 정 그래 주길 원한다면 또 모르지만. 어때? 역시 네가 나오는 편이 낫겠지?"

"별의별 수작을 다 해 봐라, 이 비열한 자식아, 내가 나가나."

"그건 그럼 날더러 그리 오라는 뜻으로 해석해도 되겠니? 하긴 여자 입으로 드러내 놓고 오라고 하긴 좀 뭣하겠지. 나, 그럼 간다?"

"오기만 해 봐라, 너 같은 자식을 내가 가만두나."

"가만 안 둔다? 그건 무슨 뜻이지? 죽이기라도 하겠단 뜻이냐?"

"너 같은 자식 하나 내가 못 죽일 줄 아니?"

"오호? 그건 재미있는데. 뭘로 죽일 계획이지? 권총이라도 있나?"

"그럼 나한테 권총 한 자루도 없는 줄 알았니?"

"야, 이건 점점 재미있어지는구나. 미녀와 권총이라. 외국에만 있는 얘긴 줄 알았더니 한국에도 있었구나. 두 손으로 권총을 겨눈 미녀의 모습이라. 그리고 탕탕, 미상불 한번 보고 싶은데? 그 권총에 맞고 쓰러지는 한이 있어도 말야. 미녀가 권총에 맞고 쓰러지는 죽음이라면 그다지 보기 흉한 죽음도 아닐 테고 말야."

"꼴값하지 말고 정 죽고 싶으면 와, 자식아. 소원대로 죽여 줄 테니까."

"야, 이건 갑자기 으스스해지는데. 어쩐지 농담만 같지도 않고 말야."

"미쳤니? 너 같은 자식한테 내가 농담을 하게."

"그럼 내가 나타나면 권총으로 정말 날 쏠 거란 말이지, 인정사정 없이?"

"너 같은 자식 목숨이 뭐가 아깝다고 내가 못 쏴."

"가만, 그렇다면 이거 내가 생각을 좀 해 봐야겠는데. 뺨 한 대 맞은 걸로 고맙게 생각하고 곱게 물러설 건지 아니면 목숨까지 아낌없이 바칠 건지. 그러지 말고 좀 나오지 그래, 그런 불상사까지 일으킬 것 없이."

"왜, 그까짓 목숨이 아깝긴 하니?"

"뭐 꼭 내 목숨이 아까워서라기보다 불상사를 피하자는 얘기지. 누이 좋고 매부 좋은 게 낫잖아. 나를 죽이는 건 너한테도 결국 불상사니까."

"고양이가 쥐 생각하는구나. 그렇게 죽는 게 겁나면 전화 끊어, 개자식아."

수옥은 결연히 송수화기를 내려놓았다.

정말 권총이라도 한 자루 있었으면 좋겠다는 생각이 들었다. 만일 권총이라도 정말 있고 덕기 자식이 아파트로 정말 찾아온다면 주저 없이 쏘아 버릴 수 있을 것 같았다. 그러나 권총 따위가 그녀에게 있을 리 없었다.

그녀는 전화기 앞에서 일어나 부엌으로 향했다. 몹시 목이 말랐기 때문이다. 그런데 그때 전화벨이 다시 울렸다. 덕기 자식이 다시 걸었음에 틀림없었다. 그녀는 내처 부엌으로 가서 유리컵에 냉수를 받았다. 그리고 몇 모금 들이켰다. 전화벨은 계속해서 울려 대고 있었다.

그녀는 천천히 다시 전화기 앞으로 돌아와 송수화기를 집어 들었다. 온몸이 다시 부들부들 떨렸으나 간신히 억눌러 참았다.

"기어이 불상사를 일으킬 셈이야?" 덕기 자식의 목소리가 들려오고 있었다. "음? 내가 꼭 그리 찾아가길 바라느냐구?"

수옥은 목소리에 날을 세워서 대꾸했다.

"마음대로 해, 자식아. 제명에 죽고 싶지 않으면."

"이 바보야, 그런 얕은꾀에 내가 넘어갈 것 같니. 권총은 무슨 놈의 권총이야. 제발 웃기지 좀 마라."

"글쎄, 권총이 있는지 없는지는 와 보면 알 거 아냐, 자식아."

"있다면 장난감 권총이나 한 자루 있겠지. 어쨌든 좋아. 그럼 그 장난감 권총이나 구경할 겸 정말 그리 갈까?"

"마음대로 해, 자식아."

"그러지 말고 좀 나오지 그래. 그 권총 갖고 말야. 나를 쏴 죽이더라도 바깥에서 쏴 죽이는 게 낫지 않을까. 아파트에서 나를 쏴 죽이면 시체를 처리하기에도 곤란할 테고 말야. 어때? 내 말이 일리 있잖아?"

수옥은 그때 생각했다. 왜 자기가 계속 그렇게 수세를 취하고 있어야 하는가를. 그래야 할 이유라곤 조금도 없었다. 이유를 찾자면 상종하기 싫다는 것뿐인데 덕기 자식의 태도로 미루어 어차피 그냥 넘길 수는 없을 것 같았다. 그렇다면 차라리 수세만 취하고 있을 일이 아니라 선선히 나가 만나서 무슨 짓거리를 해 오건 당당히 맞서 주는 편이 나을는지도 몰랐다. 그리고 가능하다면 다시는 집적거리지 못하게 분명하고 야무진 태도를 보여 줄 필요가 있을 것 같았다.

"응? 어때? 내 말이 일리가 있지?"

덕기 자식이 대답을 재촉하고 있었다. 수옥은 야무진 목소리로 대답했다.

"좋아, 그럼 장소를 말해, 자식아."

"옳지, 그래야지. 진작에 그랬어야 시간을 절약하는 건데. 어디가 좋을까, 날 쏴 죽이려면 좀 으슥한 장소가 좋겠지?"

"그건 네 마음대로 해."

"그래? 그럼 난 아무래도 좀 켕기니까 사람이 있는 장소로 해야겠는데. 갑자기 태도가 선선해진 것도 좀 겁나고 말야. C호텔 커피숍은 어때? 거기서 일단 만났다가 정 날 쏴 죽일 생각이면 어디 으슥한 곳으로 장소는 또 옮길 수도 있으니까 말야."

"알았어, 자식아. 그럼 거기서 기다려."

수옥은 전화를 끊었다. 그리고 시계를 보았다. 9시 반이 지나 있었다.

수옥이 C호텔 커피숍에 도착했을 때 덕기 자식은 먼저 와서 기다리고 있었다. 커피숍에 사람들은 그다지 많지 않았다. 수옥이 입구에 들어서자 덕기 자식은 의자에 앉은 채로 손을 번쩍 쳐들어 보였다.

수옥은 냉담한 표정으로 고개를 꼿꼿이 쳐든 채 다가가 그의 맞은편 의자에 앉았다.

"권총은 가지고 나왔어?" 덕기 자식이 빙글빙글 웃으며 물었다. 수옥은 대꾸하지 않았다. "그래, 그건 아무래도 좋아. 어쨌든 이렇게 나와 준 것만도 고마우니까. 우선 차나 한잔 들지."

그러며 그는 차 나르는 아가씨를 손짓해 불렀다. 아가씨가 다가와서 두 사람의 얼굴을 번갈아 쳐다보았다.

"뭘로 드시겠어요?"

"아, 난 커피."

덕기 자식이 말했다.

"커피."

수옥도 짤막하게 대꾸했다. 아가씨가 물러가자 덕기 자식은 짐짓 추억에 잠긴 듯한 표정을 지었다.

"우리가 이렇게 단둘이 마주 앉아 보는 게 얼마 만이지? 감개무량한데."

"불러냈으면 용건이나 말해."

수옥은 냉담하게 말했다.

"아, 그렇게 서두르지 말자구. 그보다 내 사과부터 하지. 아깐 내가 미안했어. 사실 그럴 의도는 조금도 없었는데 어떻게 하다 보니 그렇게 됐어. 분위기도 분위기였고 사실 너도 좀 너무했고. 그렇게 안면 바꾸고 나오는 데야 난들 약 안 오르게 됐어? 하지만 어쨌든 내가 좀 지나쳤던 건 사실이니까 사과를 하지. 용서해 줄래?"

"쓸데없는 소리 말고 용건이나 말해. 나 너하고 길게 얘기하고 싶지 않아."

"그건 또 무슨 섭섭한 소리야. 난 너하고 오랜만에 얘기나 좀 실컷 하려고 만나자고 한 건데. 밤새도록 말야."

"뭐라구!"

"그동안 사실 내가 너를 얼마나 보고 싶어 했는지 알아. 그런 식으로 너하고 헤어지고 나서 사실 난 괴로웠다구. 너한테 너무 아픈 상처를 만들어 준 것 같아서 말야. 그래서 나 나름으론 그동안 여러 가지로 네 소식을 알아보려고 노력했어. 그런데 모두 헛수고였지. 그러다가 오늘 거기서 너를 만난 거야. 내 기분이 어땠는지 이해하겠어?"

그때 커피가 날라져 왔다. 덕기 자식은 커피에 설탕을 넣어 저으면서 말했다.

"응? 내 기분이 어땠는지 이해하겠냐구?"

제법 진지한 표정을 짓고 있었으나 그것이 입에 발린 수작임은 뻔했다. 수옥은 되도록 감정을 억제하며 말했다.

"말 같지 않은 소리 듣고 싶지 않아. 어서 용건이나 얘기해 봐."

"너, 나 아직도 미워하니?"

"미워해? 너 따위가 뭔데?"

"뭐라구? 그건 미워할 만한 존재도 못 된다는 뜻이냐? 이건 너무 심한 모욕인데."

"제발 착각하지 마. 너 따위를 내가 미워할 것 같니?"

"좋아, 그럼 어쨌든 날 미워하진 않는다는 뜻으로 알고 제의를 하나 하지. 오늘 밤 나하고 좀 같이 있자."

"뭐라구!"

"돈은 준비했으니까." 그리고 덕기 자식은 덧붙였다. "미워할 만한 존재도 못 되는 놈한테 상관없지 않을까. 딴 친구들한테도 어차피 애정이 있어서 호텔에 같이 가 주는 건 아닐 테니까."

수옥은 싸늘하게 웃으며 말했다.

"결국 그 얘기가 하고 싶어서 나오라고 그랬니?"

"솔직히 말하자면 그래. 너 때문에 술좌석은 결국 깨져 버렸고 딴 친구들은 하나씩 꿰차고 다들 뿔뿔이 가 버렸는데 나만 이게 뭐냐. 게다가 옛날에는 너하고 여관에 한번 같이 갈 찬스도 없었는데 이게 좀 좋은 기회냐. 돈만 있으면 꿈에 그리던 네 몸을 한번 안아 볼 수가 있게 됐으니."

"그런데 안됐다. 난 네가 얼마를 내놓더라도 너하곤 같이 있어 줄 수가 없으니까."

"그건 왜지?"

"난 벌레한텐 몸을 안 팔아."

순간 덕기 자식의 얼굴은 벌겋게 상기됐다.

"뭐라구? 내가 벌레란 말이냐?"

"벌레보다 낫다고 생각했니?"

"음…… 이건 지독한 모욕인데. 이 윤덕기가 벌레란 말이지……. 이건 전혀 예상치 못했던 모욕인데. 그래서 미워할 만한 존재도 못 된다고 한 거구나."

"이제야 차차 알아듣겠니."

"그런데 그 벌레가 계속 같이 있어 달라고 눌어붙으면 어떡할래?"

"그땐 떨어 버리는 수밖에 없겠지."

"그래도 또 달라붙으면?"

"그땐 물론 떨어 버리고 나서 밟아 버려야겠지."

"지독하구나. 그런데 난 좀 밟아 버리기엔 몸집이 큰 벌레가 아닐까."

"벌레가 커 봤자지."

"이거 내가 아무래도 내가 실수한 것 같은데. 처음부터 우호적으로 나가야 하는 건데. 괜히 쓸데없는 신경을 건드려 가지고 이 모욕을 당하는군. 이건 아까 뺨 맞은 것하곤 유가 다르잖아. 이봐, 수옥아. 우리 이러지 말자. 이러지 말고 사이좋게 다시 얘기해 보자. 사실 난 너를 기분 나쁘게 할 의도는 조금 없었다구. 어떻게 해서든 옛날 기분을 조금이라도 회복해 보고 싶었을 뿐이야. 사실 우리가 서로 미워할 이유라곤 조금도 없잖아, 안 그래?"

"난 너 따윌 미워하지 않아. 단지 잠깐이라도 너 따위하고 같이 앉아 있는 게 역겨울 뿐이야. 지금 이렇게 나와 앉아 있는 것도 그걸 너한테 분명히 해 주고 싶어서야."

"그렇게도 내가 역겹니?"

"다시 말해 줄게. 벌레하고 같이 있길 역겨워하지 않는 사람은 세상에 하나도 없어."

"좋아, 그럼 이렇게 하자. 그 벌레하고 하룻밤만 같이 있어 다오. 그 다음엔 벌레는 네 근처에 얼씬도 하지 않을 테니까."

"뭐라구!"

"그게 길게 봐서 속 편한 일 아닐까, 계속 그 역겨운 벌레가 귀찮게 구는 것보다는. 내가 약속할게, 하룻밤만 같이 지내 주면 다시는 절대로 네 근처에 얼씬도 않겠다구. 맹세해도 좋아."

"미친 소리 마. 그런 수작에 내가 넘어갈 것 같니?"

"잘 생각해 봐. 귀찮은 거지를 떼어 버리기 위해선 얼른 동전 한 푼 던져 주는 편이 낫잖아."

수옥은 순간 두 눈에 독기를 품고 덕기 자식을 노려보았다.

"너, 정말 너 죽고 나 죽고 할래?"

덕기 자식은 잠시 머쓱한 표정이 되었다.

"야, 이건 겁나게 나오는구나."

"겁나? 그럼 찍소리 말고 너희 엄마 아빠한테나 가 봐."

"그럴 수야 있나, 사내자식이 칼을 뽑았는데."

"그럼 너 죽고 나 죽고 할래? 나, 체면 따위 안 가려. 여기서 소리 한 번 질러 봐?"

"아, 그럴 필요까지야 있나. 살살 얘기해도 될 텐데. 그럼 내 제의는 결국 거절이란 말이지?"

"물론, 그리고 앞으로 나한테 또 시시한 수작 해 오면 그땐 나도 수단 방법 안 가릴 테니까 그런 줄 알아."

"야, 이건 숫제 협박이구나."

"협박이 아니라 경고야."

"어쨌든 너 많이 변했구나."

"전보단 한결 악독해졌다고 할 수 있겠지."

"그런 것 같군. 하지만 그렇다고 한번 뽑았던 칼을 도로 꽂을 수도 없고 난 그럼 어떡하지?"

"잘못 뽑은 칼인 줄 알았을 땐 도로 꽂는 게 그래도 덜 어리석은 짓이겠지."

"좋아, 그럼 내가 곱게 물러서기로 하지. 그 대신 우리 어디 가서 딱 술 한 잔씩만 하자구. 설마 이것마저 거절하진 않겠지?"

"거절한다면?"

"그댄 나도 이판사판이지, 오기라는 게 있으니까."

수옥은 생각했다. 기분대로만 한다면 그것마저 거절해야 옳다. 그러나 그것마저 거절한다면 덕기 자식은 정말 이판사판으로 나올지 모른다. 두려울 건 없지만 그것은 성가시고 진 빠지는 일이다. 그렇다면 이왕 나온 김에 조금만 더 참을성을 발휘하며 못 이기는 체 잠깐 따라가 주는 편이 나을지 모른다. 물론 또 무슨 꿍꿍이속이 있을는지는 알 수 없지만 그렇다고 지레 겁을 집어먹을 필요는 없다.

수옥은 단호한 표정으로 말했다.

"그럼 딱 한 잔씩만 하는 거다. 약속하겠니?"

"물론. 두말하면 개자식이다."

덕기 자식은 제법 진지한 표정으로 대답했다. 그리고 그가 수옥을 이끌고 커피숍에서 나와 찾아간 곳은 근처에 있는 한 스탠드바였다. 그들이 바에 팔굽을 얹고 나란히 앉자 바 안쪽에 있던 여자 바텐더가 반색을 하며 그에게 아는 체했다.

"어마, 오셨어요? 오랜만에 오셨네요."

"응, 오랜만야. 우리 뭐 한 잔씩 주고 그다음엔 신경 쓰지 말아 줘. 부탁이야."

"네, 그러죠. 무슨 중요한 얘기가 있나 보죠?"

"응, 약간."

"그럼 뭘로 한 잔씩 드릴까요?"

"응, 난 스트레이트로 한 잔 줘. 그리고⋯⋯."

"난 진 한 잔 주세요."

수옥은 그 여자 바텐더를 향해 말했다. 그리고 각기 그 여자 바텐더로부터 술 한 잔씩을 받아 놓았을 때 덕기 자식은 엉뚱한 소리를 했다.

"자, 우리 건배하지, 우리의 재회를 위해서."

"재회?"

"어쨌든 다시 만난 거 아냐. 아깐 경황 중에 재회를 기념하는 건배 한번 제대로 못 했구. 그리고 물론 우리가 앞으로 다시 재회할 것을 기약하는 뜻도 되겠지."

"너 또 딴소리하는구나."

"딴소리라니? 사람이 살다 보면 또 이런 식으로 만나게 되지 말한 법도 없잖아."

"그게 단순히 그런 뜻이니?"

"아, 물론 더 적극적인 뜻으로 해석해 준다면 그것도 좋고."

"뭐라구!"

"난 말야, 솔직히 말해서 널 다시 만난 이상 놓치고 싶지가 않다구."

"두말하면 개자식이라고 누가 그랬지?"

"뭐라고 해도 좋아. 난 원래가 개자식이니까. 개자식보고 개자식이라고 부르는 건 얼마든지 들어 주겠어. 하지만 난 널 만난 이상 절대로 놓아줄 수가 없어."

"너 정말 개자식이로구나."

"얼마든지 그렇게 부르라구, 난 개자식이니까."

그러며 그는 술잔을 들어 한 모금 마시고 내려놓으며 다시 말했다.

"사실 그동안 집에서 몇 차례 결혼하라는 압력도 있었지만 나 너 때문에 결혼도 안 했어. 널 도저히 잊을 수가 없었어. 널 잊을 수 있을 때까지는 결혼은 할 수 없다는 생각이었지. 물론 딴 여자애도 사귀지 않았구. 밴밴한 여자애들이 더러 눈에 띄어도 금방 너하고 비교를 하게 되고, 그리고 모두 시들해 보였어. 그러니 내가 널 어떻게 잊을 수 있었겠니. 게다가 내가 너한테 한 짓이 계속 나를 괴롭히고 말야."

수옥은 냉소를 지으며 말했다.

"가증스럽구나. 그따위 얘기로 내가 혹시 감동이라도 받을 줄 알았니."

"곧이 안 듣는 모양이지만 사실이야. 결코 너한테 무슨 점수를 따자는 얄팍한 수작은 아니라구. 이것만은 믿어 줘. 난 정말 널 한시도 잊은 적이 없었어. 너한테 한 짓 때문에 괴로웠구."

수옥은 잠자코 술잔을 들어 단숨에 비웠다. 그리고 냉담하게 말했다.

"얘기 다 했니? 난 그럼 가 봐야겠다."

그녀가 몸을 일으키려 하자 덕기 자식이 그녀의 팔을 잡았다.

"얘기 아직 덜 했어. 조금만 더 앉아 있으라구."

"딱 한 잔씩만 하자는 약속 아니었니. 난 다 마셨어."

"난 아직 다 못 마셨잖아."

"그럼 어서 마셔, 그거 마저 마실 동안만 기다려 줄 테니까."

"한 잔 더 하지 않을래?"

"싫어."

수옥은 단호하게 거절했다. 그러자 덕기 자식은 제 앞의 잔을 집어 조금 마시는 시늉을 했다. 부러 느긋한 동작으로. 그리고 나서 다시 천천히 잔을 내려놓으며 그는 말했다.

"꼭 한 잔만 더 해라."

"싫어."

덕기 자식은 고개를 숙여 잠시 심각한 표정을 짓고 있다가 다시 척 들어 말했다.

"……너 나하고 결혼 안 해 줄래?"

수옥은 실소(失笑)했다.

"뭐라구? 결혼? 네 딴엔 그게 이제 마지막 카드니?"

"나 지금 농담하고 있는 거 아냐."

덕기 자식은 제법 진지한 표정을 짓고 있었다.

"그래? 그런데 난 왜 이렇게 우습지?"

"날 신용 안 하는 모양인데 이번만은 정말 농담이 아냐. 나로선 심사숙고한 끝에 얻은 결론이야. 난 너 말고 다른 어떤 여자하고도 결혼할 수가 없어. 네가 그런 처지에 놓인 것도 결국 나 때문이고 말야."

"뭐라구? 주제넘은 소리 작작 해. 네가 나한테 그렇게 대단한 존재였는 줄 아니. 제발 착각 좀 하지 말아 줘."

"내가 너한테 꼭 대단한 존재여서는 아니겠지만 결과는 어떻든 나 때문이라고 할 수 있잖아.”

“천만에, 웃기지 마. 너하고 상관없이 나 스스로 택한 일이야. 그리고 난 지금 내가 선택한 일에 만족하고 있어.”

“그게 정말일까. 너 자신을 속이고 있는 거 아냐?”

“결코. 난 지금 내 생활에 아주 만족하고 있어.”

“그래? 그렇다면 결혼 같은 건 전혀 안중에도 없겠군.”

“물론이지.”

“내가 또 그럼 잘못 짚은 모양이군. 오늘은 내가 계속 헛발만 짚는데.”

“당연해, 네 의도가 불순하니까.”

“맞았어. 그런 모양이야.”

“이제야 좀 사람 같은 소리를 하는구나.”

“하지만 어쨌건 난 내 그 불순한 의도를 어떡해서든 성취시켜야겠는데 어떡하지?”

“뭐라구!”

“이렇게 하지. 어차피 우리가 우호적인 관계를 다시 맺긴 틀렸으니까 넌 계속 나를 피해. 난 계속 진드기 노릇이나 할 테니까. 이대로 그냥 물러설 순 없고…….”

“나쁜 자식…….”

“그게 싫으면 딱 한 번만 타협을 하든지. 그래, 좋은 말이 생각났다. 거래라는 말이 좋겠어. 딱 한 번만 거래를 하든지.”

“너 오늘 정말 죽고 싶니?”

"그래, 딱 한 번만 거래를 해 준다면 그다음엔 죽어도 좋아. 적어도 지금 기분은 그래."

"그래? 좋아, 그럼. 마음대로 해 봐."

수옥은 독을 품은 표정으로 말했다. 그야말로 이판사판이라는 생각이었다.

덕기 자식은 뜻밖인 듯 잠시 멈칫하며 수옥의 얼굴을 바라보더니 곧 비열한 미소를 지었다.

"지금 한 말 정말이니? 정말 거래를 해 주는 거야?"

"그래, 네 마음대로 해 봐, 정 그렇게 죽고 싶으면."

"야, 이건 역시 계속 찍어 볼 만한 일이로구나, 죽는 거야 무서울 게 없지. 인간은 어차피 한 번 죽게 마련이니까. 자, 그럼 일어나 볼까."

그러며 그는 바텐더를 불러 술값을 지불하고는 의자에서 일어났다. 수옥도 단호한 표정으로 의자에서 일어났다.

스탠드바에서 나와 덕기 자식이 그녀를 데려간 곳은 근처에 있는 한 호텔이었다.

객실 당번의 안내를 받아 십몇 층인가의 한 객실에 들렀을 때 덕기 자식은 말했다.

"야, 이건 꼭 꿈만 같구나. 설마 꿈은 아니겠지." 그러며 그는 제 팔뚝을 한번 꼬집어 보는 시늉을 했다. "아야, 아픈 걸 보니 역시 꿈은 아니군. 꿈은 아냐."

수옥은 독을 품은 표정으로 탁자 앞에 놓인 의자에 앉아 말없이 그를 노려보기만 했다. 덕기 자식은 침대 위에 털썩 걸터앉으며 말했다.

"그렇게 계속 독을 품고 있을 건 없잖아. 이왕 여기까지 왔으면 좀 부드러운 표정을 지어 보라구. 젊은 남녀가 호텔 객실에서 함께 들어서 서로 적대감을 품고 있다는 건 아무래도 부자연스럽잖아. 설사 속으론 죽이고 싶더라도 표정만은 좀 부드럽게 가져 보라구. 나 같은 젊은 손님하고 호텔에 같이 오는 일도 드물 텐데 그래."

"뭐라구, 자식이……."

"내 말이 틀리진 않을 텐데 그래. 젊은 애들은 돈이 없어서 그런 비싼 술집엔 좀처럼 가기가 힘들 테니까 말야. 가만, 내가 좀 과했나. 이런 말은 안 하는 건데."

"실컷 떠들어 봐, 자식아."

"아냐, 미안 미안. 상대방의 약점을 건드리는 건 옳지 못하다는 걸 알면서, 그만. 더구나 여자의 약점을 건드리다니, 나도 이 주둥아리 때문에 큰일이군. 지금 아첨을 해도 모자랄 판에. 자, 우리 목욕이나 할까."

"하고 싶으면 너나 해, 자식아."

"응? 나 혼자 하라구? 나 목욕하는 사이에 살짝 빠져나가려구? 그건 안 될 말이지."

"너 따위가 무서워서 내가 도망을 쳐? 그런 일은 없을 테니 걱정 마, 자식아."

"아냐, 그건 믿을 수 없지. 여자는 꾀 많은 동물이니까. 그러지 말고 같이하지. 나 따윈 무섭지 않다면서 목욕을 같이하는 건 무서워?"

"벌레가 무서워서 피하니?"

"늙은 벌레들하곤 많이 같이했을 텐데 그래. 그래도 좀 젊은 벌레가 낫잖아."

"실컷 지껄여 봐, 자식아."

"제발 그 욕 좀 빼고 말해 봐. 이건 정말 벌레가 된 기분이다."

"사람처럼 굴면 사람 대우를 해 주지."

"어떻게 굴면 사람처럼 구는 거라고 봐 주겠니?"

"지금이라도 사과를 하고 날 곱게 돌려보내 주면 사람으로 봐 주지. 그리고 다시 나한테 집적거리지 않으면."

"그렇겐 못 하겠는데. 난 아무래도 역시 벌레를 면할 수 없나 보지? 아, 참 내가 잊어버린 일이 있군. 거래를 성립시키려면 돈을 내야지."

그러더니 덕기 사직은 양복 윗도리 안주머니에서 지갑을 꺼냈다. 그리고 지갑에서 수표 한 장을 꺼내 그녀 앞의 탁자 위에 밀어놓았다.

"아까 술집에 같이 갔던 친구한테서 빌린 거라구. 50만 원짜리야. 모자라는 건 내 다음에 갚지."

수옥은 수표를 거들떠보지도 않았다. 온몸의 피가 거꾸로 흐르는 것 같았다.

"자, 어서 챙기라구."

덕기 자식이 침대에서 일어나 다가왔다.

수옥은 꼼짝도 하지 않았다. 생각을 한곳으로만 집중하고 있었다.

덕기 자식의 손이 뻗어 와 그녀의 팔을 잡았다.

"자, 이제 거래를 성립시키자구."

"……."

"돈이 모자라서 그래? 모자라는 건 나중에 갚겠다니까."

순간 수옥은 맞은편 벽 라디에이터 박스 위에 놓인 제법 두툼한 유리 꽃병을 보았다. 그녀는 그의 손을 뿌리치며 의자에서 일어났다. 그리고 그로부터 몸을 사리듯 돌아서서 천천히 그 라디에이터 박스가 있는 쪽으로 뒷걸음쳐 갔다. 덕기 자식은 비열한 웃음을 입가에 띤 채 한 걸음씩 천천히 그녀에게 다가왔다.

"웬일이지? 벌레는 무섭지 않다더니 잔뜩 무서운 표정을 짓고 있으니. 그렇게 피해 봤자 어디까지 피할 수 있겠다고 그래."

"……."

마침내 등허리가 라디에이터 박스에 닿았다. 덕기 자식은 빙긋이 웃고 나서 빠른 걸음으로 다가와 그녀의 상반신을 안았다. 그리고 입술을 그녀의 입술 위로 덮쳐 왔다. 그녀는 고개를 틀어 그의 입술을 덮치려 했다. 그녀는 이쪽저쪽으로 고개를 틀어 그의 입술을 피하면서 오른손을 등 뒤로 뻗어 꽃병을 더듬어 찾았다. 꽃병이 만져졌다. 차갑고 둔한 감촉이었다. 거의 동시에 그의 입술이 그녀의 입술을 덮쳤다. 순간 그녀는 꽃병의 병목을 잡고 힘껏 그의 머리를 내리쳤다. 둔한 저항이 팔에 느껴지면서 그의 몸이 힘없이 그녀로부터 떨어져 나갔다. 그리고 마치 무척추동물처럼 힘없이 바닥에 쓰러졌다.

그녀는 잠시 온몸이 허전해진 기분으로 꽃병을 든 채 그 자리에 서 있었다. 자신도 모르게 병목을 꼭 쥐고 있었으나 꽃병의 무게를 전혀 느낄 수가 없었다. 그때 쓰러졌던 덕기 자식의 한 팔이 뻗어 와 그녀의 발목을 잡았다. 순간 그녀는 필사적으로 발목을 뒤로 빼면서 자신도 모르게 꽃병으로 다시 그의 머리를 내리쳤다. 두 번 세 번…….

발목이 자유로워지고 그는 이제 미동도 하지 않았다. 그제야 그녀는 자신이 한 짓의 또렷한 의미를 깨달았다. 그것은 무서운 짓이었다.

그녀는 꽃병을 버린 채 잠시 멍하니 그 자리에 서 있었다. 차차 몸이 떨려 오기 시작했다. 잠시도 더 이상 그곳에 서 있을 수가 없었다. 허둥지둥 그녀는 그 객실을 빠져나왔다.

엘리베이터를 타고 아래로 내려와서 호텔 정문을 빠져나올 때까지 그녀를 눈여겨보는 사람은 없었다. 호텔 앞에서 그녀는 택시를 탔다. 그리고 자신의 아파트가 있는 방향을 말했다가 곧 동식의 아파트가 있는 방향을 고쳐 말했다. 어쨌든 그에게로 달려가 보아야 한다는 생각이 들었기 때문이다.

택시가 출발했을 때 그녀는 요금을 많이 낼 테니 빨리 좀 가 달라고 부탁했다. 그리고 좌석 등받이에 쓰러지듯 몸을 기댔다. 전신에 기운이라곤 없는 것 같았다.

이제부터 어떻게 해야 한다는 생각도, 동식에게 가서 구체적으로 뭘 어쩐다는 생각도 없었다. 단지 갈 곳은 그곳밖에 없다는 생각뿐이었다.

동식은 설핏 잠이 들었다가 전화벨 소리에 깨었다. 현재에 이르기까지의 자신의 어긋난 삶과 최근에 생긴 몇 가지 변화, 그리고 수옥과의 문제 등에 관해 다소 어수선한 생각에 잠겼다가 설핏 잠이 들었던 모양인데, 잠든 시간이 얼마 되지 않았음에도 불구하고 무언가 내용이 뒤죽박죽인 뒤숭숭한 꿈을 꾼 것 같았다. 꿈속에서의 불쾌하고 뒤숭숭한 감정이 깨어난 뒤에도 몸의 어디엔가 남아 있는 느낌이었다.

전화벨 소리는 그의 그 뒤숭숭한 기분을 무시한 채 계속해서 울려 대고 있었고 그는 움직이기 싫은 몸을 침대에서 일으켜 거실로 나갔다. 송수화기를 집어 들고 상대방을 부르자 뜻밖의 목소리가 고막에 울려왔다.

"미스터 곽? 나야."

남 여사였다.

"아, 웬일이세요?"

"놀랐지? 최 마담한테 반협박하다시피 졸라 대서 간신히 전화번호를 알아냈어."

"아, 네……"

"몸 좀 어때? 많이 다쳤어?"

"네?"

"오늘에야 겨우 알았지 뭐야, 우리 집 영감이 미스터 곽한테 몹쓸 짓을 했다는 걸. 오늘 저녁에 외국 출장 떠나면서 영감쟁이가 귀띔을 해 주잖아. 난 영감쟁이 외국 간 사이에 미스터 곽하고 며칠 여행이라도 다녀올 수 있을 것 같아서 속으로 은근히 설레고 있었는데 영감쟁이가 그걸 눈치챘는지, 그 젊은 친군 내가 사람을 시켜 혼을 좀 내놨으니 당분간은 데리고 놀기가 좀 불편할걸, 그러지 않겠어, 글쎄."

"……"

"얼마나 많이 다쳤어? 내가 미안해서 어떡하지?"

"미안하실 거 없습니다. 의당 받을 벌을 받은 거니까요."

"벌이라니. 미스터 곽이 무슨 죄가 있다고 벌을 받아. 벌을 받을 사람은 되레 우리 집 영감쟁이지."

"아무튼 못된 짓을 했으면 벌을 받아야죠."

"못된 짓은 무슨 못된 짓. 과부나 다름없는 외로운 여편네를 마다 않고 건사해 준 게 못된 짓이야. 되레 영감쟁이 자기가 고맙다곤 못 할망정. 그래, 어디를 얼마나 다쳤어?"

"글쎄요, 인생이 참 더럽다고 생각될 만큼만 다쳤습니다."

"저런, 그랬을 거야. 그럴 기분도 들었겠지."

"그리고 남 여사를 다신 만나선 안 되겠구나 하는 생각이 들 만큼 도 다쳤습니다."

"뭐라구? 그럼 날 이젠 안 만나겠다는 거야?"

"또 혼이 날까 봐 겁도 나고 더러운 짓은 이제 그만해야겠다는 생각도 들어서요."

"뭐라구? 더러운 짓? 말 그렇게 막 해도 돼?"

"더러운 짓은 더러운 짓이죠. 남 여사한테 이게 처음 하는 솔직한 말입니다. 사실은 지금이 전화도 나로선 역겹습니다."

"뭐라구?"

그때 현관에서 초인종 소리가 났다. 동식은 말했다.

"누가 온 모양입니다, 전화 그만 끊으시죠."

"이 밤중에 누구지?" 그리고 남 여사는 얼른 덧붙였다. "옳아, 애인인 모양이로구먼. 찾아올 애인도 있고, 그래서 나한테 말도 막 하는구먼."

"글쎄요, 아무튼 전화 그만 끊이시죠."

"알았어. 아무튼 그럼 오늘은 이만 끊지, 미스터 곽 기분도 안 좋은 모양이니까. 잘 있어, 그럼."

"네, 안녕히 계세요."

송수화기를 내려놓고 나서 동식은 바삐 현관 쪽으로 향했다. 그때 초인종 소리가 한 번 더 났다. 동식은 물었다.

"누구세요?" 밖에선 아무런 대답이 없었다. 동식은 재차 물었다. "누구십니까?"

그제야 밖에서 힘없는 목소리가 들려왔다.

"……나예요, 동식 씨."

"!……."

동식은 급히 문을 열었다. 수옥이 창백한 표정으로 서 있었다. 동식은 순간 무언가 예사롭지 않은 일이 생겼다는 예감이 들었다.

"웬일이야? 어서 들어와."

"……."

수옥은 말없이 현관 안으로 들어섰다. 혼신의 힘으로 무엇엔가 버티고 있는 듯한 모습이었다. 동식은 자신도 모르게 그녀의 한 팔을 잡아 부축했다. 그제야 그는 그녀가 떨고 있다는 걸 알았다.

"왜 그래? 무슨 일이 있었어?"

"……."

"응? 왜 그러느냐구?"

"……."

그녀는 입술을 깨물었다. 그리고 안으로 들어서려는 몸짓을 했다. 그러나 그것은 마비된 몸을 움직이려는 노력처럼 보였다. 동식은 얼른 그녀를 도왔다. 그녀는 거의 혼자 힘으로는 움직일 수조차 없는 것 같았다. 동식은 그녀를 부축하다시피 거실로 데리고 들어와 소파 위에 앉혔다. 그리고 긴장한 표정으로 그녀의 얼굴을 살피며 물었다.

"무슨 일이야? 무슨 일이 있었는지 나한테 말해 봐."

"……."

그녀는 거의 초점을 잃은 눈으로 그를 쳐다보았다. 창백한 얼굴은 거의 핏기라곤 찾아볼 수가 없었고 얇은 어깨는 눈에 띄게 완연히 떨고 있었다.

"응? 도대체 무슨 일야? 도대체 무슨 일이 있었길래 이러는 거야, 사람이 반 죽다시피 돼 가지고."

"……."

"응? 제발 얘기 좀 해 봐."

그래야 그녀는 혼신의 힘으로 무엇에 대항하듯 떨리는 입술을 열었다.

"나…… 사람을 죽였어요."

"뭐라구!"

동식은 순간 온몸에 전율이 스쳐 감을 느꼈다. 마침내 그가 두려워하던 운명의 덫이 발목을 잡아챈 느낌이었다. 그러나 그는 그 사실을 믿고 싶지 않았다.

"무슨 소릴 하는 거야. 수옥 씨가 무슨 힘으로 사람을 죽여. 농담도 할 게 따로 있지."

그러나 그는 자신의 그 말이 수긍되리라곤 이미 믿고 있지 않았다. 그녀의 태도는 결코 하릴없는 농담을 하기 위해 그곳에 온 것으로는 볼 수가 없었으니까. 그것은 그녀의 절망적인 태도만 보아서도 너무나 분명한 사실이었으니까. 그렇다면 그가 할 수 있는 일은 이제 무엇인가.

수옥은 계속 혼신의 힘으로 무엇에 대항하듯 그리고 그를 납득시켜 보려는 듯 대꾸하고 있었다.

"농담하고 있는 거 아녜요. 분명 내 손으로…… 사람을 죽였어요. 무의식중에 한 짓도 아니고, 그것도 반은 계획적으로……"

동식은 차차 냉정을 되찾았다.

"알았어. 우선 마음을 좀 가라앉혀. 그리고 우리 천천히 얘기해. 냉수 한 컵 갖다줄까?"

그제야 그녀는 자신이 몹시 목마르다는 사실을 깨닫기라도 한 듯 힘없이 고개를 끄덕였다. 동식은 급히 부엌으로 가서 냉수 한 컵을 받아 가지고 돌아왔다.

"자, 마셔. 그리고 어떻게 된 일인지 천천히 얘기해 봐."

그녀는 냉수 컵을 받아서 떨리는 손으로 그것을 쥐고 마셨다. 호흡이 고르지 못해선지 냉수를 마시는 일조차 몹시 힘들어 보였다. 그러나 그녀는 순식간에 유리컵 하나 가득 담긴 냉수를 다 비웠다. 동식이 물었다.

"한 컵 더 갖다줄까?"

그녀는 힘없이 고개를 저었다.

"자, 그럼 천천히 숨 좀 돌리고 차근차근 얘기해 봐. 담배 한 대 피우겠어?"

그녀는 고개를 끄덕였다. 동식은 담뱃갑을 가져다 그녀에게 한 개비 꺼내 준 뒤 라이터를 켜서 불을 댕겨 주었다. 그녀는 떨리는 손가락 사이에 담배를 끼우고 그가 켜 주는 라이터에 불을 붙였다. 그리고 가엾게도 떨리는 입술로 담배 연기를 뱉어 냈다. 동식이 물었다.

"자, 이제 차근차근 얘기 좀 해 봐. 사람을 죽이다니 도대체 누굴 죽였단 얘기야? 그리고 상대방이 정말 죽었다는 건 확인이나 한 거야?"

"······틀림없어요, 틀림없이 죽었어요."

"그게 누군데?"

"덕기, 덕기 자식······."

"덕기?" 그녀로부터 들은 적이 있는 이름인 것 같았다. "그럼 수옥 씨 남자 친구였다던?"

"네, 그 자식이에요······."

"어쩌다가 그 친굴? 어떻게 그 친굴 만났어?"

순간 그녀는 절망적인 눈빛으로 그를 바라보았다.

"······나 지금 얘기 못 하겠어요. 뭘 어떻게 해야 할는지도 모르겠구요."

동식은 부드러운 표정을 지었다.

"그래, 알았어. 얘긴 그럼 천천히 하지. 마음이나 우선 좀 가라앉혀."

그리고 그는 자신도 담배를 한 대 피워 물었다. 어쨌든 사태는 이 제 분명한 것 같았다. 그녀가 사람을 죽였다는 엄청난 사실은 이제 의심의 여지가 없는 것 같았다. 그렇다면 이 일에 어떻게 대처해야 할 것인가.

그녀가 울음을 터뜨린 것은 바로 그 순간이었다.

"……이제 난 어떡하면 좋죠? 네? 난 어떡하면 좋아요?"

동식은 급히 그녀 곁으로 옮겨 앉아 그녀의 어깨를 감싸 안았다. 그녀의 얇은 어깨는 격렬히 떨고 있었다.

"진정해, 진정하라구. 그리고 자초지종을 차근차근 얘기해 봐. 그래야 우리가 어떻게 해야 할지를 같이 생각해 볼 수 있지. 자, 진정하라구."

그녀가 울음을 그친 것은 얼마 후였다.

그리고 그녀로부터 사건의 전말을 대충 들을 수 있은 것은 그녀가 울음을 그친 뒤로부터 다시 얼마 후였다. 얘기를 모두 듣고 난 동식은 깊은 절망감을 맛보았다. 언젠가 막연히 예감했던 대로 이제 그들 앞엔 몹쓸 파멸의 운명만이 가로놓인 것 같았다.

그러나 그녀 앞에서 약한 꼴을 보여선 안 된다고 그는 생각했다. 그녀에겐 우선 든든한 피난처가 필요하며 자신이 우선 그 역할을 맡지 않으면 안 된다고 생각됐기 때문이다.

그는 신중한 어조로 말했다.

"알았어. 우리 너무 걱정 말기로 해. 수옥 씬 정당방위를 한 거야. 몇 가지 객관적인 상황이 불리하긴 하지만 그렇다고 사실이 뒤바뀔

순 없어. 또 우린 어떤 경우에도 우리의 진실만 지키면 돼."

그러나 그녀는 절망적인 눈빛을 바꾸지 않았다.

"하지만 난 이제 살인자예요. 무슨 이유에서든 사람을 죽였어요. 그리고 도망쳤어요."

"잘 왔어, 이리 온 건 아주 잘했어. 그리고 사람을 죽였다지만 그건 정당방위야. 정당방위를 한 사람한테 살인자라곤 하지 않아."

"하지만 아무도 그걸 인정해 주지 않을 거예요."

"그럴지도 모르지. 하지만 우리야 원래 세상의 인정을 받고 살아온 건 아니잖아. 오히려 세상을 비웃으며 살아왔지. 수옥 씬 날 씨 없는 수박 같다고 도리어 항상 흉을 보아 왔구."

"하지만 이건 달라요, 이 경운 용서받지 못해요."

"누가 용서를 하고 누가 용서를 안 한다는 거야, 무슨 자격으로. 물론 비웃기만 하던 행위에 비해서는 이 경운 좀 과격하다고 할 수 있으니까 몹시 화를 낼 순 있겠지. 그리고 보복을 하려 들지도 모르지. 하지만 우린 우리 나름으로 떳떳하게 행동하면 될 거야. 그리고 절대로 보복을 당할 순 없어."

순간 그녀의 표정에 긴장의 빛이 스쳐 갔다.

"동식 씨 지금 무슨 생각 하고 있는 거죠? 나하고 어디로 도망칠 생각을 하고 있는 거예요?"

"그럼 내가 자수라도 권유할 줄 알았어? 도망친다고 생각할 건 없어. 우리끼리 그냥 여행을 떠난다고 생각하면 돼. 맞서 싸우긴 우리가 불리하니까 보복도 피할 겸 여행이나 갔다 오자구."

"그건 안 돼요, 동식 씨까지 나 때문에 말려들게 할 순 없어요."

"무슨 소리야, 우린 어차피 같은 운명이야. 난 수옥 씨하고 나를 따로 떼어 놓고 생각할 순 없어. 그런 일은 상상도 해 볼 수 없어."

"하지만 그건……. 하지만 그건……."

"아무 걱정 말고 나한테 맡겨 둬. 우린 떳떳하게 여행을 떠나는 거야. 이 기회에 실컷 여행이나 하자구."

"하지만 그럼 여행을 마치고 나선 어떡해요?"

"글쎄, 그야 다시 돌아올 수 없는 여행이 될는지도 모르지. 우리가 돌아올 즈음해선 사람들이 덫을 쳐 놓고 기다릴는지도 모르니까. 하지만 반드시 우리가 다시 돌아와야 할 필요가 있을까?"

"그게 무슨 뜻이죠?"

"반드시 다시 돌아온다는 작정 없이 그냥 떠나자는 소리야."

그녀는 순간 두려운 눈빛으로 그의 표정을 살폈다.

"그건……. 그건……."

"더 이상 아무 얘기 하지 마. 그 뒤의 일은 천천히 생각해도 늦지 않으니까."

동식은 침착한 표정으로 말하고 나서 부드러운 시선으로 그녀의 두 눈을 가만히 마주 들여다보았다. 그녀는 그 시선의 의미를 알아차린 것 같았다.

"하지만 동식 씬 아무 죄도 없는데……. 나 때문에……."

"또 쓸데없는 소리. 어차피 우린 같은 운명이라고 했잖아. 죄 따위와는 아무 상관 없이. 죄는 아무도 짓지 않았어. 단지 우린 힘이 약할 뿐이야. 자, 우리 이제 눈 좀 붙이자구. 눈 좀 붙이고 아침 일찍 일어나서 떠나자구."

"하지만 어디로…… 어디로 떠나요?"

"어디든 갈 수 있는 덴 다 가 보자구. 우리가 안 가 본 덴 얼마든지 있잖아. 이 기회에 안 가 본 덴 어디든 가 볼 수 있지."

그러자 그녀는 창백한 얼굴로 힘없이 웃었다.

"꼭 무슨 여행 갈 핑계라도 생겨서 잘됐다는 것 같아요."

"그렇게 생각하기로 해, 우리. 멋진 여행의 기회가 생긴 것으로 생각하자구. 아마 훌륭한 여행이 될 거야."

"그렇진 못할 거예요. 우린 곧 쫓기게 될 거예요."

"그럴지도 모르지. 하지만 우릴 쫓기까지는 시간이 꽤 걸릴 거야. 그리고 쫓기는 여행이라고 해서 반드시 훌륭한 여행이 되지 말란 법은 없어. 여행을 훌륭한 것으로 만들고 못 만들고는 여행자의 마음가짐에 달렸으니까."

순간 그녀는 무슨 생각을 했는지 두 손으로 얼굴을 감싸 쥐었다.

"아, 안 돼! 그건 안 돼! 동식 씬 안 돼!"

그리고 그녀는 흐느끼기 시작했다. 동식은 다시 그녀의 어깨를 감싸 안았다.

"왜 또 이러는 거야, 수옥 씨답지 못하게. 자, 진정해요. 조금이라도 수옥 씨가 날 거리를 둬서 생각한다면 나 정말 화낼 테야."

"안 돼요! 동식 씬 지금 무서운 생각을 하고 있어요. 난 괜찮지만, 난 괜찮지만 동식 씬 안 돼요."

"글쎄, 내가 무슨 생각을 하고 있다고 그래."

"알아요, 난 알아요."

"글쎄, 뭘 안다는 거야. 자, 진정하라구."

"동식 씬 너무 무서운 생각을 하고 있어요. 그건 안 돼요, 그건 안 돼요."

"쓸데없는 소리. 자, 진정해."

"약속해요, 그럼. 그런 무서운 생각 하지 않는다고."

그녀는 두 손을 얼굴에서 떼고 눈물로 범벅이 된 눈으로 애원하듯 그를 쳐다보았다.

"글쎄, 내가 무슨 무서운 생각을 한다고 그래. 아무튼 약속하지, 절대로 무서운 생각은 하지 않는다고."

동식은 너그럽고 힘 있는 표정으로 대답해 주었다.

"정말이죠? 정말이죠?"

"물론."

"절대로 무서운 생각은 않는 거죠?"

"그렇다니까."

그제야 그녀는 흐느낌을 조금씩 가라앉히며 심호흡을 했다.

동식은 달래듯 그녀에게 말했다.

"자, 이제 조금씩 눈을 붙이자구, 아무 생각 말고. 그리고 아침 일찍 일어나서 서울을 떠나기로 해."

그리고 그는 부축하듯 그녀를 일으켜서 침실로 데려갔다. 그녀는 채 그치지 못한 흐느낌을 가라앉히기 위해 잦은 심호흡을 하면서 그가 이끄는 대로 침실로 따라왔다.

그녀를 혼자 뉘어 둘까 하다가 아무래도 함께 있는 편이 나을 것 같아서 동식은 그녀와 나란히 침대에 누웠다. 그녀는 침대에 누워서도 흐느낌을 완전히 가라앉히지 못하고 이따금 심호흡을 했다. 동식은 그녀의 입술에 가만히 입 맞추어 주었다. 그리고 부드러운 목소리로 말했다.

"자, 마음을 조용히 가라앉혀. 아무 생각도 하지 말고."

그녀는 순종하듯 눈을 감았다. 그러나 이따금 가슴을 높이며 심호흡하는 것은 완전히 그치지 못했다. 동식은 가슴이 메어지듯 아파 왔다. 실제로 가슴의 근육이 아팠다. 그러나 조용히 눈을 감았다. 눈을 감고 그녀의 이따금 단절되는 숨소리를 들었다.

얼마 뒤 그녀의 숨소리는 골라졌다. 다행히 잠이 들었는가 싶었는데 그녀의 나직한 목소리가 들려 왔다.

"동식 씨, 나 좀 안아 줘요."

동식은 말없이 몸을 돌이켜 그녀를 안았다. 그녀의 몸은 가늘게 떨고 있었다.

"더 꼭……."

동식은 그녀를 안은 팔에 더욱 힘을 주었다.

"됐어요. 이제 말해 줘요, 절대로 나쁜 생각 않는다고."

"응, 절대로 나쁜 생각 안 할게."

"나 사랑한다고도 말해 줘요."

"응, 수옥 씬 이 세상에서 내가 사랑하는 단 한 사람이야."

"입 맞춰 줘요……."

동식은 그녀의 입술에 가만히 입 맞추었다.

"됐어요, 이제. 놓아줘요. 나 잘게요."

"그래, 잘 자."

동식은 그녀를 놓아주었다. 그녀는 반듯이 누워 눈을 감았다. 동식도 다시 눈을 감았다. 가슴의 근육이 다시 아파 왔다. 그러나 그는 애써 마음을 평정히 가지려고 했다.

그때 다시 그녀의 나직한 목소리가 들려 왔다.

"……동식 씨 자요?"

"아니."

"……잠이 안 와요."

"마음을 가라앉히고 가만있으면 올 거야."

"마음이 가라앉지 않아요."

"그럼 이렇게 해 봐. 아주 심심하고 따분했던 일을 기억해 봐. 읽은 책 중에서 심심하고 따분했던 책이나 또 아주 지루했던 영화 같은 걸 기억해 봐도 좋아. 되도록 가장 심심하고 지루했던 것으로 골라서 기억해 봐."

"미안해요, 내 걱정 말고 동식 씨 먼저 자요."

"아냐, 난 괜찮아. 난 오늘 낮잠까지 잤어."

"그럼 우리 자지 말아요."

"그럴까? 난 괜찮지만 수옥 씬 조금 자 두는 게 좋을 텐데."

"아녜요, 도저히 잠은 못 자겠어요."

그러며 그녀는 다시 조그맣게 심호흡을 했다.

"그래, 그럼 우리 이대로 그냥 누워 있어. 이대로 누워 있다가 아침이 되면 떠나자구. 억지로 잠들려고 할 필요는 없겠지."

동식은 그녀를 돌아보며 부드럽게 말했다. 그녀는 누운 채로 그를 향해 힘없이 고개만 끄덕였다. 동식이 다시 말했다.

"가만, 그럼 우리 여행 스케줄이나 짜 볼까. 맨 처음 어디부터 가 보는 게 좋을까?"

"……"

"강릉부터 다시 한번 가 볼까?"

"……"

"수옥 씨만 괜찮다면 휴전선 근처까지 한번 가 보고도 싶은데. 평소에 꼭 한번 가 본다고 벼르면서도 못 가 봤거든. 하지만 그쪽은 아무래도 여러 가지로 불편하겠군. 우리가 유별난 여행자로 눈에 띌 가능성도 있고……. 아주 멀리 제주도쯤으로 할까?"

"그만, 동식 씨……. 나 또 무서운 생각이 들어요."

"무서운 생각은……. 가볍게 생각해. 부담 없는 가벼운 여행을 떠난다고 생각해, 아무 딴생각 말고."

"하지만 동식 씬 나 때문에……."

"또 그 쓸데없는 소리. 그런 소리 또 하면 나 화낸다고 했잖아. 한번만 더 그런 소리 하면 나 정말 화낼 테야. 자, 가벼운 기분으로 생각해 봐. 제주도쯤 괜찮겠지? 전에 제주도 가 본 적 있어?"

"……없어요."

"잘됐어, 그럼 첫 번째 목적지는 제주도로 해. 난 여러 해 전에 한 번 가 보긴 했지만 지금은 또 많이 달라졌을 거야. 비행기 편은 예약을 해야 할 테니까 기차나 고속버스로 부산에 가서 배를 타기로 해. 배 타 본 적 있어? 강에서 타는 보트 말고 여객선."

"……없어요, 아직."

"그럼 더욱 잘됐어. 사람이 발명한 것 중에 배라는 것도 참 기가 막힌 발명품이라고 할 수 있지. 넓은 바다에 배를 띄워 길을 낼 수 있다고 맨 처음 생각한 사람이 누군지 몰라. 필경 모험심이 강하고 천진한 마음을 가졌던 사람일 거야. 그리고 여객선은 또 유별난 정취가 있어. 뭐라고 할까, 사람들끼리 서로 은연중 겸손하게 만든다고 할까. 바다라는 압도적인 자연 앞에서 자신들도 모르게 그렇게 되는 거겠지만. 사실 바다를 조금이라도 정말 실감하려면 배를 타 봐야 해."

"……그만 얘기해요, 동식 씨. 나 때문에 너무 신경 쓰지 말구요."

"신경 쓰는 거 아냐. 난 사실 지금 얼마쯤 설레는 기분이기도 해. 이상한 일이야. 이상하게도 마음이 가벼워."

"그럴 리 없어요."

"정말이야, 내가 생각해도 이상할 정도로 마음이 가벼운걸."

"동식 씨……."

"응, 얘기해."

"……우리 그냥 가만히 누워 있어요."

"……."

"……아무 얘기 하지 말고."

"내가 좀 다변이었나. 그래, 그럼. 이대로 우리 가만히 누워 있어."

"……미안해요."

"아냐, 좋아. 이대로 가만히 누워 있는 것도 괜찮아……."

그들은 결국 그렇게 나란히 누운 채로 밤을 새웠다.

그녀는 이따금 조심스레 낮은 심호흡을 하긴 했으나 대체로 숨소리도 조용히 누워 있었으며 동식은 되도록 그녀를 방해하지 않으려고 노력했다. 그리고 날이 밝자 동식은 침대에서 일어나 부엌으로 갔다. 부엌으로 가서 토스트 몇 조각을 굽고 커피를 끓였다. 식빵은 그녀가 와서 머무르던 동안 사다 둔 것이 남아 있었다.

무슨 낌새를 느꼈는지 그녀가 곧 부엌으로 뒤따라 나왔다.

"뭘 하는 거죠?"

"응, 그냥 누워 있지 뭐 하러 나왔어. 그리 가져가려고 했는데. 간단히 요기라도 해야지. 그리고 서둘러 움직여야지."

그러자 그녀는 잠시 망설이듯 그를 바라보고 나서 곧 결심한 듯 말했다.

"……나 곰곰 생각해 봤는데 아무래도 안 되겠어요. 동식 썰 이 일에 말려들게 할 순 도저히 없어요. 어떻게든 나 혼자 처리해 보겠어요."

"무슨 소릴 하는 거야? 고작 생각했다는 게 그거야? 아무 소리 말고 나한테 맡겨."

"안 돼요, 이건 내가 저지른 일이에요. 동식 씨하곤 아무 상관도 없어요."

"정말 나 화나게 만들 테야? 잔말 말고 요기나 간단히 해. 그리고 일찍 떠나자구."

"글쎄, 무턱대고 떠나긴 어디로 떠난다는 거예요."

"어디로든. 간밤에 그만큼 얘기했는데도 못 알아들어? 우린 같은 운명이야. 아무도 우릴 갈라놓을 순 없어. 수옥 씨가 고집을 부리면 나 정말 화내고 말 테야. 이번엔 절대로 내 생각을 굽힐 수가 없어."

"하지만 그건……. 하지만 그건…… 무서운 일이에요. 동식 씬 무서운 생각을 하고 있어요."

"그렇지 않아. 난 지금 도리어 기분이 가볍다고도 할 수 있어. 물론 아무렇지도 않다면 그건 거짓말이 되겠지. 하지만 매사는 마음먹기에 달렸어. 너무 무겁게 생각할 필욘 없어. 자, 이쪽으로 앉아, 앉아서 요기를 조금 해."

동식은 그녀를 식탁 앞에 억지로 끌어 앉히다시피 했다. 그리고 토스트와 커피를 그녀 앞에 놓아 주었다. 그러나 그녀는 손도 대지 않았다.

"왜 못 먹겠어?"

"네, 못 먹겠어요……."

"억지로라도 조금 들어."

"생각이 없는 걸 어떡해요."

"그럼 커피라도 조금 마셔."

그러며 동식은 스스로 식탁에 앉은 채 커피잔을 집었다. 그제야 그녀는 마지못한 듯 커피잔을 집어 조금 마시는 시늉을 하고 내려놓았다.

그때 현관 도어 틈새로 조간신문 밀어 넣는 소리가 났다. 동식은 커피잔을 놓고 현관으로 나가 신문을 집어 펼쳐 들었다. 손과 눈이 반사적으로 사회면을 펼치고 그곳에 쏠렸으나 물론 사건이 벌써 신문에 실렸을 리는 없었다.

그는 신문을 다시 접어 거실 바닥에 놓아둔 채 식탁으로 돌아왔다. 그녀가 그의 표정을 살피며 물었다.

"……신문에 뭐가 났나요?"

"아니, 아직 날 리가 없지. 난다면 석간에나 나겠지."

"……무서워요."

"괜찮아. 자, 어서 그 커피나 마저 마셔. 그리고 천천히 출발하자구."

동식은 부드럽게 말했다.

죽음의 봄

달리는 고속버스의 차창 밖으론 가난한 봄의 풍경이 스쳐 가고 있었다. 야산 기슭에 조금씩 피어나기 시작한 진달래가 가난한 집 아이의 원색 옷처럼 그 봄의 풍경을 더욱 가난하게 만들고 있었다.

창가 쪽에 앉은 수옥은 계속 그 창밖 풍경에 시선을 고정하고 있었다. 동식이 그녀의 시선을 좇으며 말했다.

"어느새 봄이군. 서울을 벗어나기 전엔 전혀 몰랐는데, 벌써 진달래가 피기 시작했군."

"……."

그녀는 대답 없이 계속 창밖 풍경에 시선을 고정하고 있었다. 동식은 잠시 사이를 두었다가 물었다.

"……진달래꽃 먹어 본 적 있어?"

그제야 그녀는 고개를 돌이켜 힘없는 표정으로 대답했다.

"……없어요, 동식 씨는요?"

"아, 난 물론 많이 먹어 봤지. 언젠가 내가 얘기했을 텐데, 안 먹어 본 동식물이 없을 정도라고."

"네, 그랬어요."

"진달래꽃은 그 가운데서도 맛있는 것에 속했지, 아카시아꽃과 함께."

"아카시아꽃은 나도 먹어 본 기억이 나요."

"아카시아꽃이 좀 더 먹을 만하지, 배고픈 아이에게는. 참, 배 안 고파?"

"안 고파요."

"토스트 조각이라도 억지로 좀 먹고 나오는 게 좋았을 텐데. 가다가 휴게소에서 정거하면 국수라도 좀 먹자구."

"음식 생각은 없어요."

"그럼 안 돼. 여행 중에 반드시 지켜야 할 두 가지 조건이 뭔지 알아? 잘 먹을 것, 그리고 잘 잘 것, 이 두 가지야. 그중에서도 잘 먹는 게 특히 중요해."

"동식 씨나 잘 지키세요."

"무슨 소리야. 난 지금 수옥 씨 얘기를 하고 있는 거야. 수옥 씨가 잘 지켜 줘야 해."

"난 자신 없어요."

"그럼 못써. 이제 우린 여행길에 올랐으니까 쓸데없는 생각 다 버리고 여행자로서 충실해야 해. 내 말 알겠지?"

"……."

"제발 평소의 수옥 씨답게 기운 좀 되찾으라구. 날더러 씨 없는 수박 같다고 한 게 누구야. 독기 빠진 남자는 매력 없다고 한 건 누구고."

"……내가 지금 독기 빠진 여자 같나요?"

"바로 그래, 독기 빠진 수옥 씬 수옥 씨라고 할 수가 없어. 정말 매력 없다구."

"……그럼 내가 지금 어떡해야 하나요?"

"평소의 수옥 씨로 되돌아가기만 하면 돼. 명랑하고 당돌하고 날카로운 수옥 씨로 말야. 뭐라고 할까, 앙심 품은 여자라고 하면 좋을까. 그게 좋겠군. 제발 앙심 품은 여자로 좀 돌아가."

그러자 그녀는 힘없이 웃었다.

"내가 평소에 그렇게 보였나요?"

"왜, 기분 나빠? 앙심 품은 여자로 보였다는 사실이?"

"아뇨, 재미있어서요……."

"어쨌든 웃는 모습을 보니 기분이 좀 낫군. 제발 좀 그렇게 웃기라도 해."

그러자 그녀는 다시 힘없이 웃었다.

"알았어요, 그럼 가끔 웃을게요……."

"옳지, 그래야지."

그때 버스의 속도가 갑자기 늦추어졌다.

승객들의 시선이 창밖으로 쏠렸다. 교통사고가 있었던 모양으로 경찰관이 차량들을 서행시키고 있었으며 그 저편에 승용차 한 대와 트럭 한 대가 멈추어 있는 모습이 보였다. 승용차의 앞 유리창이 산산조각으로 부서져 있었고 승용차에서 조금 떨어진 도로 바닥에 쓰러져 있는 한 남자의 모습이 보였다. 상반신은 가마니에 덮여 보이지 않았으나 구두를 신은 발과 다리 부분이 가마니 바깥으로 나와 있었다.

무심결에 시선을 그쪽으로 보냈다가 그것을 발견한 모양으로 수옥은 한순간 두 손으로 얼굴을 가렸다. 그리고 미동도 하지 않았다. 동식은 미처 그녀의 시선을 막아 주지 못한 걸 후회했다.

"미안해, 내가 못 보게 해야 하는 건데……."

"……."

그녀는 버스가 그곳을 통과하고 나서 얼마 후에야 얼굴에서 손을 떼었다. 창백한 얼굴이었다. 동식이 말했다.

"너무 언짢게 생각하지 마, 고속도로에선 가끔 있는 일이니까."

"……."

"아마 고속도로에서 죽는 사람 수만 해도 1년 통산하면 꽤 많을 걸."

"……무서워요."

"무섭긴, 어린애같이. 사람은 어차피 죽게 마련이고 사고로 죽는 건 더욱 어쩔 수 없는 일이야. 전 세계적으로 교통사고에 의해서 죽는 사람의 수가 전쟁에 의해서 죽는 사람의 수보다 훨씬 많다는 얘기야."

"……그런 얘기가 아녜요. 덕기…… 덕기 자식이 쓰러져 있던 모습이 생각나서 그래요."

"쓸데없는 생각 하지 마, 그건 이제 잊어버려. 내가 재미나는 얘기 하나 해 줄까. 한 바보가 어느 동네로 이사를 왔어. 먼저부터 그 동네에 살고 있던 바보들이 새로 온 바보를 놀려 주려고 물었어. 여보, 저 달이 왜 저렇게 둥근지 알겠소? 새로 온 바보가 뭐라고 대답했는지 알아?"

"······."

"글쎄요, 전 이사 온 지가 얼마 안 돼서 잘 모르겠는데요. 어때, 제법 신중한 바보지?"

그러나 그녀는 웃지 않았다. 두 눈에 두려움의 빛만 가득했다. 계속 어떤 두려운 영상을 쫓고 있는 눈빛이었다. 동식은 진지한 표정으로 바꾸며 말했다.

"글쎄, 쓸데없는 생각 하지 말라니까. 뒤에 두고 온 건 모두 잊어버려. 앞에 남은 일만 생각해. 물론 그게 그렇게 쉬운 일은 아니겠지만 우리 그렇게 노력하자구."

"······자꾸 무서운 생각이 들어요."

"글쎄, 그 생각을 떨쳐 버리라니까. 이따 도착하게 될 부산에 대해서 생각해. 부산도 처음이라면서? 가 보면 알겠지만 정다운 도시야. 아기자기한 도시라고 할 수 있지. 또 부산에서 타게 될 배에 대해서도 생각해 봐. 뱃멀미를 하게 되면 어떡하나, 하다못해 그런 생각도 좋아."

"······."

"참, 부산에 닿자마자 서둘러 바로 배를 탈 필요도 굳이 없겠지. 하루 이틀 묵으면서 부산 구경을 하는 것도 괜찮을 거야. 자, 기운 내. 그리고 아까처럼 다시 좀 웃어 봐."

그러나 그녀는 끝내 흐려진 표정을 펴지 못했다. 그리고 그들이 탄 고속버스가 부산에 도착한 것은 정오가 좀 지나서였다.

이른 봄의 그 항구 도시에는 바람이 불고 있었고 바람은 항구 특유의 바다 냄새를 동반하고 있었다. 바다 냄새는 그리고 햇빛 속에도 편재해 있는 것 같았다.

동식은 우선 그녀를 데리고 버스 터미널 부근의 한 식당으로 들어갔다. 그들은 아침도 굶은 상태였기 때문이다.

여러 가지 한식을 파는 식당이었는데 그들은 설렁탕을 시켰다. 그러나 그녀는 동식의 권유에 못 이겨 국물만 조금 뜨는 시늉을 했을 뿐 거의 조금도 먹지 못했다. 동식이 말했다.

"입맛이 없겠지만 억지로라도 조금만 더 먹어 봐. 억지로라도 먹어야 해."

그녀는 마지못해 국물을 조금 더 뜨는 시늉을 했으나 곧 숟가락을 놓고 말았다.

"……못 먹겠어요, 더 이상은."

"할 수 없지, 그럼. 일어나서 바닷가 쪽으로나 한번 나가 보자구. 바다를 보면 기분이 좀 나아질는지도 모르니까."

동식은 곧 그녀와 함께 식당에서 나와 택시를 잡았다. 그리고 운전사에게 해운대로 데려다 달라고 부탁했다. 송도 쪽으로 가 볼까도 생각했었으나 지금의 그녀에겐 시야가 보다 넓게 트인 바다를 보여 주는 편이 나을 것 같아서였다.

택시가 해운대에 도착했을 때 그들은 택시에서 내려 곧장 바닷바람을 맞받으며 해안 쪽으로 향했다. 바다는 물결이 약간 일고 있었으며 눈부시게 햇빛을 반사하고 있었다. 해안에 사람들의 모습은 얼마 눈에 띄지 않았다.

모래밭을 걸어 물결이 바로 발 근처까지 이르는 지점에 다다랐을 때 동식은 말했다.

"자, 가슴을 펴고 심호흡을 해 봐, 저 수평선 쪽을 바라보면서. 기분이 한결 나아질 거야."

"……."

그녀는 말없이 그가 시키는 대로 했다. 그도 그녀 곁에 나란히 선 채 심호흡을 했다. 그러나 왠지 가슴속이 시원스레 트이는 느낌은 들지 않았다. 그녀도 마찬가지인 것 같았다. 얼굴에 생기는 조금도 돌아오지 않고 있었다.

그는 스스로에게 타이르듯 말했다.

"자, 가슴을 좀 더 펴고. 마음속의 찌꺼기를 모두 씻어 내는 기분으로 말야. 자, 이렇게……."

그러며 그는 마치 시범이라도 보이듯 가슴을 높이 쳐들었다 놓으며 호흡을 길게 내뿜었다. 그러나 그녀는 이제 말없이 수평선 쪽만 바라보고 있었다.

그는 동작을 멈추고 그녀를 바라보며 말했다.

"왜 그래? 피곤해서 그래? 피곤할수록 맑은 공기를 좀 많이 마시는 게 좋을 텐데."

"……."

"자, 나 따라서 해 봐……."

그러며 그는 다시 심호흡의 동작을 취했다. 그때 그녀는 힘없는 시선으로 그를 돌아보며 엉뚱한 소리를 했다.

"이대로…… 저 바닷속으로 걸어 들어가면 어떨까요? 저 눈부신 바닷속으로…… 추울까요?"

동식은 순간 그녀의 두 눈을 똑바로 마주 보며 대답했다.

"꼭 소녀 같은 생각을 하고 있었군. ……기분은 이해할 만해. 하지만 우린 아직 여행이 남았어. 우린 이제 막 첫 번째 여행지에 도착했을 뿐이야. 쓸데없는 생각은 하지 마."

그러자 그녀는 쓸쓸한 미소를 지었다.

"……그냥 잠깐 그런 생각을 해 봤을 뿐예요. 바다가 하도 눈부셔서요. 바다가 하도 눈부셔서 이리 걸어 들어오라고 유혹을 하는 것 같았어요."

동식은 웃었다.

"그럼 바다를 야단 좀 쳐 줘야겠군. 못된 바다 같으니라구."

그리고 그는 과장된 표정으로 바다를 향해 눈을 부라려 보이는 시늉을 했다. 그녀는 다시 쓸쓸히 웃기만 했다.

동식은 그녀에게 숙소를 정하고 좀 쉬겠느냐고 물었다. 그녀는 말없이 고개를 끄덕였다.

그는 그녀와 함께 곧 모래밭을 되돌아 걸어 나와서 규모가 그다지 크지 않은 한 호텔을 찾아 들어갔다. 그들이 안내된 객실은 바다 쪽으로 창을 낸 비교적 깔끔한 방이었다.

객실 당번이 창문의 커튼을 열어젖혀 주면서 말했다.

"우리 호텔에서 전망이 제일 좋은 방이죠. 여름철 같으면 아마 예약을 하셔도 이런 좋은 방은 차지하시기 힘드실 겁니다."

동식은 고맙다고 말하고 맥주를 두 병만 갖다 달라고 부탁했다. 그리고 당번이 물러갔을 때 그는 그녀에게 말했다.

"자, 좀 쉬어. 피곤할 거야."

그러자 그녀는 미안한 표정으로 대꾸했다.

"나보다 동식 씨가 피곤할 거예요. 나 때문에 잠도 못 자고……."

"아냐, 난 괜찮아. 하룻밤쯤 못 잔 건 아무것도 아냐. 좀 누워. 누웠다가 맥주 가져오면 한 잔씩 하자구."

그러나 그녀는 누우려고 하지 않았다. 그 대신 창 쪽으로 다가가 바다를 내다보았다. 그리고 작은 소리로 말했다.

"……동식 씨가 불쌍해 죽겠어요. 나 같은 계집애를 만나서."

"무슨 소릴 하는 거야. 난 지금 오히려 행복하다고 할 수 있어. 수옥 씨를 만나서 비로소 난 내 인생의 방향을 찾은 셈이야. 제발 그 쓸데없는 소리 좀 하지 마."

"쓸데없는 소리가 아녜요. 난 동식 씨가 불쌍해 죽겠어요……."

"정말 고집불통이군. 내가 어디가 어때서 불쌍하다는 거야."

"어쨌든 불쌍해요……."

그때 노크소리에 이어 객실 당번이 맥주를 가져왔다. 동식은 당번에게 고맙다고 치사한 다음 당번이 맥주병을 탁자 위에 내려놓고 물러갔을 때 그녀에게 말했다.

"자, 쓸데없는 소리 그만하고 이리 와서 맥주나 한잔 마셔. 목도 마를 텐데."

그녀는 조금 망설이듯 하더니 말없이 창가에서 떠나 그의 맞은편 의자로 걸어와 앉았다. 그는 순간 그녀의 눈자위가 젖어 있음을 발견했다.

"어떻게 된 거야, 또 운 거 아냐?"

"……아네요."

"아니긴 뭐가 아냐, 분명 울었는데."

"동식 씨가 불쌍해서요……."

"나 이거야 정말 죽겠군. 자, 아무튼 맥주나 한잔 마셔. 그럼 내가 좀 덜 불쌍해 보일지도 모르니까."

그러며 동식은 그녀에게 컵 하나를 쥐여 주고 맥주를 따라 주었다. 그녀는 눈물을 참기 위해선 듯 입술을 깨문 채 그가 따라 주는 맥주를 받았다. 컵을 잡은 손끝이 가늘게 떨고 있었다.

동식은 일부러 못 본 체했다. 그리고 자신의 컵에도 맥주를 따랐다. 가슴의 근육이 다시 아파 오는 느낌이었다. 그러나 그는 천연스런 표정으로 맥주를 다 따른 다음 그녀에게 말했다.

"자, 쭈욱 들어. 기분이 좀 나아질 거야."

"……."

그녀는 떨리는 손으로 말없이 컵을 들어 두어 모금 마시는 시늉을 하고 내려놓았다.

"쭈욱 들이켜 봐 그래야 좀 효과가 있을 거야."

"……."

그녀는 애원하는 눈빛으로 그를 바라보았다.

"그래, 그럼 천천히 들어."

그리고 그는 자신의 컵을 입으로 가져가 단숨에 비우고 내려놓았다.

"……아, 시원하다. 가슴속이 다 뚫리는 것 같군. 자, 웬만하면 나처럼 한번 쭈욱 들이켜 봐. 속이 좀 뚫릴 거야."

그러자 그녀는 자신의 컵을 집는 대신 맥주병을 집어 그가 비운 잔에 따랐다. 여전히 떨리는 손으로……

동식은 도리 없다고 생각하고 자신의 컵을 잡았다. 그리고 컵이 다 찼을 때 말했다.

"그럼 나 혼자 마실 테니까 수옥 씬 침대로 가서 좀 쉬어. 몹시 피곤할 테니까."

"아녜요, 괜찮아요. 나도 마실게요."

"괜찮아, 억지로 마실 필요 없어. 침대에 누워서 좀 쉬라구."

"아녜요, 나 괜찮아요."

그러며 그녀는 다시 자신의 컵을 집어 이번에는 몇 모금 마시는 시늉을 하고 내려놓았다. 동식은 순간 알 수 없는 설움을 느끼고 의자에서 벌떡 일어났다. 그리고 그녀에게로 다가가 그녀의 몸을 두 팔에 안아 들었다. 그녀는 놀란 듯했으나 곧 조용히 눈을 감았다.

그는 곧 그녀를 침대 위로 운반했다. 그리고 그녀의 몸을 침대 위에 내려놓은 채 가만히 그녀의 입술에 한 번 입 맞춘 뒤 상반신을 일으키려는 순간이었다. 그녀의 두 팔이 뻗어와 그의 목을 안았다.

"……가지 말아요, 나 안아 줘요."

"…….'"

그는 말없이 그녀의 상반신을 안았다. 설움이 북받쳐 올랐다.

"……더 꼭."

"…….'"

그는 그녀를 안은 팔에 더욱 힘을 주었다. 마치 설움을 으스러뜨려 버리기라도 하려는 듯.

그녀는 온몸을 가늘게 떨고 있었다.

"……입 맞춰 줘요."

"…….'"

그는 그녀의 입술에 입 맞추었다. 거칠고 난폭하게. 마치 화가 난 사람처럼. 그녀의 입술에서는 슬픔의 냄새가 났다…….

그는 설움처럼 북받치는 충동을 느꼈다. 거칠게 그녀의 옷을 벗기고 자신도 벗었다. 그리고 그녀의 슬픈 맨몸을 안았다. 죽음 같은 광포한 욕망이 몸속을 꿰뚫고 지나갔다…….

그날 저녁 그들은 텔레비전 뉴스에서 윤덕기가 살해된 시체로 발견되었다는 보도를 들었다. 전직 모 차관의 아들이라는 점을 들어 아나운서는 다소 상기한 표정으로 뉴스를 전하고 있었다.

시체를 발견한 호텔 종업원의 증언에 따르면 전날 밤 함께 투숙한 젊은 여성이 있었다는 내용의 보도와 함께 경찰이 현재 그 젊은 여성을 유력한 용의자로 보고 신원을 조사 중이라는 보도도 있었다. 아울러 애정문제가 얽힌 사건일 가능성이 매우 높다는 아나운서의 다소 선정적인 코멘트까지 곁들여졌다.

수옥은 창백한 표정으로 두 눈을 감았다. 만에 하나라도 그가 살아 있을 가능성에 대해 기대를 가졌던 눈치는 아니었으나 막상 그런 식으로 확인을 받고 나자 새삼스레 다시 절망감에 휩싸인 듯했다.

동식은 텔레비전을 얼른 꺼 버렸다. 텔레비전을 켠 자신이 다소 우둔했음을 뒤늦게 깨달았으나 그렇다고 크게 후회되진 않았다. 어차피 사태는 명확히 알고 있어야 한다고 생각되었기 때문이다. 그도, 그리고 그녀 자신도.

그는 무겁게 입을 열었다.

"너무 언짢아할 거 없어. 어차피 벌어진 일이고 수옥 씨로선 다른 방법도 없었으니까. 수옥 씬 정당방위를 한 것뿐이야. 새삼스레 얘기할 필요도 없는 일이지만."

그녀는 조용히 눈을 뜨고 절망 어린 눈빛으로 그를 바라보았다.

"……내 신원이 밝혀지는 건 이제 시간문제겠죠?"

"그렇게 어려운 일은 아니겠지. 수옥 씨하고 다투는 걸 함께 본 친구들도 있었고 수옥 씨가 또 행방이 묘연해졌다는 걸 금방 알아낼 수 있을 테니까. 하지만 우리를 찾아내는 덴 아무래도 시간이 좀 걸리겠지."

"하지만 결국은……."

"겁낼 것 없어. 우린 여행을 계속하는 거야, 자연스럽게."

"하지만······."

"그 뒤의 일은 또 그때 가서 생각하자구."

"······무서워요."

그녀는 어떤 두려운 영상을 쫓는 표정이 되어 조그맣게 전율했다. 동식은 그녀를 똑바로 쳐다보았다. 그리고 자신 있게 말했다.

"무서운 일은 일어나지 않아. 아무도 우릴 다치지 못할 거야."

"그게 무슨 뜻이죠?"

동식은 빙긋 웃었다.

"우린 신성하니까. 신성불가침이라는 말 알지? 신성한 것에 손을 대면 그 손이 벌을 받아서 타 버린다구."

"······."

"잠꼬대처럼 들릴지 모르지만 난 확신해. 아무도 우릴 다칠 수는 없어. 거듭 말하지만 우린 신성하니까. 이건 명백하고도 확실해. 두고 보라구, 만일 우리를 다치는 자가 있으면 그 손은 금방 다 타 버리고 말 테니까. 아니, 썩고 말 거야."

"······무슨 얘긴지 모르겠어요."

"내가 언젠가 얘기한 적 있지? 배울 수 있는 기술은 되도록 다 배워 두려고 했다구. 주문 외우는 법도 배워 뒀어. 내가 주문만 외우면 된다구."

그리고 동식은 다시 빙긋 웃었다. 그녀는 쓸쓸한 표정을 지었다.

"자, 우리 밤바다나 한번 구경하고 돌아올까. 밤바다나 구경하고 돌아와서 일찍 자자구. 일찍 자고 내일은 제주도로 떠나자구."

동식은 부드럽게 말했다.

수옥은 망설이듯 그를 따라 일어섰고 그들은 밤의 해안으로 나갔다. 밤 바닷가는 아직 추운 편이었고 거대한 검은 바다는 모래 기슭에 흰 거품을 일으키며 숨 쉬고 있었다.

동식은 그녀의 어깨 위에 자신의 윗도리를 벗어 걸쳐 주며 말했다.

"아까 낮의 그 눈부시던 바다가 지금은 또 저렇게 암흑으로 변했군. 장님 바다가 됐어. 자연이란 인간이 엄두도 못 낼 일을 하거든. 내일 아침 해가 뜨면 또 눈부신 모습을 드러내겠지."

"……"

"자연에 비하면 인간은 지극히 보잘것없는 존재라고밖에 할 수 없지. 제아무리 우쭐대 봐야 자연의 틀 안에서니까. 물론 인간이 갖는 신성한 일면도 무시할 순 없지만 말야. 추워?"

"아뇨, 괜찮아요. 이 옷 가져가세요, 동식 씨 춥겠어요."

"아니, 난 괜찮아. 수옥 씨만 괜찮으면 됐어. 자, 되도록 기분 가볍게 갖도록 해 봐. 바둑에서 왜 가벼운 행마라는 말 쓰지? 우리 가볍게 행마 하자구."

"그건 버려도 아깝지 않은 돌을 움직일 때 쓰는 행마잖아요."

"또는 버릴 각오를 하고 하는 행마거나."

"……"

"가벼운 것은 자유로워. 우리 자유로워지자구."

"……동식 씬 가벼운 돌이 아녜요."

"아냐, 가벼운 돌이야. 또 그, 나를 따로 떼어서 생각하려는 버릇이 나오는군. 우린 둘 다 가벼운 돌이 될 수 있어."

"난 그렇지만 동식 씬……."

"또 그 소리. 오히려 그 반대라고 할 수 있지. 난 가볍지만 수옥 씬 절대 가볍다고 할 수 없지. 하지만 우리 함께 가벼워지기로 해. 가벼 워지는 대신 자유를 얻자구."

"……."

"그렇게 두려운 표정 지을 거 없어. 가벼운 것은 잘 다치지도 않으니까. 우리가 얻는 것은 자유뿐이야."

"……."

"자, 그만 들어갈까. 들어가서 일찍 자고 내일 아침엔 일찌감치 제주도로 떠나자구. 그야말로 가벼운 행마를 하는 거야."

"……여기 좀 더 있고 싶어요."

"그래? 그럼 우리 조금 걸을까."

"……그래요."

그들은 곧 해변을 걷기 시작했다. 해변의 한쪽 끝까지. 그리고 그곳에서 다시 반대편 끝까지. 신발 밑에 밟히는 모래의 감촉은 부드러웠으나 바닷가의 밤바람은 차가운 편이었다.

호텔로 다시 돌아왔을 때 동식은 프런트에서 제주도행 배편을 알아 두었다. 그리고 객실로 올라왔을 때 그는 그녀에게 말했다.

"조금 추웠지? 따뜻한 물로 샤워라도 해. 잠이 잘 올 거야."

"동식 씨가 추웠을 거예요. 먼저 하세요."

"아냐, 먼저 해. 난 나중에 할 테니까."

"그럼…… 함께해요."

동식은 그녀를 똑바로 쳐다보았다. 씻은 듯 맑은 표정이었다. 동식은 순간 마음속에 퍼지는 잔잔한 감동을 맛보았다. 슬픔 비슷한 감동이었다. 그는 대꾸했다.

"……그래, 그럼."

이튿날 아침 그들은 아침식사를 대충 마치고 호텔을 나서서 부두로 향했다. 그리고 제주도행 여객선에 몸을 실었다.

배가 출발했을 때 그들은 갑판에 나란히 서서 차차 거리가 멀어져 가는 육지를 바라보았다. 그들이 하룻밤을 보낸 그 항구 도시는 아침 햇빛에 몸을 드러낸 채 그들의 시야에서 점점 작아져 갔다.

불안한 표정이 가셨다고 할 수는 없었으나 어제에 비해서 수옥은 한결 맑은 표정이었다. 동식은 내심 다행해하면서 그녀에게 말했다.

"어때, 배를 타고 육지에서 멀어지는 기분이? 나쁘지 않지?"

"네, 기분이 좀 가벼워지는 것 같아요."

"옳지, 그래야지. 바다도 잔잔한 편이고 날씨도 맑은 걸 보니 상쾌한 여행이 될 것 같아."

"제주도까지 몇 시간이나 걸릴까요?"

"글쎄, 꽤 걸릴걸. 아마 한 아홉 시간쯤?"

"그렇게 많이 걸려요?"

"제주도가 엎어지면 코 닿을 덴 줄 안 모양이군. 지도에서만 제주도를 본 사람은 그렇게 생각할지도 모르지. 지도가 엄청난 축적률로

축소된 것이라는 건 깜빡 잊고. 하지만 제주도는 꽤 먼 섬이야. 아주 옛날엔 육지의 권력이 미치지 못해서 탐라국이라는 제법 독립된 나라 비슷한 형태를 가진 적도 있었던 모양이니까. 그리고 전에 비하면 시간도 많이 단축된 편일걸. 열몇 시간씩 걸리기도 했던 모양이니까."

"그렇군요, 먼 곳이군요."

"비행기 편만 없다면 더 먼 곳이라는 실감이 들겠지. 하지만 어쨌든 우리나라 안에선 제일 먼 곳이라고 할 수 있어. 우선 기후부터가 다른 곳이니까. 우린 지금 제법 먼 여행을 떠난다고 할 수 있어. 먼 여행이라는 걸 실감하기엔 배를 탄 게 안성맞춤이고."

"……."

그녀의 얼굴빛이 약간 흐려져 있었다.

"왜, 또 무슨 생각을 하는 거야?"

"……아녜요, 아무것도."

"제발 쓸데없는 생각은 하지 마."

"……안 해요."

그녀는 다시 맑은 표정을 돌이키려고 애쓰는 것 같았다.

"안 하긴, 금방 또 무슨 딴생각 하고 있었지?"

"……."

"거봐, 제발 좀 쓸데없는 생각은 하지 말라구."

"……이젠 안 할게요."

"자, 봐, 저 눈부신 바다를. 엄청나잖아? 해변에서 바라보던 바다하곤 또 다르지?"

"네……."

"산을 산 밑에서 바라볼 때와 산 위에 올라가서 느끼는 것하고의 차이에나 견줄 수 있을까. 아니, 그것하고도 달라. 저 엄청난 질량을 한번 봐. 저 엄청난 질량에 비하면 우린 얼마나 가벼워. 우리가 탄 이 배조차 가볍기 짝이 없지. 자, 가볍게 생각해. 우린 깃털처럼 가볍다, 깃털처럼 가벼워서 깃털처럼 자유롭다……."

"……."

"봐, 저 섬들. 얼마나 아름다워. 그리고 저 갈매기들 봐. 얼마나 자유로워. 우리도 저 섬들처럼 갈매기들처럼 아무 생각 말기로 해."

그녀는 그가 가리키는 섬들과 갈매기들을 바라보았다. 그리고 나직이 말했다.

"하지만…… 저 섬들은 꼭 고아처럼 보여요."

동식은 그 말에 마음속으로 동의했다. 그러나 내색하지 않고 대꾸했다.

"고아처럼? 무슨 소리야, 의젓하기만 한데. 설사 고아처럼 보인다고 하더라도 얼마나 의젓해."

"네, 의젓해요. 그래서 더 고아처럼 보여요. 더 가엾어 보이구요."

"그게 무슨 논리야, 의젓해서 더 가엾어 보인다니?"

"알면서 그래요. 외로운 아이가 의젓하게 굴면 얼마나 더 가엾어요……."

"하하, 수옥 씬 고아원 보모가 되었으면 아주 훌륭한 보모가 될 수 있을 뻔했군."

"······지금 그러고 있는 동식 씨도 가엾어 보여요."

"하하, 나도 의젓한 고아처럼 보인단 말이군?"

"다름없어요······."

"죽겠군, 어떡한다, 그럼? 심술을 한번 부려 볼까, 덜 가엾어 보이
도록."

그러며 그는 짐짓 심술 난 아이의 표정을 과장스레 지어 보였다.
그녀는 힘없이 웃었다.

"······그러는 건 더 가엾어 보여요."

"하하, 그럼 어떡해야 돼?"

"······딴 얘기 해 줘요, 아무 얘기나요. 경제학에 관한 얘기도 좋아
요."

"경제학 얘긴 딱딱해."

"딱딱한 얘기도 좋아요."

"글쎄, 경제학이란 한마디로 사람들 먹고사는 문제에 관한 공부라
고 해야겠지. 사람들이 어떻게 하면 더 잘 먹고살 수 있는가, 어떻게
하면 도둑질하지 않고 누구나 다 부자가 될 수 있는가. 여기서 물론
도둑질에 관한 시각의 차이가 문제로 등장하지만."

"어떤 시각의 차이인가요?"

"일정한 경제 행위를 두고 그것이 도둑질인가 아닌가로 시각이 갈
라지지."

"자본주의와 사회주의로 말인가요?"

"그렇다고 할 수 있지, 물론 효율성의 문제도 개재되지만."

"동식 씬 어느 편이에요?"

"난 자유 경제론자야. 단 분배의 윤리가 훌륭히 잘 지켜져야 한다는 전제 아래서지만. 개인의 창의성은 예술에서만이 아니라 경제에서도 똑같이 존중되어야 하거든. 또 그것이 효율성에 있어서도 앞선다는 것이 드러났고. 어때? 역시 재미없지?"

"아니, 재미있어요."

"그래? 그런데 문제는 누구에게나 기회가 균등히 주어져야 하는데 실제론 그렇지 못하다는 점에 있지. 이건 경제의 영역을 벗어나서 윤리의 영역에 속하는 문제야. 물론 경제도 사람 사는 일에 속한 것인 이상 윤리를 따로 떼어서 생각할 순 없지만."

"그래서 이데올로기라는 것이 생겨나는 거군요?"

"그렇다고 할 수 있겠지. 하지만 이데올로기는 경직성을 갖기가 쉬워서 사람들을 옭아매기가 십상이지. 자, 재미없는 얘기 그만하고 우리 선실로 내려가 볼까. 앞으로도 여러 시간 가야 하니까 내려가서 좀 쉬는 게 좋을 거야."

그녀는 동의했고 그들은 곧 선실로 내려갔다. 그리고 그들이 탄 배가 제주항에 도착한 것은 해가 완전히 저문 뒤였다.

배에서 내려 시가지로 들어왔을 때 그녀가 말했다.

"여긴 서울 어느 거리나 조금도 다른 데가 없는 것 같아요. 서울의 어느 안 가 본 거리에 온 것 같아요."

"우리나라 어디를 가나 비슷하다고 할 수 있겠지, 시가지는. 하지만 조금만 시골 쪽으로 가도 금방 달라질걸. 우선 돌담의 색깔이 다르니까. 그리고 지금은 저녁이니까 모르지만 낮에 보면 햇빛이 달라. 자, 우리 어디 가서 우선 저녁 요기나 좀 하지."

그들은 곧 눈에 띄는 식당 한 군데로 들어갔다. 신선한 생선을 구워 주는 집이었다. 그러나 그녀는 음식에 별반 손을 대지 않았다. 식욕을 전혀 느낄 수가 없는 모양이었다. 거의 동식 혼자서 식사를 하다시피 하고 그들은 식당에서 나왔다. 그리고 근처의 다방 한 군데를 찾아 들어갔다.

커피를 시켜 놓고 마주 앉았을 때 그녀가 말했다.

"여긴 서울이랑 조금 다른 것 같아요. 방금 그 식당이랑."

"그렇지? 그나마 구원이라고 해야겠지. 덜 세련된 게 구원인 경우가 종종 있어."

"그래요."

"제주도에도 이제 그런 구석이 얼마 많지 않았을걸. 사람에 따라선 그걸 반기는 축도 있겠지만."

"이곳 사람들은 그렇게 생각하는 쪽이 많겠군요."

"아마 그럴 테지, 발전이라고 생각할 테니까. 사람들은 서울 비슷해지는 걸 발전이라고 생각하는 경향이 있으니까. 서울 사람들은 또 파리나 뉴욕 비슷해지는 걸 발전이라고 생각하고. 어쨌든 우리하곤 이제 큰 상관이 없는 문제지만."

"……"

"아, 내가 쓸데없는 얘길 했나. 자, 그럼 우리 천천히 일어서지. 어디 숙소를 정하고 쉬기로 해. 수옥 씨 아마 몹시 피곤할 거야.”

“……괜찮아요, 나.”

“아무튼 숙소부터 정하고 좀 쉬기로 해.”

그들은 다방에서 나와 곧 택시를 타고 제주시 한복판의 언덕배기에 있는 한 호텔로 갔다. 동식은 한편으로 깔끔한 여관을 찾아볼까도 했으나 그녀의 기분을 조금이라도 어둡게 하고 싶지가 않았다. 여관에 든다면 그녀는 우선 그가 비용에 관해서 마음을 쓰고 있다고 생각할 터였기 때문이다. 그녀에게 조금이라도 딴 걱정을 시키고 싶지는 않았다. 비용도 충분하다곤 할 수 없지만 당장 걱정을 해야 할 정도는 아니었다. 서울을 떠날 때 챙겨 가지고 나올 수 있는 만큼은 모두 챙겨 가지고 떠났으니까.

객실에 안내되었을 때 동식은 말했다.

“자, 좀 쉬어. 여긴 어쨌든 서울하곤 꽤 멀리 떨어진 데니까 마음 좀 가볍게 가지고.”

그러자 그녀는 비로소 비용 걱정을 했다.

“그런데 괜찮겠어요, 계속 이런 비싼 데만 와도? 돈도 넉넉지 못할 텐데요.”

“그런 걱정은 할 필요 없어. 여행 비용은 충분하니까. 쓸데없는 걱정 말고 좀 쉬기나 해. 푹 쉬고 내일은 제주도 관광이나 하자구. 제주도는 정말 관광할 곳이 많아.”

다음 날 아침 그들은 호텔에서 아침식사를 마치고 바닷가 구경을 나갔다. 바다는 잔잔했고 제주 특유의 투명한 햇빛이 해면 위에 반사

되고 있었다.

"정말 여기 햇빛은 유난히 투명하군요."

수옥이 눈부신 듯한 표정으로 말했다. 다소 생기를 되찾은 듯한 얼굴이었다. 동식은 그것이 기뻤다.

"날씨가 맑아서 다행이야. 여긴 가끔 날씨가 변덕을 부리는 게 탈인 모양인데. 아무튼 여기 햇빛은 그야말로 일품이지. 지중해의 햇빛이 대단하다고 하지만 여기 이상은 아마 아닐 거야. 정말 아름다운 햇빛이라는 말 이외엔 다른 말을 못 찾겠어."

"정말 그렇군요."

"옛날엔 이곳을 유배지로도 살았던 모양인데 유배지로는 잘못 선택을 한 셈이지. 유배당한 사람들은 이곳에 와서 오히려 행복감을 느꼈을 테니까. 추사 같은 사람도 이곳에서 유배생활을 한 모양인데 그는 아마 이곳에서 생애 최고의 행복감을 맛보았을걸. 그의 글씨도 아마 이곳에서의 유배생활 이후에 더 좋아졌을 거야."

"이중섭도 이곳에서 산 적이 있었다면서요?"

"맞아. 모르면 몰라도 그의 그림에 나타난 햇빛의 색조 같은 것도 아마 이곳에서 산 경험 때문일걸. 그의 그림이 왜, 노란 색조가 많지."

"그래요."

"피난살이의 와중에서 그가 그린 아이들 그림 속에 행복감이 가득한 것도 아마 이곳 햇빛 덕택인지 몰라."

"하지만 그 아이들 그림 속에 행복감만 있는 것 같진 않아요. 슬픔도 깔려 있는 것 같았어요."

"원래 강한 행복감은 어느 정도 슬픔도 동반하는 그런 감정 아닐까, 모순 같지만."

"알 것 같아요."

"예술가란 모순된 감정을 하나로 뭉뚱그려 표현하는 재능을 가진 사람들이라고도 할 수 있겠지. 특히 이중섭처럼 뛰어난 예술가의 경우에는."

"그가 그린 황소 그림 좋아하세요?"

"대단히. 그의 슬픔과 분노가 강렬히 표현된 그림이라고 하겠지. 아마 슬픔과 분노를 한꺼번에 표현한 그림으로 그 이상은 찾기 어려울걸."

"그래요. 난 그 그림을 처음 봤을 때 황소가 온몸으로 표현하고 있는 슬픔과 분노 때문에 숨이 막히는 것 같았어요."

"자신의 슬픔과 분노를 표현하기 위한 매개체로 황소를 선택한 것은 이중섭의 뛰어난 예술적 재능을 보여 주는 대목이라고 할 수 있을 거야. 그리고 그가 그린 황소 그림들 중에도 햇빛이 아주 강렬하게 묘사된 작품이 있지."

"알아요."

"어쨌든 우린 지금 그가 보던 햇빛을 보고 있는 셈이군. 아마 그가 볼 때의 햇빛이 훨씬 더 아름다웠겠지만."

"더 아름다운 대신 더 슬펐겠죠."

"그랬을지도 모르지. 하지만 우린 아름답게만 보기로 하자구."

"……"

"자, 우린 예술가가 아니니까 예술가 흉내는 내지 말기로 하고. 어때? 시내로 들어가서 오랜만에 당구나 한 게임 칠까?"

그러며 그는 그녀의 표정을 살폈다.

그녀는 그의 속마음을 들여다본 듯 쓸쓸히 웃었다. 그리고 가만히 고개를 끄덕였다.

그들은 곧 시내로 들어와 당구장 한 군데를 찾아 들어갔다. 아직 오전이어선지 게임을 하고 있는 사람들은 많지 않았다. 그들은 빈 당구대 하나를 차지하고 게임을 시작했다.

동식도 그녀도 게임이 잘되지 않았다. 쉽게 칠 수 있는 공도 자주 빗나갔다. 동식은 게임에만 마음을 기울이려고 애썼다. 그러나 여전히 게임은 잘되지 않았다. 그녀도 마찬가지인 것 같았다. 전 같으면 실수하지 않을 공도 번번이 빗맞혔다.

"어떻게 된 거야? 양보하는 거야, 전보다 실력이 준 거야?"

"동식 씨도 마찬가지면서 뭘 그래요."

"아냐, 난 문제없다구. 그런 식으로 치다간 나한테 형편없이 져."

"그럼 어서 이기기나 해 보세요."

"그래, 문제없어."

그러나 말과는 달리 공은 여전히 잘 맞지 않았다. 지극히 쉬운 끌기나 밀기에서도 그는 번번이 실패했다. 그녀가 말했다.

"시작한 게임이나 마치고 우리 그만해요."

그러나 그는 동의하지 않았다.

"아냐, 수옥 씨가 못 치니까 나도 덩달아서 못 치잖아. 게임이란 항상 상대적인 거라구. 한쪽에서 자꾸 실수만 하면 자기도 모르게 양보심도 생기고 덩달아 실수도 하게 돼. 자, 투지를 살려서 한번 쳐 봐. 그럼 나도 잘 칠 수 있을 거야. 수옥 씬 원래 누구한테도 지기 싫어하는 성미 아냐."

"하지만 잘 안되는 걸 어떡해요."

"그 잘 안된다는 생각을 버리고, 게임 이외의 딴 잡념도 버리고. 자, 평소처럼 한번 쳐 봐."

"……."

그녀는 못 이기듯 다시 공을 겨냥했으나 결과는 별로 달라지지 않았다. 그리고 차례를 이어받은 동식의 결과는 비슷했다. 그들은 결국 시작한 한 게임을 겨우 마치고 당구장을 물러 나오는 수밖에 없었다. 잠시라도 단순한 일에 그녀를 몰두하게 해 보려던 동식의 생각은 실패로 돌아간 셈이었다.

당구장을 나섰을 때 그는 말했다.

"당구라는 것도 얕볼 게임이 아니로군, 마음대로 잘 안되는 걸 보면. 자, 어디 가서 차나 한잔 마실까. 차나 한잔 마시고 점심 요기를 간단히 한 다음 제주 일주 관광을 떠나지."

그녀는 말없이 그의 말에 따랐다. 이제 모든 것을 그에게 맡기려는 듯한 태도였다.

다방과 식당 한 군데씩을 들르고 그들은 택시 한 대를 대절했다. 그리고 해안도로를 따라 서귀포를 향해 출발했다.

택시를 출발시키고 나서 운전사가 물었다.

"신혼부부시죠?"

"아, 예…….."

동식이 어물어물 대답했다.

"축하합니다."

"예, 고맙습니다."

동식은 대꾸하고 나서 미소 띤 얼굴로 수옥을 돌아보았다. 그녀는 쓸쓸히 웃고 있었다.

순간 그는 가슴의 근육이 아파 왔다. 그것이 정말 신혼여행이라면 그녀는 그런 표정으로 웃지는 않을 것이기 때문이었다.

얼마 후 제주 특유의 해안 풍경이 나타나기 시작했다. 해안의 검은 돌들과 강렬한 색조의 대비를 이루며 펼쳐져 나간 녹청색 바다가 빚어내는 그 아름다운 해안 풍경은 제주 이외의 다른 어느 곳에서도 볼 수 없는 것이었다. 그것은 살아서 꿈틀거리는 한 폭의 거대한 크레파스화에나 비유할 만했다.

수옥은 차창 쪽으로 숫제 상반신을 돌리다시피 하고 그 풍경에 눈길을 쏟고 있었다. 동식이 말했다.

"어때? 기막히지? 함께 볼 사람이 옆에 있어서 다행일 거야."

"네, 정말 아름답군요."

"저런 바다는 아마 처음 봤을걸. 마음속에 단단히 사진 찍어 두라구, 두고두고 꺼내 볼 수 있도록."

그러자 운전사가 끼어들었다.

"사진 찍으시겠습니까? 제가 찍어 드릴까요?"

동식은 웃으며 대답했다.

"아뇨, 저흰 사진기도 안 가지고 왔습니다."

"아, 그러세요. 전 신혼여행 중이시니까 으레 사진기를 가져오셨으려니 생각하고……."

"아, 네, 저흰 사진 찍기를 별로 좋아하지 않아서요."

"하지만 방금……."

"무슨 오해를 하셨군요, 그런 뜻으로 한 얘기가 아닌데."

"아, 네……."

운전사는 룸미러 쪽을 힐끗 한번 쳐다보고는 더 이상 입을 열지 않았다. 동식은 다시 그녀 쪽으로 시선을 옮기며 말했다.

"아무튼 저 바다를 보여 준 것만으로도 수옥 씰 제주도에 데려온 보람은 있는 것 같군. 역시 옛날에 이곳을 유배지로 택했던 사람들이 어리석었음을 재확인할 수 있어. 멀다는 이유만으로 그랬겠지만."

"어떤 사람들은 멀다는 이유만으로도 고통스러워했겠죠."

"그야 그랬겠지. 벼슬이 떨어진 것만으로도 고통스러워한 사람들이 있을 테니까. 하지만 막상 이곳에 와 보곤 오히려 행복감을 느낀 사람도 꽤 있을걸. 역설적이지만 행복한 유배생활을 맛본 사람도 꽤 있을 거야. 우리도 그 무렵에 태어나서 죄를 짓고 이곳으로 유배나 왔더라면 좋았을지도 모르지. 하긴 그것도 양반으로 태어났어야 가능한 일이었겠지만."

"……."

"하하, 내가 또 쓸데없는 얘길 했나? 농담이라구, 농담."

"……아무튼 저 바다 빛깔은 잊을 수 없을 것 같아요."

"저 돌 빛깔 때문이야, 저 검은 돌 빛깔. 돌 빛깔이 저렇지만 않아도 또 다를 거야. 그리고 저 햇빛……."

"네, 너무 아름다운 풍경이에요."

"기대하라구. 앞으로도 훌륭한 구경거리가 얼마든지 또 있으니까."

택시 운전사는 도중의 관광 코스들을 빼놓지 않고 경유했으며 그들은 금령굴 같은 곳에서는 택시에서 내려 굴속으로 내려가 보기도 했다. 그리고 성산포에서 그들은 택시를 대기시켜 놓은 채 일출봉에도 잠시 올랐다. 거대한 분화구의 모양을 한 일출봉의 푸른 분지를 눈 아래 보는 순간 그녀의 표정은 황홀한 빛마저 띠었다.

"세상에 이런 아름다운 곳도 있었군요."

그리고 그녀는 움직일 줄을 몰랐다. 동식이 말했다.

"방해자만 없다면 나란히 누워서 햇빛을 받으며 영원히 잠들고도 싶은 장소지. 하지만 방해자가 없길 바라는 건 한갓 욕심이겠지. 저런 아름다운 장소를 독점하고 영원히 잠들겠다는 생각 자체도 욕심이겠지만."

순간 그녀는 두려운 눈길로 동식을 바라보았다.

"동식 씬…… 결국……."

"아냐, 그냥 잠깐 해 본 생각일 뿐이야. 장소가 하도 탐이 나서."

"하지만……."

"글쎄, 아니래두. 그만 내려가지."

"얘기해요, 여기서. 동식 씬 결국 우리 둘의 죽음을 생각하고 있는 거죠?"

"……."

"그렇죠?"

"나중에 얘기해, 우리."

"아녜요, 지금 얘기해요, 여기서. 그렇죠?"

"글쎄, 나중에 얘기하기로 해."

"……안 돼요, 그건. 받아들일 수 없는 생각이에요. 동식 씬 아무 죄도 없어요."

"죄는 아무도 없어."

"안 돼요, 동식 씬 안 돼요."

"우린 따로 떨어질 수 없어."

"아녜요, 우린 남남이에요. 만난 지 몇 달밖에 안 되는 남남이에요."

"그렇지 않아. 우리가 사귄 기간 따위는 문제도 되지 않아. 우린 결코 남남이 아냐."

"아녜요, 우린 태어나기도 따로따로 태어났고 따로따로 자랐고 따로따로 살아왔어요. 자란 환경도 다르고 생각하는 것도 달라요. 취미도 다르고 식성도 달라요."

"그런 것은 아무런 문제도 되지 않아. 우린 같은 운명이야."

"절대로 같은 운명이 아녜요. 난 내 운명이 있고 동식 씬 동식 씨 운명이 있어요. 동식 씬 얼마든지 자기 운명을 훌륭하게 만들어 갈 수 있어요."

"억지 부리지 마. 나한테 뭐가 더 남았다고 그래. 오히려 잘됐다고 할 수 있어. 더 이상 거짓투성이 구역질 나는 삶을 이어 가기보단 이쯤에서 씻어 버리는 게 나아. 수옥 씨가 더 이상 오욕을 당하는 것도 난 견딜 수 없어. 결심하기 힘든 일을 쉽게 결심하게 해 줘서 오히려 잘됐다고 할 수 있어. 우린 어차피 이런 식으로 결말을 지을 수밖에 없었던 것 같으니까."

"하지만…… 하지만…… 동식 씬 안 돼요."

"바보 같은 소리. 날더러 그럼 이 거짓투성이 세상에서 혼자 오래오래 살란 말이야, 거짓투성이 세상에서 같이 거짓 탈을 쓰고."

"하지만…… 하지만……."

"자, 그만 내려가. 우린 아직 볼 게 남았어. 아까운 것들은 봐 둬야지. 서귀포, 얼마나 아름다운 곳인지 알아. 내려가선 곧장 서귀포로 가자구."

그는 달래듯 그녀를 이끌고 내려와서 대기하고 있는 택시에 다시 올랐다. 그리고 운전사에게 이제 곧장 서귀포로 가 달라고 부탁했다.

그녀는 시종 창백한 표정으로 입술을 깨문 채 차창 밖에 시선을 고정하고 있었다. 금방이라도 울음을 터뜨릴 듯한 얼굴이었다.

운전사가 룸미러 쪽을 힐끗 쳐다보았다. 그들이 다투기라도 한 것으로 여기는 눈치였다.

동식은 짐짓 운전사에게 들으라는 듯 그녀를 향해 말했다. 나직이 꾸짖는 어조로.

"쓸데없이 고집을 부리고 그래, 신랑 말을 고분고분 듣는 게 아니고."

그녀는 그러나 물기 어린 눈으로 그를 한번 돌아보았을 뿐 다시 차창 밖으로 시선을 고정했다. 동식은 다시 가슴의 근육이 아파 왔으나 잠자코 입을 다물었다. 그리고 화난 사람의 표정으로 묵묵히 앞쪽만 바라보았다.

운전사는 속력으로라도 그들의 분위기를 중화시켜 보려고 생각한 듯 택시의 속력을 높였고 택시는 한층 빠른 속도로 서귀포를 향해 달렸다. 제주 농가의 특색 있는 돌담이나 바람에 대비하기 위해 그물코처럼 새끼줄로 엮어서 돌을 매단 초가지붕의 모습들이 이따금 차창 밖으로 스쳐 지나갔으나 그녀는 여전히 말 한마디 하지 않았다. 견디다 못해 동식이 말했다.

"봐, 저게 제주 특유의 돌담들이야. 대문이 따로 없이 돌담과 돌담 사이를 비워 둔 부분이 그대로 대문이야. 집을 비울 때는 막대기 하나를 거기다 걸쳐 두는 것으로 충분하다는 거야. 빈집인 줄 알고 아무도 들어가지 않는다는 거지."

"……."

"저 초가지붕의 양식도 제주에서만 볼 수 있는 것일 거야. 바람에 대비하기 위한 것이지만 천진스럽기 짝이 없지. 약간의 익살마저 느낄 수 있고. 저런, 여기도 벌써 지붕 개량을 한 농가들이 많군."

"……."

"발전은 이곳 농가들마저 내버려두지 않았군. 어차피 그렇게밖에 될 수 없는 건지도 모르지만."

그녀는 그러나 끝내 한 번도 입을 열지 않았다. 서귀포에 도착할 때까지. 동식도 더 이상 입을 열지 않았다. 그녀를 그렇게 조용히 놔두는 편이 나을지도 모른다고 생각했기 때문이다.

그들이 서귀포에 도착한 것은 저녁 무렵이었다. 약속한 택시 전세료를 지불하고 택시에서 내려 그들은 저녁빛에 가라앉은 서귀포 시가를 조금 걸었다. 푸르스름한 안개 비슷한 공기에 조용히 가라앉은 서귀포 시가는 약간 비현실적으로 느껴질 만큼 평화롭고 고즈넉했다. 뭐라고 할까, 오해된 어떤 꿈에서 본 거리를 현실에서 만난 느낌 비슷했다고 할까. 행인들도 많은 편은 아니었지만 그 행인들의 모습조차도 오래된 어떤 꿈속에서 본 적이 있는 듯한 느낌이었다.

동식은 나직이 그녀에게 말했다.

"어때? 내 말 안 틀리지? 얼마나 아름다운 곳이야. 마치 언젠가 꿈속에 와 본 적이 있는 듯한 곳이란 느낌 안 들어?"

"……."

"난 그런 느낌이 드는군. 어쩐지 여기가 여행의 마지막 기착지 같은 느낌도 들고……."

그제야 그녀는 조용히 입을 떼었다.

"……정말 언젠가 꿈에서 한번 와 본 적이 있는 듯한 곳이군요. 하지만……."

"하지만 우린 지금 꿈을 꾸고 있는 건 아니라는 얘길 하려는 거야?"

"우리가 꿈을 꾸고 있는 게 아닌 건 물론 분명해요. 하지만 그보다도…… 동식 씨 생각을 바꿀 순 없나요?"

그녀는 걸음을 멈추고 그를 쳐다보았다.

그도 걸음을 멈추었다. 그리고 그녀의 두 눈을 똑바로 마주 보며 고개를 저었다.

"아니, 바꿀 수 없어."

그녀는 다시 걸음을 옮겨 놓았다.

"순 엉터리 같은 고집이군요."

"고집이 아냐." 그도 걸음을 옮겨 놓았다. "고집이 아니라 이건 최종 결정이야."

"최종 결정이라구요? 그런 결정을 왜 동식 씨 마음대로 하죠?"

"고작 생각한 게 그거로군. 이건 내가 결정한 게 아냐. 우리 운명이 시킨 거지. 다른 방법이 있으면 수옥 씨가 한번 말해 봐."

"……."

"거봐, 수옥 씨도 다른 방법은 없잖아."

"내가 어떻게 되든 동식 씨만 상관 않으면 돼요."

"맹꽁이 같은 소리 하지 마. 몇 번이나 얘기해야 알아들어. 난 수옥 씨 하고 나를 따로 떼어서 생각할 수 없어. 그리고 우리가 하려는 일이 그렇게 두렵거나 슬픈 일도 아냐. 생각하기에 따라선 남들이 시샘을 할 만한 일이라고 할 수도 있어. 자, 아무튼 그 얘긴 더 이상 하지 말기로 해. 그리고 어디 가서 우선 저녁식사나 하고 숙소를 정하자구."

그리고 그는 그녀를 이끌고 눈에 띄는 식당 한 군데를 찾아 들어갔다. 식당도 어쩐지 오래된 꿈속에서 한번 와 본 듯한 느낌이 드는 곳이었다. 어서 오라고 반기는 중년 여주인의 상냥한 표정도, 그리고 식탁에 마주 앉아 식사를 하고 있는 몇몇 손님들의 모습까지도.

그러나 그녀는 여전히 음식에는 별반 손을 대지 않았다. 소금을 뿌려서 구운 신선한 옥돔이 나왔으나 동식도 그다지 식욕이 당기지 않았다. 식사를 대충 하는 시늉만 하고 그들은 식당에서 나왔다. 그리고 곧장 눈에 띄는 한 호텔로 들어갔다.

당번의 안내를 받아 객실에 들었을 때 동식이 말했다.

"자, 우리 목욕이나 하고 일찍 쉬자구. 그리고 내일은 서귀포를 찬찬히 구경하기로 해."

"……."

그녀는 말없이 동식을 바라보았다. 슬픈 눈빛이었다. 그는 다가가 그녀를 안았다.

"슬퍼할 것 없어. 아까도 얘기했지만 남들은 우릴 시샘할 수도 있어. 자, 목욕이나 하고 일찍 쉬자구."

그러나 그녀는 안긴 채로 잠시 그의 가슴에 얼굴을 파묻고 있다가 쳐들며 말했다.

"……내일 아침에 우리 서울로 가요."

"무슨 소리야?"

"나…… 자수하겠어요."

"뭐라구! 바보 같은 소리 마."

"바보 같은 소리가 아녜요. 그렇게 하는 길밖에 없어요."

"글쎄, 그건 씨는 안 먹히는 소리 마. 나하고 함께 죽는 게 싫어?"

"죽는 건 두렵지 않아요. 하지만 동식 씬 죽어선 안 돼요."

"난 벌써 죽은 지 오래됐어. 태어나자마자, 아니 철들자마자 죽은 거라고 할 수 있어. 이미 죽은 사람이 다시 죽는 건 아무것도 아냐."

"그건 억지예요."

"절대로 억지가 아냐. 아무도 내 말을 억지라곤 못해."

"……."

"그녀는 잠시 대꾸가 없었다. 그리고 잠시 후 그녀는 소리 죽여 흐느끼기 시작했다.

동식은 그녀의 얼굴을 가슴에 묻었다.

"……울고 싶으면 마음 놓고 울어. 하지만 날더러 억지라곤 하지 마. 이건 절대로 억지가 아냐. 난 사실 수옥 씨한테 그런 일이 일어나지 않았어도 언젠가 결국 지금 같은 제안을 하고 말았을 거야. 우리가 함께 거짓에서 벗어날 수 있는 길은 그 길밖에 없으니까. 우리가 서로 사랑하는 한 언제까지고 거짓에 빠져 있을 순 없으니까. 수옥 씬 날더러 씨 없는 수박 같다고 말한 적이 있지만 우린 결국 우리 자신마저 배반할 순 없잖아. 우리가 우리의 사랑을 거짓으로부터 보호하는 길은 결국 이 길뿐이야. 우리 스스로 거짓으로부터, 그리고 허위의 세계로부터 보호하는 길은……. 이건 인간에게 남겨진 마지막 신성권(神聖權)이라고 할 수 있어."

그녀는 계속해서 흐느꼈다. 그리고 한참 후에야 그의 가슴에 파묻었던 얼굴을 들어 그를 쳐다보았다. 눈물이 샘솟듯 계속 괴어오르는, 그러나 얼마간 체념한 눈빛이었다.

"우린 결국 그럼…… 지고 마는 건가요."

동식은 고개를 저었다.

"아냐, 지는 게 아냐. 이건 결코 패배가 아냐. 우리가 고분고분 지지 않았다는 걸 보여 주는 신성한 마지막 태도 표명이라고 할 수 있어. 비유가 거창하지만 예수가 십자가에 못 박힌 게 패배가 아닌 것과 같아. 우린 결코 지는 게 아니라 인간의 마지막 신성권을 행사하는 거야. 자, 이제 그만 눈물 닦아."

그러며 그는 손수건을 꺼내 그녀에게 쥐여 주었다. 그녀는 손수건을 받아서 눈물을 닦았다. 그리고 충혈된 젖은 눈으로 그를 쳐다보며 물었다.

"그럼…… 어떤 방법으로 할 거예요?"

"글쎄, 그걸 궁리 중이야. 가능한 환하고 넓은 장소에서 조용하고 평화로운 방법을 택할 수 있었으면 좋겠는데. 실은 아까 일출봉에서도 그래서 탐을 냈던 거야. 하지만 방법이야 큰 문제는 아니겠지. 내일 서귀포 구경을 하면서 좋은 장소도 좋은 방법도 찾아보자구."

"그럼…… 내일?"

동식은 순간 그녀의 두 눈에서 다시 눈물이 괴어오르는 걸 보았다. 투명한 눈물이었으나 눈동자의 경계선이 무너지고 있었다. 그는 다시 그녀의 얼굴을 가슴에 안았다.

"꼭 내일은 아니라도 좋겠지……. 하지만 미루는 게 좋을 건 없을 거야."

그러자 그녀는 그의 가슴에서 다시 오랫동안 흐느꼈다. 그는 그녀의 얼굴을 가슴에 품어 안은 채 움직이지 않았다.

마침내 그녀는 흐느낌을 그쳤다. 그리고 가만히 고개를 들어 그를 쳐다보았다. 조용하고 맑게 씻긴 얼굴이었다.

"……우리 목욕해요."

"……."

동식은 순간 마음속 깊이 떨려 오는 감동을 맛보았다. 그리고 그녀의 얼굴이 이제껏 자신이 보아 온 그 어느 순간보다도 맑고 아름답다고 생각했다.

그는 가만히 고개를 끄덕였다. 그리고 그녀의 얼굴을 다시 힘껏 가슴에 안았다. 깊이깊이, 영원히 놓아주지 않을 것처럼…….

얼마 후 그들은 함께 목욕했다. 그리고 그날 밤 그들은 마지막 사랑의 의식을 가졌다.

그녀는 놀랍도록 불타올랐고 슬프도록 그를 갈구했다. 그도 생명의 마지막 설움을 다해 그녀를 갈구했다. 둘은 서로의 설움이 하나가 되기를 갈구했다. 서로의 목숨이 하나가 되기를 갈구했다. 그녀는 그의 설움을 향해 사력을 다해서 달려왔고 그는 그녀의 설움을 향해 사력을 다해서 달려갔다. 그리고 마침내 둘의 목숨의 설움이 하나가 되는 순간이 왔다. 그들은 목숨의 드높은 설움 위에 한동안 머물렀다.

둘의 설움이 하나가 되어 가라앉았을 때 그녀가 말했다.

"나…… 나쁜 여자애죠?"

"어째서?"

"어쨌든……."

"아니, 세상에서 제일 훌륭한 여자야."

"정말?"

"정말."

"어째서?"

"어쨌든."

"남의 말 흉내 내는 법이 어디 있어요."

"여기."

"서귀포, 아름다운 곳이 정말 많아요?"

"응, 아주 많아."

"내일…… 날씨는 좋을까요?"

"좋을 거야. 햇빛이 맑은 아주 좋은 날씨일 거야."

"바다도 잔잔할까요?"

"응, 아주 잔잔할 거야."

"어떻게 알아요?"

"내가 얘기했잖아. 배울 수 있는 기술은 다 배워 두려구 했다구. 별을 보고 기상을 알아맞히는 기술도 배워 뒀지. 아까 별을 봐 뒀어. 쾌청이자 바람도 없을 거라고 알려 주더군."

"수영을 좀 더 배워 둘 걸 그랬어요."

"그건 왜?"

"그랬으면 내일 동식 씨랑 같이 멀리멀리 헤엄쳐 나갈 수 있을 텐데. 멀리멀리 헤엄쳐 나가서 돌아오지 않으면 될 텐데……."

"……."

"……동식 씰 엄마한테 한번 데려가는 건데 그랬나 봐요. 엄마가 불쌍해요."

"……나도 그 생각을 했어. 우리가 저지르고 가는 나쁜 짓 한가지는 수옥 씨 어머니한테 몹쓸 슬픔을 남겨 드리는 일이야. 나무라시겠지, 노여워도 하시겠지. 그리고 무엇보다 슬픔을 견디기 어려우시겠지. 하지만 우리를 결국 이해해 주실 거야. 수옥 씨가 용서를 비는 편지를 한 장 쓰는 게 좋겠어. 쓸 테야?"

"……못 쓸 것 같아요."

"어렵겠지. 하지만 억지로라도 한 장 써 보도록 해."

"……써 보겠어요."

"우리가 택할 수 있는 길은 이 길밖에 없었다고 말씀드리면 결국 이해해 주실 거야. 나도 용서를 빈다고 한 말씀 넣어 줘."

"……."

"꼭, 부탁이야."

"……알았어요."

"언제 쓸 테야? 지금 쓸 테야?"

"이따 쓸게요, 동식 씨 잠든 다음에……."

"나 잠들 수 있을 것 같지 않은걸."

"아무튼 이따 쓸게요……."

"꼭 써야 해."

"알았어요……."

그러나 그녀는 이튿날 아침까지도 편지를 쓰지 못했다.

밤새도록 그들은 한잠도 눈을 붙이지 못했고 새벽녘에 그녀는 혼자 일어나 편지를 써 보려고 애쓰는 것 같았으나 결국 종이만 여러 장 버린 채 편지 쓰기를 포기했다. 그리고 그녀는 울먹이며 말했다.

"……도저히 못 쓰겠어요. 편지 안 쓸래요. 엄만 이해해 줄 거예요."

"……."

동식은 더 강권할 수 없었다. 그녀의 심경을 충분히 이해할 수 있었기 때문이다. 그녀의 어머니도 결국 이해해 주리라고 믿었다.

아침이 되자 그들은 호텔의 식당으로 내려가서 아침식사를 했다. 그녀는 되도록 밝은 표정을 지니려고 애쓰는 것 같았고 식욕을 애써 보이려고 했다. 동식은 마음이 아팠으나 내색하지 않았다. 그리고 그녀처럼 밝은 표정으로 식사를 마쳤다.

그들이 호텔을 나섰을 때 서귀포 시가는 투명한 오전의 햇빛에 청결하게 빛나고 있었다. 어제저녁에 본 모습과는 또 다른 모습이었다. 마치 꿈에서 깨어난 모습 같았다고나 할까.

그녀가 눈부신 듯한 표정으로 말했다.

"동식 씨 말이 맞군요. 아주 아름다운 날씨예요."

"그렇지? 내가 어제 별을 봐 두었다니까."

"정말 별을 보고 알아맞힌 거예요?"

"하하, 그야 물론이지."

그녀는 조금 웃어 보이고 나서 다시 말했다.

"여기 햇빛은 어제 본 제주시의 햇빛보다 더 투명한 것 같아요."

"우리가 그럼 어제 너무 최상급 찬사를 써 버린 모양이군."

"그런 것 같아요."

"바닷가 쪽으로 내려가 보지. 바닷가에 내려가 보면 더 뚜렷이 실감할 수 있을 테니까."

그들은 곧 밤섬이 마주 건너다보이는 바닷가로 내려갔다.

"어마, 저 섬 너무 아름답군요."

"모든 섬은 아름답지. 그중에서도 저 밤섬은 특히 아름다운 섬이야."

"건너가 볼 수 없나요?"

"전엔 허용했었는데 요즘은 안 되는 모양이야. 그러잖아도 아까 호텔 종업원한테 물어봤어. 아까운 장소 하나를 잃은 셈이야."

"……."

"……자, 우리 저쪽 방파제가 있는 쪽으로 가 보지. 거기 가면 섬을 비교적 가까이 볼 수 있어."

그녀는 말없이 그의 말에 좇았다. 한순간 어두운 그늘이 얼굴에 스쳤었으나 곧 사라지고 없었다.

해변의 자갈길을 걸어 얼마 후 그들은 방파제에 도착했다. 그들은 내처 방파제 위를 걸었다. 방파제 위에 사람의 모습은 보이지 않았고 투명한 햇빛만이 가득 내리비치고 있었다. 그리고 미풍이 그들의 머리카락을 조금씩 날렸다.

바다는 잔잔한 편이었고 투명한 햇빛 아래 눈부신 녹청색 피부를 일광욕하고 있었다. 그들은 방파제 끝부분 가까이에 나란히 앉았다. 햇빛에 투사된 바다의 눈부신 속살이 바라보였다. 푸르고 투명한 속살이었다. 그러나 햇빛은 일정한 깊이 이상은 더 투사하지 못하고 있었다. 햇빛이 닿지 못하는 부분은 죽음처럼 두꺼운 암녹색이었다.

얼마 동안 말없이 바다에 눈길을 던지고 있던 수옥이 나직이 말했다.

"……우리 여기서 수영하면 되겠군요."

"……수영?"

동식은 나직이 되물었다. 물론 그녀의 말뜻을 알고 있었다. 그녀는 조용히 대답했다.

"네……."

"여기 괜찮아?"

"네, 마음에 드는 곳이에요. 땅의 끝 같은 느낌도 들고……. 바닷물도 아주 투명하구요. 시간도 지금쯤이 좋을 것 같아요. 정오 가까이 됐죠?"

동식은 팔목시계를 힐끗 보았다. 정오가 되려면 십 분쯤 남아 있었다.

"12시 10분 전이군……."

"그래요, 시간도 지금이 좋은 것 같아요. 우리…… 수영해요."

"……."

"어쩐지 멀리까지 수영할 수 있을 것 같아요. 저런 투명한 바닷물에서라면……. 자, 우리 시작해요. 옷은 모두 벗어서 여기에 두고요."

"!"

동식은 순간 형언할 수 없는 마음의 떨림을 느꼈다. 그것은 슬픔 같기도 하고 행복감 같기도 했다. 햇빛이 갑자기 더 투명해진 느낌이었다. 그는 그녀를 향해 눈부신 듯 조용히 고개를 끄덕였다.

"……그래, 수옥 씨가 역시 나보다 생각이 앞섰군. 좋은 생각을 했어. 세상에서 얻은 건 여기다 마저 다 두고 가자구."

"꼭 그래서는 아니지만 어쨌든 옷을 입은 채 수영하는 건 비참해요. 우선 수영하는 사람답지도 못하구요."

"그래, 저 바닷물도 우리가 옷 입은 채 들어오는 건 어쩐지 싫어할 것 같군. 자, 그럼……."

그는 앉은 채로 구두부터 벗기 시작했다. 그녀도 곧 조용한 동작으로 옷을 벗기 시작했다. 투명한 햇빛이 그들의 동작을 지켜보았다.

얼마 후 그들은 마침내 발가벗은 몸으로 방파제 위에 나란히 섰다. 햇빛이 그들의 발가벗은 몸을 비춰 주었다. 그들은 잠시 눈길을 마주쳤다. 그녀는 고요하고 맑은 눈길을 보내왔고 동식은 부드럽고 힘 있는 눈길을 보냈다. 그리고 그들은 곧 바닷물 속으로 뛰어들었다. 바닷물은 차가웠으나 그들을 배척하지 않았다.

그들은 나란히 헤엄쳤다. 동식이 그녀를 돌아보며 말했다.

"옳지, 아주 잘하는데. 그렇게 하는 거야. 그렇지, 그렇게 천천히, 부드럽게, 내가 언젠가 얘기한 적 있지? 물은 부드러운 것이라고. 수옥 씰 처음 만난 때였던가."

"그래요……."

"그래, 그땐 헤엄치는 모습이 몹시 딱딱해 보여서 그런 말을 했던 기억이 나. 우선은 말을 붙여 보고 싶어서였지만. 한데 지금은 꽤 잘하는걸. 그래, 그렇게 하는 거야. 천천히, 부드럽게. 그렇게만 하면 어디까지든지 갈 수 있어."

"……."

"자, 우리 더도 말고 남지나해까지만 헤엄쳐 가기로 해……."

그러나 그녀는 얼마 안 가서 곧 얼굴빛이 창백해지기 시작했다. 팔다리의 움직임도 눈에 띄게 부자유해지기 시작했다. 그리고 그녀는 마침내 동식을 향해 절망적인 표정을 지었다.

동식은 헤엄치기를 중단했다. 그리고 그녀를 안았다.

"나 꼭 잡아……."

그녀는 그의 어깨를 잡았다.

　시대정신(時代精神)이라는 말을 가끔 생각해 본다. 우리 시대의 시대정신이 무엇인가도 가끔 생각해 본다. 작가는 자기 시대의 시대정신을 표현하는 자라고 말할 수 있기 때문이다.

　우리 시대의 시대정신이 아름다움이라든가 사랑이라든가 진실 같은 것으로 말해질 수 있다면 얼마나 좋겠는가 하는 생각도 가끔 가져 본다. 또는 용기, 희생, 합리정신, 협동 같은 것이나 하다못해 건전한 상식 정도로라도 말해질 수 있다면 얼마나 좋겠는가고도 생각해 본다. 작가란 어느 경우에도 좋은 세상에 대한 꿈을 버리지 못하는 자이기 때문이다.

　그러나 내가 이 작품에서 표현해 보려고 시도한 우리 시대의 시대정신은 받아들이기 싫지만 거짓이다. 거짓은 우리 시대의 주인공이다. 거짓은 도처에서 성업 중이다. 거짓은 우리가 탄 배다. 거짓은 우리 시대의 도덕이다.

　나는 투박한 붓으로 그것을 묘사해 보려 했다. 그러나 지금 내가 두려워하고 있는 것은 나 또한 한 편의 거짓 보고서를 작성하고 만 것이나 아닌가 하는 점이다.

1982년 7월 1일

'위태로운 삶'의 연대기(年代記), 1981년에서 2024년까지

박연옥(문학평론가)

1970년 「매일 죽는 사람」으로 작품 활동을 시작한 조해일은 「반연애론」(『서울신문』, 1975), 『겨울여자』(『중앙일보』, 1975), 『지붕 위의 남자』(『서울신문』, 1977), 『갈 수 없는 나라』(『중앙일보』, 1978) 등 신문 연재소설을 연달아 발표하며, 대중적 인기를 얻음과 동시에 대표적인 1970년대 작가 중 한 사람으로 자리매김했다. 조해일의 신문 연재소설은 현실을 위장, 은폐, 변형, 왜곡하면서 자본주의적 욕망 추구에 함몰된 인간의 비윤리성과 부도덕성을 폭로하고, 사회적 관습과 지배 이데올로기에 패배한 대중의 모습에 주목한다.[1] 특히 그의 소설에서는 산업화 시대 안주할 곳 없는 청년의 현실을 연애라는 키워드로 조망하는 모습이 두드러진다. 네 편의 신문 연재소설 모

---

[1] 이평전, 「1970년대 '대중소설'에 재현된 '대중 정체성'의 의미연구: 조해일, 최인호, 조선작의 작품을 중심으로」, 『영주어문』 제36집, 영주어문학회, 2017. 6.

두 사회나 현실에 대해 무관심한 청년의 모습을 그리는 데서 출발하는데, 그들은 부조리한 현실과는 무관하게 나르시시즘에 빠져 개인적 욕망을 좇으면서 일상을 소비하는 인물들이다.[2]

1981년에 『동아일보』에 연재된 『엑스』 역시 이러한 자장(磁場) 안에 있는 인물들을 주인공으로 내세우고 있다. 조해일은 연재에 앞선 인터뷰에서 소설의 두 주인공을 "운명을 벗어나려고 발버둥치다가 운명에 짓눌려 버린 사람들"이라고 평하며 "'보통 사람들'의 '특별한 삶'"을 그리겠다는 포부를 밝혔다.[3] 조해일이 언급한 "운명을 벗어나려고 발버둥치다가 운명에 짓눌려버린 사람들"을 루카치식으로 표현하면 다음과 같다. '길은 시작되었는데 여행은 끝났다.' 즉 『엑스』는 '실패'하는 이야기이다. 그들은 왜 실패하는가? 어떻게 실패하는가?

1. '길은 시작되었는데 여행은 끝났다'

호메로스의 『일리아스』는 그리스 최고의 전사 아킬레우스의 승리의 노래인 동시에 트로이 최고의 전사 헥토르의 패배의 노래이다. 비록 패배하고 죽음을 맞이하지만, 헥토르는 '전사의 전형'을 보여 주는 영웅이다. 그는 용감하게 전장에 나가 죽기 직전까지 적수와 맞서

---

2) 이화진, 「조해일 대중소설의 서술전략과 남성주체의 내면의식」, 『반교어문학연구』 제50집, 반교어문학회, 2018. 1.

3) 박경렬, 「새로 연재될 본지 조해일 씨의 『X』」, 『동아일보』, 1981. 10. 28.

싸움으로써 자신의 책임을 다했다. 패배와 죽음은 헥토르의 존엄성에 흠집을 내지 못한다. 헥토르의 아내 안드로마케는 아킬레우스의 명성을 전해 들었음에도 남편에게 전장에서 도망칠 것을 권유하지 못한다. 남편의 기질상 그것을 받아들이지 않을 것을 너무나 잘 알고 있기 때문이다. 『일리아스』에서 헥토르와 안드로마케의 비극적인 사랑은 카타르시스를 불러일으키지만 아쉬움이나 원통함을 남기지 않는다. 그들의 사랑은 밤하늘의 별처럼 빛난다. 별을 보며 공동체의 후손들은 인간의 길과 운명을 가늠하고 단련했다. "밤하늘의 별을 보며 길을 갈 수 있던 시절은 얼마나 아름다운가?" 루카치가 감탄했던, 호메로스 시절의 조화로운 삶의 모습이다.

마르크스주의 이론가 루카치의 시대인 근대 자본주의 사회는 생산력의 발전과 사회적 진보를 이루었으나, 그것은 동시에 인간 타락의 경향을 내포하고 있었다. 근대 자본주의는 전근대적 제약으로부터 벗어나 인간의 능력을 풍부하게 만들었다. 그러나 동시에 인간을 일면적이고 편협하게 만들며 파편화하는 자본주의적 분업과, 자본주의 사회 특유의 사물화에서 비롯되는 인간 타락을 저지할 수 없었다.[4] 이러한 사회에서는 객관적 외부 세계와 주관적 내면세계의 균열이 일어나며, 이를 통합하지 못하는 '문제적 개인'이 등장한다. 루카치에 따르면 문제적 개인은 두 번 실패하며 그러한 실패를 미리 짐작한다. 이상을 배반하는 세계에 적응하려는 노력이 실패할 것을 예

---

4) 김경식, 「루카치 장편소설의 역사성과 현재성」, 황정아 외, 『다시 소설이론을 읽는다』, 창비, 2015. 참조.

측하는 동시에, 억지로 이상을 포기하려는 시도도 무참히 좌절하리라는 것을 이미 알고 있다는 것이다.[5] 루카치가 보기에 이 실패의 이야기가 호메로스의 서사시와 구별되는 근대 장편소설의 본체이다. 『엑스』의 두 주인공, 동식과 수옥에게 놓인 길도 그렇다. 그들은 길을 떠나기도 전에 그들의 실패를 확신한다. 실패가 예정된 여행을 떠날 필요가 없다. 이들에게 남은 것은 환멸과 우울이고, 『엑스』의 주인공인 두 남녀는 '거짓'을 삶의 방편으로 삼는다.

1981년 연재를 시작한 『엑스』는 당시로서는 드문 소재인 '호스트와 호스티스의 사랑'(소설 속에서는 '콜보이'와 '콜걸'로 호명된다)을 다루고 있다. 전쟁고아 출신인 동식은 겉보기에는 경제학과 대학 강사이지만, 은밀하게 상류층 여성을 상대로 성매매를 하는 이중생활을 하고 있다. 대학 교육을 받은 수옥은 양공주의 딸로 아버지의 얼굴도 모르고 컸으며, 어머니의 직업 때문에 첫사랑에 실패한 후 '고급 콜걸'이 된다. 중산층으로 신분 상승할 수 있는 기회의 사다리로 대학 교육의 기회가 주어졌지만, 이들은 그 기회를 살리지 못하고 위태로운 삶의 방식을 선택한 것이다. 20대에 이미 자가 아파트를 소유할 정도로 경제적으로는 윤택할지 모르지만, 이들의 앞날은 예측 불가능하다는 점에서 위태롭다.

어린아이의 거짓 선행은 중학생의 거짓 선행이 되고, 중학생의 거짓

---

5) 게오르그 루카치, 김경식 역, 『소설의 이론』, 문예출판사, 2007.

선행이 고등학생의 거짓 선행이 되고—그 과정이 모두 또 거짓 선행의 결과이기도 합니다만—그리고 고등학생의 거짓 선행이 대학생의 거짓 선행이 되고, 대학생의 거짓 선행이 대학원생의 거짓 선행이 되고, 다시 대학원생의 거짓 선행이 대학 강사를 만든 거죠. 물론 각 단계마다 그 거짓 선행의 방법이나 기술은 약간씩 달랐습니다만, 어떻습니까? 이쯤 되면 그 어린아이에 대한 동정심은 상당히 상쇄되셨겠죠?

고아원에서 자란 동식은 어른들의 기대를 한 몸에 받는 건실한 청년으로 성장한다. 그는 근면 성실하게 이룬 자신의 성과에 대해 자기 혐오에 가까운 평가를 내리고 있는데, '거짓 겸손', '거짓 근면', '거짓 우애'를 연기한 자신을 교활한 사람이라 조롱한다. 이러한 냉혹한 평가는 외부 세계에 대한 체념이 스스로에 대한 냉소로 과잉 해석되고 있는 측면이 있다. 이에 반해 수옥은 자신의 선택에 대해 비교적 능동적이고 전투적인 인식을 갖고 있다.

그 이후로 그녀의 비꼬인 삶은 시작된 셈이었다. 말하자면 그녀 나름의 세상에 대한 반역(反逆)이라고 할 수 있었다. 자기네들의 삶만이 정상적인 삶이라고 믿고 있는 세상의 모든 속물들에 대한 반역…….

수옥이 대결하고자 하는 것은 세상의 '정상성'이다. 결혼까지 생각했던 덕기는 정부 차관의 아들로, 형편이 어려운 동기의 등록금을 위해 자신의 시계를 풀어 줄 정도로 따뜻한 심성의 소유자다. 그런데 수옥의 어머니가 평범한 가정주부가 아니라는 것을 알게 된 덕기는 한 치의 망설임도 없이 그 자리에서 당혹스러움을 드러낸다. 그 순간 수옥은 견딜 수 없는 환멸과 노여움을 느낀다. 덕기만은 다를 것이라고 생각했는데 마지막으로 믿었던 그마저 다른 사람들과 똑같다는 사실을 안 순간, 수옥은 세상 전체가 자신을 배반하고 있다는 생각에서 벗어날 수가 없게 된다. 수옥은 덕기로 대변되는 '반듯한' 정상적인 삶이라는 것이 사실은 속물적 욕망과 위선으로 가득 차 있다는 것을 절감하고, 이런 세상에 대해 완벽한 거짓으로 대결하겠다는 결심을 한다. 같은 입장이지만, 동식과 수옥의 이중생활의 이면에는 미묘한 차이가 있다. 동식에게는 회피가, 수옥에게는 대결 의지가 동력으로 작동하고 있는 것이다.

2. 연애의 (불)가능성, 가짜와 가짜의 '진짜' 사랑

동식은 수옥과 처음 본 순간부터 어딘가 낯익은, "동질의 인간에게서만 맡을 수 있는" 냄새를 맡는다. 겉보기에 수옥은 매우 세련된 옷차림을 하고 교양 있는 말투와 태도를 보여 주지만, 동식은 그 사람의 이면에 결코 순탄하지 못했던 성장시절의 잔재가 남아 있음을 느낀다. 그것은 "정상적인 가정에서 자란 정상적인 사람한테선 맡을 수 없는 독특한 냄새"라고 동식은 확신한다. 이러한 동식의 직감에 대해 수옥은 한 차례 시치미를 떼지만, 곧 기지촌 풍경이 들어 있는 유년기의 사진을 공개함으로써 자신이 살아온 내력을 동식에게 털어놓는다. 그리고 두 사람은 아무에게도 말할 수 없는 "마음의 싸움"을 경험해 본 사람의 고독을 공유하며 서로에게 마음을 열어 놓는다. 아이러니하게도 다른 사람들에게 '가짜 사랑'을 연기한다는 동질감으로, 두 사람은 '진짜 사랑'을 시작하게 된다.

　두 사람은 빠르게 서로에게 연인 감정을 느끼게 된다. 서로의 거짓 연기를 유일하게 알아챈 사이이기 때문에 두 사람은 서로 거짓 연기를 하지 않아도 되는 '휴식처' 같은 관계가 된다. 이후 소설은 연애소설의 정석처럼 진행된다. 두 사람은 티격태격 전화 통화를 하고, 만나서 차를 마시고, 춤을 추러 가고, 계획 없이 여행을 떠난다. 예상하지 않았던 연애가 시작됨으로써 동식의 일상에는 변화가 생긴다. 무엇보다 신뢰가 우선인 일에서 고객과의 약속을 깨 버리는 불성실함을 보이게 된다. 동식은 수옥과 만나며 설레면서도 불안하다. 수옥에게서 동질의 운명을 예감했던 동식은 자신의 예감대로라면 두 사람의 연애가 "기뻐하고 있을 일만은 아닐지도 모른다는 생각"을 하게 된다. 다가오는 파국에 맞서, 동식은 자신이 할 수 있는 최선의 방어책을 찾아 나선다. 우선, 학기 중임에도 불구하고 대학 강사를 그만둔다. 그리고 수옥에게 결혼을 하고, 직장을 새롭게 알아보겠다는 포부를 밝힌다. 연애는 동식에게 "조금은 정직해지고 싶은" 사람이 되고 싶은 꿈을 불러일으킨다.

　　결혼이야말로 가장 부도덕한 야합이라는 거 모르나 보죠? 진짜 거짓말쟁이들끼리의 야합, 위선적이고 몰염치한 야합, 서로서로 눈감아 주고 시치미떼는 자들끼리의 야합, 일종의 연합이라고나 할까. 바보같이 그래 그 연합의 일원이 되자는 얘기예요? 자신들이 그 연합에 가담하고 있다는 걸 은근히 자랑으로 생각하거나 그것이 커다란 야합이라는 것도 모르고 있는 사람들처럼 말예요? 바보 같이 자기들이 마치 모범적인 시민인 것처럼 착각하고 있는 사람들처럼 말예요? 아니면 우리도 그 위선자들의 연합에 가담해서 자기를 속이고 한통속이 되어 편안히 살자는 얘기예요, 뭐예요?

동식에게는 딜레마가 발생한다. 호스트를 하면서 수옥과 연애를 계속한다는 것은 동식의 양심에 걸리는 일이다. 동시에 호스트를 그만두고 수옥과 결혼하는 것은 결혼제도를 거부하는 수옥의 신념을 거스르는 일이다. 자신의 양심을 따를 것인가, 수옥의 신념을 따를 것인가, 선택이 어렵다. 그러나 동식은 완벽한 거짓 연기로 완벽하게 거짓 세상을 속이겠다는 수옥의 결심이 갖고 있는 파괴적인 성격을 예감하기 때문에 긴장을 내려놓을 수 없다. 이렇게 그들의 연애는 아슬아슬한 긴장 위에 놓이게 된다.

이 딜레마는 엉뚱한 방향에서 해결된다. 수옥이 일하는 비밀 요정에 헤어진 덕기가 손님으로 찾아옴으로써 두 사람은 당혹스러운 재회를 하게 되고, 자신을 겁탈하려는 덕기와 몸싸움 끝에 수옥은 그를 살해한다. 자수를 하겠다는 수옥에게 동식은 동반 자살을 제안한다.

억지 부리지 마. 나한테 뭐가 더 남았다고 그래. 오히려 잘됐다고 할 수 있어. 더 이상 거짓투성이 구역질 나는 삶을 이어가기보단 이쯤에서 씻어 버리는 게 나아. 수옥 씨가 더 이상 오욕을 당하는 것도 난 견딜 수 없어. 결심하기 힘든 일을 쉽게 결심하게 해 줘서 오히려 잘됐다고 할 수 있어. 우린 어차피 이런 식으로 결말을 지을 수밖에 없었던 것 같으니까.

거짓 선행으로 버텨 온 고독한 유년기, 대학 강사와 호스트를 병행하며 자기분열을 감수해야 했던 청년기. 그간의 긴장과 피로를 해소하듯, 동식은 사건 당사자인 수옥보다 더 적극적으로 자살 결심에 사로잡힌다. 두 사람은 경찰의 추적이 다가오기 전에 도피 여행을 떠나고, 제주 바다에서 짧은 생애를 마감한다. 두 사람이 옷을 벗고 바다로 헤엄쳐 가는 마지막 장면은 연인의 사랑을 아름답게 지켜 주기 위한 작가의 배려로 느껴진다. 이것은 아름다운 엔딩인가? 혹은 너무 아름다워서 참혹한 엔딩인가? 『엑스』가 남긴 질문이다.

3. 생명권력과 '죽음정치'적 노동

영화 〈비스티 보이즈〉(윤종빈, 2008)는 소설 『엑스』와 같은 모티프를 다룬다. (소설 『엑스』는 하명중 감독에 의해 1983년 동명의 영화로 제작되었다.) 소설 『엑스』가 대학 강사 출신 호스트가 같은 처지의 고급 콜걸을 만나 사랑에 빠지는 과정을 그렸다면, 〈비스티 보이즈〉는 2000년대 최고의 럭셔리 공간인 청담동을 그 배경으로 가져왔다.

호스트들은 여성 고객에게 '초이스'되기 위해 체력 관리는 물론 외모와 스타일을 가꾸며 자신에게 투자를 아끼지 않고, 외제차를 타고 강남대로를 질주한다. 호스트 승우(윤계상 분)는 호스트바에 고객으로 온 지원(윤진서 분)에게 호감을 느끼게 되고 둘은 동거에 들어간다. 자신과 같은 일을 한다는 점에서 지원에게 애틋한 마음이 들었던 승우는 연애가 지속될수록 지원의 마음을 의심하게 된다. 지원이 자신을 이용해 돈을 뜯어내고자 연기를 하고 있는 것은 아닌지 의심스럽고, 지원이 자신 말고 다른 남자들과 연애를 하고 있는 것은 아닌지 의심스럽다. 승우는 지원의 진심을 알지 못해 불안하고 초조하다. 지원에 대한 애정이 커 갈수록 승우의 의심도 커지면서 두 사람은 헤어지게 된다. 승우는 이별 후에도 자신에 대한 자괴감과 지원에 대한 분노 및 연민의 감정으로 번민하는데, 결국 지원을 살해하고 만다.

자살과 살해라는 방식의 차이는 있지만, 두 작품 모두 죽음으로 끝을 맺고 있다. 1970년대 호스티스 소재 콘텐츠로 소설과 영화로 제작되어 큰 대중적 인기를 누린 『별들의 고향』(최인호)과 『영자의 전성시대』(조선작) 또한 자살과 사고사(화재에 의한 사망사건)로 서사를 마치고 있는 점은 주목을 요한다. 왜 성 노동자들에게 때 이른 죽음은 빈번하게 일어나는가? 이들의 죽음을 개인의 선택이나 개인의 불행으로 기술하는 것으로 충분한가?

> 매춘은 어떤 면에서 매춘부의 주체성의 비유적 말소나 상징적 살해를 포함하며, 그것은 성의 상품화에 의해 초래된 심리적/육체적/성적

폭력과 상해로 이어지거나, 반대로 폭력과 상해의 결과로 주체성의 말소라는 의미를 내포하게 된다. 성 노동자들 중에서 살인 사건이 빈번한 것은 실제로 보편적이고 문화를 넘어선 현상으로 보이는데, 그것은 매춘의 비유적 폭력이 물질적으로 확장된 것으로 볼 수 있다. 복합적인 강압적 조건—경제적/육체적/심리적 강압—아래서, "성의 판매"는 본래부터 "성적 폭력"과 밀접한 연관 속에 존재하며, 언제나 죽음의 위협을 동반한다.[6]

우리는 소설 『엑스』를 통해 1980년대 한국 사회는 이미 '초국가적' 차원에서 산업화와 근대화가 진행되고 있었음을 확인할 수 있다.[7] 소설 속에서 수옥이 일하는 비밀 요정의 고객은 외국 거래처에 접대하는 국내 기업들이다. 수옥은 국내 기업이나 정부 관계자들이 접대하고자 하는 외국인을 상대로 향응을 제공하는데, 여기에는 성매매도 포함되어 있다. 대학 교육을 받은 '엘리트'라는 자격이 수옥의 몸값을 올려주고, 고급 성매매 종사자라는 특혜가 언뜻 수옥에게 적은 노동 시간과 노동 강도를 주는 것처럼 보이지만, 수옥은 빈번하게 언어폭력, 인격 모독, 성폭력의 위험에 놓인다. 이런 점에서 수옥의 노동은 노동자가 죽음에 이르도록 신체와 정신을 소모시키는 양상을 띠는 '죽음정치'적 노동의 성격을 갖는다. 동식 역시 계약 관계 해지

6) 이진경, 나병철 역, 『서비스 이코노미』, 소명출판, 2015, 42~43쪽.

7) 이윤종, 「호스트, 호스티스를 만나다: 영화 〈엑스〉의 액체 현대에 속박된 고급 성 노동자들」, 『사이間SAI』 제22호, 2017. 1.

에 있어 자유롭지 못하고, 고객의 남편이 고용한 폭력배들에게 린치를 당하는 등 폭력에 노출되어 있다는 점에서 남성 성 노동자 역시 여성 성 노동자들과 같은 취약한 위치에 놓여 있음을 확인할 수 있다.

죽음정치란 푸코의 생명권력의 특수한 양상이다.[8] 죽음정치 아래서 노동자는 마치 상품이나 소모품처럼 권력에게 생명의 처분을 맡긴 상태에서 죽을 운명을 향해 있다. 푸코의 생명권력은 규율에 예속되는 대가로 권력이 삶을 부양해 주는 것을 말한다. 그러나 죽음정치는 생명권력이 행하는 부양이 주민들을 국가나 제국의 노동의 요구에 응하도록 동원하는 선에서 제한된 것임을 암시한다. 즉 생명권력은 필요한 노동이 중단되지 않고 생산되도록 삶을 부양하는 것이며, 그 이면에는 상품처럼 쓸모없어진 노동자는 폐기처분될 수 있음이 전제로 깔려 있다. 이런 죽음정치적 요소가 명료하게 드러나는 직종이 성 노동이다. 30여 년의 시차를 두고, 소설『엑스』와 영화〈비스티보이즈〉에서 반복되고 있는 죽음은 우연이 아니다.

그런데 죽음정치적 노동은 성 노동에만 한정되지 않는다.[9]

여성 노동자들은 흔히 성폭력의 위험에 노출되어 있으며, 열악한 임금으로 인해 스스로 어쩔 수 없이 성적 거래를 하는 경우도 있다. 또 "값싼 노동력"으로 한국에 유입되고 있는 '불법/합법' 이주 노동자들도 같은 위치에 놓여 있다. 이처럼 노동의 착취는 단지 경제적인 것에 국한되지 않거니와, 일상적으로 육체적·정신적 훼손과 트라

---

8) 미셸 푸코, 심세광·전혜리·조성은 역, 『생명관리정치의 탄생』, 난장, 2012.

9) 이진경, 앞의 책, 25쪽.

우마가 방치된다는 점에서, 노동 자체가 이미 생명권력과 죽음정치에 노출되어 있다고 봐야 한다. 오늘날 비정규직, 실직자, 파산자들은 죽음정치의 대상들이다. 그들은 신자유주의와 세계화의 '난민'들로서 한국 내부에서 이주민들과 같은 위상에 놓여 있다. 산업 노동과 죽음정치적 노동은 단절이 아니라 연속선상에 있다.

4. 취약함과 애도가치, 슬픔은 무력하지 않다

> 우리가 연대하기 위해 안간힘을 쓰는 것은 우리의 연대가 언제든 무너질 수 있기 때문이다. 비폭력이 상대방이 살고 싶어 하기를 바라는 마음이 될 때, 비폭력이 '당신에게 애도가치가 있다. 당신의 죽음은 감당 불가능한 손실이다. 나는 당신이 살아주기를 바란다. 나는 당신이 살고 싶어 하기를 바란다. 부디 나의 소망을 당신의 소망으로 삼아주기를, 당신의 소망은 나의 소망이 되었으니까'라고 말하는 방식이 될 때, 그때야 비로소 우리는 비판적 공유지에서 생존할 기회를 얻을 수 있다.[10)

한국 사회에서 최근 이슈화되었던 특성화고 실습생의 자살, 방송국 신입 PD의 자살, 초등학교 저연차 교사의 자살은 『엑스』의 두 인물, 동식과 수옥의 자살과 겹쳐 보이는 지점이 있다. 나이, 성별, 직종

---

10) 주디스 버틀러, 김정아 역, 『비폭력의 힘』, 문학동네, 2021, 254~255쪽.

의 차이는 있지만, 이들은 모두 '위태로운 삶'의 단면들을 보여 준다. 양극화와 불평등이 심화된 사회에서 많은 사람들이 고독과 고립의 위험에 처해 있다. 국적, 인종, 젠더, 계급, 세대 등 한국 사회에는 이미 너무 많은 차이들이 공존한다. 우리는 누구를 '우리'로 호명할 수 있는가? 민주주의의 위기라 일컬어지는 오늘날, 불안정성의 불균등한 분배가 이루어지는 부정의는 어떻게 교정될 수 있는가?

미국의 정치철학자이며 젠더 이론가인 버틀러는 사회계약론이 누락시키고 있는 존재들을 조명한다. 사회계약의 당사자가 되기 위해서는 자립적인 개인이 되어야 하는데, 인간은 누구도 처음부터 자립적일 수는 없다. 이것은 유아의 양육의 문제에만 한정되는 이야기가 아니다. 자립적인 성인도 노화와 질병에 의해 인생의 어느 시기에는 취약함을 가질 수밖에 없다. 그리고 생애 주기와 상관없이 신체적 · 경제적 · 문화적 취약함에 의해 자립할 수 없는 사람들이 있다. 버틀러는 자유와 자립이 아니라 취약함과 상호의존성을 기반으로 하는 정치체의 구현을 공거(共居)의 윤리로 제시한다. 버틀러의 제안은 윤리적이고 정의롭지만, 동시에 현실적이다. 양극화와 불평등이 심화되고 있는 신자유주의 시대, 우리는 어떻게 '우리'가 될 수 있는가? 자유와 자립이 아니라 상실과 슬픔을 통해서이다. 무수한 차이에도 불구하고 누군가의 상실과 그로 인한 슬픔은 어설프게라도 우리를 '우리'일 수 있게 해 준다.

9 · 11 테러 당시 미국은 자국의 희생자들을 추모했지만, 그에 대한 미국의 보복 폭력으로 죽음을 맞은 이라크 시민들을 추모하지 않

았다. 죽음이라는 인간의 보편성 앞에서도 애도가치는 차별적으로 분배된다. 애도가치가 있는 죽음과 그렇지 않은 죽음으로 나누어지는 것이다. 전쟁과 테러가 아니라도 이는 현실에서 찾아볼 수 있다. "값싼 노동력"으로 국내에 들어오는 미등록 이주 노동자의 죽음은 불법이라는 낙인 아래 애도가치를 승인받지 못한다. 사회적 재난에 의해 죽음을 맞은 이들에 대해 국가가 진상 조사를 회피하고 사과하지 않는다면, 이 또한 공적인 애도가 허용되지 않고 있다고 봐야 한다.

보통 슬픔을 탈정치화된 사적인 감정이라고 생각하지만, 버틀러는 그러한 통념에 반대한다.[11] 상실과 그에 따르는 슬픔은 우리에게 유대 관계와 의존성과 책임을 상기시킨다. 우리는 스스로를 자율적이고 통제권을 가진 존재라고 여기기 쉽지만, 슬픔은 우리가 처해 있는 '속박'을 확인시켜 준다. 너를 잃었지만, 동시에 "나 역시 사라졌다." 너와의 관계로 유지되던 세계가 붕괴되었기 때문에 나는 이전의 '나'로 살아갈 수 없다. 버틀러는 이 박탈이 가져온 통찰이 새로운 정치적 규범으로 나아가는 방향을 설정할 수 있지 않을지 그 가능성을 타진한다. 9·11 이후 미국이 보여 준 것처럼 상실과 슬픔을 공격성과 폭력으로 분출할 수도 있지만, 그것은 또 다른 상실과 슬픔을 가져온다. 그렇다면 폭력으로 슬픔을 해결하려는 노력을 하지 않는 데서, 타인의 폭력으로 파괴될 수 있는 신체의 취약함과 관계의 파괴로 슬픔에 빠질 수밖에 없는 애착관계의 취약함을 공통의 토대로 하는 새

---

11) 주디스 버틀러, 윤조원 역, 『위태로운 삶』, 필로소픽, 2018.

로운 정치 공동체를 구상할 수 있는 것인가? 버틀러는 이에 대한 긍정이 지금 우리에게 필요한 윤리학이며 정치학이라고 말한다.

1981년에 쓰인 소설 『엑스』의 두 인물, 동식과 수옥의 죽음을 '아름다운 엔딩'으로 비평할 수 없는 건 이러한 이유에서이다. 두 사람의 동반 자살은 뼈아픈 슬픔으로 남아야 한다. 이 슬픔은 비판 기능을 가진다. 우리는 청년들의 죽음을 방관하는 냉정한 사회에서 살아가는 일에 동의해서는 안 된다. 슬픔은 무력하지 않다. 슬픔에는 무언가를 하게 하는 힘이 있다. 『엑스』로부터 40여 년의 세월이 흘렀지만, 한국 사회에서 청년의 위기는 여전하다. 이 같은 청년위기는 다양한 용어로 표현되어 왔다. 언론 매체를 통해 '수저계급론', '헬조선', '88만원세대', '민달팽이세대', '삼포세대', 'N포세대' 같은 표현을 쉽게 접할 수 있는데, 이러한 표현은 모두 현재 한국 사회에서 청년 세대가 경험하는 열정페이, 무급인턴, 비정규직, 취업난 등의 비관적인 상황을 아우르면서 그들의 감정을 투사한 세대적인 언어로 여겨지고 있다.[12] 이러한 삶 앞에 청년들이 홀로 서 있게 해서는 안 될 것이다. 1981년에서 2024년에 이르는 위태로운 삶의 연대기(年代記)를 일별하며 드는 생각이다.

---

12) 권오헌, 「고독사, 한국사회의 위기와 죽음의 탈사회화」, 김문조 외, 『탈사회의 사회학』, 한울아카데미, 2022, 340쪽.

조해일 연보

1941   중국 하얼빈시 근처에서 아버지 조성칠과 어머니 김순희 사이에서 장남으로 출생. 본명 조해룡.

1945   가족들을 따라 귀국. 이후 서울에서 성장.

1950   6·25를 서울에서 겪음.

1951   1·4후퇴 시 부산으로 피난. 이때 바다를 처음 봄.

1954   서울로 돌아옴.

1961   보성고등학교 졸업. 경희대학교 국문과 입학.

1966   경희대학교 국문과 졸업. 육군 입대.

1969   육군 제대.

1970   단편「매일 죽는 사람」이『중앙일보』신춘문예에 당선되어 등단. 단편「멘드롱 따또」(『월간중앙』), 「야만사초」(『월간문학』), 「이상한 도시의 명명이」(『현대문학』) 발표.

1971   단편「통일절 소묘」(『월간중앙』), 「방」(『월간문학』) 발표.

1972   단편「대낮」(『현대문학』), 「뿔」(『문학과지성』), 「전문가」(『문학사상』), 「항공 우편」(『월간중앙』), 중편「아메리카」(『세대』) 발표.

1973   경희대학교 대학원 졸업. 단편「심리학자들」(『신동아』), 「임꺽정 1」(『현대문학』), 「내 친구 해적」(『월간중앙』), 「무쇠탈 1」(『문학과지성』), 「1998년」(『세대』) 발표. 숭의여전 강사로 출강.

1974   첫 소설집『아메리카』(민음사) 출간. 단편「애란」(『서울평론』), 「할머니의 사진」(『여성중앙』), 「임꺽정 2」(『한국문학』) 발표. 중편「어느 하느님의 어린 시절」(『세대』) 발표. 중편「왕십리」(『문학사상』) 연재.

1975   단편「임꺽정3」(『문학과지성』), 「나의 사랑하는 생활」(『문학사상』) 발표. 중편「연애론」(『서울신문』, '반연애론'으로 개제), 「우요일」(『소설문예』) 발표. '겨울여자'를『중앙일보』에 연재. 소설집『왕십리』(삼중당) 출간.

1976	단편 「순결한 전쟁」(『문학사상』) 발표. 장편 『겨울여자』(문학과지성사) 출간. '지붕 위의 남자'를 『서울신문』에 연재.
1977	단편 「무쇠탈 2」(『문학과지성』), 「임꺽정 4」(『문예중앙』) 발표. 단편집 『매일 죽는 사람』(서음출판사), 중편소설집 『우요일』(지식산업사), 장편 『지붕 위의 남자』(열화당) 출간.
1978	콩트·에세이 집 『키 작은 사람들』(삼조사) 간행, '갈 수 없는 나라'를 『중앙일보』에 연재.
1979	「자동차와 사람이 싸우면 누가 이기나」(『창작과비평』) 발표. 장편 『갈 수 없는 나라』(삼조사) 출간.
1980	단편 「도락」, 「비」, 「낮꿈」(『문학사상』), 「임꺽정 5」(『문예중앙』) 발표.
1981	'X'를 『동아일보』에 연재. 단편 「임꺽정 6」(『한국문학』) 발표. 경희대학교 국어국문학과 교수로 재직.
1982	『엑스』(현암사) 출간.
1986	「임꺽정 7」(『현대문학』) 발표. 『아메리카』(고려원), 『임꺽정에 관한 일곱 개의 이야기』(책세상) 출간.
1990	단편집 『무쇠탈』(솔), 중편집 『반연애론』(솔) 출간.
1991	장편 『겨울여자』(솔) 개정판 출간.
2006	경희대학교 국어국문학과 교수 퇴임. 경희대학교 명예교수 위촉.
2017	「통일절 소묘 2」 발표(손바닥 소설집 『이해없이 당분간』, 김금희 외 21명, 걷는 사람).
2020	6월 19일 경희의료원에서 지병 치료를 받던 중 이날 새벽 별세.

출전(저본) 정보

『엑스』(현암사, 1982)

조해일문학전집 11권
엑스

1판 1쇄 인쇄 2024년 6월 7일
1판 1쇄 발행 2024년 6월 14일
—
지은이 | 조해일
—
기획 | 조해일문학전집 간행위원회
책임편집 | 강동준

발행처 | 죽심
발행인 | 고찬규

신고번호 | 제2024-000120호
신고일자 | 2024년 5월 23일

주소 | (04029) 서울특별시 마포구 양화로 7길 84 영화빌딩 4층
전화 | 02-325-5676
팩스 | 02-333-5980

ISBN   979-11-94110-03-3 (04810)
ISBN   979-11-985861-2-4 (세트)